# Sandra Berg

# HET GESCHENK

Zomer & Keuning

www.kok.nl

ISBN 978 90 5977 526 8
NUR 301

Omslagontwerp: Julie Bergen
Omslagfoto: John Foley / Arcangel-images, [Imagestore]
© 2010 Uitgeverij Zomer & Keuning, Kampen

# HOOFDSTUK 1

Jessica liep nog een laatste keer door de woning. Haar blik gleed over de strakke meubels, over de vloerbedekking, die ze er een jaar geleden pas in had gelegd, over de actiefoto's van Johan, genomen tijdens de vele concoursen, en over de enorme vitrinekast, waar een deel van de bekers in opgesteld stond.

Ze keek naar zichzelf in het spiegelbeeld. Een meter achtenzestig, normaal postuur en donker haar in een vlotte staart bijeengebonden. Een aardig gezichtje, zoals altijd werd gezegd. Maar geen modellengezicht. Geen klassieke trekken. Zoals sommige andere vrouwen... Gewoon een aardig gezichtje met donkere ogen die altijd iets aarzelends uit leken te stralen.

Ze slikte een brok weg en huiverde even.

'Weet je zeker dat je gaat?'

Jessica schrok onwillekeurig van de onverwachte stem achter haar. Ze draaide zich om en keek naar Johan. Zoals altijd was hij gekleed in een rijbroek, glimmende laarzen en een sweatshirt. Zijn blonde haren zaten een beetje in de war, door de cap die hij had gedragen.

Hij zag er goed uit. Dat was altijd al zo geweest. Een mooi, glad jongensgezicht met speelse blauwe ogen.

Johan leunde tegen de deurpost en keek haar vragend aan, met iets van wanhoop in zijn ogen.

Jessica beantwoordde zijn blik en knikte.

'Nee!' schreeuwde het binnen in haar. Maar ze gaf geen gehoor aan die stem. Ze wist dat dit het enige was wat ze nog kon doen.

'Ik weet dat ik een stomme fout heb gemaakt,' zei Johan. 'Ik weet het en ik heb er spijt van.' Hij kwam los van de deurpost en liep naar Jessica toe.

Jessica voelde een lichte paniek opkomen. Ze wilde niet dat hij naar haar toe kwam. Ze wilde zijn nabijheid niet waarbij ze zijn geur opnam, zijn lichaam bijna kon voelen.

Ze wilde het niet omdat ze bang was. Niet voor hem, maar voor zichzelf. Voor haar twijfel.

Haar onbegrijpelijke twijfel.

Onwillekeurig zette ze een stap achteruit. 'De scheiding is er al door, Johan. Al weken. Je wist dat ik zou vertrekken zodra ik een andere woning had.' Haar stem trilde een beetje.

'Dat weet ik. Maar ik wil niet dat je gaat.' Hij hield haar blik gevangen, terwijl hij nog een stap in haar richting deed.

'We leven al maanden ieder een eigen leven,' bracht Jessica naar voren. Ze dwong haar stem tot een vaste klank.

'Heb je enig idee hoe moeilijk ik dat vind?'

'Nee. Ik heb daar niets van gemerkt. Aangezien je het druk had met Melissa en... hoe heet ze ook alweer... Lynette?' Ze zette weer een stapje achteruit en dwong zichzelf aan de andere vrouwen te denken. De reden dat ze hem verliet.

'Ze hebben niets te betekenen. Dat weet je.'

'Voor jou misschien niet. Maar voor mij ligt het anders.'

'Ik beloof je...'

Jessica stak haar hand omhoog om hem het zwijgen op te leggen. 'Geen beloften meer,' zei ze. 'Alsjeblieft niet.'

'Maar...'

Jessica schudde heftig haar hoofd, verzamelde alle moed die ze nog in haar lijf had en liep Johan voorbij, richting deur. Ze hoopte dat hij niet ging huilen. Ze zou zich ellendig voelen als hij ging huilen. Schuldig.

Idioot, dacht ze er meteen achteraan.

Johan was eerder vreemdgegaan. Twee keer, voor zover ze wist. Allebei de keren had hij berouw getoond en haar gesmeekt om opnieuw te beginnen. Allebei de keren was ze erin getrapt.

Totdat hij tot over zijn oren verliefd was geworden op ene Madeleine en het werkelijk tot een scheiding was gekomen. Dat Jessica na de scheiding nog in het huis was blijven wonen kwam alleen omdat ze niet meteen iets anders had kunnen vinden, omdat ze in geen geval terug wilde naar haar ouders, die een eigen leven hadden opgebouwd en omdat ze zichzelf ervan had overtuigd dat er geen reden was om het niet te doen, aangezien zij en Johan na die moeilijke periode rondom de scheiding geen ruzie meer hadden en het huis groot genoeg was om elkaar redelijk te ontwijken. Zelfs met een Madeleine in de buurt. Maar Madeleine was ook alweer naar de achtergrond verdwenen en Johan had een tijdje van zijn betrekkelijke vrijheid genoten door contact te maken met andere meiden. Ondanks het feit dat ze nog in dezelfde woning woonden. Hij was nooit zover gegaan dat hij meiden in huis had gehaald, maar hij had er contact mee gehouden en dat alleen al had Jessica pijn gedaan. Al deed ze haar best om dat hardnekkig te ontkennen. Zowel tegenover hem als tegenover haar familie en vrienden en zelfs tegenover zichzelf.

Jessica opende de voordeur en een koele bries kwam haar tegemoet. Het was voorjaar en de grasmat voor het huis kreeg een lichtgroene kleur.

Op de oprit, voor de deur, stond haar auto klaar.

Ze stapte in de Jeep zonder om zich heen te kijken. Ze voelde tranen prikken in haar ogen, maar weigerde om te huilen. Het was zo zinloos om nog meer tranen te vergieten. Johan en zij waren maanden geleden al gescheiden. Ze was beter af zonder hem.

Ze startte de auto en reed de oprit af. Ondanks haar voornemen om vanaf nu alleen nog maar vooruit te kijken, keek ze op het laatste moment toch nog even om zich heen.

Ze zag de weides, de paddocks, de stapmolen, de binnen- en buitenbak met de stallen en natuurlijk de springweide.

Een paar merries stonden buiten. Drie van hen hadden reeds veulens gekregen. Drie andere droegen de baby's nog in hun ronde buiken.

Ze wist dat ze het zou missen. De verzorging 's morgens, de wandeling langs de weides, de activiteiten van het stalpersoneel...

Ze slikte nog een keer moeizaam en zette de radio aan. Het nummer *Immortal* drong zichzelf door de boxen heen aan haar op.

Dat hielp ook niet direct en voordat ze het wist, rolden de tranen over haar wangen. Toch nog.

Ze haatte het huilen. Ze haatte haar zwakte.

Ze haatte het om niet ergens mee te kunnen gooien. Om niet op de grond te kunnen stampen en te dreinen.

Ze haatte het om volwassen te zijn.

Ze gaf extra gas en reed weg van de plek waar ze lange tijd

gelukkig was geweest. Nou ja, betrekkelijk gelukkig in ieder geval.

Voor haar strekte de weg zich tot in het oneindige uit. Het maakte haar bang. Maar ze schudde dat gevoel van zich af en prentte zichzelf in dat het de weg naar de vrijheid was. De weg naar haar toekomst.

De zon weerkaatste op het wegdek. De hemel was blauw. Het gras en het loof aan de bomen kleurden intens groen onder invloed van het felle licht. Het was veel te mooi weer voor een dag als vandaag. Maar misschien was het een goed teken. Het teken dat ze het zou redden. Tegen alle verwachtingen in. Het teken dat ze succesvol zou zijn.

Ze volgde de weg richting een dorp dat ze niet kende, waar ze een huis had gekocht dat ze slechts één keer had gezien.

Een huis voor zichzelf. Beter gezegd: een bouwval voor zichzelf.

Ze dacht aan Lou Dross. Aan haar eerste ontmoeting met hem, toen ze de woning was gaan bekijken. Een kerel van een jaar of zestig met zwarte randen onder zijn nagels en gelige tanden die te groot leken voor zijn mond. Kleine, berekenende ogen en een huid als gelooid leer.

Hij had iets kreupel gelopen toen hij voor haar uit de oude boerderij was binnengegaan. Hij had haar de oude keuken laten zien en de kamer die nooit werd gebruikt. Ze hadden een blik geworpen in de donkere stallen en in de kleine binnenbak, gebouwd in een deel van de koeienstal, waarin hij zijn scharminkelige paarden losliet als kopers de dieren in beweging wilden zien.

Hij had haar de grond gewezen. Vijf hectare grond. Vijf hectare mogelijkheden.

Ze had hem de tweede keer ontmoet tijdens het tekenen van het voorlopg koopcontract. Hij had haar verteld dat hij naar zijn dochter in Spanje ging. Dat hij de Nederlandse kou meer dan beu was. Dat de vele regen pijn deed in zijn botten. En dat de zaakwaarnemer het verder zou regelen.

Jessica wisselde van zender totdat een stevig rocknummer door de auto galmde, en wist zichzelf ertoe aan te zetten om mee te zingen, hard en vals. Ze kende het nummer nauwelijks, maar dat deed er niet toe. Niemand die het hoorde.

Tegen de tijd dat ze het dorp bereikte waar ze een nieuw leven zou beginnen, was ze schor gezongen en moe. Ze had anderhalf uur gereden en mompelde zacht een 'aangenaam kennismaken' toen ze het bordje Olme passeerde.

De indruk die ze de eerste keer van het dorp had gekregen, was blijven hangen. Een vredig dorp, zoals je dat in oude films zag. Een dorp waar dorpsbewoners wisten wat de buurvrouw deed en waarom de buurman later dan gewoonlijk thuis was. Een dorp waar kwajongens met katapulten schoten en meisjes giechelend op de stoep poëzieplaatjes bekeken.

Een dorp dat ze hopeloos had geromantiseerd in haar gedachten.

Ze reed in een laag tempo via de Hoogstraat het dorp binnen, nam de tweede weg rechts, net voorbij de kapel zoals het in haar omschrijving stond. Rozenstraat, las ze op een bord. Tot nu toe zat ze goed.

Tweede weg rechts, het Tegelveld in, en dan naar het bankgebouw naast het gemeenschapshuis en tegenover de bakker. Ze parkeerde haar auto voor de deur van het kleine bankgebouw en stapte uit.

Ze was ruim op tijd en inhaleerde diep de dorpslucht, die volgens haar eigen zeggen gezonder was dan de lucht in de stad waar ze was opgegroeid en waar haar ouders nog altijd in hetzelfde huis woonden. Zelfs gezonder dan daar waar ze de laatste jaren met Johan had gewoond, buiten de stad, maar dicht bij de grote weg. Olme lag tenslotte dicht bij de beboste grens naar Duitsland.

Ze keek om zich heen, naar de kleine supermarkt, het cafetaria, de bakker en de slager. En naar het gemeenschapshuis, waar net een groepje van drie bejaarden naar binnen ging.

Alles was er. Alles wat ze mogelijkerwijs nodig kon hebben. Wat kon een mens nog meer verlangen?

Een goed huwelijk, schoot het door haar hoofd.

Ze duwde die gedachte meteen weer weg. Een huwelijk had ze gehad en het was verre van goed geweest. Nee, geen huwelijk meer voor haar. Geen man meer. Nooit meer.

Ze haalde diep adem en liep de bank binnen. Geen voorafgaande ronde meer door het huis met Lou voor haar, zoals dat gebruikelijk was bij de koop van een pand. Lou was weg en zij had het daarbij gelaten. Ze wilde geen reden om zich terug te trekken van de koop.

Achter de balie zaten twee vrouwen. Een van hen was jonger dan zij. Jessica schatte haar ergens vooraan in de twintig. De ander was ouder. Vijftig ongeveer, meende Jessica. Beide vrouwen keken de nieuwkomer nieuwsgierig aan.

Iemand die ze niet kenden. Dat was hier vast niet gebruikelijk. Jessica liep naar de vijftigjarige dame toe en stelde zich voor. 'Ik ben hier in verband met het passeren van een akte,' meldde ze. 'Ik ben wat vroeg, maar…'

'Loopt u maar door. Hier rechts en dan meteen de eerste deur rechts. De heer Caspers kan u meteen ontvangen.'

Jessica knikte en liep door naar het aangewezen kantoor. Haar benen trilden een beetje. Ze begreep niet waarom. Ze had het voorlopig koopcontract van de boerderij tenslotte al een paar weken geleden getekend en ze was verliefd geworden op de omgeving en op het dorp. Voor zover je verliefd kon worden op een omgeving.

Ze was niet verliefd geworden op de boerderij met zijn oude, donkere muren, smerige ramen en muf ruikende vertrekken. Maar een huis kon je verbouwen. De omgeving niet.

Toen ze het kantoor binnenliep, zag ze een jonge, magere man met belangrijk kijkende ogen en overjarige pukkels aan een bureau zitten. Ongetwijfeld de heer Caspers.

Jessica stelde zich voor en Caspers deed alsof hij blij was haar te zien. Hij bood haar koffie aan en begon met het uitleggen van de procedure, toen de zaakwaarnemer van Lou Dross het kantoor binnenstapte. 'Zaakwaarnemer' klonk nogal ambitieus voor de korte, dikke kerel die met een afwerende blik het kantoor binnenliep. Hij rook een beetje naar varkens en stelde zich in het algemeen voor door zijn naam te noemen en niemand een hand te geven.

'Cortenbach. Dross heeft mij volmacht gegeven om de zaken af te wikkelen.'

Hij plofte neer in een stoel, pakte een pen uit zijn binnenzak en trommelde ermee op het bureaublad. 'Ik neem aan dat het alle-

maal niet te lang duurt... Ik heb dingen te doen.'
Caspers knikte gedienstig en ging gestrest aan het werk met het afwikkelen van de procedure die de verkoop van het pand van Dross aan Jessica officieel moest maken. Het was niet helemaal duidelijk of hij opeens zo'n haast had omdat Cortenbach had aangegeven dat hij weinig tijd had of omdat hij zo snel mogelijk van de man tegenover hem af wilde, die zijn lucht in de kamer verspreidde zodat een illusie van een stal werd geboren, en die onophoudelijk met zijn pen bleef tikken en uiteindelijk zelfs zijn voet in hetzelfde ritme mee liet drummen.

Het ging te snel en Jessica had nauwelijks de tijd om de aangeboden koffie op te drinken. Het maakte verder niet uit, want hij was slap, smakeloos en de suiker was vergeten.

Ze had het gevoel dat ze alles maar half meemaakte. Pas toen ze weer op straat stond, drongen de laatste woorden van Cortenbach tot haar door.

'Dross heeft nog iets in de schuur laten staan, zei hij. Je krijgt het cadeau. Een geschenk, zeg maar.' Hij had er even bij gegrinnikt.

Jessica was er niet op ingegaan, maar nu vroeg ze zich af wat Lou Dross had achtergelaten. Ze kon zich niet voorstellen dat het iets van waarde was. Dross had weinig van waarde bezeten. Of het moest een van die oude landbouwwerktuigen zijn waarmee hij de schuur volgepakt had staan. Een erg fraai geschenk zou het in ieder geval niet zijn. Cortenbach had niet voor niets gegrinnikt toen hij het had gezegd.

Het deed er verder niet toe. Gezien de verbouwingen die nog voor de boeg lagen, maakte wat rommel meer of minder ook niets meer uit.

Ze stapte in de auto en reed terug naar de Rozenstraat, sloeg rechts af en nam de tweede straat naar links: de Klaverweg. De spanning in haar lijf nam toe toen ze de weg linksaf nam en het Oude Pad opreed, waar haar boerderij de eerste woning aan de weg was.

Haar boerderij. Het klonk nog zo vreemd.

Het *was* vreemd.

Ze reed het erf op en stopte voor het donkere stenen gebouw, waarvan het cement, dat de boel aan elkaar moest houden, lang geleden zijn beste tijd had gehad.

Ze stapte uit en bekeek de oude boerenwoning. Dross had niet de moeite genomen om de ramen te wassen. Ze had het eigenlijk ook niet van hem verwacht. Maar hij had tenminste de gordijnen verwijderd en daar was ze hem dan weer dankbaar voor. Hij had haar aangeboden om de gordijnen over te nemen toen hij haar in de woning had rondgeleid, maar na een blik op de vuilgele versleten lappen stof die door Dross gordijnen werden genoemd, had ze het aanbod vriendelijk afgewezen. Blijkbaar waren ze nu mee naar Spanje. Of op de stort, als hij ook nog maar een restje verstand had.

Jessica klemde haar hand om de sleutel die ze bij de overdracht had gekregen en liep naar de voordeur. De deur opende krakend en toen ze binnenkwam rook ze verbrand hout, bier, sigaretten en een vleugje zweet.

Dross was de dag tevoren vertrokken. Maar in zijn huis leek nog een deel van hem aanwezig.

Jessica liep over de stenen vloer van de gang naar binnen. Hoewel buiten de zon al zijn best deed, was het hier donker en kil.

Ze opende de deur naar de keuken en precies op dat moment hoorde ze een auto voor het huis stoppen. Toch wat geschrokken keek ze om en zag door de openstaande voordeur de blinkende Amerikaan van haar vader staan.

Haar lichaam spande zich en ze voelde dat ze onrustig werd. Paniekerige gedachten schoten door haar hoofd. Wat doet hij hier? Waarom is hij hier? Maar de meeste angst had ze voor de kritiek die hij ongetwijfeld ging geven. Kritiek die terecht was. Dat was dan nog het ergste. Alsof ze nog niet onzeker genoeg was over de aankoop die ze impulsief had gedaan toen zich maandenlang geen betere optie had voorgedaan.

Ze haalde diep adem en liep weer naar de voordeur. Haar vader stapte net uit en de deur aan de andere kant ging ook open. Gelukkig, mams was er ook bij.

'Pa? Ik had je niet verwacht.'

'Ik wil toch wel eens weten waar ik garant voor sta,' zei haar vader met een meewarige blik op de boerderij. Hij schudde alvast even afkeurend zijn hoofd.

12

Het was waar. Hij stond garant voor zijn dochter bij de bank. De reden waarom ze de hypotheek had gekregen. Niet dat ze veel geld nodig had gehad... Tenslotte had Johan haar voor een deel uitgekocht en dat had haar in ieder geval een redelijke handsom opgeleverd. Maar zelfs een kleine hypotheek was een probleem geweest als haar vader niet voor haar gerant had gestaan, aangezien ze geen vaste baan had. Ze had alleen een jaarcontract bij een bedrijf in de buurt van het dorp, met een proeftijd van twee maanden.

Haar moeder keek ook naar de boerderij, met een wat bezorgde uitdrukking op haar gezicht.

'Ik weet dat het niet veel is,' haastte Jessica zich te zeggen. 'Ik heb dat ook gezegd...'

'Dat is zwak uitgedrukt,' zei haar vader. Hij liep naar de muur en kraste even in de voegen. Het cement viel kruimelend op de grond.

'Misschien moet het wel worden herbouwd, maar...'

Haar vader bekeek de gevel. 'Opnieuw voegen. Ik denk dat dat voorlopig voldoende is. Het ligt eraan hoe ellendig de situatie binnen is.'

Jessica haalde wat opgelucht adem. Het had erger gekund, nam ze aan. Zowel zijn reactie als de toestand van de gevel. Hij had kunnen zeggen dat alles met de grond gelijk moest worden gemaakt en dat haar investering naar de knoppen was. Maar dat had hij niet gedaan.

Hij liep naar Jessica en klopte haar wat onhandig op de schouder. Haar vader was nooit een man van lichamelijk contact geweest, dus dit was heel wat voor hem en goedbedoeld. De spanning in Jessica's lijf werd wat minder, hoewel de pijn en leegte nog bleven.

Haar moeder omhelsde haar. 'Lieverd. Hoe gaat het nu met je?'

Jessica voelde opnieuw de neiging opkomen om te huilen. Ze slikte een paar keer, haalde diep adem en dwong zichzelf tot zelfbeheersing.

'Het gaat goed,' beweerde ze. 'Het werd tijd dat ik er definitief een punt achter kon zetten en opnieuw kon beginnen.'

Haar moeder knikte, maar Jessica zag dat haar bezorgdheid niet was weggenomen. Misschien werd die zelfs nog groter toen ze de boerderij nog een keer bekeek.

'Zullen we binnen kijken?' stelde haar vader voor.

Jessica knikte. 'Ik ben zelf nog niet binnen geweest. Alleen de keer toen ik het bezichtigde, natuurlijk, maar niet nu. Ik ben net bij de bank geweest.'

Ze liepen met z'n drieën de kille, donkere gang in, direct naar de keuken. Daar bleven ze doodstil staan, terwijl ze om zich heen keken. De tegelvloer, wit-zwart geblokt, was vaal geworden in de loop der tijd en het was nauwelijks zichtbaar dat de keukenkastjes ooit wit waren geweest. Het was niet duidelijk of hun huidige grauwe kleur te danken was aan vuil of simpelweg aan ouderdom. De deurtjes leken stuk voor stuk wat scheef in de scharnieren te hangen en het aanrechtblad had het regelmatige schoonkrassen nauwelijks overleefd.

Haar vader gromde afkeurend. 'Ik zou niet aan de deurtjes komen. Ze zouden eruit kunnen vallen,' meende hij.

'Fons... zo erg is het niet,' mompelde Jessica's moeder. Ze tikte tegen een deurtje, dat onmiddellijk verder scheefzakte.

Een muis ontsnapte door de nu ontstane opening en vluchtte via het aanrecht. Jessica's moeder sprong geschrokken opzij en Jessica gilde. Haar vader grijnsde even met die bekende zelfvoldane blik van hem.

Jessica zei maar niets. Ze herstelde zich en liep voor haar ouders uit naar de woonkamer. Die zag er kleiner uit dan ze in gedachten had en het behang was smeriger. Maar de houten vloer zag er aardig uit, op een miljoen krassen na, en er lag tenminste geen zichtbaar vuil. Ze zag zelfs geen muizen of ander ongedierte. Wat niet meteen wilde zeggen dat ze er niet waren. De haard was onlangs nog gebruikt, rook naar verbrand hout en roet en er lagen nog stukken hout naast, klaar voor gebruik. Haar vader zuchtte maar eens. Haar moeder zei niets, maar keek alleen wat bangelijk rond. Bang voor meer muizen of bang voor de toekomst van haar dochter. Dat was Jessica niet helemaal duidelijk.

Via de kamer liepen ze naar de slaapkamer, ook al kleiner dan Jessica zich herinnerde en ook al sinds eeuwen niet meer onderhouden. Maar ook hier geen muizen en zichtbaar vuil. Alleen een houten vloer met iets minder krassen, en met vlekken op het behang waar het bed had gestaan en waar Lou met zijn vette hoofd tegen de muur had gelegen. Jessica huiverde even.

Ze liep haastig door naar de badkamer, waar een oude douche zich staande wist te houden tegen een tegelwand waarvan de tegels voor een groot deel waren gebarsten. De wasbak en het toilet leken uit een tijd ver voor Jessica's geboorte te stammen en hadden een kleur die niet helemaal te definiëren was en waarvan het ook niet duidelijk was of het altijd die kleur had gehad of dat die simpelweg door verwaarlozing was ontstaan. Een oude, gedeukte boiler hing tegen de muur en bepaalde voor een groot deel het rommelige beeld van de badkamer. Boven de deur hing een ouderwets spiraalkacheltje, dat ervoor moest zorgen dat je tijdens de winterdagen niet bevroor tijdens het douchen.

Het drietal trok zich terug en ging weer naar de woonkamer.

'Ik weet dat het niet veel is, maar...' begon Jessica.

'Hoe ziet het er boven uit?' wilde haar vader weten.

'Daar kwam hij nooit. Ik heb het ook niet nodig en...'

'Ik wil even kijken.'

Jessica zuchtte diep. Bijna onhoorbaar. Ze was er al bang voor geweest dat hij het wilde zien.

Ze probeerde koortsachtig argumenten te verzinnen om er niet naartoe te hoeven, maar haar vader liep al langs haar naar de hal, waar een houten trap, verstopt achter een versleten deur, naar boven leidde.

Hoewel het buiten aangenaam was, kwam de kou hun tegemoet toen ze door deze deur naar de trap liepen. De trap was van ongeschaafd hout, steil en zag er net zo oud uit als hij waarschijnlijk was. Het rook er muf en het stof prikte in hun neus.

Haar vader zuchtte nog maar eens diep en klom naar boven, gevolgd door Jessica. Haar moeder bleef beneden staan. Jessica was ook liever beneden blijven staan, maar ze was niet van plan om daaraan toe te geven. Ze zou haar kin omhooghouden, zoals ze altijd al had gedaan.

Haar vader kon met zijn lengte van bijna twee meter nauwelijks rechtop staan op de bovenverdieping. Zijn omtrek was overigens ook imposant en zag er in deze bekrompen ruimte enorm uit.

Hij keek naar het onbetimmerde dak, de vochtplekken in de hoeken en de stoffige planken die een onstabiele vloer vormden.

'Dit is erg,' zei hij.

'Dat weet ik,' zei Jessica haastig. 'Maar ik heb het niet nodig en ik kan het altijd later nog een keer laten opknappen.'

'Enig idee hoeveel werk dat is?'

'Ongetwijfeld veel, maar ik heb genoeg tijd daarvoor. Zoals ik al zei: ik heb het niet nodig.'

'Hm.' Hij trok wat afkeurend met zijn mond en ging weer naar beneden, onmiddellijk gevolgd door Jessica, die vreemde geluiden op de bovenverdieping hoorde en niet wilde weten waardoor dat werd veroorzaakt.

'Een bouwval,' concludeerde haar vader, toen ze weer beneden in de hal stonden.

'Ik weet dat er veel werk in is, maar...'

'Hoe ziet het er buiten uit? In welke staat zijn de stallen, of kan ik dat maar beter niet vragen?'

'Daar moet ook nog wel wat aan gebeuren. Ze zijn niet meteen vervallen, maar wat donker.'

Voordat ze verder kon praten, liep haar vader via de keuken door de achterdeur naar buiten en keek naar de grote koeienstal die daar was gebouwd.

'Volgens mij kun je beter daar gaan wonen,' zei hij. Hij doelde op de bouw van de stal. De stal was lang na het woonhuis opgetrokken en op het eerste oog leek er niet veel te mankeren aan de lichte stenen en het voegsel. Het houtwerk van de ramen kon wat verf gebruiken, maar het ging tenslotte om een stal en het verfwerk van de kozijnen van het woonhuis was in een slechtere staat.

'Kom,' zei Jessica. Ze liep voor haar ouders uit over het erf, dat uit gebarsten beton bestond, richting koeienstal.

Ze opende de schuifdeur en een lange, donkere gang met zelfbouwboxen aan de rechterkant werd zichtbaar. Het rook naar paarden en mest. Een paar muizen renden weg.

Links van de gang was een slordig hek geplaatst, ooit bedoeld

16

om de koeien aan vast te leggen, en scheidde nu het gangpad met boxen van een enorme zandbak, die Lou had gebruikt om paarden in los te laten lopen: een soort binnenbak met aan één zijde een veel te laag dak.

'Als je hier gaat rijden, stuiter je met je hoofd tegen het dak,' gromde haar vader. 'Nog afgezien van het feit dat je paard nauwelijks vooruitkomt in deze zandbak. Het is bepaald geen geschikte bodem.'

'Het is eigenlijk meer bedoeld om de paarden even los te laten en wat beweging te gunnen.'

'Ik betwijfel of ze daar zin in hebben als ze daarin worden gezet,' meende haar vader. Hij keek naar de stallen.

'Puinhoop,' mompelde hij. Hij keek bij de eerste box door het traliewerk naar binnen. 'En je mag meteen aan het werk.'

Jessica keek verbaasd naar haar vader en daarna in de stal.

'Hij heeft niet uitgemest,' reageerde ze verbaasd en wat ontdaan. En het was duidelijk dat Lou dat allang niet meer had gedaan. Ook niet toen de paarden er nog in hadden gestaan. Het stro was nauwelijks te vinden in de berg mest.

Achter in de stal klonk een onophoudelijk geritsel. Ongetwijfeld muizen. Jessica wilde desondanks doorlopen, maar haar ouders vonden het niet nodig.

'Ik heb mijn goede kleren aan en ik heb straks nog een afspraak,' zei haar vader. 'Als ik hier een kwartier rondloop, stink ik naar de mest. Dat kan ik niet gebruiken.'

Hij liep voor hen uit weer naar buiten, de frisse lucht in.

Zelfs haar moeder kon het niet laten om, eenmaal buiten, even opgelucht adem te halen.

Jessica liep als laatste naar buiten en juist toen ze de schuifdeur wilde sluiten, hoorde ze achter in de stal een harde klap. Ze schrok.

'Ratten,' meende haar vader.

Het stelde Jessica bepaald niet gerust.

'Je had beter naar mij moeten luisteren...' begon haar vader.

Jessica had zoiets al verwacht.

'Er is grond bij,' bracht ze er meteen tegen in, nog voordat haar vader de zin kon afmaken.

'Vijf hectare grond. Weet je hoe moeilijk het is om tegenwoor-

dig een woning te vinden met grond?'
'Dat weet ik. Maar dit is nauwelijks een woning.'
'Daar is iets aan te doen. Voorlopig volstaat het met een flinke poetsbeurt en behang. Daarna kunnen de opknapwerkzaamheden beginnen. Over een jaar ken je het niet meer terug. Dan zijn de stallen gerenoveerd en voorzien van ramen, is de bodem in de binnenbak veranderd en heb ik buiten een bak aangelegd. Misschien kom ik nog wel verder dan dat. Het ligt eraan...'
'Jessica, zoveel geld is in de paardensport echt niet te verdienen.'
'Uw paarden brengen anders genoeg op.'
'Ik heb een goede adviseur en ik heb geïnvesteerd in de drafsport. Maar dat wil je niet.'
'Nee. Ik heb mijn eigen streven.'
'Luister eens, Jessica... De omscholing van de dravers gaat je goed af. Dat zal ik zeker niet ontkennen en ik weet dat je daar iets mee verdient. Maar het zijn bepaald geen kapitalen en ik geloof ook niet dat je die gaat verdienen als je dan ook paarden van andere mensen beleert. Zoals ik al zeg is er in de paardensport niet veel geld te verdienen. Tenzij je een verdraaid goed inzicht hebt in zaken en in kwaliteit. Zoals Johan.'
'Ik herken heus wel een goed paard als ik er eentje zie,' bracht Jessica ertegen in. 'Het omscholen van dravers en het inrijden van paarden is maar een deel van de toekomstige werkzaamheden. Ik wil ook een klein opgezette fokkerij beginnen en lessen geven.'
'Manegebezitters verdienen nog geen droog brood met het geven van lessen. Waarom denk je dat jij in een kleinschalig bedrijf wel voldoende gaat verdienen om de zaak hier op te knappen? Nog afgezien van het feit dat de boerderij in deze staat nauwelijks klanten kan trekken.'
Hij keek nog een keer om zich heen alsof hij zijn eigen gedachtegang bevestigd wilde zien.
'Door ervoor te zorgen dat ik naam krijg,' antwoordde Jessica gedecideerd. 'Lolita is een goed paard. Dat weet je. Met haar kan ik de top bereiken.'
'Lolita is inderdaad een goed paard, maar ik betwijfel of het paard en jij kunnen concurreren tegen de top.'

'Je onderschat ons.'

'Ze heeft al behoorlijk wat prijzen gehaald,' viel haar moeder haar bij.

'Dat is niet voldoende,' meende haar vader. 'Wanneer brengen ze het paard en je spullen?'

'De spullen kunnen elk moment komen en Lolita komt morgen. Ik wil de tijd nemen voor haar. Je weet hoe nerveus ze is als ze op een vreemde plek komt.'

'Ze heeft alle reden om nerveus te zijn als ze hier komt te staan.'

'Ik geef haar een stal vooraan en zorg dat die schoon is. De deur kan open blijven, zodat ze licht heeft.'

'En andere paarden?'

'Zodra je weer dravers hebt die omscholing nodig hebben...'

Haar vader gaf er geen antwoord op. Hij keek naar het huis, naar de stal en naar de weilanden die erachter lagen.

'Onmogelijk,' mompelde hij. 'En dan in een godvergeten dorp...'

'Olme is een leuk dorp en Drafbaanbeheer ligt hier maar vijf kilometer vandaan.'

'Wordt het niet te veel voor je?' vroeg haar moeder bezorgd. 'Een drukke baan en al die paarden...'

'Ik heb het geld nodig,' zei Jessica.

Haar vader keek haar aan.

'Het is gekkenwerk, maar goed... ik weet hoe je bent. Stijfkop. Morgen om acht uur staat een schildersbedrijf voor de deur. Zorg dat je dan wakker bent en wijs wat er moet gebeuren.'

'Een schildersbedrijf? Maar ik kan dat niet betalen en...'

'Ik betaal het.'

'Maar...'

'Ik wil er verder niets over horen. Ik betaal het schilder- en behangwerk. Daarna moet je jezelf zien te redden.'

Jessica keek haar vader een paar tellen aan.

'Bedankt,' zei ze. Ze sloeg haar arm om hem heen en drukte hem even tegen zich aan. Haar vader stond er wat onhandig bij en mompelde: 'Jaja.'

Haar moeder knipoogde naar haar. Jessica wist zeker dat zij hier ook een rol in had gespeeld. Het maakte niet uit. Ze was blij dat ze zich daarover in ieder geval niet druk hoefde te maken.

Ze nam afscheid van haar ouders en zag vrijwel meteen daarna de kleine verhuiswagen de oprit oprijden. Voorlopig had ze in ieder geval genoeg te doen.

Heel even dacht ze nog aan iets dat de zaakwaarnemer van Lou had gezegd. Als je die man tenminste zo mocht noemen.

Ze dacht aan datgene wat Lou in de stal had laten staan. Aan het zogenaamde geschenk dat hij voor haar had achtergelaten. Ze keek naar de stal en vroeg zich af of ze moest gaan kijken wat Lou dan voor haar had achtergelaten. Ze had daarnet tenslotte niets gezien. Maar ze besloot uiteindelijk om het niet te doen. De verhuiswagen was al voor haar gestopt en het was niet waarschijnlijk dat ze Lou's geschenk nu wilde zien. Niet na het afscheid van haar vorige leven en het bezoek van haar ouders. Ze had genoeg te verwerken gehad voor één dag.

# HOOFDSTUK 2

Tegen de tijd dat de schilders de volgende dag kwamen, stond Jessica klaar voor haar onmogelijke taak in de stallen. Ze had een oude spijkerbroek aangetrokken en een veel te ruime geruite blouse, die ze ooit had gekregen. De rubberlaarzen aan haar voeten blonken nog. Ze had voorheen altijd alleen stalschoenen gedragen, maar het leek haar overmoedig om slechts met stalschoenen aan de smerige stallen te betreden.

Johan zou lachen als hij haar zo zag. Haar vader zou zijn hoofd schudden.

In haar leven met Johan had ze altijd geprobeerd om zich te kleden zoals hij het deed: professioneel in correct zittende rijkleding. Het was haar nooit bijzonder goed gelukt. Rijbroeken werden smerig voordat ze een halfuur verder was, ze liep steevast met haar stalschoenen in de poep en haar haren hadden nooit het onberispelijke model gekregen dat de dames die bij haar toenmalige man les kregen steevast toonden. Ondanks caps.

Ze had een radio klaargezet, die de muizen weg moest houden of er op z'n minst voor moest zorgen dat zij die beesten niet hoorde. Als het tenminste alleen maar muizen waren die in de stallen zaten. Ze dacht onwillekeurig aan de harde klap die ze de vorige dag in de stal had gehoord, toen haar ouders nog bij haar waren geweest. Ze huiverde. Een rat, had haar vader gezegd.

Het was bij Jessica opgekomen dat het wat anders kon zijn, maar ze was niet meer gaan kijken. Omdat ze haar handen vol had gehad met het plaatsen van de spaarzame meubels toen haar ouders waren vertrokken, en omdat ze liever niet zag wat zoveel kabaal in die stal had veroorzaakt. In ieder geval niet in de schemering van de avond.

De schilders die voor haar op de stoep stonden toen ze de deur had geopend, deden haar denken aan Laurel en Hardy. De oudste van het tweetal had een ronde buik, waar de witte overall zich slechts met moeite omheen spande. Hij had een wollig gezicht met kleine ogen, die lieten zien dat ze wel een grapje waardeerden.

De jongere schilder was mager en leek in zijn overall weg te zinken. Hij had een lang gezicht en een wat weke mond, die vast veel vragen stelde.

De oudere man nam als vanzelf de leiding toen Jessica hun wees wat ze graag gedaan wilde hebben. Hij deed het woord en de jongere schilder volgde gehoorzaam.

Jessica had besloten om eenvoudig schilderwerk in natuurtinten te laten uitvoeren en hier en daar met wat behang af te wisselen.

De oudere schilder, die Leo bleek te heten, gaf nog wat adviezen en Jessica stelde voor dat hij het werk naar eigen inzicht verrichtte. Hij had tenslotte meer verstand van schilderwerk dan zij en ze vond het gemakkelijk als ze zich daar niet mee hoefde te bemoeien. Dat hield ze zichzelf tenminste voor. Dat ze daarmee ook geen keuzes hoefde te maken, noemde ze zelfs in gedachten niet.

Ze zette de mannen aan het werk, pakte haar radio op en liep naar buiten, richting stal. De buitenkant van de stal zag er werkelijk aardig uit, vond ze. Jammer dat er zo weinig ramen waren. Jammer dat het van binnen zo smerig was.

Ze pakte de kruiwagen die ze de vorige avond naast de stal had neergezet en het materiaal om de stal schoon te maken en schoof de grote deur open. Oude mestlucht stroomde naar buiten en Jessica trok even haar neus op.

Ze kon onmogelijk de stallen gereed hebben als Lolita kwam, maar wellicht kon ze ervoor zorgen dat de stank een stuk minder was. Ze herinnerde zich de opmerking van haar vader, waarbij hij suggereerde dat haar paard waarschijnlijk niet echt gecharmeerd was van de stal. Waarschijnlijk had hij gelijk en ze zou het de merrie nauwelijks kwalijk kunnen nemen. Tot vandaag had ze haar dagen doorgebracht in de luxe stallen van Jessica's ex, met de mogelijkheid om af en toe de benen te strekken op de strakke weilanden die daarvoor waren bedoeld. De weilanden hier leken vooral op knollenvelden, maar misschien kon ze het dier in de binnenbak de benen laten strekken. Ze wilde tenslotte niet dat het dier een voet omsloeg, of erger.

Jessica ging de stal binnen en hoorde opnieuw het geritsel achteraan in de stal. Ze verstijfde en luisterde.

Nog meer geritsel. Te veel voor een muis.

Ratten.

Jessica zette de radio neer en draaide de volumeknop open. Uiteindelijk zou ze een keer naar achteren moeten, maar niet nu. Niet voordat het lawaai de ratten had verdreven.

Ze maakte de eerste boxdeur open. De wand rammelde even, maar bleef in ieder geval staan. Met afkeer bekeek ze het met mest en schimmel bedekte strobed. Had ze maar de tractor van Johan.

Ze zuchtte diep en ging aan het werk. Gelukkig voor haar was Lou gierig geweest met het stro en was het bed redelijk dun. Voor zijn ongelukkige paarden was het natuurlijk minder prettig geweest. Ze wilde niet eens weten waar die waren geëindigd.

Een rocknummer echode door de stal en Jessica voelde de neiging om mee te zingen. Maar ze deed het niet. Ze was bang dat de schilders haar zouden horen. Tussen twee nummers in stopte ze even en strekte de rug.

Er klonk opnieuw geritsel achteraan in de stal. Jessica bleef stilstaan en luisterde. Zouden ratten van muziek houden?

Ze wilde weer verdergaan met haar werk, toen ze opeens een zacht gebries meende te horen. Ze stokte in haar beweging en bleef doodstil staan.

Op datzelfde moment knalde een nieuw nummer uit de radio. Jessica schoot naar de radio en zette hem uit. Ze bleef weer staan en luisterde.

Ze hoorde een harde klap en deinsde geschrokken achteruit. Ze luisterde opnieuw, gespannen en nerveus. Weer een zacht briesend geluid.

'Dat kan niet,' mompelde ze.

Ze dacht opnieuw aan de opmerking van Cortenbach. Aan iets wat Dross had laten staan. Een geschenk...

'Maar het kan toch niet...'

Paardenhoeven. Onmiskenbaar.

Jessica liet alles uit haar handen vallen en liep naar achteren, naar de laatste box, die in de donkere hoek van het stalgebouw weggedrukt leek. Het bovenste deel van de voorkant was afgeschermd met tralies. Jessica keek naar binnen en keek recht in de ogen van een donker paard, dat haar misnoegd bekeek. 'Jee,' mompelde ze verbijsterd. 'Wat doe jij hier?'

Ze schoof wat dichterbij. De stank van mest en urine kwam haar tegemoet. Ze ving een glimp op van de smerige onderlaag waar het dier tot aan zijn koten in stond, en sloeg haar hand voor haar mond.

'Arm dier,' mompelde ze. Ze ging nog een stap naar voren, maar op datzelfde moment vloog het paard met zijn oren in de nek en zijn bek open naar voren. Zijn voorhoeven sloegen krachtig tegen de boxwand aan en de hele wand trilde.

Jessica sprong geschrokken achteruit en staarde het paard verbijsterd aan. Het dier bekeek haar woedend. Het wit van zijn ogen was zichtbaar en zijn oren lagen nog in de nek. Zijn hoofd was opgetild en de neusgaten waren opengesperd.

Jessica wist dat het dier opnieuw een uitval zou doen als ze dichterbij kwam. Ze huiverde.

'Dankjewel, Dross. Een gestoord paard. Dat kan ik net gebruiken,' siste ze nijdig. 'Een gestoord, verwaarloosd paard.'

Ze hield haar blik nog op het dier gevestigd. 'Een gestoord, verwaarloosd handelspaard zonder enige waarde.'

Haar ogen gleden omlaag, naar het smerige naambordje op de boxdeur.

*Black Faith*, stond erop.

'Black Devil is een betere naam,' mompelde ze.

Ze week achteruit en liep weer naar voren, niet wetend wat ze moest doen. Ze merkte dat haar benen nog wat week aanvoelden, toen ze bij de boxdeur stond.

Ze hoorde het paard in de box omdraaien. Het dier had geen voer. Helemaal niets. Het stond alleen in een smerige stal – wie weet hoe lang al – en liet niemand in de buurt komen.

Jessica wist dat ze het niet zo kon laten. Ze liep de stal uit, richting huis. Ze moest haar vader bellen. Ze moest vertellen over het paard en bekennen dat ze zich er geen raad mee wist. Ze had zijn hulp nodig.

Ze liep naar binnen, de zingende schilders negerend, en greep de telefoon. Maar voordat ze het nummer van haar vader intoetste, twijfelde ze. Haar vader zou het voor haar oplossen. Ongetwijfeld. Hij zou iemand sturen die het dier uit zijn ellende bevrijdde. Waarschijnlijk voor altijd.

En zij zou daarmee bewijzen dat ze zelf geen problemen kon oplossen.

Ze schudde heftig haar hoofd en legde de telefoon weer weg. Een paar tellen bleef ze stilstaan.

Nee, ze zou haar vader niet bellen. Ze zou het zelf oplossen.

Ze liep terug naar de stallen en bleef bij de schuifdeur een paar tellen staan.

'Goed... ik kan je niet in die box laten,' zei ze. Ze kon het paard niet zien, maar ze hoorde hoe het zich verplaatste. 'Ik kan ook niet bij je in de buurt komen als ik langer wil leven. Ik zal dus iets anders moeten verzinnen.'

Ze bekeek de boxen nog een keer en nam een beslissing. Ze pakte haar kruiwagen op en liep naar achteren, naar de één na laatste stal.

Terwijl het paard door de wand heen tegen haar aanwezigheid leek te protesteren, maakte ze deze stal schoon. De stal was niet zo smerig als de vorige stal, mogelijk omdat Dross niet het risico had genomen een ander paard in de buurt van dit monster te zetten.

De klus was vrij snel geklaard en ze kon de stal van een dik strobed en twee pakken hooi voorzien, zodat ze er voorlopig niet meer bij hoefde te komen. De watervoorziening was gelukkig geregeld met automatische waterbakken.

Daarna zette ze de boxdeur open en bouwde met zware strobalen een muur op tussen het stalen hek van de binnenbak en de openstaande boxdeur, zodat het paard geen andere kant uit kon dan richting schone stal.

Ze knoopte strotouwtjes aan elkaar vast, bevestigde het daardoor ontstane lint aan het handvat van de deur, haalde de beveiliging van de boxdeur af en maakte dat ze aan de andere kant van de deur van de lege box kwam. Toen pas schoof ze de boxdeur open met behulp van het strotouw en wachtte af.

In eerste instantie gebeurde er niets.

'Kom eruit,' mompelde ze ongeduldig. 'Kom...'

Juist op het moment dat ze dacht dat er niets meer zou gebeuren en haar aandacht even verslapte, sprong het dier uit de box. Jessica klapte bijna achterover van de schrik, krabbelde haastig overeind en ging tegen de achterkant van de openstaande boxdeur staan om te voorkomen dat het beest de deur verder openduwde en de gang in kon.

Ze durfde zich nauwelijks te laten zien en hoorde hoe het paard onrustig in de gang bewoog. Een paar minuten slechts en toen liep het de schone stal in en begon te eten.

Jessica gooide snel de boxdeur dicht en kon hem net op tijd in het slot laten vallen, toen het beest zich omdraaide en woedend naar haar toe sprong.

Ze zakte neer op een strobaal en probeerde haar gejaagde ademhaling weer onder controle te krijgen. Ze geloofde niet dat ze ooit zo bang was geweest voor een paard als nu. Johan had er een paar moeilijke exemplaren tussen zitten, maar dit was nieuw voor haar. Dit paard was gestoord.

Ze bleef een paar tellen zitten, kwam toen overeind en liep naar de stal waar het dier had gestaan. Hij was nog smeriger dan ze had verwacht. Stro was niet eens zichtbaar. Alleen mest en urine.

Ze moest Dross aanklagen voor dit. Ze verwachtte dat zelfs Dross niet bij het dier had kunnen komen, maar hij had het nooit zover mogen laten komen.

Ze gooide de deur dicht en keek naar het bordje. *Black Faith*. 'Black Devil,' mompelde ze en ze veegde de troep van het bordje.

Pas op dat moment zag ze het dunne grijze boekje dat erachter was geklemd. De kaft was van plastic en vol met bruine vegen. Ze opende het boekje en keek naar de naam van het paard.

'Black Faith. Warmbloed draver. Merrie.'

De namen van de ouders van het dier, vermeld in het boekje, kwamen haar bekend voor. Jessica wierp een blik richting box waar het paard nu stond.

'Een draver,' mompelde ze. 'Ik ben benieuwd waar je vandaan komt en hoe je zo ellendig terecht kon komen.'

Ze klemde het boekje vast en liep door de gang de stal uit, terug naar haar woning. Terwijl ze de laptop opende, liet Leo een voorzichtige opmerking vallen over zijn behoefte aan een kop koffie.

'Ik maak wel koffie,' beloofde ze hem. Ze was er zelf ook wel aan toe.

Terwijl het koffieapparaat zijn werk deed, zocht ze de informatie die ze nodig had op.

Black Faith. Dochter van Snack Bar en kleindochter van Nevele Pride.

Geen wonder dat de naam Snack Bar haar bekend in de oren had geklonken. Het was een zoon van Nevele Pride. Die naam kende ze. Ze had haar vader meer dan eens die naam horen noemen. Nevele Pride was een legende. En een nachtmerrie voor een aantal voormalige verzorgers.

Het paard had dus een goede afstamming. In ieder geval op het gebied van prestaties.

Het had nooit in haar bedoeling gelegen om met dravers te fokken, maar het opende wel mogelijkheden die de start van haar bedrijfje een impuls konden geven.

Ze vroeg zich alleen af waarom Dross het dier had achtergelaten in de erbarmelijke toestand waarin ze het had aangetroffen, maar hoefde daar niet al te lang over na te denken. Ze herinnerde zich maar al te goed het moment waarop ze een blik in de stal had willen werpen. Als ze eraan dacht, kreeg ze weer dat weeïge gevoel in haar maag.

Ze was waarschijnlijk niet de enige die een dergelijke ervaring met het paard had opgedaan.

Nevele Prides temperament was berucht. Daarover was net zo veel geschreven als over de ongelooflijke prestaties die hij leverde. En wat was dat ook alweer met Snack Bar? Ze wist het niet meer precies. Ze stond op en begon te ijsberen.

Dit paard kon het begin zijn van een bedrijf; van een inkomen. Maar het paard was ook gestoord. Wat zou haar vader in een dergelijke situatie doen? Haar vader had vakmensen als trainers. Dat wel. Maar paarden met ernstige karakterstoornissen wilde hij niet. Ze zou het hem kunnen vragen, maar ze wilde het niet. Misschien omdat ze zijn antwoord niet wilde weten.

Precies op dat moment ging de telefoon. Jessica nam hem aan zonder te kijken wie er belde en noemde haar naam.

'Met mij,' klonk een zware mannenstem. Haar vader. Alsof hij had gevoeld dat ze aan hem had gedacht.

'Zijn de schilders er?' wilde hij weten.

'Ja. Ze stonden om acht uur voor de deur.'

'Doen ze hun werk goed?'

'Voor zover ik kan beoordelen wel.'

'Goed. Dan is het goed. Nog verrassingen tegengekomen in de stal? Ratten of iets dergelijks? Ik neem tenminste aan dat je daar bezig bent...'

'Een paard.'

'Wat?'

Jessica had er helemaal niet over willen beginnen, maar ze had het nu toch genoemd. Zoals ze zo vaak dingen zei die ze niet wilde zeggen.

'Een paard,' herhaalde ze maar. Het had geen zin meer om het nu te ontkennen.

'Ik ben bang dat ik het niet begrijp. Hoe bedoel je? Een paard?'

'Er stond een paard in de stal. Achterin. Weet je nog die klap gisteren? Het was geen rat, het was een paard.'

'Een oud, vervallen dier waar hij niets meer mee kon?'

'Een draversmerrie. Twaalf jaar oud volgens de papieren. De vader is Snack Bar en de opa Nevele Pride.'

Het was een paar tellen stil aan de andere kant.

'Gestoord?' vroeg hij toen.

'Hoe weet je dat?'

'Dochters van Snack Bar hebben de naam gecompliceerd te zijn. Sommigen noemen hen gestoord. En aangezien Dross het dier heeft laten staan terwijl hij tot de categorie mensen behoort die overal winst op willen maken – dat heb ik er tenminste uit begrepen – is dat de enige optie. Het paard is gestoord, of ziek. Ziek is natuurlijk ook mogelijk.'

'Gestoord is ze wel. Of ze ook ziek is, weet ik niet. Ze stond tot aan haar koten in de mest en had geen eten.'

'Mager?'

'Nee, dat niet.'

'Dan heeft hij haar blijkbaar toch gevoerd. Maar niet verzorgd.'

'Afschuwelijk, nietwaar.'

'Ja.'

'En die dochters van die hengst Snack Bar zijn dus gestoord?'

'Er zijn mensen die dat beweren. Ik denk persoonlijk dat het dieren met een speciaal karakter zijn. Zoals Snack Bar zelf en Nevele Pride. Beide hengsten hadden de naam onberekenbaar te zijn. Nevele heeft in zijn dagen nog behoorlijk wat mensen verwond. Maar er waren ook mensen die het anders zagen. Die respect hadden voor Pride en er min of meer een overeenkomst mee sloten. Mensen die dat paard wel konden hanteren. Die hem wel waardeerden. En datzelfde geldt voor zijn zoon. Je kunt niet uitsluiten dat de dochters ook een gecompliceerd karakter hebben en dat het gewoon paarden zijn die slechts door een handvol mensen worden begrepen.'

'Dus deze merrie zou ook zo'n dier kunnen zijn.'

'Ja. Maar ze kan ook volledig zijn doorgedraaid door verkeerde behandeling en die kans is behoorlijk groot. Een paard met een dergelijk gecompliceerd karakter kan gevaarlijk worden als de mens het niet begrijpt. En er kan lichamelijk het een en ander mis zijn...'

'Maar ze zou geschikt zijn voor de fok, nietwaar?'

Haar vader was weer even stil.

'Je wilt haar toch niet serieus gaan inzetten?'

'Ze heeft een goede afstamming.'

'En ze is gevaarlijk. Dat heb ik allang begrepen.'

'Ze kan getraind worden. Een kwestie van omgang...'

'Door een handvol mensen. Misschien. Als ze niet al aan psychoses lijdt.'

'Ik heb ervaring met dravers.'

'Je hebt ervaring met de dravers die je via mij in handen krijgt. Er zitten regelmatig pittige exemplaren bij, maar nooit paarden met extreem gedrag.'

'Ik hoef er ook niet mee te rijden...'

'Jessica, begin er niet aan. Een merrie als deze is alleen geschikt voor doorgewinterde trainers met draversachtergrond. Niet voor jou. Dat gaat je niet lukken.'

'Ik wil het proberen.'

'Levensgevaarlijk. Zet het uit je hoofd. Probeer of een trainer haar wil hebben, en als ze al te ver heen is, laat je haar inslapen. Dat is het enige wat je kunt doen.'

'Nee, dat is niet waar. Ik kan kijken of ik haar zelf kan trainen. Niet voor de sport, maar gewoon haar hanteerbaar maken. Meer is niet nodig.'

'Jes, dat gaat niet lukken. Niet met een dergelijke merrie.'

'Jawel.'

Jessica voelde hoe het borrelde in haar lijf. Tot een paar minuten geleden had ze zelf rekening gehouden met de mogelijkheid tot het laten inslapen van het paard. Vanwege de risico's. Maar nu weigerde ze daar nog langer aan te denken. Omdat haar vader had gezegd dat het niet ging lukken. Dat ze het niet kon. Ze zou haar vader laten zien dat ze tot meer in staat was dan hij dacht.

Ze was vastbesloten toen ze de verbinding weer verbrak.

Achter haar schraapte Leo zijn keel om aan te geven dat die droog aanvoelde. Jessica gromde iets, liep naar de keuken, haalde twee mokken tevoorschijn en schonk koffie in voor de schilders. Haar aanvankelijke plan om zelf ook koffie te drinken, liet ze varen.

Ze liet twee tevreden mannen achter in haar woning en liep terug naar de stal, regelrecht naar de box van de merrie. De merrie stond te eten, maar hield Jessica gespannen in de gaten. Zodra ze weer een stap richting box zette, draaide het beest zich vliegensvlug om en vloog met de oren in de nek op de deur af. Hier waren geen tralies en ze kon zich uitstrekken naar Jessica. Iets waar ze gebruik van maakte met opengesperde mond.

Jessica deinsde achteruit en viel tegen het stalen hekwerk van de binnenbak aan.

'Waarom doe je dat nu?' riep ze. Haar hart ging tekeer en ze had een vervelende smaak in de mond. Het paard keek haar nijdig aan.

Jessica dacht aan de woorden van haar vader en krabbelde overeind. Haar vader was ervan overtuigd dat het haar niet zou lukken. Zij zou hem wel wat anders laten zien.

Ze wierp het paard nog een blik toe. 'Aan jouw gedrag gaan we werken,' verzekerde ze het dier. Het paard hapte nog een keer naar haar toen ze wegliep.

Misschien mankeert haar iets, dacht Jessica. Ze knikte in zichzelf. Dat moest wel bijna. Dat haar iets mankeerde. Ze zou de merrie laten nakijken en er dan mee aan het werk gaan. Ze had nog geen idee hoe ze dat moest doen, maar een telefoontje naar de veearts was een goed begin. Maar eerst moest de stal van Lolita klaar.

Het was vrij laat in de middag toen Jessica eindelijk de kans zag om haar woning te verlaten om wat boodschappen te doen. De schilders waren net naar huis, Lolita stond in een schone stal en ze had haar bezittingen min of meer een plek toebedeeld in haar nieuwe huis.
Ze was nog lang niet klaar. Van de tien stallen waren er nu twee bezet en vier leeg. De andere vier lagen nog vol met mest en voor het overige was het in de stal nog een puinhoop. Haar woning zag er niet veel hoopvoller uit. De schilders hadden hun materiaal laten staan en ze had slechts een beetje poetswerk kunnen doen. Televisie en radio waren nog niet aangesloten en er waren drie deurtjes uit de keuken gevallen. En veel tijd had ze niet meer. Donderdag moest ze voor het eerst op haar werk verschijnen. Gelukkig geen volle dagen, maar toch zes uurtjes per dag. Dat zou wel weer wennen zijn.
Tot dusver had ze de administratie voor Johan altijd gedaan en had ze veel van de overige uren in de stallen doorgebracht. Een gewone baan bij een bedrijf had ze al lang niet meer gehad. Maar ze geloofde niet dat het zwaarder was dan het werk in een eigen bedrijf.
Jessica ging te voet op pad. Ze had niet zoveel nodig, dus ze zou het prima kunnen dragen. Misschien kon ze dan meteen van de gelegenheid gebruikmaken om het dorp te leren kennen. Het was nu wat bewolkt, maar niet koud. Prima weer voor een dorpswandeling, vond ze.
Toen ze de deur uit liep, ademde ze diep de landelijke lucht in. Zij en Johan hadden ook een vrijstaand huis gehad, omgeven door weilanden, maar het had dicht bij de grote weg en de stad gelegen. Het was anders geweest.
Dit was een echt dorp. Haar dorp.
Ze keek naar de buren. Rechts een boerderij waar een ouder

31

stel in woonde. Ze had hen gezien toen ze voor het eerst hier was geweest om het huis van Lou te bekijken en ze had hen ergens rond de middag voorbij zien schuifelen, met hun blikken strak gericht op Jessica's boerderij. Ze wilden natuurlijk weten wat er gebeurde.

De buren aan de andere kant had ze nog niet gezien. Ze wist alleen dat het een heel klein huis was, met veel grond eromheen. Ze had drie paarden en een buitenbak gezien. Veelbelovend, vond ze. Misschien kon ze vriendschap met hen sluiten en vragen of ze de bak mocht gebruiken totdat ze zelf iets had wat meer geschikt was dan alleen een stuk bultige wei. Een jonge kerel kwam naar buiten en liep de wei in. De paarden tilden hun hoofden op en liepen onmiddellijk naar hem toe.

'Daar kan Lolita nog iets van leren,' dacht Jessica. Ze bleef even staan om te kijken wat de kerel van plan was. Maar blijkbaar was hij niets van plan. Hij ging op een steen zitten en ontspande.

'In ieder geval iemand met veel tijd,' mompelde Jessica.

Ze kon de man niet goed zien, maar hij leek van haar leeftijd. Hij was gekleed in jeans en shirt en droeg een petje, waar wat langer donkerbruin haar onderuit krulde. In feite zag hij er best aardig uit, meende ze. In ieder geval op afstand.

De kerel leek te merken dat iemand naar hem keek. Hij draaide zich om en keek naar Jessica.

Jessica bloosde en stak snel haar hand op om hem te groeten. Hij groette terug en richtte zijn aandacht weer op de paarden. Jessica wendde haar blik haastig van hem af en liep naar het dorp. Ze wist nog precies waar de kleine supermarkt was die ze eerder had gezien en liep er regelrecht naartoe.

Het was niet druk in de winkel, maar iedereen leek tijd genoeg te hebben, net als de kerel in de wei. Misschien was het iets typisch dorps om zoveel tijd te hebben.

In het midden van het gangpad stonden drie vrouwen op hun gemak met elkaar te kletsen. Bij de vleesafdeling sneed een vermoeid kijkende man vlees voor een jonge vrouw, wier zoontje met zijn neus tegen de vitrine gedrukt stond. Af en toe stak het jongetje zijn tong uit en liet een vochtig plekje achter op het glas.

Twee tieners kozen giechelend snoep uit en de vrouw bij de kassa voerde een geanimeerd gesprek met een klant, terwijl ze Jessica een zijlingse blik toewierp. Jessica glimlachte naar haar en richtte haar aandacht op de levensmiddelen.

Toen ze een kwartier later bij de kassa stond, keek de dame achter de kassa haar onderzoekend aan.

'Volgens mij ben je niet van hier?' begon ze.

'Oorspronkelijk niet,' bekende Jessica. 'Maar ik ben gisteren hierheen verhuisd. Ik heb een woning hier in het dorp gekocht.'

'O, kijk... ik wist wel dat ik je nog niet kende.' Ze glimlachte. 'Dat heb je in een dorp. Je kent iedereen. Ik weet niet of je zelf van een dorp komt?'

'Nee, mijn ouders wonen in de stad en de laatste jaren heb ik buiten de stad gewoond, in een vrijstaande woning.'

'Dan zal het wel even wennen zijn. Waar heb je een woning gekocht? In de nieuwbouwwijk? Ik heb niet gehoord dat er iemand ging verhuizen, maar je hoort natuurlijk niet alles.' Ze keek er even bedenkelijk bij, alsof het haar toch verwonderde.

'Niet in de nieuwbouwwijk, maar op 't Oude Pad. Een boerderij.'

'Toch niet dat pand van Lou?'

'Ja, dat.'

'O jeetje. Ja, ik had wel gehoord dat het was verkocht, maar hij is zelf nog maar net vertrokken...'

'Eergisteren.'

'Ja, dat klopt. Eergisteren. Goh meid, daar zul je wel wat werk aan hebben. Die Lou deed niet veel in huis. Altijd te druk met zijn paarden. Stonk ook altijd naar paarden.'

'Ik heb zelf ook paarden.'

'O. Ja, nou ja... dan is het natuurlijk een aardige locatie, neem ik aan. Maar hij deed er niet veel in. In dat huis dus. Wel in de paarden. In paarden en borrels. Want Sefke zag hem ook vaak.'

'Het huis is inderdaad vervallen,' bekende Jessica. 'Er zitten ook muizen. Ik kan natuurlijk vallen zetten...'

'Een kat. Je moet een kat aanschaffen. Die houdt de muizen weg. Als je landelijk woont en dieren hebt, kun je eigenlijk niet zonder een kat.'

'Hm... misschien is dat wel een goed idee. Prettiger dan vallen

in ieder geval. Of vergif.'
'Er zitten genoeg boeren in de buurt met jonge katjes.'
Jessica knikte. Ze zag dat zich een rij had gevormd achter haar en dat maakte haar een beetje nerveus. De vrouw achter de kassa had echter geen haast.
'Wat doe je eigenlijk? Wat werk betreft, bedoel ik.' Ze was wel al begonnen met het scannen van de waren.
'Ik heb een baantje aangenomen bij Drafbaanbeheer,' vertelde ze.
'O daar. Ik weet waar ze zitten. Maar wat deed je dan voorheen?'
'We hadden een eigen bedrijf.'
'O. Mee gestopt? De tijden zijn niet zo geweldig tegenwoordig...'
Jessica wenste dat de vrouw wat sneller scande. Ze had geen zin om over haar verleden met Johan te praten.
'Wat doet je man?' wilde de vrouw weten.
'Ik woon alleen.'
'O. Tja, tegenwoordig hoor je dat vaak. En waarom ook niet.' Ze glimlachte naar Jessica.
'Scheiden is tegenwoordig allang niet meer zo'n drama.'
Ze keek Jessica onderzoekend aan, wachtend op bevestiging. Jessica glimlachte naar haar en begon met het inpakken van de levensmiddelen.
'Kinderen?' wilde de dame nog weten, voordat ze de laatste inkoop, een zak broodjes, scande.
Jessica schudde haar hoofd. De dame achter de kassa noemde het totaalbedrag en Jessica gebruikte de betaalkaart om te betalen.
'Ik ben trouwens Elsa,' zei de vrouw achter de kassa toen. 'Elsa Munnik. Bij het vlees staat mijn man, Harry. Als we je ergens mee kunnen helpen... Tenslotte ben je nieuw in het dorp.'
Jessica perste er een nieuw lachje uit. 'Bedankt. Vriendelijk van u.'
'Graag gedaan.'
Ze liet Jessica eindelijk los en richtte haar aandacht op de volgende klant.
'Loes... Hoe is het met je? Heeft je dochter inmiddels al een

woning gekregen in de stad of zit ze nog bij Flip?' hoorde Jessica haar vragen. Blijkbaar had Elsa niet alleen interesse in nieuwkomers.

Ze pakte de tas op en liep de winkel uit. Op straat bleef ze nog even staan. Ze keek naar het cafetaria, waar vier klanten hun avondeten bestelden. Misschien kon ze dat ook een keer doen. Maar niet nu. Ze had het koud en was moe. Ze had twee lange dagen en een slechte nacht achter de rug en was aan rust toe.

Ze overwoog nog even om door het dorp te lopen, besloot dat het niet handig was als ze boodschappen bij zich had en liep weer richting huis. Misschien kon ze de volgende dag tijd vrij-maken om het dorp te verkennen. En anders zou ze het later een keer doen.

Ze liep naar huis, wist de open haard aan de praat te brengen en nuttigde een grote kom maaltijdsoep met broodjes als avondmaal bij de open haard. Het had iets gezelligs, ondanks de troep om haar heen. Voor het eerst voelde ze zich een beet-je thuis. Al moest er nog steeds veel gebeuren.

Toen ze later naar bed ging, lag ze nog een hele poos met haar ogen open op haar rug. Ze had de gordijnen van de slaapkamer opengelaten, zodat ze de sterren tegen de zwarte hemel kon zien. Het stelde haar gerust om die sterren te zien, zonder dat ze precies begreep waarom.

Ze dacht aan alles wat er was gebeurd. Ze dacht aan het afscheid van het huis dat ze met Johan had gedeeld, aan Johans hoopvolle vraag of ze niet toch wilde blijven, aan de verhui-zing, het bezoek van haar ouders, de aankomst van haar ner-veuze Lolita en natuurlijk aan het zwarte paard dat haar tot diep in de hoeven leek te haten.

Ze had het vanavond niet meer hoeven te voeren, want er had nog genoeg in de stal gelegen, maar op een bepaald moment zou ze dat toch weer moeten doen. Ze kon alleen maar hopen dat de veearts tegen die tijd een eenvoudige verklaring omtrent het gedrag van het paard kon geven.

Ze dacht na over al de dingen die ze de volgende dag nog moest doen en sloot de ogen. Boven haar hoorde ze muizen lopen. Het maakte haar niet meer zo bang als de eerste nacht. Maar een kat was misschien geen slecht idee.

HOOFDSTUK 3

De schilders waren weer aan het werk en Jessica had weer
twee stallen leeggemaakt, de paarden verzorgd en in huis
opgeruimd, toen de bel van de voordeur ging.
De veearts, realiseerde ze zich. Gehaast rende ze naar de deur
en maakte hem open. Ze keek recht in het gezicht van een man,
ergens in de veertig, met grijzend haar en donkere ogen. Hij
had een koffertje in zijn ene hand en stak de andere hand naar
haar uit om zich voor te stellen.
'Tobias Wouters, veearts.'
Jessica stelde zichzelf ook voor, schoot in haar allang niet meer
blinkende laarzen en liep voor hem uit richting stal.
'Het gaat om een paard dat Lou Dross hier heeft achtergela-
ten,' begon ze.
'Lou? Heeft Lou een paard achtergelaten?' reageerde Tobias
verbijsterd.
'Je kent hem?' Jessica draaide zich naar hem om en keek hem
aan.
'Iedereen kent hem,' meende Tobias. 'Niet altijd in de goede zin
van het woord.'
'Jij ook niet?'
'Och... ik zag hem niet zoveel. Hij loste zelf alles op.
Tenminste... dat dacht hij.'
'Dan heeft hij er met dit paard weinig van terechtgebracht.'
'Ik begrijp niet dat hij een paard hier heeft laten staan. Hij was
altijd op zoek naar meer geld; meer inkomen, zie je. Ik kan mij
niet voorstellen dat hij iemand een paard cadeau doet.'
'Als je het paard ziet, begrijp je het misschien wel.'
Jessica liep de stal binnen.
'Ziet het er zo slecht uit?'
'Dat niet, maar...' Jessica liep haastig naar de voorlaatste box.
'Ik laat het wel zien. Nou ja, ik... Het paard, vrees ik.'
De arts liep achter haar aan, zag het paard in de box staan en
liep erheen met een verbaasde uitdrukking op zijn gezicht. De
merrie draaide zich echter ineens om en viel uit naar de arts.

36

Deze deinsde verschrikt achteruit en kwam hard tegen het hekwerk aan.

Het is in ieder geval niets persoonlijks, bedacht Jessica terwijl ze de woedende merrie bekeek.

'O nee,' zei de veearts. Hij krabbelde weer overeind, zodat hij weer stevig op zijn voeten stond. Hij ging uit de buurt van de box staan, maar bleef wel zijn blik daarop gericht houden. 'Nee, die doe ik niet. Daar ga ik niet naar binnen.'

'Ken je haar?'

'Nee. En ik wil haar ook niet leren kennen. Niet op deze manier.'

'Maar ze moet nagekeken worden.'

De veearts zuchtte diep.

'We kunnen iets kalmerends geven, als je dicht genoeg bij haar kunt komen om haar iets te eten te geven.'

Jessica knikte. Ze haalde een emmer brokken, mengde het met de pasta die ze van de veearts kreeg, sloop naar de box, schoof in een vliegensvlug gebaar de emmer naar binnen, gooide de deur dicht en sprong weg.

Het paard schopte tegen de deur, maar begon meteen daarna te eten.

'Is het paard vooraan je eigen paard?' wilde de veearts weten. Ze stonden te wachten op de werking van het middel en de veearts had zijn blik gericht op de stal vooraan.

Jessica knikte. 'Een dressuurpaard. Ik rijd ermee in de ZZ. Het is de bedoeling nog wat hogerop te komen en haar daarna in te zetten voor de fok.'

'Hm... is die markt nog redelijk?'

'Goede paarden worden altijd verkocht.'

'Is het de bedoeling om een fokkerij op te zetten?'

'Kleinschalig. Daarnaast dravers omscholen en verkopen, paarden inrijden voor klanten en lesgeven.'

'Een compleet eigen bedrijf dus.'

'Dat ligt in de bedoeling. Ik heb alle papieren.'

'Ik hoop dat het een beetje geld oplevert.'

Het was niet helemaal de reactie waar Jessica op had gehoopt. Al helemaal niet met die bedenkelijke blik van de veearts. Ze wilde bewondering; horen dat het een goed idee was en dat het vast goed ging lopen.

'Als ik het goed aanpak, gaat het wel lopen,' zei ze. Ze wist niet zeker of ze de veearts of zichzelf wilde overtuigen.

'Misschien wel. Maar er zijn veel soortgelijke stallen in de omgeving. Lieshout handelt kleinschalig in dressuur- en spring-paarden, Veldhof heeft een fokkerij en verderop zitten er nog een paar fok- en africhtingsstallen. Als ik mij niet vergis alleen al hier over de grens al drie.'

'Ik wil een combinatie van fok, handel, africhting en lesgeven maken. Ik denk dat er niet zo veel zijn die dat hebben.'

De veearts gaf er geen antwoord op en keek naar de zwarte merrie.

'Volgens mij begint de verdoving te werken.' Black Faith stond nu rustig in de stal, met haar hoofd iets naar beneden en een lege uitdrukking in haar ogen.

Voorzichtig schoven Jessica en de veearts dichterbij. Heel even gingen de oren van de merrie iets naar achteren, maar het bleef bij een halfslachtige poging en Jessica kon eindelijk de deur openmaken zonder dat ze voor haar leven hoefde te vrezen.

Voor het eerst kreeg ze de kans om het paard goed te bekijken. De hoeven waren te lang, zag ze, en de bespiering kon absoluut beter. Maar het paard zag er verder goed uit.

De veearts begon zijn onderzoek, nog altijd op zijn hoede.

'Ik kan niet alles zien, op deze manier,' waarschuwde hij haar.

'Dat begrijp ik. Maar misschien genoeg voor een eerste onder-zoek. Eventueel geschiktheid voor de fok...'

De veearts knikte en ging aan het werk.

'Ik kan niets bijzonders ontdekken,' besloot hij uiteindelijk. 'Ze ziet er naar omstandigheden goed uit en alles lijkt in orde. Ik kan op deze wijze uiteraard geen kreupelheidstest doen, dus is het verstandig om haar de bak in te sturen als ze weer wakker is en haar bewegingen te bekijken. Ik ga ervan uit dat fok ver-der geen probleem is.'

Hij aarzelde en keek Jessica aan.

'Maar waarom wil je in hemelsnaam met haar fokken?'

'Ze komt uit een goede draverslijn.'

'Ze is levensgevaarlijk.'

'Dat misschien ook.'

'Is het niet verstandiger om haar te laten inslapen?' opperde de veearts. 'Met een paard als dit kun je ongelukken verwachten.'
'Het is niet de bedoeling om erop te gaan zitten.'
'Op zo'n paard hoef je niet te gaan zitten om te verongelukken.'
'Misschien is ze nooit goed verzorgd. Nooit goed behandeld.'
'Waarschijnlijk niet, maar het maakt haar niet veiliger als je dat weet. Je kunt vast aan betrouwbare merries komen.'
'Niet voor niets.'
'Nee, niet voor niets. Maar het feit dat Lou dit paard heeft laten staan, zegt al genoeg. Hij laat niets staan wat hem iets oplevert. Niet Lou.'
'Hij wist misschien niet wat ze waard was.'
'Lou weet altijd wat een paard waard is. Maar hij heeft ingezien dat ze gevaarlijk was. Ik denk, hem kennende, dat hij het paard ook om die reden heeft laten staan; omdat ze te gevaarlijk was. Niet om jou een plezier te doen.'
'Hij had het paard naar de slacht kunnen brengen.'
'Als hij erbij in de buurt had kunnen komen, had hij dat misschien wel gedaan. Maar ik denk dat het zelfs hem niet lukte. En misschien vond hij het ergens toch jammer, gezien de afstamming. Of het was hem te veel gedoe. Daar zullen we niet meer achter komen, vrees ik. Maar hij had haar niet geschonken als er iets mee aan te vangen was.'
'Dat begrijp ik, maar het is toch het proberen waard om er nog iets van te maken. Om haar hanteerbaar te maken. Meer is niet nodig.'
'Reken er maar op dat Lou dat heeft geprobeerd, en die heeft heel wat lastige paarden onder zijn hoede gehad.'
Jessica zuchtte diep en knikte.
'Dus?' De veearts keek haar onderzoekend aan.
'Ik wil het toch proberen,' zei Jessica.
'Gekkenwerk,' vond de veearts. 'Maar je moet het zelf weten.'
Jessica knikte en liep met de veearts de stal weer uit.
'Zorg in ieder geval dat je niet alleen bent als je iets met de merrie gaat doen,' waarschuwde de veearts.
'Ik ken hier nog niemand.'
'Vraag je buurman.'

'Mijn buurman?'

'Ik krijg niet goed hoogte van hem, maar hij schijnt goed te zijn met probleempaarden. Al zegt hij zelf dat hij vooral met probleemmensen werkt.'

'Dat wist ik niet. Ik zag hem gisteravond in de wei zitten en dacht dat hij gewoon een paar eigen paarden als hobby had.'

'Nee, hij doet meer dan dat. Precies weet ik het ook niet, maar je kunt het hem zelf vragen. Hij is van jouw leeftijd en vrijgezel. Dus wie weet.' De veearts grijnsde even.

Jessica bloosde. 'Weinig kans,' mompelde ze.

Ze begeleidde de veearts naar het erf en zwaaide nog even toen hij wegreed in zijn rode stationcar. Daarna bleef ze een poosje staan. Ze dacht aan hetgeen de veearts had gezegd.

Hulp met dit paard zou prettig zijn. Al helemaal als ze die hulp buiten haar eigen circuit kon zoeken. Als het betekende dat ze haar vader niet hoefde te vragen. Of nog erger... Johan.

En als het werken met probleempaarden het werk was van de buurman, hoefde ze niet te schromen om het aan hem te vragen. Omdat ze hem dan niet zomaar om een burendienst vroeg, maar het gewoon betaalde. Als ze er het geld voor had.

Dat laatste was natuurlijk een probleem. Geld was altijd een probleem. Althans... in de toekomst. In ieder geval totdat ze had bereikt wat ze wilde bereiken. Ze kon er in ieder geval over nadenken.

Ze wilde weer naar binnen lopen, maar een kleine, ronde kerel met kalend hoofd kwam puffend het erf op gefietst. Zijn hoofd was zo rood dat het aan een vleestomaat deed denken. De man was gekleed in een overall en sleepte een mandje met zich mee. Pas toen hij vlak voor Jessica de fiets parkeerde en afstapte om zich voor te stellen, hoorde Jessica het klaaglijke gemiauw in het mandje.

Ze keek verbaasd naar de man, die hartelijk zijn hand uitstak om haar te begroeten, en naar het miauwende mandje.

'Per Silmans,' stelde de man zich voor. 'Ik woon verderop op de Klaverweg. Welkom.'

'Dank u,' reageerde Jessica wat verbaasd.

'Ik hoorde van mijn vrouw dat iemand uit de stad de boerderij van Lou had gekocht. Ik had niet gedacht dat hij zijn huis zo

snel kwijt zou zijn. Maar ja... veel grond erbij. Dat wel.'
Jessica knikte maar.
'Mijn vrouw hoorde het van de overbuurvrouw en die was in de winkel bij Elsa...'
'O.' Jessica wist niet goed wat ze moest doen. Er lag nog zoveel werk op haar te wachten, en de aanwezigen in het mandje schenen ook niet zoveel zin te hebben om nog te wachten, maar het leek haar nogal onbeleefd om de man af te schepen zonder hem een kop koffie aan te bieden. Al of niet met een praatje.
'Wilt u koffie?' vroeg ze daarom. Misschien kon ze dan meteen weer koffie maken voor de schilders. Leo liep weer erg zijn keel te schrapen.
Maar Per schudde meteen zijn hoofd. 'Nee, geen tijd. Ik moet de koeien nog verzorgen. Maar ik heb iets voor u meegebracht. Ik hoorde dat u dat wel kon gebruiken.' Hij haalde het mandje van het stuur en overhandigde het Jessica. 'Prima muizenvangers,' zei hij met een grijns.
Jessica wierp een blik in het mandje en keek daarmee recht in de grote verschrikte ogen van twee grijze kittens.
'Mijn vrouw had het van de buurvrouw gehoord en die wist het van Elsa. Dat u dus muizen had en een kat kon gebruiken. Maar ja, een jong kitten is ook maar eentje, nietwaar.' Hij grijnsde. 'Gezelliger voor de kittens om met z'n tweeën te zijn.'
Jessica knikte maar. Ze had er inderdaad heel even over gedacht om een kat te nemen, maar ze had nog geen beslissing genomen en ze had liever zelf een kat uitgezocht. Eentje. Geen twee vlooienbaaltjes van de boerderij.
'Ze zijn nog wat bang,' meldde Per. 'Ze kunnen wel nog krabben als u ze op wilt pakken, maar dat gaat wel over. Lekker pap en vlees voeren en dan eten ze zo uit de hand.' Hij wachtte niet op een reactie, maar stapte op de fiets en verdween slingerend uit het zicht.
Jessica bleef wat verbouwereerd met het mandje in haar hand op het erf staan.
Toen de kittens weer hun klagelijke geluid lieten horen, draaide ze zich om en liep met het mandje haar woning binnen.
'Kittens?' informeerde Leo. Hij wierp een vlugge blik op het mandje. Ruud, zijn collega, keek wel even om, maar zei niets.

41

Ruud zei eigenlijk nooit iets, had Jessica gemerkt.

Jessica knikte. 'Een boer van verderop kwam ze brengen,' vertelde ze. 'Heel aardig bedoeld...'

'Hij zal ze wel kwijt moeten,' meende Leo.

Jessica keek hem verbaasd aan.

'Daar stikken ze in, rond deze tijd van het jaar. In katten dus. Ze moeten ze kwijt.'

'O.'

'Maar het is wel goed hoor, katten. Ik heb er zelf ook twee. Ze houden de muizen weg, ziet u. Beter dan gif en klemmen. Dat is helemaal niets, dat gif. Mijn buurman had gif gestrooid. Ziet-ie twee dagen later de hond van de overburen in zijn schuur liggen. Morsdood. Had gif gegeten.' Terwijl hij dat vertelde zwaaide hij vrolijk met zijn kwast om zijn verhaal te benadrukken. Jessica keek benauwd of er geen spetters op haar meubels terechtkwamen, maar dat leek wonderlijk genoeg niet te gebeuren.

'Ik houd ook niet zo van gif,' gaf Jessica toe. 'En niet van klemmen.'

'Klemmen zijn goor. Overal dooie muizen. En u hebt muizen. Ik heb ze daarnet nog horen lopen.'

'Dat weet ik. Ik hoor het 's nachts ook. Misschien is het geen slecht idee, die katten.'

'Als u wilt, kijk ik er wel even naar. Of ze gezond zijn en zo. Boerderijkatten... dat weet je maar nooit. Misschien tijdens de koffiepauze.'

Hij keek Jessica veelbetekenend aan.

'Ik zal nu koffiezetten,' stelde Jessica voor. Ze dacht aan al de dingen die ze nog moest doen, maar ze wilde niet onbeleefd zijn. Ze zette het mandje neer en liep naar de keuken om koffie te zetten.

Leo ging alvast zitten en pakte de kittens uit het mandje. Hij duwde zijn jonge collega, die er ook maar bij kwam zitten, een boze blazende kitten in de hand en keek de eerste na. Het beestje vocht om los te komen, probeerde te krabben en maakte zelfs kleine spuuggeluidjes, maar Leo was niet onder de indruk. Hij hield hem stevig vast.

'Smerige oogjes, dat wel,' hoorde Jessica hem zeggen. Ze stond in de keuken, maar de man had een duidelijke stem. 'Hebben ze altijd als ze van de boerderij komen. Smerige oogjes. Gewoon even schoonmaken met gekookt water. En een beetje vlooien. Dat hebben ze ook altijd.'

Jessica rilde. Ze had de koffie aangezet en liep weer de kamer in. 'Zijn ze verder gezond, denk je?'

'Ik denk het wel, maar u moet een bak hebben met zand. Ze mogen niet meteen naar buiten. Een bak met zand is een prima toilet. Een doos met wat geel zand doet het ook. Als ze maar kunnen plassen, nietwaar.' Hij grijnsde.

Jessica knikte maar. Zand genoeg in de provisorische binnenbak.

Leo en Ruud zetten de diertjes op de grond. De kittens gingen meteen angstig in elkaar gedoken op onderzoek uit, waarschijnlijk hopend op een geschikte schuilplek, ver weg van grove mannenhanden. Jessica schonk koffie in voor de mannen en voor zichzelf. Ze had nog steeds geen tijd, maar wel de behoefte aan iets sterks. Een borrel zou misschien nog beter zijn, maar aangezien ze vrijwel nooit dronk, was het geen goed idee om daar nu midden op de dag mee te beginnen. Bovendien zouden de schilders haar daarbij waarschijnlijk met iets te veel enthousiasme vergezellen. En ze kreeg toch graag het schilderwerk gedaan.

Ze zat nog maar net, toen iemand aanbelde. Jessica stond zuchtend op en liep naar de voordeur. Een stevige dame met blozende wangen en een sjaaltje om haar bruine krullen stond bij de deur.

'Wies,' stelde ze zich voor. 'Ik woon drie huizen verder. Ik hoorde van Merel dat ze van Marit had gehoord dat die bij Elsa was geweest en dat je hier was komen wonen.'

'Eh ja,' zei Jessica, terwijl ze duidelijk probeerde te krijgen wie nu precies wat had gezegd.

'Welkom. Als er iets is, moet je het maar zeggen.'

'Dank u. Wilt u binnenkomen? Een kop koffie gebruiken misschien? Het is wel wat rommelig, maar...'

'Nee, nee, niet nu. Ik heb een appeltaart in de oven staan. Ik kan niet te lang wegblijven. Een andere keer misschien.'

'O. Eh ja, bedankt dan.'

'Ja. O, hier.' Ze schoof een doos naar voren, die op de grond stond. Jessica zag de doos nu pas.

'Welkomstgeschenk. Vanwege de muizen.'

'Maar...'

'Ik moet nu snel gaan. Tot gauw.' Wies maakte dat ze wegkwam en Jessica bleef met de doos achter.

Misschien muizenvallen, dacht ze hoopvol. Omdat ze nauwelijks aan het alternatief durfde te denken. Maar toen ze een zacht gemiauw hoorde, wist ze dat het gegarandeerd geen vallen waren. Ze pakte zuchtend de doos op en liep ermee naar binnen. Leo en Ruud keken haar nieuwsgierig aan.

'Cadeau?' wilde Leo weten.

Jessica zuchtte diep, opende de doos en keek in de oogjes van twee zwartwitte katjes.

'Ze hebben in ieder geval een andere kleur,' vond Leo. Hij pakte een van de beestjes op en bekeek ze. 'Beetje vieze oogjes, ook deze twee, maar dat kun je verwachten.'

'Dadelijk kan ik een kattenfarm beginnen,' verzuchtte Jessica.

'Zou ik niet doen,' meende Leo. 'Daar kunt u niets aan verdienen.'

'Hoe voorkom ik dat ze nog meer katten brengen? Ik wist niet eens zeker of ik er een wilde en nu heb ik er vier.'

'Bord in de tuin zetten,' meende Leo. 'Duidelijk maken dat u genoeg katten heeft.'

'Is dat niet een beetje raar? Een bord in de tuin?'

'Een brief op de deur kan ook.'

'Ik neem aan dat ik zoiets moet doen,' gaf Jessica toe.

'Of gewoon weigeren als ze weer met een doos of mand komen.'

Jessica knikte. Weigeren kon ook. Maar vooralsnog hoopte ze dat er geen katten meer kwamen. Ze wist niet eens wat ze met deze vier moest beginnen.

Ze dronk koffie met de schilders en ging daarna snel weer naar de stal om de laatste stallen leeg te halen. Een beslissing over de katten kon wachten. Ze kon Lolita niet in het stof en de stank laten staan. Haar paard leek toch al nauwelijks op haar gemak. Ze overwoog heel even om het dier los te laten in de zandbak, maar ze durfde het niet goed aan, bang dat het paard zich zou verwonden. Misschien later op de dag onder streng toezicht, bedacht ze zich.

Ze besefte dat ze haar nieuwe paard ook de benen moest laten strekken. Op advies van de veearts. Maar ze besloot dat ze dat ook liever later deed. Veel later.

Het was avond en Jessica was doodop. Ze had Lolita gelongeerd en dat was bepaald niet eenvoudig geweest. Lolita was één bonk stress geweest en had het haar moeilijk gemaakt. Maar ze had in ieder geval haar beweging gehad.

Daarna had Jessica een tijd doorgebracht in de buurt van de box van Black Faith. Ze had over constructies nagedacht om het paard veilig naar de binnenbak te laten lopen, maar geen van haar ideeën leek uitvoerbaar. Bovendien zou ze daarna een manier moeten verzinnen om het paard weer in de box te krijgen en dat leek nog moeilijker.

Bij de box in de buurt komen was ook nog geen optie en Jessica begon de moed op te geven. Ze dacht aan hetgeen de veearts had gezegd en aan haar vaders woorden. Opgeven betekende dat hij gelijk had. En dat vond ze niet prettig. Want dan was er weer iets wat ze niet kon afronden. Zoals zo vaak in haar leven.

Helaas leek het erop dat hij zijn gelijk toch kreeg en zou ze dat uiteindelijk moeten toegeven. Ze leunde nu vermoeid en bijna ten einde raad tegen het hekwerk van de binnenbak en keek naar de box. Het paard keek naar haar.

Jessica zuchtte. 'Gestoord,' mompelde ze.

Het paard legde zijn oren in de nek en zwaaide even met zijn kop.

'Hartstikke,' vulde Jessica aan.

Het ging haar niet lukken, besefte ze. Ze kon niet in de buurt van het dier komen. Ze was er bang voor. Doodsbang. En dat irriteerde haar mateloos. Ze zat verdorie al haar hele leven tussen de paarden.

'En toch geef ik nog niet op,' zei ze tegen het paard. Ze ging met een ruk rechtop staan en liep de stal uit. Ze ging niet meer naar binnen om zich om te kleden. Ze zag eruit als een strobaal die te lang had gelegen, maar ze wilde simpelweg niet meer over haar beslissing nadenken. Ze wilde niet meer uitrekenen hoe ze het financieel allemaal moest oplossen om tot de conclusie te komen dat het eigenlijk niet ging. Ze wilde gewoon dat doen waarvan ze dacht dat het de enige optie was.

Ze liep regelrecht naar het kleine huis van haar buurman en belde aan. Het duurde een tijdje voordat hij opendeed, maar uiteindelijk verscheen hij toch in de deuropening en keek haar vragend aan.

Ze stak haar hand uit. 'Jessica Doornhof,' stelde ze zichzelf voor. 'De nieuwe buurvrouw.'

De man leek even te aarzelen, glimlachte toen en stak zijn hand naar haar uit.

'Pascal Ledoux. Je komt geen katten brengen, hoop ik?'

Jessica begon te lachen. 'Jij ook?'

'Ik kwam hier vijf jaar geleden wonen en liet mij ontvallen dat er muizen waren. Ik heb nu zes katten.'

'Ik heb er al vier. Ik maakte dezelfde fout.'

Heel even was het stil.

'Wil je binnenkomen?' vroeg Pascal toen.

'Nee. Nee, ik heb weinig tijd. Ik wil je eigenlijk iets vragen.'

Pascal keek haar vragend aan.

'Ik heb een paard in mijn stal staan...' Ze aarzelde even. 'Ik hoorde dat je met probleempaarden werkt?'

'Het zijn over het algemeen de mensen die de problemen hebben.'

'Misschien wel. Maar niet altijd, neem ik aan.'

Ze schraapte haar keel. Ze kon beter uitleggen dat zij in dit geval niet degene was met een probleem. Dat ze geen groentje was. 'Ik heb altijd al gereden. Vroeger al. Altijd paarden gehad. Mijn ex heeft een springstal en ik rijd zelf ZZ-dressuur.'

Pascal keek haar afwachtend aan.

'Maar ik heb nu een paard...' Ze aarzelde. 'Kende je Lou Dross?'

'Nauwelijks. Ik mocht hem niet zo.'

'Daar kan ik mij iets bij voorstellen. Het is, geloof ik, wel een apart figuur. Ik heb dus de boerderij van hem gekocht en hij is richting Spanje vertrokken, naar zijn dochter.'

Pascal knikte.

'Maar hij heeft iets achtergelaten. Een paard. Een merrie, om precies te zijn.'

Pascal trok zijn wenkbrauwen op. 'Vergeten?'

'Nauwelijks. Het paard stond tot aan zijn koten in de mest, maar ik geloof niet dat hij het dier is vergeten. Je kunt er namelijk niet bij komen. Ze is gevaarlijk.'

'Gevaarlijk?'

'Ze valt aan.'

'Wat wil je dan dat ik doe?'

'Het oplost? Haar temt? Weet ik veel... Ik heb hulp nodig. Ik heb altijd met paarden gewerkt, maar dit heb ik nooit eerder meegemaakt. Ik vrees dat ze gestoord is, maar ik weet het niet zeker. Als dat zo was, liet ik haar wel inslapen. Maar ze komt uit een hele goede draverslijn en ik wil niet te snel conclusies trekken.'

'Wil je ermee de drafsport in?'

'Nee. Ze is al twaalf. Maar ze zou geschikt zijn voor de fok. Ik wil een eigen bedrijfje beginnen, zie je. Kleinschalige fok, dravers omscholen en verkopen, paarden beleren en dressuurles geven. Ik heb alle papieren.'

Pascal knikte even. 'En je verwacht van mij dat ik het probleem met dat paard oplos zodat je het kunt gebruiken in je bedrijf?'

'Dat doe je toch? Dat soort problemen oplossen? Ik betaal er natuurlijk voor...'

'Om naar het paard te gaan en ervoor te zorgen dat ze in een braaf paard verandert?'

'Nou ja, het zal geen heel braaf paard worden, maar hanteerbaar. Hanteerbaar is voldoende.

Mijn eigen paard heeft ook haar nukken. Maar hanteerbaar... ja.'

'Je eigen paard is een dressuurpaard, begrijp ik?'

Jessica knikte. 'Goede lijn, mooie bewegingen.'

'Ik heb de paarden nog niet buiten gezien.'

'Nee. Ik kan Lolita nog niet buiten laten. Het is erg ongelijk en ze is snel gestrest. En Faith... tja, daar kan ik niet eens bij in de buurt komen.'

Pascal knikte. 'Het spijt me,' zei hij.

'Wat bedoel je?'

47

'Ik kan er niet aan beginnen.'

Jessica staarde hem aan. 'Hoe bedoel je?'

'Ik heb geen tijd.'

'Ik betaal ervoor.'

'Dat doet er niet toe. Ik heb er geen tijd voor.'

'Je zat gisteren bij de paarden in de wei.'

Pascal glimlachte. Het irriteerde Jessica.

'En nu? Wat moet ik nu doen?'

'Laat haar buiten. Samen met je eigen paard. Geef haar tijd. Als je haar werkelijk zo aantrof zoals je vertelde, heeft ze alle reden om mensen te wantrouwen.'

'Ik kan haar niet buiten gooien met mijn paard. Ze vermoordt Lolita.'

'Heb je het uitgeprobeerd?'

'Nee, natuurlijk niet. Lolita is een kapitaal waard. Ik neem geen risico's met dat paard.'

'Weet ze dat ze een kapitaal waard is?'

'Wat is dat voor een opmerking?'

'Misschien moet je je afvragen wat de meerwaarde voor je paard is.'

'Ze wordt als een koningin behandeld.'

'Een koningin in een gouden kooi.'

'Luister eens... ik heb die kritiek niet nodig. Ik zorg goed voor mijn paard. Ze heeft het prima naar haar zin, ook zonder dat ik risico's neem. Ze krijgt aandacht, het beste voer, dagelijkse poetsbeurten, controles door veearts en tandarts en de training is goed opgebouwd. Haar lichaam is sterk en soepel.'

'Om aan de verwachtingen te kunnen voldoen,' zei Pascal.

Jessica staarde hem woedend aan. 'Ik doe alles voor mijn paard. Ik hoef dit niet te pikken.'

'Nee, dat klopt.'

Jessica draaide zich met een ruk om, kokend van woede. Het speet haar dat ze deze vent om hulp had gevraagd. Dat het haar buurman was. Ze haatte hem.

Ze stampte terug naar huis, ging naar binnen en maakte zichzelf met heftige bewegingen een mok sterke koffie. Ze zocht in de keukenkast, vond een reep chocolade en plofte daarna neer in de keuken, met koffie en chocolade. Ze at zo gulzig dat ze zich bijna in de chocolade verslikte. Wat dacht die kerel wel?

Tegen de tijd dat de koffie en de chocolade op waren, was ze wat rustiger. Ze was nog steeds kwaad op Pascal, maar ze realiseerde zich dat hij geen rechtstreekse kritiek had geleverd. Hij had gezegd dat hij geen tijd had om haar te helpen en haar voorgesteld om de paarden de wei in te doen.

Hij had geen echt begrip getoond voor het feit dat ze dat niet zag zitten en hij had zelfs gesuggereerd dat Lolita in een gouden kooi werd gehouden.

Eigenlijk had hij dus toch kritiek geleverd. En dat had haar woedend gemaakt. Maar ze begreep niet precies waarom het haar zo woedend had gemaakt. Johan had wel vaker kritiek gekregen over zijn manier van trainen en over het feit dat zijn beste paarden weinig buiten kwamen, maar hij had het zich nooit aangetrokken. Johan had nooit aan zichzelf getwijfeld.

Was dat het probleem? Twijfelde zij wel aan zichzelf? Of verdroeg ze eenvoudigweg geen kritiek?

Ze begreep dat ze daar iets aan moest doen als ze een eigen bedrijfje wilde opbouwen. Dat ze haar standpunten duidelijk moest innemen en daar niet aan mocht twijfelen.

Zo zou ze ook haar standpunt moeten innemen wat Faith betrof.

Misschien was het voorstel om Faith op de wei te gooien nog niet zo slecht. Ze vond het ellendig om dat toe te geven, maar het bood voordelen. Ze hoefde dan geen halsbrekende toeren uit te halen om de stal schoon te maken en ze kon hooi, voor zover dat nog nodig was in de wei, gewoon over de draad gooien.

Maar ze zou het paard niet eruit kunnen halen. Niet kunnen benaderen. Maar misschien was dat nog geen probleem. Misschien zou dat vanzelf komen en misschien ook niet. Maar het zou haar in ieder geval de tijd geven om over de toekomst van het paard na te denken.

Lolita erbij zetten was geen optie, wat haar betrof. Lolita was kwetsbaar. Maar Faith in de wei zetten… ja, misschien wel.

Ze nam zichzelf voor dat ze de volgende dag na haar werk de wei op orde zou brengen en het paard buiten zou laten. Daarna moest ze Lolita haar beweging geven, de stallen schoonmaken en voorbereidingen maken voor het aanleggen van een oefenbak. Zonder dat kon ze geen dravers en andere paarden aannemen om te trainen. Zonder dat kon ze Lolita niet behoorlijk trainen, en haar eerstvolgende concours was alweer aanstaande zondag.

Eigenlijk had ze zondag willen overslaan, vanwege de verhuizing. Maar zondag was een belangrijke selectiewedstrijd en ze kon het zich niet permitteren om daar niet te verschijnen. Niet als ze de nodige winstpunten wilde maken en mee wilde draaien aan de top.

Een kwestie van trainen, hield ze zichzelf voor. Desnoods in de zandbak of op de wei. Morgen beginnen en dan vier dagen trainen. Tot zondag.

Ze ruimde op en wilde naar bed gaan. Morgen moest ze om zes uur op, zodat ze de paarden nog kon verzorgen voordat ze naar haar werk ging. En de katten.

Ze keek naar de baaltjes wol, die blijkbaar waren bekomen van de verhuizing en met z'n vieren door de kamer holden. Rondom de doos met zand in de keuken lag een behoorlijke hoeveelheid gemorst zand. De katjes begroeven hun uitwerpselen met zoveel ijver iedere keer, dat het zand alle kanten uit vloog. Het maakte niet uit. Ze deden hun behoefte in ieder geval netjes in de zandbak en niet op de vloer en op de meubels. Dat was al heel wat.

Ze keek toe hoe de katjes omhoogsprongen bij het raam en in de gordijnen klommen. Ze zou er iets van moeten zeggen, maar ze kon eenvoudigweg de energie daartoe niet meer opbrengen. Daarom zuchtte ze alleen maar diep en ging naar bed. Haar hele lijf was moe en pijnlijk. Haar hoofd bonkte en haar ogen brandden. Toen ze eenmaal in bed lag, rilde haar lijf nog een hele tijd. Ze had het niet koud, maar haar lijf rilde evengoed.

Het had niets te maken met het nieuwe huis, met haar nieuwe bed. Ze had dit al zoveel avonden doorgemaakt de laatste tijd; die pijn in haar lijf alsof haar spieren als kabels waren gespannen, en dat rillen. Totdat de spanning wegebde en de slaap eindelijk kwam. Iets wat soms lang kon duren.

Terwijl ze daar lag en naar het plafond staarde, sprongen de

katjes een voor een op bed en nestelden zich tegen haar aan. Misschien was dat ook geen goed idee, maar ze vond de warmte van de kleine lijfjes prettig.
Ze sloot haar ogen en viel in slaap.

# HOOFDSTUK 4

Jessica was in de wei bezig toen haar ouders kwamen. Ze hadden zich niet van tevoren aangemeld, maar dat deden ze zelden.

Jessica zuchtte diep toen ze hen achterom zag komen. Ze had geen behoefte aan bezoek. Ze was doodop. Van acht uur 's morgens tot twee uur 's middags op haar nieuwe werkplek had al haar energie gevreten en zoveel energie had ze de laatste tijd toch al niet. Toch had ze zich daarna geen tijd gegund om te rusten. Ze had nog werk te doen. Ze moest de wei op orde maken, stallen uitdoen, Lolita verzorgen en beweging geven, het huis op orde brengen, voorbereidingen treffen voor de buitenbak en nog veel meer, waar ze nog niet eens aan wilde denken.

Maar nu waren haar ouders er en dwong ze zichzelf tot een hartelijke groet op afstand, waarbij ze lachte en zwaaide. Ze hoefden niet te weten hoe ze zich voelde.

Haar ouders zagen haar, zwaaiden terug en liepen haar kant uit, voorzichtig voortbewegend tussen de graspollen en plekjes met modder.

'Ga je ze buiten zetten?' vroeg haar vader.

Jessica knikte. 'In ieder geval de draver. Misschien kalmeert ze dan een beetje.'

'Ik begrijp niet dat je daaraan begint. Zo'n paard...'

'Ik wil gewoon kijken hoe het gaat als ze buiten loopt,' onderbrak Jessica hem. 'Ik heb er niets bij te verliezen.'

'Je leven, als je te dicht in de buurt komt?'

'Je overdrijft.'

Haar vader gromde even.

'Hoe gaat het verder?'

'Druk.'

'Hoe bevalt je baan?'

'Ook druk.'

'Je haalt je te veel op je nek; werk, eigen bedrijf beginnen...'

'Als ik iets wil opbouwen, zal ik ervoor moeten werken.'

'Ik ben de laatste die dat zal ontkennen. Maar op dit moment is het te veel. Je trekt dat niet. Niet na de pijnlijke scheiding met Johan en de omschakeling die je moet maken.'

Jessica klemde haar kaken opeen. 'Ik red me wel,' zei ze, wat bitser dan de bedoeling was.

'Ik heb gebak meegebracht,' zei haar moeder. Haar stem was zorgzaam en zacht, als altijd. Sussend. 'Ik dacht dat je daar misschien wel zin in had.'

Jessica knikte. Ze begreep dat ze er niet omheen kon om koffie te zetten voor haar ouders en hun op z'n minst een beetje tijd te gunnen.

'Nog even deze draad vastmaken,' mompelde ze. Ze bond een laatste stuk stroomdraad vast en liep met haar ouders naar binnen.

Het was fris buiten, maar toen ze bezig was geweest, had ze het nauwelijks gemerkt. Ze realiseerde het zich pas toen ze haar woning binnenliep en de warmte van de haard haar tegemoet kwam.

Ze had Leo en Ruud gezegd dat ze zelf de haard aan konden maken als ze het warm wilden hebben en ze was eigenlijk wel blij dat ze dat dus ook hadden gedaan. Ondanks het feit dat ze het op dat moment te warm had. Ze wist dat het anders zou zijn als ze eenmaal langer binnen was en ze wist dat ze geen zin zou hebben om hem zelf aan te maken als ze later op de avond eindelijk even kon gaan zitten. Nu hoefde ze er alleen een blok hout op te gooien.

Eigenlijk vond ze het hoe dan ook prettig om de mannen in huis te hebben. Het gaf haar nauwelijks de kans om zich eenzaam te voelen.

Jessica liet haar ouders in de woonkamer plaatsnemen. Het was er aangenaam en het bankstel zat wat comfortabeler dan de keukenstoelen.

Jessica merkte dat ze last kreeg van haar rug. Ze zou dat nooit toegeven, maar het baarde haar zorgen, terwijl ze eigenlijk wel wist dat het gewoon van het harde werken en het sjouwen kwam. Ze probeerde enigszins soepel te lopen toen ze naar de keuken ging en koffie zette. De schilders waren in de keuken aan het werk. Ze staken even hun hoofd om de deur van de woonkamer om de ouders van Jessica te begroeten en Leo maakte uiteraard opmerkingen over de heerlijke geur van koffie.

'Er is genoeg voor ons en voor jullie,' verzekerde Jessica hem. 'Als ik er niet ben, mogen jullie best zelf koffiezetten.'

'Dat is geweldig fijn,' vond Leo. 'Al kan ik het niet zo goed als u.' De hint was duidelijk. Maar als ze weinig tijd had, zou hij het toch echt zelf moeten doen als hij geen cafeïnetekort wilde krijgen.

Toen ze zich later met de koffie in de woonkamer bij haar ouders voegde, kwamen de schilders er als vanzelfsprekend gezellig bij zitten. Jessica's moeder bood hun wat aarzelend ook maar gebak aan.

'Heerlijk, mevrouw Doornhof. Zo sympathiek van u. U moest eens weten hoeveel mensen neerkijken op harde werkers als wij,' zei Leo. Hij koos het grootste gebakje uit en glunderde.

'Terwijl de wereld toch nauwelijks zonder schilders kan.'

Jessica's moeder knikte maar, nog steeds een beetje verbouwereerd, en schrok toen de vier katjes opeens voorbijholden.

'Wat is dat?' vroeg ze verbaasd.

'Kittens. Gekregen van mensen uit de buurt. Ze hadden gehoord dat ik muizen had.'

'Vier?' vroeg haar vader, terwijl hij zijn wenkbrauwen optrok.

'Twee keer twee. Ik ben al blij dat niemand anders katten kwam brengen.'

'Je had ze kunnen weigeren,' meende hij.

'Ja, dat had ik kunnen doen.'

Haar moeder keek hoe de kleintjes door de kamer holden en tikkertje speelden rond de poten van een kast. Ze glimlachte nu. 'Ze zijn wel leuk.'

'Vier!' gromde haar vader afkeurend.

'Ben je al een beetje gewend?' vroeg haar moeder.

Jessica knikte. 'Er moet nog veel gebeuren.'

'Ze werkt veel te hard,' vond Leo met volle mond.

Jessica's vader keek hem een beetje meewarig aan.

'Veel te hard,' benadrukte de schilder nog een keer.

'Misschien is dat wel zo,' was Jessica's moeder het met hem

eens. Ze keek naar Jessica. 'Misschien werk je ook wel te hard. Je ziet er moe uit.'

'Er is veel te doen.'

'Je haalt je te veel op de nek, zoals ik al zei,' vond haar vader.

Jessica gaf geen antwoord. Over een jaar zou hij anders praten. Als ze haar eigen bedrijf had opgericht en succes had. Ze wilde er absoluut niet aan twijfelen dat het haar zou lukken. Dat stond ze zichzelf niet toe. Het was gewoon een kwestie van trainen en aanpakken. Ze zouden allemaal vreemd opkijken als het zover was: haar vader, haar moeder, Johan, Sophie en Remon en natuurlijk Erik.

'Sophie en Erik willen een keer komen kijken,' meldde haar moeder, alsof ze wist waar Jessica aan had gedacht.

'Het is nog niet klaar en ik heb het erg druk.'

'Dat maakt toch niet uit? Ze weten dat je net bent verhuisd en ze weten dat er nog veel werk in dit huis is. Maar ze willen gewoon graag zien hoe je woont. Dat is toch niet zo vreemd? Je bent tenslotte hun kleine zusje.'

Ja, het kleine zusje, dacht Jessica mismoedig. Dat was ze altijd geweest. Het kleine, domme zusje. Al had nooit iemand haar zo genoemd. Op zijzelf na dan.

'Zondag moet ik op concours en...'

'Had je dat niet beter uit kunnen stellen? Zo vlak na de verhuizing gaat dat toch niet lukken?' vroeg haar vader.

'Het is een selectiewedstrijd. Nogal belangrijk.'

'Het is meestal belangrijk voor je, maar goed... je moet het zelf weten.'

'Kom je kijken?'

'Natuurlijk kom ik kijken.'

Jessica knikte. Ze vond het prettig dat hij kwam. Aan de ene kant maakte het haar ook altijd een beetje nerveus, maar aan de andere kant gaf hij haar de rust die ze nodig had om te presteren.

'Maar wat je broer en zus betreft...' begon haar moeder weer.

'Zaterdagavond? Kan het dan niet? Gewoon een uurtje, zodat ze kunnen zien hoe je woont.'

'Goed dan. Maar niet te laat. Ik moet weer vroeg op en ik heb mijn slaap nodig.'

'Ik zal zeggen dat ze op tijd moeten komen. Maar ik neem aan dat ze de kinderen meenemen, en dan blijven ze toch nooit erg lang. Je weet hoe Sophie en Remon zijn met bedtijden van de kinderen.'

Ja, dat wist Jessica. Sophie en Remon waren consequent. Zo consequent dat ze er af en toe de kriebels van kreeg. Dat zou ze nooit toegeven, maar zo was het wel. Maar waarschijnlijk hadden Sophie en Remon het bij het rechte eind met hun opvoeding, want hun kinderen waren prettige kinderen. Goed opgevoede, goed aangepaste kinderen. Sophie en Remon deden het goed, zoals ze alles goed deden.

'En volgens mij heeft Erik Rianne dan ook,' zei haar moeder peinzend. 'Erik wil ook niet dat Rianne te laat in bed komt. Ellenor beweert toch al zo vaak dat hij te soepel is.'

'Erik moet eens wat meer ruggengraat tonen,' vond Jessica's vader. 'Het is belachelijk dat hij zich laat sturen door een ex.'

'Hij wil gewoon geen ruzie,' zei haar moeder sussend. 'Omwille van Rianne.'

Het klopte dat Erik geen ruzie wilde met zijn ex, wist Jessica. Maar ze wist ook dat hij zich minder liet sturen door zijn ex dan haar vader dacht. Voor de buitenwereld kon het lijken alsof hij altijd naar haar pijpen danste, maar Jessica had hem vaker betrapt op kleine dingen die getuigden van een stiekem protest: Rianne wat later naar bed laten gaan; ongezonde dingen met haar eten, zoals bergen friet en kroketten terwijl hij wist dat Ellenor gezond voedsel een halszaak vond; Rianne de kans geven haar dure kleding smerig te maken. Ook al iets waar Ellenor van gruwde. En Erik deed het allemaal met een onschuldige, wat onnozele geste. Alsof hij er echt niets aan kon doen.

'Ruzie is slecht voor de kinders,' mengde Leo zich in het gesprek. 'Dat doen ze vaak, als ze scheiden. De vuile was buiten hangen en de kinderen opstoken. Ruziemaken waar de kinderen bij zijn. Dat soort dingen. Dat doen ze vaak. Daar worden ze niet beter van. Kinderachtig is het. Van de ouders dus.'

Jessica gaf Leo maar gelijk. Ze had zelf geen kinderen en kon dus ruziemaken zoveel ze wilde. Niet dat het er werkelijk van kwam...

Ze had geen ruzie met Johan gemaakt. Als ze het ergens niet mee eens was, wist Johan zijn verhaal altijd zo te brengen dat ze uiteindelijk zichzelf zijn misstappen kwalijk nam of medelijden met hem kreeg. Ze betwijfelde of dat veel beter was dan ruziemaken. In ieder geval niet voor haar.

Jessica merkte dat haar vader wat moeite had met de aanwezigheid van de schilders. Haar vader was een voorstander van het trekken van grenzen. Zij eigenlijk ook wel, maar het kwam er gewoon nooit van. Ze dacht er verder niet te lang over na, maar probeerde in haar hoofd een lijst te maken van de dingen die ze nog voor zaterdagavond moest doen. Want een beetje orde wilde ze dan toch wel hebben.

Uiteindelijk kon haar huis al niet tippen aan de villa's van haar broer en zus. Toen ze nog bij Johan had gewoond, was het wat anders geweest. Toen had ze het grootste huis van allemaal gehad. Toen was ze de enige geweest met een enorme lap grond. Toen had ze het gevoel gehad om op gelijk niveau te staan.

Maar dat was nu weggeveegd. Samen met haar huwelijk. Al zou niemand dat zeggen.

Het gesprek ging verder een beetje langs haar heen, maar ze kon in ieder geval de illusie ophouden dat ze luisterde.

Toen haar ouders een uur later vertrokken, haastte Jessica zich weer terug naar de wei.

De wei moest af, vond ze, want het hooi bij Faith was bijna op en ze voelde er weinig voor om haar leven nog een keer te riskeren door de boxdeur open te doen en het voer naar binnen te schuiven.

Ze vond zichzelf een lafaard omdat ze er zo over dacht. Maar ze was erg goed in het beredeneren van zaken om zichzelf excuses te verschaffen, en had zelfs de veearts niet gezegd dat het paard gevaarlijk was?

Toen ze eindelijk klaar was, spande ze twee draden van de schuur naar de wei, zodat zich een straatje vormde. Met strobalen bouwde ze opnieuw een veiligheidsmuur dwars in het gangpad, net voorbij de box van Faith. Ze gebruikte dezelfde tactiek die eerder zijn werking had bewezen, toen ze het paard van box had verplaatst. Alleen het opentrekken van de box ging gemakkelijker, al gebruikte ze ook nu een touw om niet te dichtbij te hoeven komen.

De box ging open. Jessica verstopte zich achter de strobalen, wachtte een poos en keek voorzichtig tussen de balen door hoe het paard aarzelend uit de box kwam, even leek te twijfelen en toen toch de enig openstaande weg koos, richting wei.

Jessica zag dat het dier wat stijf liep en vroeg zich af of er niet toch wat mis was. Meteen realiseerde ze zich dat het dier mogelijk al lang in de stal stond zonder beweging en dat ze het gewoon tijd moest geven.

Ze wachtte tot het paard een heel eind de wei in liep, en kwam toen pas tevoorschijn om vliegensvlug de wei te sluiten. Het paard gunde haar geen blik meer waardig. Het graasde, liep af en toe een stukje, draafde een beetje en at weer.

Jessica was graag nog even blijven staan, maar er was geen tijd. Haar eigen paard had beweging nodig. Ze liet Lolita eerst in de zandbak die als binnenbak dienst moest doen, zodat het paard kon uitrazen, en zadelde haar daarna voor de dressuuroefeningen.

Het ging niet goed. Lolita was gestrest en had meer aandacht voor Faith dan voor Jessica. Ze luisterde slecht, was ongeconcentreerd en Jessica meende zelfs te merken dat ze niet helemaal regelmatig liep. Bovendien was de bodem een regelrechte ramp en kon ze alleen in de buurt van het ijzeren hek blijven, als ze haar hoofd niet wilde stoten. Maar haar paard was eenvoudigweg te nerveus om buiten te rijden.

'Het is de verhuizing,' hield ze zichzelf voor. 'Morgen gaat het beter.'

Jessica werkte na het rijden nog een poos in de stallen, ruimde in haar huis op en kroop rond halftien alweer tussen de lakens. Doodmoe en met een pijnlijk lijf, dat het eerste halfuur weigerde te ontspannen.

Ze dacht aan de woorden van haar vader. Aan de bewering dat ze het niet zou trekken. Maar ze was niet van plan op te geven. Nooit.

Johan kwam de volgende dag onverwacht. Ze had hem niet gevraagd om te komen en hij had niet aangekondigd dat hij dat van plan was. Hij stond gewoon onverwacht op de stoep, toen ze net terug was van haar werk.

Ze had meteen naar de stal willen gaan, maar Leo had haar een mok koffie in de handen geduwd en gezegd dat ze even een pauze moest nemen. Hij en Ruud hadden met koffie en cake aan tafel gezeten toen ze binnenkwam. Maar hij was meteen opgestaan en had de koffie ingeschonken, zonder zelfs maar te vragen of ze dat wilde.

Leo had de koffie zelf gezet, had hij verteld, en dat was te proeven. Zijn werking zou de rest van de dag ervoor zorgen dat haar ogen opengesperd bleven en haar haren overeind stonden. En die haren schoten nog meer overeind toen Johan opeens de keuken binnenliep.

'Ik ben maar achterom gekomen,' zei hij, met een vlugge, vragende blik op de schilders.

Jessica merkte dat ze nerveus werd. Ze had verwacht dat dat niet meer zou gebeuren. Dat ze zich enigszins neutraal kon opstellen tegenover Johan. Maar ze wist nu meteen dat het niet zo was. Hij maakte haar nerveus en ze wilde niet dat hij er was. Ze voelde de kinderachtige neiging opkomen om haar ogen te sluiten en drie rondjes te draaien, zoals ze vroeger als kind wel eens had gedaan. Het was de bedoeling dat datgene wat haar bang maakte, dan was verdwenen. Dat was nooit gebeurd en dat zou ook nu niet gebeuren.

'Ik kom even kijken hoe het is,' begon Johan. 'Is er nog koffie?'

Leo stond als vanzelfsprekend, maar dit keer zuchtend, op en schonk een mok koffie in voor Johan. Johans uitdrukking was verbaasd, maar hij zei niets.

'Het is een straf bakkie,' waarschuwde Leo hem.

'Eh, dank je. Komt wel goed.'

Johan nam een slokje en vertrok even zijn gezicht. Hij herstelde meteen.

'Hoe is het?'

'Goed,' loog Jessica. Nou ja, helemaal gelogen was het natuurlijk niet. Ze was nog niet failliet, de schilders deden hun werk, ze had een baan en het huis was nog niet ingestort. Dat de stress haar lichaam opvrat, dat ze een paard had waar ze niet bij in de buurt kon komen, dat haar eigen paard bepaald niet klaar leek voor de komende wedstrijd, dat ze het gevoel had zes weken geen nachtrust te hebben gehad en dat haar rug aanvoelde alsof iemand hem met een plank had bewerkt, liet ze maar even buiten beschouwing. Net als het feit dat ze zich opgelaten en onzeker voelde door Johans komst.

Johan keek om zich heen. 'Er moet nog heel wat gebeuren.'

'Dat komt wel goed. Het heeft tijd nodig.'

'Veel tijd.'

Jessica nam een slok koffie en keek Johan niet aan.

'Hoever ben je met de stallen?'

'Min of meer schoon. Er zouden al paarden in kunnen, maar ik heb nog geen buitenbak om te trainen.'

'Wanneer komt die er?'

'Zo snel mogelijk.'

'En een binnenbak?'

'Ik heb een soort zandbak om de paarden los te laten. Maar het is niet zo geschikt om te rijden. De bodem is te zwaar en aan één kant is het dak te laag.'

'Je had haar bij mij kunnen laten staan.'

'Het is anderhalf uur rijden naar jou toe.'

'Misschien had je niet zo ver weg moeten gaan wonen.'

'Ik kon hier een baan krijgen.'

'Bij mij ook.'

'Dat lijkt mij geen goed idee.'

'Ik mis je.'

'Vanwege het werk?'

'Ook.'

Jessica nam maar weer snel een slok koffie.

'Wat kom je doen?' wilde ze toen weten.

'Kijken hoe het met je gaat, zoals ik al zei.'

'Waarom?'

'Interesse. Hoe gaat het met Lolita?'

'Gestrest.' Net als ik, dacht ze. Maar ze zei het niet.

'Je had haar niet vlak voor het concours moeten verplaatsen.'

'Ik ga bijna elke zondag op concours.'

Johan haalde zijn schouders op.

'Heb je al kunnen trainen?'

'Gisteren.'

'Hoe ging het?'

'Waardeloos.' Dit keer was ze wel eerlijk. Ze vermoedde dat Johan niet anders verwachtte en ze was bang dat hij het wilde zien als ze beweerde dat het goed ging.

'Je hebt katten,' zei Johan opeens verbaasd. Hij zag nu pas de kittens die om zijn voeten speelden.

'Eh ja. Vanwege de muizen.'

'Vier?'

'Gekregen.'

'Vanwege de muizen?'

'Ze zijn bijna weg.'

'Je hebt jezelf aardig wat op de hals gehaald.'

'Je bent niet de eerste die dat zegt. Maar ik weet wat ik doe.'

Is dat zo, schoot het door haar heen. Een gedachte die ze snel aan de kant schoof.

'Ik zal je helpen.'

'Waarmee?' vroeg Jessica verbaasd.

'Met Lolita. Met de training.'

'Het hoeft niet. Vandaag gaat het vast beter.'

'Ik weet dat het niet hoeft, maar ik doe het graag. Ik heb anderhalf uur in de auto gezeten om te kijken hoe het met je is. Laat me je helpen, dan heb ik tenminste niet het gevoel dat ik voor niets ben gekomen.'

'Je bent niet voor niets gekomen. Ik weet dat je het goed bedoelt.'

Waarom klonk ze nu weer zo verontschuldigend?

'Ik help graag. Als de koffie op is, gaan we naar de stal. Kan ik die ook meteen zien.'

'Het is niet veel, de stal...' Jessica dacht aan de ruime, goed verlichte boxen van Johan. En tot voor kort ook van haar.

'Ik verwacht er ook niet veel van,' maakte Johan duidelijk.

Jessica dronk haastig de koffie op en liep naar de slaapkamer om zich om te kleden. Ze was verward en nerveus. Ze vond het vervelend dat hij was gekomen, maar voelde zich ook een beetje gevleid. Ze was blij dat hij haar wilde helpen met Lolita, maar ze vond het ook weer vervelend. Alsof ze zichzelf niet redde. Terwijl dat juist hetgeen was wat ze wilde laten zien, dat ze het allemaal zelf kon. In feite leek ze wel een beetje schizofreen met haar verwarrende, lijnrecht tegenover elkaar staande gedachten.

Maar misschien was het niet helemaal een ramp als hij haar een keer hielp.

Ze hoorde de schilder aan Johan vragen of hij de ex van mevrouw Doornhof was en ze hoorde Johan antwoorden dat het helaas wel zo was. Maar dat hij mevrouw Doornhof nog erg graag mocht.

Het verwarde Jessica nog meer. Ze besloot het nadenken achterwege te laten, koos dit keer toch maar voor een wat nettere broek en rijlaarzen en liep weer de keuken in, klaar om de les achter de rug te brengen en daarmee Johan naar huis te kunnen sturen. Al wist ze zelfs niet helemaal zeker of ze dat wilde. En al wist ze dat ze gek was omdat ze dat niet zeker wist.

Johan liep met haar mee naar de stal, terwijl hij nieuwsgierig om zich heen keek.

'Je woont hier wel rustig,' merkte hij op.

Jessica knikte. 'Maar wij... jij woont ook rustig.'

'Op een andere manier. Meer centraal.'

'Och...' Jessica schoof de deur open en haar paard hinnikte.

'Jee, wat een zooi,' mompelde Johan toen hij de boxen zag.

'Zelfbouw,' reageerde Jessica op verontschuldigende wijze. 'Het wordt nog opgeknapt.'

'Dat is geen overbodige luxe. Als je hier klanten wilt ontvangen, zal het er beter uit moeten zien. Je weet hoe het werkt.'

Ja, Jessica wist hoe het werkte. In ieder geval bij de klanten die bij Johan kwamen. Ze pakte het hoofdstel en zadel uit de zadelkamer, die ze in ieder geval goed had schoongemaakt, en zadelde haar paard.

Lolita was onrustig, bleef nauwelijks staan en wekte een nerveuze indruk. Jessica probeerde haar te kalmeren met haar stem, maar het lukte niet helemaal.

'Je moet duidelijker zijn,' vond Johan. 'Leiderschap uitstralen.'

'Dat weet ik wel. Maar ze is net verhuisd, weet je nog.' Jessica realiseerde zich dat ze zich weer beledigd voelde. Op haar tenen getrapt.

'Ik bedoel er niets mee,' zei Johan meteen. Hij had haar irritatie feilloos opgepikt. 'Ik geef alleen een advies. Ik geef altijd advies. Zo zit ik nu eenmaal in elkaar.'

'Weet ik,' reageerde Jessica kortaf.

'Weet je wel zeker dat je hiermee wilt doorgaan?' vroeg Johan.

'Met de training?'

'Met de plannen die je hebt. Je baan, je eigen bedrijf...'

'Ja, dat weet ik zeker.'

'Een bedrijf met paarden is niet gemakkelijk. Het vergt nogal wat om...'

'Johan, dat weet ik,' onderbrak Jessica hem scherp. 'Ik weet wat het inhoudt. Ik ben met je getrouwd geweest, weet je nog? Ik red mij heus wel.'

'Natuurlijk. Sorry.'

Jessica snoof woedend en zadelde haar paard verder op.

'Ik zou haar eerst longeren,' zei Johan toen ze het paard uit de stal leidde en het dier onmiddellijk wegsprong.

'Dat snap ik zelf ook wel,' reageerde Jessica wat bits. Ze had er spijt van dat ze met zijn hulp akkoord was gegaan. Johan had altijd overal wat op te zeuren, bemoeide zich overal mee en dacht altijd alles het beste te weten. Goed, hij was succesvol, zowel in de sport als in zijn bedrijf. Maar hij wist niet alles. Vond ze.

Ze maakte een longe vast, bevestigde de bijzetteugels en ging naar de binnenbak om het paard te longeren.

'De bodem is waardeloos,' vond Johan. 'Veel te zwaar.'

'Dat weet ik, maar ik heb niets anders en als ik nu meteen met haar naar buiten ga, schiet ze alle kanten uit.'

Johan knikte alleen maar kort en keek toe hoe Jessica het paard op de cirkel zette. Terwijl Jessica longeerde, gaf hij kleine aanwijzingen, zoals hij altijd had gedaan.

Jessica volgde zijn aanwijzingen als vanzelf op. De rol van Johan was tijdelijk veranderd in die van de lesgever en op die manier kon ze gemakkelijker overweg met de instructies die hij gaf. In ieder geval zo lang het niet uitliep op kritiek.

Na het longeren reed Jessica haar paard buiten nog even. Ze had de handen vol aan de merrie en kon haar nauwelijks in toom houden. De aanwijzingen die Johan gaf voorkwamen dat het helemaal misging, maar ze voelde zich verre van tevreden toen ze het paard weer in de stal zette.

'Weet je zeker dat je haar zondag rijdt?' vroeg Johan.

Jessica knikte. 'Je weet hoe ze is. Een hittepetit op vreemd terrein, maar zodra ze de ring in loopt, is ze meestal goed te hanteren.'

'Dat weet ik. Ik hoop dat het ook deze keer zo loopt. Maar ik vind haar erg gespannen en niet honderd procent lopen.'

Jessica draaide zich met een ruk naar hem om. 'Is ze kreupel?'

'Nee, niet kreupel. Wel een beetje onregelmatig. Maar het kan met het terrein te maken hebben. In een wei kun je niet behoorlijk trainen.'

'Dat weet ik, maar ik heb momenteel niets anders. Ik bekijk deze week waar de buitenbak moet komen en ik heb al wat informatie opgevraagd. Ik heb gewoon even tijd nodig.'

Johan knikte. 'Wat is dat trouwens voor een paard dat op de wei loopt? Ik heb het niet goed bekeken...'

'Een draversmerrie. Goede lijn, maar lang niet meer gehanteerd.'

'Moeilijk in de omgang?'

'Een beetje.'

'Zal ik er eens naar kijken?'

'Nee. Ik red mij wel met haar.'

Johan knikte alleen. Hij drong niet aan. Hij had niet zoveel met dravers, wist Jessica. Ze hing het zadel weg en opeens stond Johan vlak achter haar.

'Ik mis je,' zei hij.

'Johan... ik...'

'We hadden nooit uit elkaar moeten gaan.'

'Misschien had je dat moeten bedenken voordat...'

'Ik weet het. Ik ben stom geweest. Heel erg stom. Maar het had niets te betekenen. Voor wat het waard is.'

'Het is te laat, Johan. We zijn maanden geleden al gescheiden. We hebben nog lang in hetzelfde huis gewoond en ik vond het niet prettig.'

'Ik weet dat ik het je niet gemakkelijk heb gemaakt. Ik heb me gedragen als een puber. Maar ik besef nu pas hoezeer ik je mis. Kun je mij niet nog een kans geven? Deze bouwval achter je laten en met Lolita terugkomen?'

Jessica schudde heftig haar hoofd. 'Nee, Johan. Dat kan niet. Nu niet meer.'

'We kunnen eraan werken...'

'Dat hebben we geprobeerd. Meer dan eens.'

'Maar deze keer lukt het. Ik weet het zeker.'

Jessica keek Johan in de ogen. Ze zag dat hij het meende. Dat was altijd het probleem met Johan. Dat hij het werkelijk meende. Ze voelde een lichte twijfel opkomen. Twijfel die ze niet wilde voelen.

'Kom nu, Jessica. Je weet zelf ook dat het niet gaat werken zoals je dat in gedachten hebt. Het is te veel voor je en je hebt niet de kennis, ervaring en het zakengevoel dat je nodig hebt bij het opbouwen van een dergelijk bedrijf.'

Jessica voelde hoe de haren in haar nek overeind gingen staan. 'Ik zou je nog kunnen verbazen, Johan,' zei ze afgemeten, terwijl ze een paar stappen van hem af zette. 'Ik zou je nog kunnen verbazen.'

'Jessica...'

'Ik kom niet bij je terug, Johan. Nu niet, morgen niet, nooit. Ik heb genoeg getolereerd. Genoeg vergeven. Het is afgelopen. Accepteer dat maar.'

'Maar...'

'Ik heb liever dat je vertrekt, Johan.'

Johan wilde nog iets zeggen, maar één blik op Jessica's gezicht deed hem zwijgen.

Jessica was geïrriteerd. Zelfs meer dan alleen geïrriteerd. Ze was het zo verschrikkelijk zat om van mensen te horen dat ze het niet zou redden. Ze was alle kritiek zo verschrikkelijk beu. Ze voelde een bijna onbedwingbare neiging om met zaken te gooien. Ze wist dat het een wat overdreven reactie was, maar ze kon het niet helpen. Ze was blij dat Johan zich omdraaide en wegliep.

Toen ze zijn auto het erf af hoorde rijden, zakte haar woede weer en voelde ze zich alleen nog maar leeg. En een beetje schuldig. Ze zakte op haar hurken en bleef een tijdlang zo zitten, totdat ze het koud kreeg en rilde. Ze huilde niet. Ze was alleen maar leeg en moe. Verschrikkelijk moe. In ieder geval totdat ze zichzelf weer dwong om op te staan en aan het werk te gaan. Ze was tenslotte nog niet helemaal klaar met het werk in de stal, moest de box van Lolita en Faith nog uitmesten en de weide controleren. Daarna nog een keuze maken voor de bouw van een buitenbak – al wist ze niet waar ze dat van moest betalen – offertes opvragen, werken aan haar bedrijfsplan en in huis nog wat opruimen.

Alleen al bij de gedachte daaraan zuchtte ze diep. Haar batterij was opgebruikt, maar voor mensen was er nog geen oplader in de verkoop. Dat betekende dus dat ze zich gewoon verder voort moest slepen, zoals ze het in gedachten noemde. Het klonk nogal dramatisch, maar toepasselijk. Voortslepen drukte precies uit hoe ze het voelde.

Ze was net weer aan het werk, toen twee kinderen schoorvoetend de stal binnenkwamen. Ze hadden een doos bij zich. Jessica keek naar de kinderen en toen naar de doos. Ze groette hen aarzelend, terwijl haar blik op de doos gericht bleef.

'Er zit toch geen poes in?' vroeg ze.

De kinderen – een meisje van een jaar of acht met blonde staartjes en een jongetje van ongeveer zes jaar met blozende wangen – keken elkaar even aan. Het meisje beet nerveus op haar onderlip.

'Ze zeiden dat je muizen had en onze Lindsey is heel erg goed in het vangen van muizen. Nou ja, nu misschien nog niet, maar als ze later groot is wel.'

'Maar ik heb al vier katten gekregen,' bracht Jessica ertegen in. 'Dat is al veel meer dan ik kan gebruiken.'

'Maar dan maakt eentje meer of minder toch ook niets uit,' vond het meisje. Er klonk iets van wanhoop in haar stem.

'Ik moet ergens een grens trekken,' probeerde Jessica duidelijk te maken. 'Ik heb echt al veel te veel katten.'

'Maar als je onze Lindsey neemt, dan zal ik tegen iedereen in het dorp zeggen dat je geen kat meer hoeft.'

'Je kunt het ook tegen Elsa van de Super zeggen,' vond het jongetje. 'Dan weten ook alle mensen het. Mama zegt altijd dat Elsa de krant van Olme is.'

Het meisje knikte welgemeend.

'Ik kan echt niet nog een kat gebruiken,' probeerde Jessica vol te houden.

Het meisje begon te huilen. Jessica stond wat onhandig te schuifelen en ging toen naar het kind toe.

'Niet huilen. Het maakt toch niet uit?'

'Als je Lindsey niet neemt, gaat mijn papa haar verdrinken en dat wil ik niet.'

'Hè bah,' reageerde Jessica ontdaan.

'Papa zegt dat we genoeg van die beesten hebben. Mama heeft al onze katten laten helpen, maar we weten niet waar Lindsey vandaan komt.'

'O jeetje...'

'Je moet Lindsey nemen, anders verdrinkt papa hem en dat is hartstikke zielig.'

Het meisje keek Jessica door haar tranen heen aan. Het jongetje deed ook mee, zij het met iets minder overtuiging.

'Nou, goed dan,' bromde Jessica. 'Een kat meer of minder.'

Het gezicht van het meisje klaarde onmiddellijk op. Ze reikte Jessica de doos aan.

Jessica hoorde het katje miauwen.

'Mogen we Lindsey nog komen bezoeken?' wilde ze weten.

'Natuurlijk. Altijd.'

'Dat is goed,' vond het meisje.

'Ik zal een hele grote vis voor haar vangen en dan kunt u die aan haar geven,' liet het jongetje ijverig weten.

'Doe dat maar,' zei Jessica. Ze verwachtte niet dat het manneke werkelijk met een vis zou komen, maar het was goedbedoeld.

De kinderen wilden wegrennen, maar het meisje bedacht zich en draaide zich nog een keer om.

'Woont Kreng nog hier?'

'Wie?'

'Kreng.'

'Wie is Kreng?'

'Een zwart paard. Dross had het bij de slacht weggehaald omdat ze een goede afstamming had, maar hij had d'r beter daar kunnen laten, zei hij. Ze heette Kreng. Hij haatte haar.'

'Waarom verkocht hij haar dan niet?'

'Omdat niemand Kreng wilde. Hij ook niet. Dat zei hij toen we een keer hier kwamen. Als hij pony's had staan, kwam ik wel eens met vriendinnen. Hij was eigenlijk niet echt aardig, maar we mochten wel pony's poetsen en zo. Daarom kwamen we hier wel eens. De laatste keer had hij het over Kreng en ik heb haar toen ook gezien, maar je kon niet in de buurt komen want dan viel ze aan. Dan ging Dross met de riek de stal in. Maar hij liet haar niet in de wei. Hij vond haar gevaarlijk. Hij haalde haar niet eens uit de box. Zelfs niet voor de slacht. "Die krijgt de volgende bewoner cadeau", zei hij. Daarom vroeg ik dat.'

'Kreng heet Black Faith en ze staat nu in de wei,' zei Jessica.

'Wow, in de wei? Heb je haar in de wei gezet? Dan ben je dapperder dan Dross.' Ze bekeek Jessica met respect. Tenminste iemand die respect voor haar had, bedacht Jessica een beetje spottend.

'Mag ik naar haar kijken?' vroeg het meisje.

Jessica knikte. Ze zette de doos aan de kant. Een paar minuten langer in de doos zou voor het katje weinig uitmaken, aangezien het de rest van haar leven kon wijden aan het afbreken van haar huisraad. Ze liep met de kinderen naar buiten, waar Faith stond te grazen.

'Kun je bij haar komen?' wilde het meisje weten.

'Nee, nog niet echt,' zei Jessica. Ze had het niet meer geprobeerd, maar ze had er op dat moment ook niet zoveel zin in.

'Misschien komt dat wel. Black Beauty was ook heel gemeen in het begin, maar dat kwam omdat hij slecht was behandeld en zo.'

'Ja, dat is zo,' wist Jessica. Ze herinnerde zich niet veel van de film, maar wel dat het paard bij sommige mensen een aardig temperament aan de dag had gelegd. Scènes waar ze als kind van had gesmuld.

Op dat moment leek Faith iets te horen. Haar kop schoot omhoog en ze bleef een paar tellen doodstil staan. Daarna kwam ze opeens in beweging. Ze zette zich af en galoppeerde in een hoog tempo, bokkend door de wei.

'Yiaaahh,' riep het jongetje enthousiast.

Het meisje keek met open mond naar het paard. 'Ze is hartstikke mooi,' vond ze. 'Net Black Beauty of Fury. Ik wist niet dat ze zo mooi was.'

Jessica keek naar het paard in de wei en begreep wat het kind bedoelde. De bewegingen zagen er een stuk beter uit dan de vorige dag en het paard oogde imposant.

'Je hebt gelijk,' zei Jessica. 'Ze is mooi.'

'Ik moet gaan. Mama wacht,' zei het meisje opeens. 'We komen snel een keertje terug.' Ze wachtte niet op een reactie, maar draaide zich om en rende weg. Jessica keek hen na en richtte toen weer haar blik op het paard. Het was overgegaan in een draf. De beweging was nog niet zoals hij moest zijn, maar het zag er al stukken beter uit dan de vorige dag. Het paard leek te zweven, ondanks het restant stijfheid in haar lijf.

Jessica wist dat het een goed paard was. Als ze er ooit bij kon komen. Ze keek opzij, naar datgene wat Faith op adrenaline had gezet en zag de paarden van haar buurman. Ze galoppeer-den door de wei, maar hij zat op een van hen. Zonder kopstuk, zonder zadel.

Jessica staarde een paar tellen verbijsterd naar het tafereel. Daarna schudde ze haar hoofd.

'Idioot,' mompelde ze. 'Een circusartiest met een doodswens. Dat is hij. Een levensgevaarlijke idioot.'

Maar het beeld bleef op haar netvlies gebrand terwijl ze de stal-len weer in liep, de doos met het kitten oppakte en naar het huis liep.

Ze zag Leo vragend kijken toen ze met de doos de boerderij binnenliep. Hij en Ruud pakten net de spullen bijeen. Hun werkdag zat erop. Maar zijn aandacht was bij de doos.

'Is dat weer...'

'Vraag zelfs maar niet,' verzuchtte Jessica. Ze zette de doos op de grond en liet de kat eruit. Ze was gitzwart.

'Lindsey,' stelde ze de kat voor. Leo grijnsde.

'Vraag me niet hoe ze aan die naam komen.'

'Fleetwood Mac,' zei Ruud. Jessica keek hem verbaasd aan. Ruud vond echter dat hij genoeg had gesproken en ging verder met het pakken van zijn spullen.

Jessica keek naar de kat, die voorzichtig kennismaakte met de vier andere jonkies, die nu vol interesse de nieuwkomer gade-sloegen.

'Volgens mij heb ik dan de hele band,' mompelde ze.

# HOOFDSTUK 5

Het was zaterdagavond en Jessica opende de deur voor haar ouders, broer met dochter en zus met gezin. Ze was gespannen, merkte ze. Het was belachelijk om gespannen te zijn als je eigen familie op bezoek kwam, vond ze, maar ze kon het niet helpen.

Haar zus omhelsde haar hartelijk, zoals ze dat altijd deed.

'Zussie, hoe is het nu?'

'Goed,' zei Jessica. 'Best wel goed. Naar omstandigheden.'

'Ik vind het echt vervelend dat het is gegaan met Johan zoals het is gegaan, maar je hebt groot gelijk dat je van hem af bent gegaan. Het is een leuke kerel om te zien en mee te praten, maar hij heeft duidelijk geen ruggengraat. Daar heb je niets aan.'

'Nee. Nee, dat niet.'

'Maar het voelt natuurlijk nog niet lekker. Hoewel jullie toch al een hele poos gescheiden waren. Maar nu je echt weg bent bij hem is het natuurlijk anders. Beter eigenlijk. Al voelt het misschien nog niet zo. Onder één dak met een ex kan nooit goed zijn.'

'Nee. Het deed mij ook bepaald geen goed,' gaf Jessica toe.

Sophie liet Jessica los en liep het huis binnen.

'Hoi tante Jes,' zeiden Emma en Lars. Ze dribbelden achter hun moeder aan.

Remon omhelsde Jessica ook, maar hij deed dat op een wat onhandige manier. Remon was geen man die gemakkelijk lichamelijk contact maakte, net zomin als haar vader – was Sophie daarom op Remon gevallen? Omdat hij wat weg had van haar vader? – maar hij vond blijkbaar dat het hoorde. Veel meer dan een 'Hallo Jessica' kwam er echter niet uit. Maar hij bedoelde het goed, wist ze.

Remon liep haastig achter zijn vrouw aan. Erik trakteerde Jessica weer wel op een hartelijke knuffel.

'Alles goed, meis?'

'Ja. Ja, het komt wel goed.'

70

'Tante Jessica, heeft u al paarden in de stallen staan?' wilde Rianne, Eriks dochter, weten.

'Alleen mijn Lolita. In de wei staat een draver, maar daar moet je niet naartoe gaan. Ze kan bijten en trappen.'

'Waarom?'

'Dat weet ik niet. Ik denk dat ze niet van mensen houdt.'

Rianne knikte. 'Lolita houdt ook niet zo van aaien,' zei ze toen.

'Nee, niet altijd. Ze heeft niet zoveel geduld.'

'U moet een lieve pony kopen. Dat is veel leuker. Ik wil ook een pony.'

'Pony's zijn leuk,' gaf Jessica toe. 'Ik had vroeger ook pony's.'

Rianne grinnikte. 'Dat weet ik. Papa zei dat u toen een echte wildebras was en heel erg hard door de bossen croste.'

Jessica glimlachte en knikte. 'Ja, toen wel,' gaf ze toe. Het leek eeuwen geleden. Een vorig leven, bijna. Maar ze kreeg niet de kans om erover na te denken. Haar ouders kwamen binnen en begroetten haar ook hartelijk. Haar moeder met een omhelzing en haar vader met een wat aarzelend klopje op de schouder.

Toen Jessica achter het clubje aan de kamer in liep, realiseerde ze zich dat deze kamer wel heel erg veel kleiner was dan de woonkamer die ze met Johan had gedeeld. Met zoveel mensen zag het er maar bekrompen uit. Maar het was in ieder geval warm, dankzij de open haard. Ze zag haar broer, zus en zwager om zich heen kijken en voelde die vervelende spanning weer.

'Tante Jes. U heeft kittens,' riep Rianne opeens verrast. Zij, Emma en Lars zaten al op de grond en lokten de nieuwsgierige kittens. De volwassenen keken toe.

'Maar liefst vier,' zei Jessica's moeder.

'Vijf,' corrigeerde Jessica. Haar ouders keken haar vragend aan.

'De vijfde werd gisteren door twee kinderen gebracht. Hun vader wilde het kitten verdrinken. Ik kon het niet weigeren.'

'Je bent te zacht,' vond haar vader. 'Je laat je alles in de handen duwen.'

Jessica haalde haar schouders op en keek hoe de kinderen met de kittens speelden.

'Hoe heten ze, tante Jes?' wilde Lars weten.

'Peter, Mick, John, Stevie en Lindsey.'

'Hoe kom je aan die namen?' vroeg haar moeder. 'Dat zijn geen typische kattennamen.'

'Het katje dat gisteren werd gebracht heette Lindsey, net als de zangeres van Fleetwood Mac. En gezien de andere vier jongetjes zijn – volgens mij tenminste – gaf ik ze de namen van de andere bandleden van Fleetwood.'

'Die zijn toch maar met z'n vieren?' meende Sophie.

'Ja, maar Peter is de oprichter, dus hij mocht er van mij ook bij.'

Sophie glimlachte en wierp weer een vlugge blik om zich heen.

'Ik moet nog veel doen,' zei Jessica haastig. 'Ik woon hier natuurlijk pas een paar dagen en ik heb het erg druk gehad.'

'Natuurlijk,' zei Sophie meteen. 'Maar ik denk dat er best iets leuks van te maken is.'

Jessica knikte. 'Het kost natuurlijk tijd en geld, maar het komt wel goed.'

'Red je het zo wel, in je eentje?' vroeg Sophie, toch wat bezorgd. Jessica knikte.

'Je weet dat je Johan om alimentatie kunt vragen. Ik heb je aangeboden de zaak aan te nemen.'

'Dat weet ik en dat is ook lief van je. Maar het lijkt mij geen goed idee als ik met een zus als advocaat een rechtszaak tegen hem aanspan.'

'Ik wil het ook wel doen,' liet Remon weten.

'Nee, doe maar niet. Ik heb nu een baan en ik heb Johans geld niet nodig.'

'Hij heeft anders genoeg geld en je hebt recht op een deel daarvan. En dan bedoel ik dus een groter deel dan dat bedrag waarmee hij je heeft uitgekocht,' maakte Sophie duidelijk.

'Dat weet ik wel, maar ik heb er geen zin in. Ik red mij zo prima.'

'Je bent veel te lief.'

'Liever te lief dan in een eindeloze rechtszaak belanden waarin we elkaar over en weer met verwijten naar de kop smijten.'

'Och, eindeloos...'

'Ik laat het liever zo.'

Sophie glimlachte weer. 'Sorry. Ik weet eigenlijk wel dat je het zo wilt laten. Je hebt het vaak genoeg gezegd. Maar af en toe komt mijn beroepsijver om de hoek kijken.'

'Maakt niet uit,' zei Jessica.

Het maakte wel een beetje uit, want ze had geen zin in dit soort gesprekken. Ze had geen zin om zich te verdedigen omdat ze Johan niet kaal wilde plukken. Omdat ze het Johan misschien werkelijk veel te gemakkelijk maakte. Maar ze kon dat nauwelijks tegen haar zus zeggen. Ze bedoelde het tenslotte goed en een groot deel van het werk van haar zus bestond uit het oplossen van dit soort zaken. Daarbij stond ze altijd aan de kant van de vrouw en soms zelfs lijnrecht tegenover haar man, die in een enkel geval advocaat van de man was. In de rechtbank kon het er dan hard aan toe gaan en een vreemdeling zou kunnen denken dat ze een verschrikkelijke hekel aan elkaar hadden. Maar alleen een vreemdeling die hen niet kende. Want eenmaal thuis speelde werk nooit een rol. Sophie en Remon hadden een gelukkig huwelijk en spendeerden op z'n minst een belangrijk deel van hun vrije tijd aan het bespreken van de zaken die waren voorgekomen. Misschien was hun werk wel meer dan alleen hun werk. Misschien was het een passie.

Jessica wist alleen dat ze af en toe jaloers op hen was geweest. Niet toen ze pas met Johan iets had en toen ze met Johan ging trouwen. Toen had het er even op geleken dat ze in een soortgelijke positie kwam, aangezien paarden de passie van haar en Johan waren. Maar op de een of andere manier had het nooit op die manier voor hen gewerkt als voor Sophie en Remon en nu was iedere overeenkomst ver te zoeken.

'Wil je dat plan van een eigen bedrijf nu echt doorzetten?' wilde Erik weten.

'Natuurlijk,' zei Jessica met zo veel mogelijk overtuiging. 'Daarom heb ik deze boerderij gekocht.'

'Heb je een behoorlijk ondernemingsplan?' wilde Remon weten.

'Daar werk ik aan,' zei Jessica. Helemaal gelogen was het niet, want ze had een aantal avonden over papieren gebogen gezeten, in de poging een goed plan op papier te zetten. Veel verder dan wat losse aantekeningen was ze niet gekomen. Maar strikt genomen was het dus niet gelogen als ze zei dat ze daaraan werkte.

'Ik weet niet of het verstandig is,' zei Remon wat aarzelend. 'Zoveel geld is in de paardenwereld niet te verdienen. Ik heb cliënten die daar in zitten, maar het is hard werken en nauwelijks verdienen.'

'Papa en Johan verdienen er goed mee,' bracht Jessica hem fijntjes in herinnering. Het gesprek begon haar te irriteren. Waarom dacht iedereen altijd dat zij niets kon?

'Papa is met zijn dravers begonnen bij wijze van investering. Hij had het geld voorhanden en hij had goede adviseurs en zelf een goed gevoel voor kwaliteit,' meende Erik. 'En Johan heeft nu eenmaal al zijn naam gemaakt in de springsport en is zakelijk. Veel zakelijker dan jij ooit zult kunnen zijn met paarden.'

'Veel harder, misschien,' mompelde Jessica. 'Maar hard zijn is niet altijd het juiste antwoord.'

'In de zakenwereld wel.'

'Welnee. Zakelijkheid is nodig. Hardheid niet. Ik ben trouwens opgegroeid met de dravers van pa en heb lang genoeg meegedraaid in het bedrijf van Johan. Ik heb echt wel verstand van paarden en weet waar ik aan begin.'

Ze merkte dat haar stem een verdedigende toon kreeg. Ze wilde dat niet. Ze had het niet nodig om zichzelf te verdedigen. Maar ze deed het automatisch.

'Wat heb je met die draversmerrie gedaan?' wilde haar vader weten.

'Die draver? Die loopt in de wei.'

'Kun je erbij komen?'

'Nog niet.'

'Dat bedoel ik. Een dergelijk paard zou Johan niet aanhouden. Hoewel hij volgens mij nog geen exemplaar is tegengekomen dat hij niet aankon. En ik heb natuurlijk mijn trainers die het oplossen. Maar een paard waar je niets mee kunt, kun je niet aanhouden. Zelfs niet als het uit een goede lijn komt.'

'Dat komt heus wel goed,' bracht Jessica ertegen in. 'Ik heb alleen wat meer tijd nodig. Ik ben net verhuisd, heb dat paard nog maar net, maar heb al mijn tijd in de verhuizing en de training van Lolita gestoken. Maar het komt heus wel goed.'

'Maar dat is nu juist het punt,' bracht Erik naar voren. 'Je hebt geen tijd. Je hebt een baan van 's morgens acht tot 's middags twee en dan moet je de stallen uitmesten, je eigen paard trainen, je huis op orde brengen en weet ik veel wat nog meer. Is het dan werkelijk verstandig om een bedrijf te beginnen waarbij je nog veel harder moet werken en de kans op een goed inkomen minimaal is? Is het dan niet verstandig om gewoon te kijken hoever je met Lolita kunt komen en eventueel een paar veulens van haar te fokken. Gewoon als hobby?'

Jessica schudde heftig haar hoofd.

'Ik wil een eigen bedrijf. Het baantje bij Drafbaanbeheer is een overbrugging. Niet meer dan dat. Ik wil het alleen maar doen totdat ik een eigen zaak heb opgebouwd. Daarna wil ik alleen nog maar voor mijzelf werken.'

Erik schudde zijn hoofd. 'Ik weet het niet...' mompelde hij.

Jessica kreeg de neiging om hem te slaan. Ze had hem wel vaker geslagen toen ze klein was. Hij had haar daarbij nooit serieus genomen. Ze was tenslotte zijn kleine zusje. Altijd al geweest en dat was ze nu nog steeds.

Maar ze wilde het kleine zusje niet meer zijn. Ze wilde laten zien dat ze volwassen was. Al zou slaan daar niet echt aan bijdragen. Maar ze wilde laten zien dat ze verantwoordelijkheid kon dragen en in staat was tot prestatie. Net als Sophie, die een succesvol advocate was en net als Erik zelf, die als arts in een privékliniek een behoorlijk inkomen genoot. Net als haar vader. En ja... net als Johan, die ervan overtuigd leek dat ze het alleen niet kon redden.

'Hoe doen de kinderen het op school?' veranderde Jessica van onderwerp. Ze wilde geen discussie meer over haar plannen. Ze wilde zich niet meer verdedigen.

Omdat zus, zwager en broer altijd trots waren op hun kinderen, werd meteen ingegaan op de prestaties van hun kroost. En zelfs die waren beter dan haar eigen prestaties vroeger op school. Omdat ze in die tijd nu eenmaal liever zat te dromen dan hard werkte. Niet omdat ze het niet had gekund.

Jessica merkte dat ze moeite had met haar concentratie toen ze de volgende dag op het wedstrijdterrein haar paard losreed.

Lolita was dwars en verzette zich veelvuldig, ondanks het scherpere bit dat ze er op aanraden van Johan in had gelegd. Bovendien leek het paard van alles te schrikken.

Jessica was bang dat de verhuizing toch een grotere impact had op het paard dan ze aanvankelijk had gehoopt en dat haar vader en Johan gelijk hadden gehad. Dat het beter was geweest als ze deze keer had overgeslagen. Maar uitgerekend nu zou er een belangrijke selectie plaatsvinden en ze moest met Lolita de top bereiken. Ze moest laten zien wat ze kon, omwille van het bedrijf dat ze wilde opstarten.

Lolita had het in zich. Ze had prachtige bewegingen, was goed getraind en had behoorlijk wat werklust. In ieder geval onder normale omstandigheden. Nu leek het meer op vechtlust.

Jessica nam aan dat ze zelf daarin ook een rol speelde. Ze was gespannen en moe. Haar familie had het niet laat gemaakt, maar ze had daarna nauwelijks kunnen slapen en was die morgen om zes uur geradbraakt opgestaan. En veel beter dan die morgen voelde ze zich nog steeds niet.

Haar vader stond te kijken aan de zijlijn. Ze zag aan zijn gezicht dat hij zijn bedenkingen had.

Ze wilde niet dat hij die had, ook al wist ze dat hij er alle reden toe had. Het maakte haar onzeker.

Ze probeerde Lolita in het gareel te krijgen, gebruikte te veel haar sporen en was te ruw met haar handen. Ze wist het en ze wilde het niet, maar op de een of andere manier scheen ze niet anders te kunnen.

'Ze wil niet echt,' zei ze tegen haar vader toen ze kort daarna even bij hem stopte.

'Dat zie ik. Maar is het echt dat?'

'Wat bedoel je?'

'Ik weet het niet. Ik zie iets aan haar... Alsof ze niet zuiver loopt.'

'Natuurlijk loopt ze niet zuiver. Ze springt alle kanten uit.'

De opmerking van Johan schoot door haar hoofd. Hij had het ook al genoemd. Maar ze wilde niet dat het zo was. Niet uitgerekend nu.

'Ze is gewoon te nerveus, te druk,' zei ze. Ze probeerde zichzelf voor te houden dat dat het probleem was. Dat er niets anders aan de hand *kon* zijn. Het lukte niet helemaal, maar ze negeerde haar beginnende ongerustheid.

Haar vader had blijkbaar ook besloten dat het weinig zin had om daar nu op door te gaan.

'Je moet zelf meer rust uitstralen. Je lijkt wel een gespannen veer, zoals je op je paard zit. Je benen zijn onrustig, je handen zijn onrustig...'

'Dat komt omdat ze zich zo aanstelt,' reageerde Jessica, feller dan haar bedoeling was. Ze ergerde zich aan Lolita. Uitgerekend vandaag, nu er zo'n belangrijke wedstrijd was, liet de merrie haar in de steek. Misschien was het geen eerlijke reactie van haar, maar het was nu eenmaal zo. Ze was kwaad en teleurgesteld. En verschrikkelijk nerveus voor het moment dat ze in de ring moest komen.

'Probeer te ontspannen. Haal rustig adem en ontspan,' adviseerde haar vader haar. 'Eenmaal in de ring gaat het vast beter. Ze kent het. Ze weet wat er van haar wordt verwacht.'

'Ik hoop het,' gromde Jessica. 'Anders kan ik het voorlopig wel vergeten.'

'Je zult haar goed moeten begeleiden. Zelf moeten ontspannen. Dan zul je zien dat het allemaal goed komt.'

Jessica probeerde te doen wat haar vader had gezegd. Ze probeerde zich te ontspannen. Ze probeerde rustig adem te halen vanuit haar buik en de controle over haar spieren te krijgen.

En precies op dat moment werd ze de ring in geroepen. Het was alsof een stroomstoot door haar lijf ging. Meteen was ze weer gespannen.

Ze was kwaad op zichzelf toen ze de ring in reed en ze was kwaad op Lolita, die heftig met haar staart sloeg om haar protest duidelijk te maken.

Jessica reed naar het midden, stopte en groette. Lolita bleef niet staan. Jessica trok te hard aan de teugel met als gevolg een nieuw protest van het paard.

Ze kreeg het seintje dat ze kon rijden en op dat moment leek haar paard opeens rustiger. Ze weet wat er van haar wordt verwacht, had haar vader gezegd. Hij had gelijk gehad. Lolita had zo vaak moeilijk gedrag vertoond tijdens het warmrijden. Maar altijd alleen tijdens het warmrijden, vrijwel nooit in de ring. Ze had meer op haar paard moeten vertrouwen. Jessica ontspande ook een klein beetje, maar voelde toch dat Lolita nog niet helemaal liep zoals ze dat wilde. Ze probeerde er niet te veel aandacht aan te schenken, werkte met haar benen en teugels om de goede pas erin te krijgen. En heel even dacht ze dat het lukte. Totdat een van de juryleden haar sommeerde om te stoppen. Het duurde een paar tellen totdat het werkelijk tot Jessica doordrong.

Het jurylid wenkte haar dichterbij. Het was een oudere man met een voornaam voorkomen.

Vragend deed Jessica wat er van haar werd verwacht. Wat had ze fout gedaan? Had ze de aanwijzingen niet goed gehoord?

Toen ze bij de jury stond, stond de man die het sein tot stoppen had gegeven op.

'Uw paard loopt niet goed,' meldde hij.

'Maakte ik een fout in de proef? Verkeerde gang?' vroeg Jessica. Ze voelde de teleurstelling in haar lijf opborrelen en werd een beetje misselijk.

'Uw paard loopt niet goed. Onregelmatig. Nog niet echt kreupel, maar ze loopt gewoon niet zuiver. U kunt de proef niet afmaken. Ga met uw paard naar huis en laat morgen een veearts komen.'

Jessica staarde de man een paar tellen aan. Lolita onregelmatig? Dat kon niet. Lolita was in de kracht van haar leven, door en door getraind. Lolita kon geen beenproblemen hebben. Dat was de eerste gedachte die in haar opkwam. Tegelijkertijd wist ze dat het jurylid gelijk had. Dat was hetgeen ze aan het paard had gevoeld toen ze eenmaal met de proef was begonnen. Ze had het alleen niet willen voelen.

Ze merkte dat ze bijna huilde toen ze de ring uit stapte. Haar vader kwam meteen naar haar toe.

'Lolita loopt onregelmatig,' wist Jessica er nog net uit te brengen.

'Ik weet het,' zei haar vader. 'Ik zag het nu ook duidelijk. Ik meende het al eerder te zien, dat weet je. Maar het is moeilijk met zekerheid te zeggen als ze onrustig is en steeds opzij springt.'

'Johan noemde het ook al, toen hij me hielp met de training.

Maar toen reden we op moeilijk terrein en schrok ze van alles. Ik dacht dat hij zich vergiste. Ik had moeten weten dat Johan zich zelden in dat soort dingen vergist. Misschien heeft ze zich bezeerd tijdens de verhuizing naar de boerderij of misschien toen ze later zo onrustig was in de stal.'

'Misschien wel,' zei haar vader. Maar ze zag de zorgelijke trek op zijn gezicht.

Jessica stapte af en liep met haar paard naar de trailer om haar af te zadelen. Ze zag nu pas dat Lolita erg bezweet was. Het was natuurlijk mogelijk om haar onrust daarvan de schuld te geven, maar eigenlijk wist Jessica wel beter. Lolita's onrust en verzet was voortgekomen uit pijn. En zij had haar daarvoor gestraft.

Jessica voelde zich ellendig omdat ze het paard oneerlijk had behandeld en omdat al haar plannen in duigen vielen. Natuurlijk kon er een alternatief plan worden opgezet, maar Jessica had het zo willen doen. Ze had nu door willen stromen naar de top, wat prestaties neer willen zetten en naam willen maken en op die manier de basis willen zetten voor een eigen bedrijf.

Maar nu was het niet mogelijk. Geen top, geen naam. En misschien geen bedrijf.

Jessica begon te huilen. Haar vader klopte op haar schouder. 'Kom, Jes. Misschien is het niets. Misschien loopt ze morgen weer goed.'

Hoewel het troostend was bedoeld, voelde Jessica zich nog ellendiger na die opmerkingen. Omdat ze niet eens echt om Lolita huilde, maar omdat haar plannen in het water vielen. En dat terwijl ze altijd had beweerd dat ze zoveel van het paard hield. Maar blijkbaar was ze zelfs daartoe niet in staat. Blijkbaar dacht ze alleen maar aan zichzelf en aan haar eigen bedrijf.

Ze ruimde het tuig van het paard op, legde een deken over het bezwete lijf en zette het dier op de trailer.

Haar vader reed als vanzelfsprekend op de terugweg. Jessica was daar dankbaar voor. Ze kon gewoon niet goed stoppen met huilen en met de ogen vol tranen was het moeilijk rijden. Eenmaal terug bij de boerderij hielp haar vader haar met het

79

afladen van het paard, het afkoppelen van de trailer en liep hij nog mee naar binnen om een kop koffie voor hen allebei te maken.

'Laat morgen maar de veearts komen,' zei hij. 'Misschien valt het wel mee.' Misschien, zei hij. Niet: Het valt vast en zeker mee. Omdat hij wel beter wist.

'En als het niet meevalt?' vroeg Jessica mistroostig. 'Als er een probleem is dat weken of maanden nodig heeft om te herstellen? Als het al herstelt. Hoe moet het dan?'

'Wacht nu maar eerst een onderzoek af. Mocht het werkelijk tegenvallen, dan zul je de zaken anders moeten aanpakken. Misschien met een ander dressuurpaard.'

'Ik heb geen geld voor een ander dressuurpaard en ik heb geen tijd. Als ik voor mijzelf wil beginnen, moet ik laten zien wat ik kan. Anders krijg ik geen klanten. Althans niet het soort klanten waar je een bedrijf op kunt bouwen. En hoe kan ik nu laten zien wat ik kan zonder paard?'

'Misschien moet je je plannen voor een eigen zaak dan wat opschuiven. Een jaartje of misschien zelfs een paar jaartjes wachten, totdat je je leven weer goed op de rails hebt. Je bent nog maar net gescheiden, nog maar net verhuisd en dan heb je een baan, een wedstrijdcarrière en de plannen om bij wijze van spreken gisteren een bedrijf op te zetten. Dat is gewoon te veel. Zodra er dan ook maar iets anders gaat dan gepland, zoals nu, kom je in de problemen. Geef het meer tijd. Of neem gewoon genoegen met een baan en een eigen paard.'

Dat was niet hetgeen Jessica wilde horen. Ze wilde horen dat het goed kwam. Dat het meeviel met Lolita en dat ze nog genoeg kansen kreeg. Maar dat kreeg ze niet te horen omdat hij dacht dat ze het niet aankon. Omdat hij dacht dat ze niet in staat was een goed bedrijf op te zetten.

Daarvan was ze overtuigd. Haar vader dacht dat ze het niet kon.

Ze dronk haastig haar koffie op en veegde haar tranen weg.

'Ik denk dat ze zich gewoon gestoten heeft of zo,' zei ze. 'Ik zal zo meteen haar benen even goed nakijken en eventueel afkoelen en dan is het over een paar dagen wel in orde.'

'Ik hoop het, Jessica. Ik hoop het echt.'

Jessica schraapte haar keel en stak haar kin vooruit.
'Natuurlijk. Het komt wel goed.'
'Vechtlust heb je in ieder geval.'
'Ja, dat heb ik.' Ze dwong zichzelf tot een glimlach.
'Bedankt dat je er was vandaag. Dat je mij hebt geholpen.'
'Dat spreekt vanzelf.'
'Ik denk dat ik dadelijk even een uurtje ga liggen en dan ga ik
Lolita verzorgen.'
'Hoef ik je niet te helpen?'
Jessica schudde haar hoofd. 'Ik red mij wel.' Ze wilde alleen
zijn. Rust hebben aan haar hoofd. Ze wilde dat hij vertrok,
zonder dat ze daar een rationele verklaring voor had.
Haar vader knikte en stond op.
'Laat me morgen weten hoe het is,' zei hij.
Jessica knikte en zwaaide hem uit toen hij kort daarna vertrok.
Ze bleef alleen achter op de boerderij, ging weer naar binnen,
liet zich op een keukenstoel zakken en begon weer te huilen.

# HOOFDSTUK 6

Ze wist niet hoelang ze had gehuild, maar op een bepaald moment vond ze dat het genoeg was geweest en werd ze kwaad op zichzelf omdat ze zich zo liet gaan. Ze schraapte haar keel weer, zoals ze zo vaak deed als ze met haar emoties overhoop lag, snoot haar neus, strekte haar rug en stond op. Ze had nu genoeg tijd verknoeid met zelfmedelijden, vond ze. Hoog tijd dat ze haar paard ging verzorgen. Als ze haar nu goed nakeek, wat masseerde en misschien koelde, ging het morgen vast een stuk beter.

Ze liep naar buiten en ging regelrecht naar de stal, waar Lolita aan wat hooi knabbelde. Jessica opende de deur van de box en liep naar binnen.

Lolita was nu rustig. Jessica bekeek haar benen kritisch, hurkte neer en liet haar handen langs de benen glijden, op zoek naar warme plekken of verdikkingen.

Opeens schoot er een muis langs Jessica en Jessica schoot in een reflex achteruit. Lolita schrok en schoot de stal uit. Daarbij raakte ze Jessica met een hoef op het dijbeen. Jessica voelde een felle pijn in haar been en bleef een seconde verkrampt liggen, terwijl Lolita door de stalgang galoppeerde en via de achterdeur naar buiten rende.

Jessica krabbelde overeind. Haar been deed erg pijn, maar met wat moeite en hard op de tanden bijten, kon ze blijven staan. Ze kreupelde naar de gang en zag hoe Lolita in haar paniek dwars door de draad rende van de wei waar Faith in stond. Faiths hoofd schoot overeind. De merrie zag Lolita en begon ook te rennen.

Terwijl Jessica met pijn en moeite door de gang naar de openstaande schuifdeur aan de achterkant strompelde, zag ze tot haar ellende de paarden volledig op adrenaline door een volgende draad gaan en wild bokkend door een tweede weide rennen, zij aan zij.

'Kom terug,' riep Jessica, wetende dat het totaal zinloos was. Ze liep nog een stuk naar voren en zag de paarden nog een paar rondes rennen voordat ze tot rust kwamen. Jessica was dankbaar dat ze niet in de richting van de weg renden. De wei waar ze nu waren, was haar eigendom maar nog niet behoorlijk afgezet. De draad die er stond was her en der losgeschoten en de palen stonden schots en scheef. Er was weinig voor nodig om erdoorheen te gaan. Nog buiten beschouwing gelaten dat de draad aan de voorkant, waar zij stond, helemaal vernield was, zowel van de wei waarin Faith had gestaan als van de wei erachter, waar ze nu stonden.

Het begon te regenen en Jessica voelde hoe het water haar haren natmaakte, in haar nek liep en haar kleren doordrenkte, terwijl ze wanhopig naar de paarden stond te kijken, niet wetend wat ze moest doen.

De merries stonden nu dicht bij elkaar en maakten echt kennis. Jessica was doodsbang dat Faith Lolita iets zou aandoen. Ze liep weer richting paarden en probeerde de pijn in haar been te negeren.

De merries gilden en haalden naar elkaar uit.

Jessica gilde ook. Uit angst.

De merries begonnen weer te draven, stopten, snuffelden, gilden en gingen zo nog een tijd door, terwijl Jessica moeizaam dichterbij kwam. Jessica zag dat Lolita nu duidelijk kreupel liep. De race had haar geen goed gedaan.

Toen ze eindelijk Lolita dicht genoeg was genaderd, riep ze zachtjes de naam van het paard. Faith had haar al gezien en Jessica was bang dat de merrie in de aanval zou gaan. Maar dat gebeurde niet. Faith wachtte gespannen af. Lolita keek naar Jessica, leek zich een seconde te bedenken en rende toen weg, gevolgd door Faith.

Jessica kreunde en liep er weer achteraan. Haar kleding was doornat, ze had het koud en haar been deed pijn. Maar ze kon niet opgeven. Ze kon niet het risico nemen dat de paarden de weg op renden of dat Lolita zich verder bezeerde.

Weer lukte het haar om dichtbij te komen. Weer hield Faith haar gespannen in de gaten, de oren in de nek. Maar weer deed ze niets. Althans, niets anders dan Lolita volgen toen deze voor de tweede keer de benen nam toen Jessica te dichtbij kwam.

Nog een laatste keer probeerde Jessica het, maar toen het weer

mislukte liet ze zich in de modder zakken en begon te huilen.
Ze wist niet hoelang ze zo bleef zitten, maar toen ze weer op
durfde te kijken zag ze de paarden verderop in alle rust grazen,
in de regen. Alsof ze nooit anders hadden gedaan. Ze wist dat
de paarden weer zouden wegrennen als ze in de buurt kwam en
dit keer stonden ze dicht bij de vooringang van de wei en was
de kans groot dat ze de weg op zouden rennen.
Misschien als ze zo rustig bleven staan...
Maar de paarden hadden alweer besloten om een discussie met
elkaar aan te gaan, snuffelden, gilden, sloegen, draafden en gilden weer.
Jessica was als de dood dat ze haar paard zou verliezen. Ze
dacht slechts een seconde aan haar vader en aan Johan. Beiden
zouden anderhalf uur moeten rijden om naar haar toe te
komen. Nog afgezien van het feit dat haar vader weer over het
wegdoen van Faith zou beginnen en Johan zich dan onmisbaar
zou voelen. Maar ze moest iets doen.
Ze dacht aan haar buurman. De hufter die haar niet had willen
helpen. De idioot die zijn paard zonder optoming tussen andere paarden had gereden. De enige persoon die ze kende die ze
ooit zoiets had zien doen.
Ze wilde niet naar hem toe. Ze wilde zijn hulp niet vragen.
Maar ze krabbelde overeind en strompelde via haar eigen erf
naar zijn huis.
Ze voelde zich ellendig toen ze aanbelde. En ze wist dat ze er
minstens zo ellendig uitzag. Maar ze had geen keuze.
Pascal deed open en de warmte van zijn woning leek naar buiten te stromen. Hij keek haar verbijsterd aan.
'Je moet mij helpen,' zei Jessica eenvoudigweg. Ze begon te rillen en voelde dat ze week werd in de benen.
Pascal mompelde iets onverstaanbaars, pakte haar vast en hielp
haar naar binnen. Ze voelde dat ze een modderspoor achterliet,
terwijl hij haar naar een gezellige, warme woonkamer manoeuvreerde.
'Ik kan niet binnenkomen,' protesteerde ze. 'De paarden zijn
los. Dadelijk lopen ze de weg op. We moeten ze vangen. Je
moet mij helpen. Alsjeblieft...'
'Jij doet helemaal niets,' zei hij kortaf. Hij duwde haar op de

sofa met haar natte kleding. Voor haar brandde een open haard. Hij verspreidde een aangename warmte.

'Wacht hier,' zei Pascal. Hij wachtte niet op een reactie maar verdween een paar tellen, om daarna terug te komen met droge kleding en dekens.

'Doe dat natte spul uit, trek deze joggingbroek en sweatshirt aan en wikkel je in dekens. Ik ga kijken of ik de paarden kan insluiten.'

'Dat lukt niet alleen. Ik moet helpen.' Ze probeerde trillend overeind te komen, maar Pascal drukte haar voorzichtig maar beslist terug op de sofa.

'Ik ga alleen of ik ga niet.'

'Maar...'

Hij hoefde haar slechts een blik toe te werpen om haar protest te smoren.

Jessica week automatisch een beetje achteruit, liet zich de kleding en dekens in de handen duwen en bleef zitten terwijl Pascal verdween.

Ze had het koud, ze had pijn en was misselijk. Aan de ene kant was het prettig dat ze niet meer naar buiten hoefde. Ze voelde zich ellendig. Aan de andere kant voelde het verkeerd, omdat ze niet kon helpen, terwijl zij de paarden het beste kende.

Niet dat het veel had uitgemaakt toen ze in de regen had rondgestrompeld en pogingen had ondernomen om Lolita te pakken.

Ze trok de natte kleding uit, droogde zichzelf af, deed de te grote broek en het te grote sweatshirt van Pascal aan, wikkelde zichzelf in de deken en bleef rillend voor de haard zitten.

De kou verdween langzaam, maar ze bleef zich ellendig voelen en haar been klopte en bonkte.

Ze had er niet naar gekeken toen ze zich omkleedde. Ze had het niet gedurfd. Maar ze wist dat het op z'n minst een flinke kneuzing was.

Buiten ging het nog harder regenen en Jessica dacht aan Pascal, die nu in de regen achter de paarden aan zat. Ze wist zeker dat hij haar zou verwensen. Hij had eerder aangegeven dat hij haar niet wilde helpen en nu had ze hem geen keuze gegeven en liep hij in de regen achter paarden aan die zich niet lieten vangen.

Misschien viel Faith hem zelfs aan. Jessica zag het zowaar voor zich. Ze zag hoe hij naar de zwarte merrie toe liep en hoe ze haar oren in de nek legde en maaiend met de voorbenen op hem af sprong.

Jessica huiverde. Ze kroop een beetje dichter bij de kachel en bleef stilletjes zitten. Haar leven was een puinhoop. Ze bewees nu dat ze werkelijk niets alleen kon. Ze wilde gaan huilen, maar zelfs dat lukte niet. Ze kon alleen maar stom voor de haard zitten en af en toe even rillen, terwijl de kou allang was verdreven.

Ze wierp een blik om zich heen. De woonkamer zag er warm en gezellig uit, met zijn crèmekleurige gegranolde wanden, zijn planken vloer en de oude houten meubels. Aan de muren hingen schilderijen en foto's, voornamelijk van paarden. Maar ook een grote foto van een knap meisje met lang blond haar, dat vriendelijk, wat dromerig glimlachend in de camera keek. Jessica schatte haar ergens vooraan in de twintig. Blijkbaar was Pascal geen vrijgezel, zoals de veearts had beweerd. Er was ook een foto van hem en dat meisje met twee paarden. Jessica meende de paarden te herkennen als twee van de paarden die nu in de wei achter zijn huis liepen. Over de appaloosa, die bij het meisje stond, twijfelde ze zelfs niet eens. Het was hetzelfde paard dat in de wei stond. Er was ook een schilderij van een boom in de herfst, waarbij de kleuren waren benadrukt met goudachtige tinten. Een knap schilderij, vond Jessica.

Ze wendde haar blik snel af en keek weer in de haard. Rondkijken voelde bijna als indringen.

Ze was hier niet naar aanleiding van zijn uitnodiging. Ze was hier omdat ze hem geen andere keuze had gegeven. En omdat hij buiten in de regen zijn leven riskeerde om de paarden veiligheid te bieden.

Toen ze de achterdeur open en dicht hoorde gaan, verstarde Jessica. Ze begreep dat hij weer naar huis was gekomen en ze was nerveus voor hetgeen ze wellicht te horen kreeg. Misschien kreeg hij de paarden niet te pakken of was er iets gebeurd. Misschien was hij boos.

Pascal stak zijn hoofd door de deuropening van de woonkamer. 'Ik trek even iets anders aan,' meldde hij. 'Ik kom eraan.'

Hij was dus in ieder geval niet gewond geraakt.

'De paarden... heb je ze binnen gekregen?'

'De paarden zijn in veiligheid. Met mij gaat het ook goed. Fijn dat je daarnaar vraagt.'

'Sorry, ik bedoelde het niet zo. Ik dacht al dat het goed met je ging omdat je gewoon normaal klonk, maar ik had het moeten vragen.'

'Jaja.'

Lachte hij nu? Ze kon het niet horen. Ze hoorde hem een trap omhoog gaan, boven rondstommelen en even later weer naar beneden komen. Ze werd opnieuw nerveus. Ze wist zeker dat hij haar zou aanspreken op haar komst en omdat ze hem alles had laten opknappen.

'Warme chocolademelk?' riep hij vanuit de keuken.

'Graag,' antwoordde Jessica, wat verbaasd. Misschien moest ze naar huis gaan, maar dat zou pas echt ondankbaar zijn. Bovendien wilde ze niet meer onder de dekens vandaan komen en had ze het gevoel dat ze nooit meer op haar pijnlijke been zou kunnen staan.

Ze hoorde Pascal rommelen in de keuken. Enkele tellen later kwam hij de woonkamer binnen met een dienblad met twee mokken warme chocolademelk, slagroom en een fles likeur. Hij droeg zelf ook een comfortabel joggingpak en zette alles op de dekenkist neer, die als tafel dienstdeed. Hij pakte de likeurfles op, schroefde de dop eraf en hield hem Jessica voor.

'Ook een slok? Krijg je het warm van.'

'Ik weet niet...'

'Het zal je goeddoen.'

'Goed dan.'

Pascal glimlachte en goot in allebei de mokken een scheut likeur. Daarna ging hij op een fauteuil zitten, schuin tegenover Jessica, met de mok in zijn handen.

'Wat is er gebeurd?'

'Ik was vandaag met Lolita op concours. Het was een hele belangrijke wedstrijd en daarom wilde ik er absoluut naartoe. Misschien niet verstandig zo vlak na een verhuizing en nadat Johan eigenlijk al dacht dat Lolita niet helemaal zuiver liep, maar ik had winstpunten nodig en wilde door de selectie komen. Maar tijdens de proef bleek Lolita dus kreupel en werd ik naar huis gestuurd.

Daarstraks wilde ik haar benen goed nakijken om te zien of er sprake was van warmte of zwelling en ik hurkte bij haar in de box. Ik weet dat dat gevaarlijk is en ik weet dat ik de box niet open had mogen laten staan, maar ik heb het zo vaak zo gedaan en ik denk dat je op een bepaald moment niet meer stilstaat bij de risico's. Al heeft Johan mij daar vaak genoeg op gewezen. Maar goed, ik zat dus op mijn hurken naast haar en toen schoot een muis voor mijn voeten weg. Ik schrok en viel, Lolita schrok en sprong de box uit, waarbij ze mij raakte. Zij rende door de gang naar achteren, door de openstaande schuifdeur naar buiten, dwars door de draad heen, de wei in waar Faith stond. Ze schoten allebei in de stress en renden door nog een draad. Daarna begonnen ze rond te rennen en werd Lolita helemaal kreupel. Ik probeerde op z'n minst alvast Lolita te vangen, maar kon niet eens in de buurt komen. Ze rende steeds weg.'

Pascal knikte nadenkend, terwijl hij aan de chocolademelk nipte.

'Hoe heb jij haar te pakken gekregen? En hoe kon je in hemelsnaam dicht bij Faith komen zonder aangevallen te worden?'

'Niet.'

Jessica keek hem verbaasd aan. 'Wat bedoel je?'

'Dat ik niet heb geprobeerd om een van de paarden te vangen. Dat leek mij geen goed idee. Faith vertrouwt geen mensen, heb ik uit je verhaal van de vorige keer begrepen, en Lolita laat zich nu echt niet vangen.'

'Maar... maar waar zijn ze nu dan? Heb je hen de stal in gelokt met voer of zo?' Stom dat ze daar zelf niet aan had gedacht.

Maar Pascal schudde zijn hoofd. 'Dat zou ook niet hebben gewerkt. Ze hebben nu andere dingen aan hun hoofd dan eten.'

'Maar wat heb je dan gedaan?' Jessica voelde opnieuw een lichte paniek opkomen.

'Ik heb de omheining gerepareerd. Een deel van de oude omheining was nog redelijk intact en dat heb ik verbonden met een goed deel van de omheining die jij hebt gemaakt. Ze hebben nu een vrij grote wei, maar ze kunnen nergens heen. Ik heb er

stroom opgezet. Nu stond die er voorheen ook op, maar in paniek rennen ze nogal eens snel overal doorheen. Ze is nu niet meer in paniek. Volgens mij heeft ze het prima naar haar zin.'
'Maar ze zal steeds meer kreupel worden. Het was al zo verergerd toen ze overal doorheen was gehold.'
'Ze was al onregelmatig en heeft het met haar stunt ongetwijfeld te zwaar belast. Daar doe je nu niets meer aan. Ze is nu rustig, dus ik geloof nooit dat het erger wordt. Over het algemeen is beweging beter dan op stal staan met een blessure. Het voorkomt stijf worden. Verplichte stalrust is niet voor niets door een aantal veeartsen allang afgeschaft.'
'Maar ze moet binnen voor de nacht?'
'Waarom? Het is niet koud.'
'Het regent.'
'Als ik mij niet vergis heeft ze een waterdichte deken op.'
'Jawel, maar ze staat 's nachts nooit buiten. Ze is het niet gewend. Faith misschien ook niet, maar die kan ik niets opleggen en ook niet binnen zetten. Helaas. Maar Lolita...'
'Voor zover ik kon zien, had ze er helemaal geen moeite mee. Ze stond naast de zwarte merrie te grazen en was helemaal rustig. Je kunt dus rustig achteroverleunen en erop vertrouwen dat ze niets tekortkomt.'
Heel even was het stil.
'Bedankt,' zei Jessica toen.
'Het is al goed.'
'Ik was laatst kwaad op je.'
'Maakt niet uit.'
Hij had zich ook niet echt prettig gedragen, vond Jessica eigenlijk, maar ze zei het niet.
'Het was ook dom van mij om die boxdeur open te laten.'
'Als de deur dicht was geweest en je paard was in paniek geraakt, had je heel wat zwaarder gewond kunnen raken.'
Jessica zweeg. Pascal had gelijk.
'Hoe gaat het nu?'
'Beter. Warmer.'
'En je been?'
'Blauw, neem ik aan. Het gaat wel over.'
Pascal knikte en nam nog een slokje chocolademelk.

Twee katten kwamen de kamer binnen en snuffelden voorzichtig aan de nieuwkomer.

'Twee van de zes dorpsgeschenkjes?' wilde Jessica weten.

Pascal glimlachte. 'Ja. Jij hebt er al vier verzameld?'

'Vijf. Twee kinderen en een katje dat door de vader verdronken dreigde te worden, bracht het totaal op vijf.'

'Dan raak je in ieder geval van je muizen af.'

'Ja, dat wel.'

Het was weer even stil.

'Waarom wilde je niet helpen toen ik laatst bij je aan de deur kwam?' vroeg Jessica toen. 'Toen ik je vertelde over die merrie?'

'Je verwachtte een snel-klaaroplossing. En daar doe ik niet aan.'

'Je had dat kunnen zeggen.'

'Ja, dat had ik kunnen doen. Maar ik zag er het nut niet van in.'

'Waarom niet?'

'Omdat mensen als jij dat niet begrijpen.'

'Mensen als ik?' Jessica keek hem verbaasd en een beetje beledigd aan. 'Wat bedoel je daarmee?'

'Mensen die hun paard als middel zien om iets te bereiken. Waarbij resultaten vooropstaan.'

'Hoe kun je daarover oordelen? Je kent mij niet eens.' Jessica merkte dat haar stem weer een verdedigende toon aansloeg. Ze wilde het niet, maar het gebeurde vanzelf. 'Ik houd van mijn paard.'

Pascal gaf er geen antwoord op.

'Echt.'

Hij knikte alleen maar. 'Hoe gaat het met het bedrijf dat je wilt opzetten?'

'Ik heb alleen wat notities gemaakt. Ik wilde eerst dit seizoen wat wedstrijden winnen. Naam maken. Op die manier krijg je klanten. Maar het lijkt erop dat het niet gaat lukken. Hoewel het natuurlijk best mogelijk is dat Lolita zich heeft gestoten of zo. Misschien valt het allemaal wel mee.'

'Ze liep nog wat kreupel, daarstraks.'

'Dat rennen heeft haar geen goed gedaan.'

'Wat doe je als er echt iets mis is met haar benen?'
'Dat mag niet. Dat kan niet. Ze is pas twaalf jaar. Het komt heus wel goed met haar.'
'Ik hoop het voor je. Maar wat doe je als het niet zo is?'
'Daar wil ik niet eens over nadenken.'
Weer viel er een kleine stilte.
'Dan kan ik mijn naam niet vestigen, geen klanten werven en zit ik alleen met een kreupele merrie en een merrie waar ik niet bij in de buurt kan komen,' zei ze toen.
'Dat is misschien niet zo'n heel sterke basis,' meende Pascal.
Jessica zuchtte diep. 'Niet echt, nee. Zoiets zou Johan niet overkomen.'
'Wie is Johan?'
'Mijn ex. Hij heeft een springstal.'
'Wat zou hij dan doen?'
'Paard naar de slacht brengen. Allebei de paarden waarschijnlijk.'
'Dat is in ieder geval een manier om het op te lossen. Waarom doe jij dat niet?'
'Ik kan dat niet. Ik ben een watje. Ik ben geen zakenvrouw. Paps had gelijk. Ik haat het als hij gelijk heeft.'
Pascal grijnsde.
'Misschien wil ik je toch wel helpen,' zei hij toen.
Jessica staarde hem aan. 'Met de merrie?'
Pascal knikte.
'Ze lust je voor ontbijt.'
Hij glimlachte.
'Dank je.'
'Bedank me maar later. Als je mij tegen die tijd niet hebt gewurgd.'
'Waarom zou ik dat doen als je mij wilt helpen?'
'Omdat ik dan dingen ga zeggen die je niet leuk vindt.'
Jessica keek hem een paar tellen aan.
'Iedereen zegt altijd dingen die ik niet leuk vind. Ik ben eraan gewend.'
'We zullen zien.'
Ze dronken allebei chocolademelk. Jessica voelde dat ze warmer werd vanbinnen.

'Je hebt een gezellig huis,' zei ze toen. 'Ik zou willen dat ik al zover was.'

'Dank je.'

'Dat meisje op die foto...' Jessica wees op het knappe meisje op de foto. 'Is dat je vriendin?'

Pascal knikte.

'Ik heb haar hier nog niet gezien.'

'Ze is dood.'

Jessica voelde een vervelende steek in haar maag. 'Het spijt me.'

'Ja.'

'Al lang?'

'Vier jaar.'

'Jee...'

'Een ongeluk.'

'Afschuwelijk.'

Ze was even stil en keek naar de foto van het meisje. Ze keek ook naar de foto van Pascal en zijn vriendin. Beiden keken lachend in de camera.

'Volgens mij hield je veel van haar.'

Pascal knikte.

'Hoe ga je in hemelsnaam met zoiets om?' vroeg Jessica zich hardop af.

'Niet,' reageerde Pascal. Hij keek ook naar de foto. 'Je gaat er niet mee om. Je gaat door met het leven, maar je gaat niet echt om met zo'n verlies. Ik in ieder geval niet.'

Jessica knikte. Haar mond voelde droog aan. Ze voelde bijna de pijn die Pascal nog steeds moest voelen, na vier jaar.

'Het spijt me,' zei ze nogmaals. Pascal knikte alleen maar.

'De paarden buiten, zijn die van jou?'

'Ja.'

'Maar je werkt toch met probleempaarden?'

'Ik werk met eigenaar en paard. Nooit alleen met een paard. Je kunt geen paard aannemen, de problemen oplossen en het dier terugsturen naar de eigenaar in de verwachting dat het opgelost is.'

'Veel stallen doen het wel zo.'

'Ja. En veel paarden vallen weer in het oude gedrag zodra ze weer een poos bij de eigenaar staan. Problemen zijn altijd complexer dan dat en liggen zelden werkelijk bij het paard.'

Jessica knikte. 'Goed. Ik kan mij voorstellen dat een paard slecht is opgevoed door de eigenaar, zich hopeloos en misschien gevaarlijk gedraagt, bij jou weer in het gareel leert lopen, maar terug bij de eigenaar weer in het oude gedrag vervalt omdat de eigenaar geen paard kan opvoeden. En dat je je daarom niet beperkt tot het paard. Tot zover snap ik het wel en moet ik je handelwijze respecteren. Je zoekt een duurzame oplossing voor beide. Maar hoe zit dat in een situatie als die van mij? Ik heb die merrie ongevraagd cadeau gekregen en die is dus vals. Het ligt niet aan mijn opvoeding. Dus moet het aan het paard liggen.'

'Aan het verleden van het paard. Maar als ik het dan overneem en ermee om kan gaan, hoe moet het dan verder, denk je? Verwacht je werkelijk dat ze jou dan ook vanzelf accepteert?'

Jessica dacht erover na. 'Nee, misschien niet.' Ze keek naar de vlammen in de haard. 'Misschien niet, nee.' Ze voelde dat ze een beetje loom werd van de warmte en de alcohol en haar ogen werden zwaar.

'Daarom werk ik altijd met eigenaar en paard,' zei Pascal. 'In iedere situatie.'

Jessica knikte. 'Ik begrijp het.' Ze gaapte. 'Ik moet gaan,' verontschuldigde ze zich. 'Ik ben eerlijk gezegd doodmoe en ik moet morgen weer aan het werk.'

Pascal knikte.

'Mag ik je kleding nog even aanhouden? Ik breng het morgen terug.'

'Ik kan je moeilijk bloot naar huis sturen,' zei Pascal met een lachje. 'Hoewel de boertjes in de buurt dat misschien best leuk zouden vinden.'

'Alsjeblieft niet, want dan komen ze mij morgen allemaal kleding brengen.'

'Kijk maar. Ik krijg het wel een keer terug. Het heeft geen haast.'

'Beginnen we morgen met die merrie?'

Pascal knikte.

'Hoe laat?'

'Halfzeven? Dan is het nog even licht.'

'Halfzeven is goed.' Jessica glimlachte nog een keer vriendelijk naar hem en strompelde naar de voordeur. Hij liep nog even mee en informeerde nog een keer of het goed ging met haar. Ze knikte, hoewel ze eigenlijk verging van de pijn. Haar been klopte alsof er een trommelkorps in rondliep. Maar ze vond het niet nodig om dat te noemen. Het zou de pijn niet minder maken.

Ze nam afscheid en liep moeizaam terug naar haar eigen boerderij.

Pascal keek haar na. Hij had een peinzende uitdrukking op zijn gezicht.

Hij had nooit verwacht dat hij nog een keer dat zou voelen wat hij nu voelde; wat hij had gevoeld toen ze drijfnat en onder de modder voor zijn deur had gestaan. Toen hij haar naar binnen had geholpen.

Het verwarde hem. Het was vier jaar geleden dat Evelyn was overleden. En verder dan dat had hij nog niet gekeken.

Jessica ging haar eigen woning binnen en viel meteen bijna over de kittens die haar miauwend tegemoet renden. Ze kon zich nog maar net staande houden.

Het vuur in de open haard in de kamer was bijna gedoofd, maar het was nog niet echt koud in de woning. Ze ging niet meteen naar bed, maar nam nog even plaats voor de haard, terwijl ze met de pook een beetje door de laatste gloeiende kooltjes roerde.

Ze dacht aan Pascal. Ze zag zijn gezicht weer voor zich. Ze wist dat ze hem mocht. Meer dan ze bij de eerste ontmoeting had kunnen vermoeden. Meer dan ze had verwacht.

# HOOFDSTUK 7

Jessica was net klaar in de stal toen Pascal kwam. Haar been klopte en bonkte aan één stuk door en ze wist dat ze er veel te veel mee had gedaan, maar ze vond dat alles op orde moest zijn als de paarden zo meteen weer binnen werden gehaald. Het was haar tijdens het voeren gelukt om de deken van Lolita af te halen, maar de stallen waren toen nog niet klaar geweest en Lolita had geïrriteerd gereageerd. Ze had nauwelijks aan Lolita's hoofd kunnen komen, maar het paard had getolereerd dat ze de deken eraf haalde. Jessica had het snel gedaan, want Faith was meer dan alleen geïrriteerd geweest over haar aanwezigheid en Jessica was bang geweest dat de merrie zou aanvallen als ze meer tijd in de wei doorbracht. Maar nu was alles klaar en konden ze naar binnen.

Pascal was gekleed in een trui en jeans, zoals ze hem de eerste keer had gezien.

Ze zag eigenlijk nu pas dat zijn gezicht een sympathieke uitstraling had. Vooral als hij naar haar glimlachte op de manier waarop hij dat nu deed.

Ze glimlachte terug en voelde dat ze een beetje kleurde. 'Precies op tijd. Wat gaan we doen? Halen we eerst de paarden binnen? Dan mag jij Faith wel pakken en dan...' begon ze haastig.

'Binnenhalen?' vroeg Pascal. Hij trok zijn wenkbrauwen op.

'We gaan er toch mee werken? Dan moeten ze toch eerst naar binnen, verzorgd worden en zo. Lolita loopt trouwens nog niet goed. Ik heb de veearts gebeld, maar hij kan helaas pas morgen komen. Dat is de ellende in een dorp. Maar ik neem aan dat hij toch rust voorschrijft, dus daar kan ik alvast mee beginnen. Geen volledige stalrust natuurlijk, maar gecontroleerde beweging. Lopen aan de hand bijvoorbeeld. Had ik maar een stapmolen. Ik had ze al eerder binnen willen halen, maar ik durf eerlijk gezegd nog niet alleen op die zwarte af te gaan en...'

Ze praatte veel te snel en ze wist het.

Pascal pakte een halstertouw van de haak en drukte het haar in de handen.

'Haal jij maar eerst Lolita.'

'Pak jij dan die zwarte?' vroeg Jessica wat onzeker.

Pascal gaf geen antwoord, maar hij pakte zelf ook een halstertouw.

Jessica liep voorop naar buiten. Ze probeerde niet al te veel te strompelen, maar het viel niet mee. Misschien had ze beter van tevoren een pijnstiller kunnen nemen. Maar ze had er nu eenmaal niet aan gedacht en nu was het te laat. Ze zou gewoon op haar tanden moeten bijten.

Ze aarzelde nog heel even voordat ze de wei binnenliep. Ze vertrouwde Faith nog steeds niet, al had ze niets gedaan toen Jessica de vorige dag pogingen had ondernomen om Lolita te vangen. Maar Pascal liep mee en dat maakte het toch gemakkelijker.

Jessica liep naar haar paard toe, maar zodra ze dichtbij kwam, liep haar paard weg. Ze probeerde het dier nog een paar keer te vangen, terwijl ze ondertussen Faith angstvallig in de gaten hield, maar het lukte niet, en uiteindelijk deed haar been zo'n pijn dat ze er nauwelijks meer op kon staan. En Pascal deed al die tijd niets. Hij nam niet de moeite om Faith te halen, hij keek alleen toe terwijl Jessica Lolita probeerde te pakken.

Het irriteerde Jessica. Misschien was haar eerste indruk van deze man toch juist geweest.

Misschien was het toch gewoon een arrogante, vervelende vent. Maar als ze dan weer aan de vorige avond dacht...

Ze draaide zich naar hem om. 'Jij bent hier de paardenpsycholoog. Hoe moet ik dit oplossen?'

'Wacht even,' zei Pascal. Hij liep de wei uit en kwam een paar minuten later terug met twee oude stoelen, die in de stal hadden gestaan. Jessica keek hem verbijsterd aan.

'Moet ik daarop gaan staan en dan lassowerpen?' vroeg ze droog.

'Dat kun je proberen, maar ik zou het niet aanraden met een halstertouw. Maar je kunt ermee om je heen zwaaien als Faith besluit dat ze je beu is en op je afkomt. Al betwijfel ik of ze die moeite zal nemen. Kom.' Hij pakte haar hand vast en nam haar mee naar de stoelen die hij midden in de wei had neergezet. Hij drukte haar min of meer neer in de stoel en ging naast haar zitten.

'En nu?' reageerde Jessica verbaasd en ongeduldig.

'Nu niets.'

'Hoe bedoel je? Niets?'

'Gewoon zitten en ontspannen. Kijken naar de paarden.'

Jessica keek Pascal verbijsterd aan.

'Zitten en kijken? Hoe moeten we daarmee iets gedaan krijgen? Lolita moet binnen. Ze is kreupel. En er moet met Faith worden gewerkt, zodat ze hanteerbaar wordt.'

'Dan ga maar naar haar toe, doe het halster om en ga met haar werken.'

'En als ze dan aanvalt?'

Pascal haalde zijn schouders op.

'Je weet dat het niet werkt.'

'Waarom dan niet gewoon hier zitten en kijken?'

'Ik begrijp niet hoe mij dat verder moet helpen.'

'Je kunt kijken hoe de paarden zich onderling gedragen. Ze leren kennen. Bovendien laat je het initiatief van benadering aan de paarden over.'

'En als ze dat initiatief niet nemen?'

'Dan hebben ze geen interesse in jou.'

'Maar...'

'Maar het allerbelangrijkste is misschien nog wat je zelf moet leren.'

'Wat?' Jessica bewoog onrustig op haar stoel. Vanbinnen bruiste het. Ze wilde dingen doen.

'Afwachten.'

'Afwachten?'

'De touwtjes loslaten.'

'Hoe wil ik dan iets bereiken?'

'Hoe wil je iets bereiken als je je krampachtig overal tegelijk aan vastklemt?'

Jessica zweeg. Deed ze dat, vroeg ze zich af. Klemde ze zich overal aan vast? Ze voelde de onrust in haar lichaam. Ze hoorde hoe haar hoofd opnieuw en opnieuw het lijstje opdramde van de dingen die ze nog moest doen. Ze voelde zich beklemd. Maar had ze enige keuze?

'Probeer eens rustig te zitten,' maande Pascal haar.

'Ik zit rustig.' Terwijl Jessica dat zei, realiseerde ze zich dat ze met haar voet op de grond tikte en elke twee seconden een andere houding aannam.

Pascal keek haar aan en grijnsde.

'Goed, misschien niet helemaal. Maar ik zie er het nut niet van in.'

'Wil je dat ik je help?'

'Ja, natuurlijk, maar…'

'Dan zul je het op mijn manier moeten doen.'

'Door hier te zitten?'

'Door hier te zitten.'

'Goed. Goed. Ik zit. Ik zit toch? Kijk eens… ik zit.'

Ze nam nog maar eens een andere houding aan.

Ze moest dadelijk nog aan haar bedrijfsplan werken. En nog opruimen. Het was een puinhoop in huis en de katten hadden de kattenbakkorrels door de hele woning gedragen. Ze moest nog wat bankzaken afhandelen en in haar agenda schrijven dat de veearts morgen om drie uur kwam. Misschien kon ze eens de hoefsmid bellen… Als ze de stapel facturen op het werk morgen maar op tijd af had, want ze moest nog een planning maken voor de activiteiten in de tweede helft van het seizoen en ze moest toch echt op tijd terug zijn, zodat ze Lolita binnen kon zetten voordat de veearts kwam. Of zou dat niet nodig zijn?

'Kijk naar de paarden.' Pascal trok haar weer terug naar de tegenwoordige tijd.

'Ik kijk. Ik kijk,' reageerde ze geïrriteerd en ongeduldig.

'Je keek naar je knieën. Je lijf lijkt een gespannen veer, met die stijve ronde rug en verkrampte handen. Alsof je je stoel probeerde vast te houden. Lijkt me onnodig, omdat de stoel je niet eraf zal gooien.'

'Moet jij niet ook naar de paarden kijken, in plaats van op mij te letten?'

'Je hebt mij gevraagd om je te helpen.'

'Met de paarden.'

'Het probleem zit zelden bij de paarden.'

'Ik kende Faith niet eens. Hoe kan haar gedrag dan door mij worden veroorzaakt?'

'Volgens mij heb je niet alleen een probleem met Faith. Lolita laat je ook niet in de buurt komen.'

'Lolita is gewoon gespannen. Nerveus.'

'Van wie zou ze dat hebben?' Hij keek Jessica enigszins geamuseerd aan.

'Wil je daarmee zeggen dat het mijn schuld is? Ik zit mijn leven lang al tussen de paarden, heb op het hoogste niveau wedstrijden gereden, dravers omgeschoold en met de springpaarden van mijn ex gewerkt. Ik weet heus wel hoe ik met paarden om moet gaan.'

Pascal glimlachte alleen maar.

'Goed. Lolita laat zich niet vangen en misschien speelt mijn spanning wel een rol daarin. Maar met die zwarte weet ik mij helemaal geen raad. Ik ben bang voor haar. Toegegeven. Maar ik kan haar nauwelijks hebben verknoeid, aangezien het niet eens mijn paard was.'

'Nee, dat hebben anderen al voor je gedaan,' gaf Pascal toe. 'Maar nu is het zaak dat ze je gaat vertrouwen, en hoe kun je van een paard verwachten dat het een nieuwe baas gaat vertrouwen als die baas niet eens op zichzelf vertrouwt?'

'Wie zegt dat ik niet op mijzelf vertrouw.'

'Ik.'

'Ja, dat hoor ik. Maar waar slaat het op?'

'Op een inschatting die ik maak.'

'Ik vertrouw best op mijzelf. Anders was ik niet alleen hier gaan wonen om een baan te nemen en een bedrijf te starten. Ondanks dat iedereen zegt dat het nooit gaat werken.'

'Irriteert het je, als mensen dat zeggen?'

'Het maakt me woedend. Alsof ik niets kan.'

'Waarom maakt het je woedend?'

'Omdat ze geen vertrouwen in mij hebben.'

'Maar als je dat zelf wel hebt, dan maakt het toch niet uit wat anderen denken?'

'Dat is het juist. Dat maakt wel wat uit.'

'Waarom?'

Jessica was een paar tellen stil. Ze zát zelfs een paar tellen stil.

'Geen idee,' mompelde ze toen. Ze schoof nog maar een keer op haar stoel.

'Idioot, nietwaar?'

'Nee.'

Jessica richtte haar blik op de paarden, die vredig naast elkaar stonden te grazen. Faith was geenszins van plan om Lolita iets aan te doen. Ze leken allebei prima op hun gemak. Lolita was voor het eerst sinds dagen niet gestrest. Het had iets kalmerends om ernaar te kijken.

Jessica merkte dat ze iets rustiger werd. Maar het duurde slechts een paar minuten. Toen kwam de machinerie in haar hoofd weer op gang. Toen dacht ze weer aan het ondernemingsplan dat ze moest maken, de werkzaamheden in de boerderij, haar werk...

'Twintig minuten.'

'Wat?'

'Twintig minuten stilzitten en kijken naar de paarden. Nergens anders aan denken.'

'Dat kan ik niet.' Het verbijsterde haarzelf een beetje. Maar het was waar. In haar hoofd denderde een op hol geslagen trein, die op geen enkel station stopte. Misschien remde hij af, als er aan de noodrem werd getrokken, maar steeds slechts voor een paar seconden.

'Probeer het. Meer hoef je niet te doen. Kijk naar de paarden. Kijk naar de pels, naar hun contouren, naar hun spieren. Kijk hoe ze met elkaar omgaan, communiceren, bewegen. Iedere keer als je even afgeleid wordt door andere gedachten, schuif je dat door naar de achtergrond voor later en concentreer je je opnieuw op de paarden.'

'Een concentratieoefening.'

'Zoiets.'

'Daar ben ik nooit goed in geweest.'

'Dat kun je leren.'

'Ik niet. Op school al niet. Ik was een dromer. Ik kreeg altijd op mijn kop als ik mijn hoofd niet bij de les hield. Ik was niet als mijn broer en zus, die altijd goed konden leren en altijd precies wisten wat er om hen heen gebeurde. Ik was een dromer.'

'Dromers moeten er ook zijn. Creatieve mensen zijn meestal dromers. Dat is ook een talent.'

'Je komt er niet ver mee.'

100

'Je komt niet ver als je je natuurlijke eigenschappen ontkent en iemand probeert te zijn die je niet bent.'

'De maatschappij stelt nu eenmaal eisen.'

'Ja. Maar dat betekent niet dat je aan alle eisen moet voldoen. Nu in ieder geval niet. Nu hoef je niets te doen. Alleen stilzitten en kijken. Twintig minuten. Vanaf nu.'

Jessica wilde nog iets zeggen, maar besloot het uiteindelijk niet te doen.

Twintig minuten stilte moest te doen zijn. Ze zag er het nut totaal niet van in, maar ze kon Pascal zijn zin geven. Misschien zouden ze dan daarna eindelijk iets nuttigs kunnen gaan doen. Al werd het op deze manier wel erg laat. Ze had de notities van haar ondernemingsplan nog een keer willen nakijken, zien of ze niets was vergeten... Had ze aan omscholing gedacht?

Op datzelfde moment werd Jessica zich er weer van bewust dat ze onrustig over haar stoel schoof. Gedachten naar de achtergrond schuiven, had Pascal gezegd. Alleen kijken naar de paarden.

Jessica richtte haar blik op de paarden. Zou Lolita nog steeds kreupel zijn? Zou het niet erger zijn geworden omdat ze hier nu op die hobbelige wei rondliep? Ze wist eigenlijk wel beter. Beweging was goed. Tenzij er werkelijk letsel was. Zou ze werkelijk letsel hebben opgelopen?

Jessica merkte dat haar hoofd weer op hol sloeg en dwong zich weer tot het kijken naar de paarden. Alleen maar kijken. Hoeveel tijd zou er zijn verstreken? Zouden er al twintig minuten voorbij zijn? Voorzichtig wierp ze een blik op het horloge van Pascal. Ze deed het onopvallend. Hij hoefde haar onrust niet op te merken.

Maar hij leek het te voelen en keek haar aan met een grote grijns. 'Vijf minuten. Er zijn pas vijf minuten verstreken.'

Jessica zuchtte onwillekeurig. Pascal lachte. Jessica voelde zich beledigd en richtte haar aandacht weer op de paarden. Pascal dacht dat ze het niet kon, twintig minuten stilzitten en naar de paarden kijken. Ze zou hem laten zien dat hij het mis had.

Ze huiverde. Ze kreeg het koud van het stilzitten. Maar ze zou het niet laten merken. Ze klemde haar kaken op elkaar en richtte haar blik strak op de paarden.

Wat als Lolita iets ernstigs had, vroeg ze zich af. Wat dan? Ze wist dat die kans reëel was. Het feit dat de gemiddelde leeftijd van paarden op zeven jaar stond, terwijl ze toch eigenlijk een leeftijd tussen de twintig en vijfentwintig moesten kunnen halen, had veel te maken met het gebruik van paarden in de sport. Met schade aan pezen en gewrichten die niet meer te herstellen was. Ze had dat in de springstal van haar ex vaak meegemaakt. Ze wist hoeveel paarden op jonge leeftijd al uitvielen. Hoeveel paarden men op jonge leeftijd in liet slapen. Of naar de slacht bracht. Ze wist dat het mogelijk was. Dus wat als Lolita een letsel had dat niet beter werd? Een ander paard kopen? Waarvan? Goede paarden waren duur.

Jessica schudde haar hoofd. Zo mocht ze niet denken. Lolita had gewoon iets gekneusd of zich verstapt bij de verhuizing. Rust zou wonderen doen.

Ze had Lolita nodig. Zonder naam geen klanten. Zonder klanten geen bedrijf. Dat was iets wat ze had geleerd bij Johan en bij de stallen waar ze voor die tijd met haar paard had gestaan. Dat was iets wat erin gepeperd was. Al waren er natuurlijk ook africhtingsstallen in eigendom van mensen die minder hadden gepresteerd. Maar die genoten niet hetzelfde vertrouwen als iemand die zijn naam gevestigd had. Al helemaal niet in de kringen waar het uitgeven van geld voor waardevolle veulens of voor het laten scholen van een paard geen issue was. En van uitgerekend die mensen moest ze het hebben als ze ooit een bedrijf van betekenis wilde opbouwen. Een bedrijf zoals dat van Johan. En dat was toch de bedoeling.

Ze dwong zichzelf weer om naar de paarden te kijken. Het was eigenlijk een idiote bezigheid: gewoon hier zitten en naar twee grazende paarden kijken. Het sloeg nergens op en kostte alleen maar tijd. Maar ze zou Pascal zijn zin geven. Als hij haar kon helpen om Faith hanteerbaar te maken en misschien zelfs Lolita minder gestrest, dan zou ze doen wat hij wilde. In ieder geval op dit moment.

Ze wierp opnieuw voorzichtig een blik op het horloge van Pascal.

'Tien minuten,' zei Pascal. Hij had het natuurlijk weer gemerkt.

Jessica zuchtte, ging anders zitten en richtte haar aandacht weer op de paarden.

Een zacht briesje streelde de huid van haar gezicht. Het voelde aangenaam en een beetje kil tegelijk en het bracht de geur van vochtig groen met zich mee. De bewolking was nu vrijwel verdwenen en de zon stond vrij laag aan de horizon. Het warme licht raakte de bomen aan de rand van de wei en de paarden en trok lange schaduwen. Lolita's bruine vacht kreeg door het licht een goudachtige glans en Faiths zwart leek dieper dan voorheen.

Jessica was zich bewust van de spanning in haar lijf. Kromme rug en krampachtige handen, had Pascal gezegd. Ze merkte dat ze ook nu haar rug krom hield en haar handen spande. Ze probeerde te ontspannen, maar in haar lijf woedde een orkaan.

Spieren spannen en ontspannen, had ze ooit geleerd toen ze een blauwe maandag naar de ontspanningsgymnastiek was gegaan. Spieren spannen was geen probleem, maar als ze de spieren probeerde te ontspannen, leek het alsof ze ergens halverwege bleven hangen. Maar ze moest niet met haar spieren bezig zijn. Ze moest naar de paarden kijken.

Hoe laat zou het zijn?

Ze wilde weer een blik op het horloge werpen, maar dit keer was Pascal haar voor.

'Nog vijf minuten,' zei hij.

Jessica knikte. Vijf minuten waren goed te doen. Gemakkelijk. Ze was inmiddels een heleboel waardevolle tijd kwijt, maar vijf minuten meer of minder maakte niet meer uit.

Ze keek weer naar de paarden. Faith had iets gehoord of gezien in de verte en tilde met een ruk haar hoofd op, oren spits naar voren, blik in de verte. Onmiddellijk deed Lolita hetzelfde.

Faith draafde een stukje naar voren. Ze bewoog verbazend soepel en veerkrachtig. Lolita volgde haar. Ze liep nog steeds onregelmatig, zag Jessica. Onregelmatig en stijver. Maar ze zag er toch ontspannen uit.

De paarden hadden geen interesse in hen. Jessica vroeg zich af of de paarden wel hadden gemerkt dat ze hier zaten. Maar ze wist natuurlijk wel beter. Paarden waren prooidieren. Ze waren zich volledig bewust van hun omgeving. De stelling dat het hen niet boeide dat zij en Pascal in het midden van hun wei zaten was hier meer op zijn plek. Terwijl ze er toch altijd van overtuigd was geweest dat Lolita gek op haar was.

Misschien was dat ook wel zo, maar had het paard nu gewoon andere dingen aan haar hoofd.

Ze richtte opnieuw haar aandacht op de paarden. Ze stonden nog steeds in de verte te staren.

Jessica had geen idee wat ze zagen.

'De twintig minuten zijn voorbij,' meldde Pascal.

Jessica keek hem aan. 'O, goed. Nou... het nut ontgaat mij nog een beetje, maar ik neem aan dat we nu iets gaan doen?'

'We zouden een kop koffie kunnen gaan drinken.'

'Koffiedrinken? Maar we moeten toch dingen doen? De paarden trainen...'

'Voor vandaag hebben we genoeg gedaan.'

'We hebben helemaal niets gedaan.'

'Jawel. We hebben naar de paarden gekeken en ontdekt dat ze totaal geen interesse in ons hebben.'

'Omdat we daar maar een beetje zaten.'

'Als ze interesse in ons hadden gehad, waren ze komen kijken.'

'Ze hadden andere dingen aan hun hoofd.'

Pascal glimlachte. 'Koffie?'

Jessica zuchtte. 'Ik zet wel koffie.' Ze stond op en wankelde. Haar been deed nu niet alleen pijn, maar was ook stijf. Maar toen ze weer een beetje bewoog, ging het wat beter.

Ze liepen de wei uit, richting boerderij. Pascal wandelde achter haar aan naar binnen en keek op zijn gemak rond.

'Gezellig,' meende hij. Hij hurkte om de kittens, die heel hard kwamen aangerend, aan te halen.

'Er moet nog heel veel gebeuren.'

'Het ziet er gezellig uit,' hield Pascal vol.

Jessica wierp een snelle blik om zich heen. De wanden zagen er fris uit, nu er opnieuw was geverfd en behangen en de kozijnen een kleurtje hadden kregen. De meubels waren oud, maar huiselijk. 'Ja, dat wel,' gaf ze toe. 'Koffie?'

'Graag.'

Jessica liep naar de keuken om koffie te zetten. Ze merkte dat Pascal achter haar aan liep en wist ook zonder om te kijken dat hij in de deuropening ging staan. Het maakte haar een beetje nerveus, zonder dat ze precies wist waarom.

'Waarom hebben we nu twintig minuten in die wei gezeten?' vroeg ze. Ze had het gevoel dat ze moest praten.

'Om te kijken of de paarden interesse toonden. Om eens voor een keer bij de paarden te zijn zonder iets van hen te moeten. En misschien ook een beetje om te kijken of je twintig minuten stil kunt zitten en naar de paarden kunt kijken, zonder afleiding. Zonder aan duizend andere dingen te denken.'

Jessica kleurde. Zou Pascal weten dat ze vrijwel doorlopend aan andere dingen had gedacht? 'Waarom precies twintig minuten?' wilde ze weten.

'Te kort is te gemakkelijk, te lang is niet te doen voor jou. Twintig minuten is een mooie tijd. Maar het had ook een kwartier of vijfentwintig minuten kunnen zijn. Maar ik moet een tijd noemen omdat werken zonder tijd voor de meeste mensen helemaal niet mogelijk is. Als ik zeg dat we gewoon een tijd in de wei gaan zitten, krijg ik onmiddellijk de vraag hoelang we daar dan gaan zitten. Onzekerheid maakt onrustig. En omdat ik rust wil creëren...'

Jessica draaide zich om. 'Ben jij altijd rustig?'

'Nee. Ik ben niet altijd rustig. Maar ik heb veel geleerd over rust. En over het belang ervan.'

'In de omgang met paarden?'

'Niet alleen daarin.'

Jessica draaide zich weer om en zette het koffiezetapparaat aan. Ze merkte dat haar handen een beetje trilden. Ze wist niet waarom.

Ze zette mokken klaar, deed er melk en suiker in zonder iets te vragen en draaide zich weer naar hem om. Ze wist een glimlach tevoorschijn te toveren, hoewel ze geen zin had in een lach.

'Is dat nu duur, om twintig minuten met je in de wei te zitten?' Pascal grijnsde even. 'Natuurlijk. Ik ben een professional. Je krijgt de rekening later wel.'

Jessica lachte maar mee, maar ze was niet echt op haar gemak. Ze had het nooit met hem over een prijs gehad en ze had weinig geld. Ze nam zich voor dat ze het een paar dagen de kans zou geven. Als ze dan nog het gevoel had zinloos bezig te zijn, zou ze ermee stoppen.

Ze goot de koffie in de mokken, nog voordat het apparaat helemaal klaar was, duwde Pascal een mok in de handen en liep met hem naar de woonkamer, waar ze gingen zitten.

'Ben je hier al gewend?' wilde Pascal weten.

'Ja. Natuurlijk.'

'Fijn.'

Hij nam voorzichtig een slok koffie en keek haar aan. Jessica werd wat onrustig onder die blik. Nou ja, ze werd eigenlijk overal onrustig van.

'Je werkt voor jezelf, vertelde je,' begon ze. Praten was gemakkelijker dan zwijgen, vond ze. Tijdens stiltes was er te veel lawaai in haar hoofd en in haar lijf.

Pascal knikte.

'Eigenaars met problemen met paarden, zoals je zei. Alleen daarmee?'

'Ja.'

'Maar er bestaan toch ook hele moeilijke paarden? En gewoon gestoorde paarden?'

'Er bestaan paarden met een wat complexer karakter. Dat vergt meer van de eigenaar. Maar echt gestoorde paarden zijn zeer zeldzaam. Dan is er over het algemeen sprake van een ziekte of tumor en daar kan ik ook niets aan doen.'

'Nee, dat niet. Hoewel ik beslist geloof dat er ook paarden rondlopen zonder lichamelijk mankement en die toch behoorlijk gestoord zijn. Maar goed... Is het wel rendabel, zo'n bedrijfje? Omdat je alleen dat doet... Veel stallen fokken, rijden paarden in en dat soort dingen. En dan is het nog moeilijk om je hoofd boven water te houden.'

'Ik ben niet een van die stallen. Ik help mensen die vastlopen met hun paard met het vinden van de oorzaak en daaraan te werken. Dat heeft niets met paarden africhten te maken. Het heeft niets met scholing van paarden te maken. Alleen met communicatie. En met dat wat er dan fout gaat. En ja, dat is rendabel. Hoe zit dat met het bedrijf dat jij wilt opstarten? Je zegt zelf dat het moeilijk is om je hoofd boven water te houden in een standaard stal voor fok en africhting en op dat vlak zijn er heel wat bedrijven.'

'Ja. Maar het gaat om naam en product, om het maar eens heel simpel te zeggen. Als ik in de dressuur de top bereik – en ik ben goed op weg met Lolita – dat krijg ik vanzelf een goede naam. Met die naam krijg ik ook klanten. In eerste instantie van mensen die hun paard willen laten scholen of die les willen. Daarnaast kan ik met Lolita later gaan fokken en andere goede paarden voor dat doel gaan gebruiken. Een goede naam op dressuurgebied zorgt ervoor dat mensen op je vertrouwen. Zo werkt dat. Ik zie het bij het bedrijf van mijn ex.'

'En dat is dan een garantie voor een goed bedrijf?'

'Dat, gecombineerd met kennis en zakelijkheid.'

'En die heb je?'

'Zoals ik eerder vertelde, bracht ik mijn hele leven door tussen de paarden, had ik met mijn ex een springstal en betrok ook mijn vader mij altijd in zijn paardenactiviteiten. Dus, ja, die kennis is er. Zakelijkheid ook. Ik heb altijd de administratie gedaan voor het bedrijf van mijn ex. Voor die tijd deed ik de financiële boekhouding bij een groot bedrijf en momenteel doe ik dat weer, samen met nog wat andere activiteiten. Dat geeft aardig wat inzicht.'

'Inzicht in financiën. Niet noodzakelijkerwijs in zakelijkheid.'

'Mijn vader is zakenman. Stalinrichting. Een van de besten in Europa.'

'Mijn moeder is modeontwerpster in Parijs. Ik heb zelf totaal geen feeling voor mode. Wat onze ouders doen zegt niet alles.'

'Niet alles, maar ik ben wel zakelijk.'

'Kun je paarden naar de slacht brengen als ze niet voldoen aan je doel?'

Jessica staarde Pascal een paar tellen aan. Hij wachtte gewoon af.

'Daar hadden we het gisteren al over. Nee, dat kan ik niet en dat weet je. Maar dat is ook niet van toepassing. Zoveel eigen paarden heb ik in de toekomst niet en de meeste zijn gewoon voor de fok. Een paard dat daar ongeschikt voor blijkt, kan worden verkocht.'

'Aan een recreant?'

'Natuurlijk.'

'Ook als het paard een moeilijk karakter heeft?'

Jessica wist precies wat hij bedoelde. Johan was in dat opzicht stukken harder geweest dan zij. Hij had een dergelijk besluit altijd gemakkelijk genomen. Het zijn geen mensen, Jes, had hij altijd gezegd. Maar voor haar was het anders geweest. Ze had altijd haar best gedaan om er nuchter in te zijn en de situatie van zijn kant te bekijken. Ze had altijd geprobeerd om het te begrijpen. Maar ze had er evengoed nachten van wakker gelegen als er weer een paard was afgevoerd. Omdat het niet voldeed en omdat het ongeschikt was voor de recreanten.

Jessica wilde de vraag niet beantwoorden. Daarom stelde ze een wedervraag. 'Jij wel?'

Pascal schudde zijn hoofd. 'Nee. Maar ik hoef die beslissingen niet te nemen. Ik werk op een ander vlak.'

'En als je dat wel moest doen?'

'Dan zou ik een ander vak kiezen.'

'Wat gaan we morgen doen?' veranderde ze haastig van onderwerp. Ze wilde over dit soort dingen niet nadenken. Ze wilde geen twijfel voelen.

'Ik leg het morgen wel uit.'

'Moet ik geen voorbereidingen treffen?'

'Nee. Dat doe ik wel.'

'Goed. Dan is het goed. Ik weet niet of we veel met Lolita kunnen doen. De veearts komt morgen.'

'Ja, dat had ik al begrepen. Als er iets is, kom je maar naar mij toe. Ik ben morgenmiddag thuis.'

'Volgens mij ben je vaak thuis.'

Pascal grijnsde weer. 'Gelukkig wel.'

Ze dronken hun koffie op en Pascal vertrok naar zijn eigen huis.

Toen Jessica weer in de woonkamer zat, was het alsof ze zijn aanwezigheid nog rook. Ze wilde er geen aandacht aan besteden en pakte de papieren om aan haar ondernemingsplan te werken. Maar het lukte haar niet meer om zich te concentreren. Met haar gedachten bleef ze bij Pascal.

En dat verwarde haar. Alweer.

# HOOFDSTUK 8

Jessica reed vlak voor drie uur in hoog tempo haar erf op. Het was te laat geworden op haar werk en daardoor was ze in tijdnood gekomen.

Dat ze afgelopen nacht weer slecht had geslapen, hielp ook niet. Ze had geprobeerd om te ontspannen, zoals ze dat ook in de wei had geprobeerd de vorige dag, maar net zomin als toen in de wei was het afgelopen nacht in haar bed gelukt.

Haar hele lijf deed pijn, nu ze gejaagd haar auto voor haar voordeur parkeerde. Ze had de rode stationcar al gezien die voor de stal was geparkeerd. Ongetwijfeld de veearts.

Ze stapte haastig uit, struikelde omdat haar nog steeds pijnlijke en stijve been niet helemaal wilde meekomen en kon nog maar net voorkomen dat ze viel. Haastig keek ze om zich heen, maar de veearts zat waarschijnlijk nog in de auto en had haar gestreste gestuntel met een beetje geluk niet gezien.

Ze droeg een nette katoenen broek – waar ze helaas al in het begin van de ochtend met koffie op had gemorst – een witte blouse en schoenen met een hakje. Werkkleding dus, maar ze had geen tijd om zich om te kleden. Ze haastte zich naar de stationcar en zag dat de veearts nog met zijn laptop in de weer was. Hij zag Jessica echter meteen, glimlachte vriendelijk naar haar, plaatste zijn laptop op de achterbank en stapte uit.

'Het spijt me dat ik zo laat ben,' begon Jessica meteen. 'Het liep allemaal uit op het werk en...'

'Maakt niet uit,' onderbrak hij haar. 'Ik was te vroeg en ik moest nog wat formulieren invullen op de laptop. Heb je je geen pijn gedaan?'

Jessica keek hem verbaasd aan.

'Toen je viel met uitstappen,' maakte hij duidelijk. Hij had het dus toch gezien.

Jessica schudde meteen haar hoofd en kleurde. 'Nee, niets aan de hand. Ik heb wat last van mijn been. Vandaar.'

'Ik zag het al aan het lopen. Iets gebeurd?'

'Lolita schrok en rende de stal uit toen ik haar benen bekeek. Ze raakte mij daarbij.'

'Ai.'

'Het been is behoorlijk blauw. Maar het gaat wel weer over. Ik heb haar overigens nog niet binnengehaald.'

'Dat hoeft niet. Ik kan haar in de wei bekijken.'

Jessica knikte, pakte een halstertouw en liep voorop, richting wei.

'Staan ze bij elkaar?' vroeg de veearts wat verwonderd.

'Toen Lolita er gisteren tussenuit ging, rende ze dwars door de draad heen, de wei in. Toen heb ik haar maar zo laten lopen.'

'Verstandig. Dat geeft rust.'

'Eh, ja.' Jessica liep naar haar paard toe, maar haar paard draaide zich weer om en liep weg.

O nee, niet nu, dacht Jessica. Ze liep er opnieuw heen, met hetzelfde resultaat. Haar paard maakte zich uit de voeten, richting Faith. En Jessica wilde echt niet te dicht bij dat paard in de buurt komen.

Ze wierp de veearts een verontschuldigende blik toe en probeerde het opnieuw. Ze benaderde Lolita aan de kant waar Faith niet stond. Lolita nam de benen. Faith rende mee.

Jessica gromde een serie verwensingen.

'Misschien met voer proberen,' meende de veearts.

Jessica knikte, liep nijdig verwensingen mompelend de stal binnen, pakte twee emmers met brokken en liep rammelend daarmee de wei binnen. Uiteraard reageerden allebei de paarden hierop.

Ze zette de ene emmer op de grond en de andere hield ze vast. Na wat onderling geruzie at Faith uit de emmer op de grond en at Lolita de brokken uit de emmer die Jessica vasthield. Dat gaf haar de kans om het paard vast te pakken en aan het touw vast te maken.

De pijn in haar been was weer heftiger geworden door het nalopen van het paard, maar ze beet op haar tanden en liet de veearts naar de benen van haar paard kijken. Zelfs toen ze het paard moest voorleiden, gaf ze geen kik. Maar ze merkte zelf maar al te goed dat Lolita, net zomin als zijzelf, goed liep. Vooral niet bij de overgang naar draf, waar ze een hupje maak-

110

te dat Jessica nooit eerder had gezien.

De veearts voerde nog een buigproef uit en bekeek alles enigszins gefronst.

'Loopt ze al langer onregelmatig?' wilde hij weten.

'De laatste dagen. Ik dacht dat het met de verhuizing te maken had. Hoewel ik eraan twijfelde of ze echt onregelmatig liep of dat de stress een rol speelde. Maar na haar actie van gisteren is het erger geworden.'

'Hmmm... Ik kan wel gaan werken met verdovingen om te kijken waar het probleem precies zit, maar eigenlijk voel ik meer voor foto's.'

'Denk je dat dat nodig is?' vroeg Jessica geschrokken.

'Dat lijkt mij het verstandigste.'

'Ik dacht eigenlijk gewoon dat ze zich had gestoten of haar voet verkeerd had neergezet. Ze was zo gestrest na de verhuizing.'

'Ik sluit dat niet uit, maar eerlijk gezegd heb ik het idee dat er meer aan de hand is. De beweging vanuit de schouder is niet optimaal en ze loopt onregelmatig. Ik wil dat toch graag op röntgen zien, voordat ik een conclusie trek.'

'Waar denk je dan aan?' wilde Jessica weten.

'Artrose.'

Jessica staarde de veearts aan. 'Lolita is in de bloei van haar leven. Ze loopt ZZ-dressuur. Haar lichaam is in topvorm.'

De veearts gaf daar geen antwoord op en Jessica begreep waarom. Ze wist dat heel wat meer toppaarden te vroeg waren afgeschreven. Ze had er alleen nooit bij stilgestaan dat haar paard een van die paarden zou kunnen zijn.

'Wanneer?' vroeg ze toen.

'Ik kan op donderdag nog wat tijd vrijmaken. Om vier uur?'

Jessica knikte. De veearts overhandigde haar een kaartje met een routebeschrijving.

Toen hij vertrok, maakte Jessica haar paard los en keek hoe het dier snel terugliep naar Faith.

Ze had het koud en voelde zich ellendig. Er was zoveel wat ze moest doen, maar ze had geen idee waarmee ze moest beginnen. Bovenal had ze geen zin om ergens mee te beginnen. Ze was doodmoe en iedere spier in haar lichaam voelde als een oud, uitgerekt stuk elastiek. Ze zakte neer op een van de stoelen die nog in de wei stonden en keek naar de paarden. Tranen vulden haar ogen. Het liefst was ze naar bed gegaan, diep onder de dekens gekropen om in slaap te vallen voor onbepaalde tijd. Maar omdat ze toch nooit kon slapen...

Met een woedend gebaar veegde ze de tranen weg en stond op. Ze wilde niet wegzinken in zelfmedelijden. Ze wilde niet toegeven aan dat vervelende gevoel diep binnenin. Ze wilde sterk zijn. Laten zien dat ze het kon. Dan kon ze zich niet permitteren om al bij de minste tegenslag bij de pakken te gaan neerzitten. De kans was groot dat het probleem bij Lolita meeviel. En als dat niet zo was, zou ze een andere oplossing moeten zoeken. Een ander paard. Wat dan ook.

Ze liep met ferme stappen terug naar de woning en negeerde de pijn in haar been. Ze ging opruimen en wat financiële zaken afhandelen en daarna zou ze de paarden voeren en water verversen. Vanavond kwam Pascal weer en met een beetje geluk deden ze dan iets nuttigs. Iets waarmee ze vooruit kon.

Tegen de tijd dat Pascal kwam, had Jessica in huis opgeruimd, wat administratie bijgewerkt, gegeten, in de stal opgeruimd en de paarden verzorgd. Haar been zeurde aan één stuk door, maar dat negeerde ze, zoals ze dat steeds had gedaan. Een bedrijf beginnen had alles te maken met wilskracht. En wilskracht had ze. Ongeacht wat andere mensen dachten.

Ze zag meteen dat Pascal een goed gevulde rugzak bij zich had. Het stelde haar gerust. Eindelijk zouden ze iets gaan doen.

Ze verwelkomde hem met een vriendelijke lach. Toen hij teruglachte bloosde ze een beetje. Het irriteerde haar dat hij blijkbaar die invloed op haar had.

'Wat gaan we doen?' vroeg ze snel.

Pascal gaf geen antwoord. Hij wenkte alleen dat ze mee moest komen en liep voor haar uit naar de wei. Gespannen en toch wat nieuwsgierig volgde Jessica hem. Dit keer geen stom stilzitten, wist ze. Dit keer had hij materiaal bij zich.

Pascal opende zijn rugzak en haalde er een deken uit, die hij in de wei, vlak bij de stoelen, uitspreidde. Jessica keek verbaasd toe. Ze zag ook hoe hij een thermoskan tevoorschijn haalde, twee mokken en een doosje van de dorpsbakker. Ze staarde hem verbijsterd aan.

Hij glimlachte. 'Kom, zitten.'

'Gaan we niets doen?' Jessica voelde teleurstelling.

'Jawel. Koffiedrinken en gebak eten.'

'Ik bedoel met de paarden.'

'Jawel. Dat doen we tegelijkertijd.'

'Hoe dan?'

'We geven hun de kans om aan ons te wennen.'

'Ze zijn aan ons gewend. Lolita is in ieder geval aan mij gewend.'

'Liet ze zich daarom vanmiddag niet vangen?'

'Heb je het gezien?'

'Ik had toch gezegd dat ik thuis was.'

'Dat weet ik, maar ik weet ook wel hoe ik haar moet vangen. Daarvoor hoef ik niet meteen naar jou toe te rennen.' Jessica voelde zich beledigd.

'Nee, natuurlijk niet. Ik zag dat je haar uiteindelijk ook kon vangen.'

'Dus...'

'Dus lijkt het mij makkelijker als je haar een volgende keer niet hoeft te vangen. Als ze gewoon naar je toe komt.'

'Lolita is in de wei altijd al wat moeilijk geweest.'

'Misschien omdat ze geen zin heeft om naar je toe te komen.'

'Onzin. Ze is altijd blij als ze mij ziet. En trouwens... we zouden met Faith werken.'

'Dat komt vanzelf.'

Hij ging zitten en keek haar afwachtend aan. Een beetje grommend ging ze ook zitten.

'Wat zei de veearts?' wilde Pascal weten.

'Hij wil foto's maken. Donderdag. Hij denkt dat het artrose is, maar dat geloof ik niet.'

Ze hoopte op een bevestiging, maar kreeg die niet. Pascal gaf geen antwoord, maar schonk koffie in.

'Als het dat wel is...' Ze speelde met haar mok.

'Vertel eens iets over jezelf,' veranderde Pascal van onderwerp.

'Moeten we niet stilzitten en naar de paarden staren?'

'Nee, niet vandaag.'

'Wat valt er te vertellen?'

'Alles.'

Jessica zuchtte diep, terwijl ze met haar mok speelde. 'Ik ben dertig jaar en pas gescheiden. Nou ja, eigenlijk al een halfjaar gescheiden, maar pas sinds kort weg uit het huis dat ik met mijn ex deelde. Ik kon niet eerder een geschikte woning vinden en het huis was groot genoeg...'

'Lijkt me lastig, om met een ex onder één dak te wonen,' zei Pascal.

'Dat is het ook. Ik hield mijzelf voor dat het best goed ging. Maar ik geloof dat het toch aan mij knaagde. Misschien meer dan ik wilde toegeven.'

'Waarom zijn jullie gescheiden?'

'Andere vrouwen.'

'Oei. En dan kon je evengoed met hem onder hetzelfde dak wonen?'

'Het was gebeurd. Wat moet je daar dan nog ruzie over maken? We waren tenslotte al gescheiden en veel verder dan dat kun je niet gaan. Goed, moord misschien en met momenten heb ik dat overwogen, maar weet je...' Ze staarde nadenkend voor zich uit en beet in de rand van de mok. 'Johan is geen verkeerde vent.'

Pascal ging er niet tegenin, zoals zoveel andere mensen deden. Hij knikte alleen.

'Jullie hadden een springstal?'

'Ja. Nou ja, Johan had een springstal. Een succesvolle springstal.'

'En dat wil je evenaren?'

'Nee, ik wil beter worden.' Ze grijnsde.

'Beter worden in kwaliteit of in inkomsten?'

'Beide.'

'Waarom?'

'Ik wil het gewoon.'

Pascal knikte weer.

'Mijn vader heeft dravers,' ging Jessica verder. 'Succesvolle dravers. Het begon als een investering. Hij heeft een enorm bedrijf in stalinrichting. Dat heb ik geloof ik al een keer verteld. Hij rijdt zelf niet of zo. Hij heeft grooms en trainers die het werk voor hem doen, maar hij neemt zelf de beslissingen over aankopen en trainingen. Hij verdient er behoorlijk wat extra geld mee.'

'En jij schoolde zijn dravers om?'

'Ja. Als de paarden niet geschikt bleken voor de baan of te oud werden om te racen, schoolde ik ze om tot rijpaarden. Was ik tenminste ergens goed voor.'

Pascal keek haar verwonderd aan en ze glimlachte.

'Dat zei natuurlijk nooit iemand hardop, maar ik denk dat ze het wel zo zagen. Mijn zus en broer waren heel erg goed op school, maar ik kwam nooit boven de middelmaat uit. Universiteit en ambitieuze banen waren voor mij niet weggelegd. Maar ik kon tenminste rijden.'

Het was even stil en ze aten hun gebak. 'Lekker,' vond Jessica.

'Bakker Belhamel in het dorp. Jong stel. Ze zitten er nog niet zo heel erg lang, naar het schijnt, maar ze hebben lekker gebak.'

'Ik zal het onthouden.'

Ze nam nog een paar happen en keek Pascal aan.

'Hoe zit het met jou?'

Hij glimlachte.

'Enig kind. Mijn moeder is Française. Ze kwam naar Nederland toen ze mijn vader leerde kennen en ik geloof dat ze een aardig huwelijk hadden. Mijn vader werd ziek toen ik tweeëntwintig was en op mijzelf woonde. Kanker. Ruim een maand later was hij dood. Mijn moeder was er kapot van. Maar ze krabbelde overeind en ging weer aan het werk. Toen ze een aanbod kreeg om in Parijs te gaan werken, nam ze dat aan. Ik woonde toen al samen met Evelyn en ze had niet het gevoel dat ze hier nog nodig was. Ze ging dus naar Parijs en bouwde daar een nieuw leven op. Tegenwoordig woont ze samen met Laurens. Ik heb hem nu twee keer ontmoet en hij lijkt wel aardig.'

'Is het niet moeilijk om je moeder met een andere man te zien dan met je vader?'

'Het is moeilijker om mijn moeder eenzaam te zien.'

Jessica knikte langzaam. 'Daarin heb je misschien gelijk. Ben jij eenzaam?' Ze schrok zelf een beetje van die vraag. Het was wel erg persoonlijk, besefte ze. Maar misschien had het te maken met de momenten van eenzaamheid die ze zelf doormaakte. Niet pas sinds ze op de boerderij woonde, maar al eerder.

Misschien zelfs voor haar scheiding.

Pascal leek er even over na te denken.

'Ik mis Evelyn. Ik denk niet dat dat hetzelfde is.'

'Je mist haar nog steeds?'

'Ja.' Hij glimlachte verontschuldigend.

'Ik neem aan dat je veel van haar hield.'

'Ja. Nog koffie?'

Jessica voelde dat hij er niet meer over wilde praten. Ze besloot dat ze dat niet meer zou doen, maar dacht er wel nog even over na. Ze vroeg zich af of ze ooit zoveel van Johan had gehouden. Ze nam aan van wel, maar ze wist het niet zeker.

Iemand had haar eens verteld dat je pas wist hoeveel je van iemand hield als die persoon er opeens niet meer was. Dus niet ergens ver weg woonde, zoals Johan nu, maar er gewoon echt helemaal niet meer was. Dood was. Ze vroeg zich opnieuw af of ze zoveel van Johan had gehouden. En hoe ze zou reageren als hij er opeens niet meer zou zijn.

Het maakte haar wel een beetje misselijk en vervulde haar met schuldgevoelens. Misschien omdat ze aan zoiets dacht. Of omdat ze ergens nog van hem hield?

Ze nam nog een hapje gebak en staarde in de koffie. Pascal was ook stil. Hij was in zijn eigen gedachten verzonken, merkte ze.

'Maar alleen zijn is goed,' zei hij toen.

Het leek alsof hij wakker werd. Hij ging rechtop zitten en keek om zich heen.

'Ik houd van de stilte en de rust. En je bent natuurlijk nooit echt alleen.'

Jessica keek hem wat verwonderd aan.

'Ik heb de dieren; de katten en natuurlijk de paarden.'

'Ik zie je vaak bij de paarden.'

Hij knikte. 'Ik vind het prettig om in de wei rond te hangen, met ze te spelen.'

'Met ze te spelen?'

Hij knikte. 'Paarden spelen. Wist je dat niet?'

'Natuurlijk wel. Ik heb er alleen nooit echt bij stilgestaan. Niet in samenhang met mensen.'

Pascal leek even over haar heen te kijken. 'Jij misschien niet...'

Hij begon te lachen en juist toen Jessica wilde vragen wat er grappig was, voelde ze een neus door haar haren woelen. Geschrokken keek ze om, recht tegen de knieën van haar paard. Toen ze naar boven keek zag ze de neus, vol met zand. Ze begon ook te lachen.

Lolita liet nog een keer haar neus door haar haren gaan, snuffelde even en bleef toen een paar tellen met haar neus tegen Jessica's hoofd staan. Jessica voelde haar warme adem over haar hoofd glijden en bleef doodstil zitten. Ze had er altijd al van genoten als een paard de neus tegen haar gezicht legde, zacht en voorzichtig, en ze de adem kon voelen. Ze had het altijd een innig moment gevonden. Maar nu het gebeurde op initiatief van het paard, nu ze hier gewoon zat te kletsen en haar paard zelf contact zocht, had het iets speciaals.

Een paar tellen later tilde Lolita haar hoofd weer op en wandelde weg. Jessica keek haar na en zag nu pas dat Faith ook redelijk dichtbij stond. Dit keer waren haar opmerkelijk grote oren naar voren gespitst. Het was alsof ze er daardoor helemaal anders uitzag. Ze kwam niet naar hen toe, maar stond een poos te kijken en liep toen weer weg.

Jessica keek naar Pascal.

'Ze kwam nu zelf,' zei ze. 'Misschien had ik van de gelegenheid gebruik moeten maken...' Ze aarzelde.

'Dat heb je al gedaan,' zei Pascal. 'Door gewoon te blijven zitten en het aan haar over te laten. Daarmee heb je van de gelegenheid gebruikgemaakt.'

'Faith stond nu ook dichterbij.'

'Ja. Vroeg of laat komt ze ook.'

Jessica knikte. 'Ja, dat denk ik ook.'

Ze keek nog even naar de paarden en voelde zich opmerkelijk goed. Ze was minder gespannen dan normaal. Ze haalde diep adem en snoof de frisse avondlucht in.

'Ik neem er nooit de tijd voor, weet je,' zei ze.

'Om gewoon buiten te zitten?'

'Het lijkt tijdverspilling.'

'Dat is het niet. Tijdverspilling is verspilling van tijd die je voorbij laat gaan zonder dat je het bewust meemaakt.'

Jessica keek Pascal aan. 'Maak jij ieder moment bewust mee?'

'Nee. Maar ik probeer het in ieder geval.'

'Misschien moet ik dat ook maar proberen. Maar niet nu.' Ze glimlachte, hoewel ze weer voelde hoe de onrust bezit van haar nam. 'Geen tijd. Tegenstrijdig, ik weet het. Maar ik moet nog wat dingen doen.'

Pascal stond ook op en knikte.

'Wat doen we morgen?'

'Morgen heb ik helaas geen tijd. Maar probeer zo veel mogelijk tijd in de wei door te brengen. Donderdag kijken we verder.'

Jessica twijfelde even. 'Ik vind het fijn dat je wilt helpen, maar ik heb het idee dat het heel veel tijd gaat kosten en ik heb maar beperkte financiële middelen.'

'Het komt wel goed.' Hij glimlachte. 'Zie het maar als een burendienst.'

'Maar jij moet toch ook je brood verdienen?'

'Ja. Maar niet per definitie hier.'

Hij groette haar en liep weg. Jessica keek hem na. Ze mocht Pascal. Misschien meer dan ze zou willen toegeven. Maar hij verwarde haar ook.

Ze wierp de paarden nog een blik toe en ging toen naar binnen. Het begon fris te worden en ze moest nog het een en ander opruimen en haar ondernemingsplan bekijken. Ze had zich nu eenmaal voorgenomen dat ze dagelijks aan dat plan zou werken. Alleen dan zou ze vooruitgang boeken met het maken ervan. Hoewel ze momenteel redelijk haar hoofd boven water kon houden met het inkomen van haar baan, moest ze aan de opbouw van haar bedrijf gaan werken.

Ze dacht aan datgene wat de veearts over Lolita had gezegd en schoof dat maar weer snel aan de kant. Ze wilde daar nu nog niet bij stilstaan. De kans dat Lolita gewoon een tijdelijk letsel had opgelopen door haar drukke gedrag was groter dan dat er iets anders, iets onomkeerbaars, aan de hand was.

Ze begon op te ruimen, geholpen door vijf overactieve kittens, en ging aan het bureau zitten met haar notities voor het ondernemingsplan voor zich.

Ze zat net toen haar moeder belde. Deze vroeg hoe het met haar ging en Jessica antwoordde dat het goed ging. Natuurlijk was het druk, vertelde ze, maar het ging goed.

'En Lolita? Hoe is het daarmee? Pa vertelde het.'
'Ze loopt nog steeds niet goed en de veearts maakt donderdag foto's. Maar ik denk dat ze zich gewoon heeft bezeerd met haar gestress.'
'Ik hoop het, lieverd. Ik hoop het. Pa wil trouwens weten hoe het met die merrie is.'
'Ze begint te veranderen. Ik krijg hulp van de buurman. Hij werkt met probleempaarden.'
'De buurman?' vroeg haar moeder. 'Wat is het voor iemand? Oud? Jong?'
'Mijn leeftijd.'
'Aardig?'
'Ja.'
'O.' Slechts één woordje met zoveel betekenis erin.
'Hij helpt mij met de paarden, mam. Verder niets.'
'Ik bedoelde er niets mee.'
'Jawel.'
'Nou, goed dan. Een beetje misschien. Het lijkt mij gewoon prettig als je weer iemand tegenkomt met wie je gelukkig kunt zijn. Zodat je niet overal alleen voor staat.'
'Ik red mij prima alleen,' zei Jessica. Ze was zich bewust van de gereserveerdheid die in haar stem was ontstaan. Ze wilde zo niet klinken. Niet tegenover haar moeder. Maar ze kon er niets aan doen. Ze was ervan overtuigd dat haar moeder er absoluut niet aan zou hebben getwijfeld of Sophie of Erik zich alleen zouden redden. Die hadden tenslotte allebei goedbetaalde banen.
Maar bij haar... bij haar leek iedereen te twijfelen.
'Natuurlijk red je jezelf,' zei haar moeder haastig. 'Maar het leek mij gewoon prettiger voor je. Onzin natuurlijk. Ik weet het. Tenslotte ben je nog maar net bij Johan weg.'
'We zijn al een halfjaar gescheiden.'
'Ja, dat weet ik. Maar jullie woonden toch nog bij elkaar en dan voelt het niet als een echte scheiding. Ik zou mij goed kunnen voorstellen dat het besef van de scheiding nu pas echt doordringt. Bij Johan schijnt dat in ieder geval zo te zijn. Ik sprak hem gisteren nog. Hij heeft het er toch moeilijk mee.'
'Ik had het er moeilijk mee toen ik nog met hem in hetzelfde

huis woonde en hij contact had met andere vrouwen.'

'Natuurlijk. Dat was niet goed. En die hele affaires van hem... nee, dat praat ik zeker niet goed. Maar een beetje jammer vind ik het wel. Het is een leuke kerel. Maar weinig ruggengraat. Daar heb je gelijk in.'

'Het is goed dat ik nu op mijzelf woon,' zei Jessica. 'Wonen bij een ex werkt gewoon niet. Dan krijg je niet de kans om iets op te bouwen. Nu heb ik die kans wel.'

'Dat klopt. Al moet je er nu hard voor werken.'

'Ik red mij wel.' Dit keer klonk ze wat zachter.

'Ja,' beaamde haar moeder. 'Jij redt je wel.'

Jessica meende er iets van twijfel in te horen, maar ze besefte dat ze misschien overal iets achter zocht.

Ze nam afscheid van haar moeder en ging weer aan het werk. Ze merkte echter dat het haar veel moeite kostte om zich te concentreren. Ze merkte ook dat ze vaker aan Pascal dacht dan haar lief was.

# HOOFDSTUK 9

Jessica liep een dag later de wei bij de paarden in. De pijn in haar been nam eindelijk af. Gelukkig. Pascal had haar aangeraden om dat te doen en ze wilde zich aan zijn adviezen houden. Ze had het gevoel dat het allemaal weinig te maken had met het daadwerkelijk werken met paarden, maar de vorige dag was het toch leuk geweest en had ze genoten van Lolita's aandacht, en misschien deed ze het daar wel voor.

Maar niet alleen maar daarvoor.

Als ze dan toch zijn programma wilde volgen, kon ze maar beter ervoor zorgen dat ze alle fases van de training – als je het al zo kon noemen – achter zich bracht, zodat ze met het echte werk kon beginnen. Met Lolita kon ze natuurlijk niets doen, maar ze kon zich voorstellen dat ze Faith een beetje aan het werk kon zetten. Ervoor zorgen dat ze met elkaar vertrouwd raakten.

Het was halfzeven; de tijd waarop ze zich had voorgenomen iets met de paarden te doen. Het leek haar het beste om dagelijks om halfzeven met de paarden te gaan werken. Een tijdstip gaf vastigheid en verminderde het risico dat ze het zou uitstellen totdat het te laat was. Het had allemaal te maken met zelfdiscipline. Zonder dat kon je niets.

Jessica liep naar het midden van de wei en ging op een van de stoelen zitten. Ze wist dat de paarden haar allang hadden gezien, maar geen van tweeën schonk zichtbaar aandacht aan haar.

Jessica richtte haar blik strak op Lolita. De vorige dag was ze naar haar toe gekomen. Als ze dat vandaag ook deed, kon ze haar misschien aanraken. Haar aaien. En misschien kwam Faith dan ook.

Kom nu, kom nu, klonk het in Jessica's hoofd. Ze schoof onrustig op haar stoel. Als ze nu kwamen, kon ze hen aanraken. Dan konden ze morgen een stap verder gaan.

Ze merkte dat ze weer gespannen was. Ze wilde niet gespannen zijn. Ze probeerde haar spieren te spannen en ontspannen, maar zoals meestal lukte het niet. Zodra ze haar beenspieren probeerde te ontspannen, spanden haar armen, haar nek en kaken zich. Als ze zich op haar rug concentreerde, werden haar benen van staal, en dat deed dan weer wel pijn, en tapten haar tenen de grond voor haar.

Uiteindelijk ging ze staan. Ze liep onrustig in de wei en zag dat de paarden haar feilloos in de gaten hielden, terwijl ze doorgingen met grazen.

'Waarom komen jullie niet?' mompelde ze.

Jessica merkte dat haar hart sneller ging kloppen en dat haar ademhaling oppervlakkig werd.

Ze voelde een vage pijn in haar borst, die haar bang maakte. Misschien krijg ik last van mijn hart, dacht ze.

Onzin, dacht ze er meteen achteraan. Ik ben pas dertig. Ik heb geen hartproblemen. Maar onwillekeurig dacht ze aan de zoon van een zakenrelatie van haar vader. Hij was onverwacht aan een hartstilstand gestorven. Tweeëndertig jaar pas en altijd actief in de sport. Van het ene op het andere moment was hij in elkaar gezakt.

Maar daar wilde ze niet aan denken. Hoewel het vervelende gevoel in haar borst zich verder uitspreidde. Het maakte haar een beetje misselijk.

'Jessica!' hoorde ze een bekende stem roepen. Met een ruk draaide Jessica zich om en zag Johan de wei binnenlopen. Hij droeg geen rijkleding dit keer, maar zijn gewone jeans en een blauw sweatshirt, wat hem goed stond.

Jessica voelde de pijn in haar borst toenemen. Ze voelde hoe haar benen en armen verkrampten. Maar ze negeerde het en groette Johan.

'Waaraan heb ik je bezoek te danken?' vroeg ze zo luchtig mogelijk aan haar ex. Hij stond inmiddels bij haar. Dicht bij haar.

'Ik was in de buurt. Ik heb hengsten bekeken in een stal in Duitsland in verband met het dekkingsseizoen en toen dacht ik dat ik net zo goed even hierheen kon rijden, om te kijken hoe het met je gaat.' Hij keek haar onderzoekend aan,

'Goed,' zei Jessica meteen. 'Het gaat goed.'

Ze voelde een kleine zenuwtrekking bij haar oog en hoopte dat

Johan het niet zag. De verkramping in haar borst werd gelukkig wat minder.

'Heb je tijd om samen koffie te drinken of wilde je net gaan trainen?'

'Ik heb tijd.' Jessica betwijfelde of ze de behoefte had om samen met Johan koffie te drinken en ze wist vrijwel zeker dat ze geen tijd had, maar ze vond dat ze dat niet kon maken. Ze had tenslotte geen ruzie met Johan en zijn interesse was oprecht. Misschien iets te oprecht en misschien had hij bij zijn vorige bezoek zijn woorden niet erg zorgvuldig gekozen, maar het was natuurlijk ook mogelijk dat ze zelf overgevoelig was in dat opzicht.

'Ik zie dat je Lolita in de wei hebt gezet. Ik hoorde dat ze een blessure had?'

'Ja. Maar de veearts vond stalrust niet nodig.'

'Stalrust is achterhaald. Het ligt natuurlijk ook een beetje aan de aard van het letsel, maar stalrust is bepaald niet het antwoord op ieder probleem, zoals sommige veeartsen nog steeds geloven.'

'Het is net als bij mensen,' zei Jessica. 'Wij kunnen ook maar beter in beweging blijven ondanks een kneuzing of andere problemen met spieren of gewrichten.'

'Zo te zien kan ze ook goed met die zwarte overweg,' meende Johan. 'Dat is toch die draver?'

Jessica knikte. 'Gelukkig wel.' Ze overwoog om heel even de uitbraak te melden, maar deed het niet. Johan zou beslist willen weten hoe het zover had kunnen komen en haar misschien zelfs vermanen omdat ze het paard had nagekeken met een geopende boxdeur. Het deed er verder ook niet toe, vond ze.

'Kun je iets met die zwarte?' Hij bekeek Faith terwijl hij dat vroeg.

'Nog niet. Ze was niet te hanteren en redelijk agressief toen ik voor het eerst kennis met haar maakte. Maar er zit verbetering in.'

'Dus je hebt wel besloten om haar te houden?'

'Ja.'

'Kijk je wel een beetje uit? Ik weet dat je al je hele leven met paarden werkt en ik weet dat je er handig in bent. Maar een

dergelijk paard waarvan je geen achtergrond kent...'
'De buurman helpt mij. Hij werkt met probleempaarden.'
'De buurman? Wat is dat dan voor iemand?'
Jessica meende iets van wantrouwen in zijn stem te horen.
'Gewoon iemand die met probleempaarden werkt. Hij heeft aangeboden om mij te helpen.'
'Jaja...' Het klonk een beetje sarcastisch.
'Hij helpt mij met de paarden. Met Faith vooral. Verder niets,' reageerde Jessica scherp. Waarom voelde ze toch die neiging om zichzelf te verdedigen?
Johan knikte. 'Is het iets? Die draver van je? Ik heb daar niet zoveel kijk op. Het is niet het type paard dat ik zelf zou kiezen.'
'Dit type paard heeft dan ook een heel ander doel dan de paarden die jij hebt. Ze deed het op de baan goed. Ik weet niet precies waarom ze op zesjarige leeftijd al is gestopt, maar ze heeft in ieder geval flink wat prijzengeld in de wacht gesleept. Ik heb informatie opgezocht bij de bond.'
'Misschien werd ze langzamer op de baan.'
'Misschien wel. Misschien wilde de eigenaar ook niet wachten tot ze langzamer werd op de baan. Het doet er verder ook niet toe. Ze komt uit een heel goede lijn en heeft zelf in haar tijd heel verdienstelijk gelopen. Meer dan dat hoef ik niet te weten.'
'Ik ben benieuwd. Zullen we even naar binnen gaan? Volgens mij gaat het regenen.'
Hij had de woorden nauwelijks uitgesproken of de eerste druppels vielen neer.
Jessica knikte. Ze keek nog even naar de paarden. Hopelijk ging het niet te hard regenen.
Ze vond het nog steeds moeilijk om Lolita dag en nacht buiten te houden, hoewel dat met fokmerries in dit seizoen vaak werd gedaan. Met Lolita voelde het gewoon nog vreemd.
Ze liep met Johan naar binnen. Terwijl ze koffiezette, keek Johan op zijn gemak rond.
'Het ziet er een stuk beter uit, nu er al is geverfd en behangen,' vond hij.
'Ja. Maar ze zijn nog niet klaar.'
'Nee, dat zie ik. Komen ze altijd pas als je klaar bent met je werk?'

'Nee, ze komen vlak voordat ik vertrek. Ze hebben mij niet nodig. Ze zetten tegenwoordig zelfs zelf koffie.'

'Durf je dat aan? Vreemde kerels die hier rondlopen en koffiezetten?'

'En cake eten aan de keukentafel als ik thuiskom? Ja. Ze ruimen altijd alles op. Eigenlijk zijn het best aardige mannen.'

'Maar je weet nooit precies wat ze uitspoken als je er niet bent.'

'Niets. Er ligt hier trouwens niets van waarde in huis. Maar dat buiten beschouwing... ik vertrouw hen wel.'

'Je bent altijd al goed van vertrouwen geweest.'

'Weet ik. Maar dat is niet altijd verkeerd.'

Een klein steekje onder water, maar Johan reageerde er niet op. Ze wist dat Johan nu in de deuropening van de keuken stond, waar Pascal eerder ook had gestaan. Het maakte haar een beetje nerveus, zonder dat ze precies wist waarom. Ze zette mokken klaar en wachtte wat ongeduldig tot het apparaat was uitgedruppeld. Ze keek niet om, maar hoorde dat Johan de keuken binnenliep. Vlak achter haar bleef hij staan. Ze kon bijna zijn aanraking voelen.

'Hoe red je je hier?' wilde hij weten.

'Goed.'

'Het spijt me dat ik de vorige keer aandrong. En misschien ook een beetje bot was. Dat had ik niet moeten doen.'

'Maakt niet uit.' Dat was niet helemaal waar. Het maakte wel uit.

'Je hebt er een aardig huisje van gemaakt en ik geloof ook wel dat de boerderij potentieel heeft.'

'Ja, dat geloof ik ook.'

'En ik weet ook best dat je de nodige ervaring hebt met paarden en er iets van kunt maken.'

Jessica draaide zich naar hem om. Hij stond nog dichterbij dan ze had verwacht en voelde zich onzeker worden.

'Dank je,' mompelde ze. Ze draaide zich haastig weer terug en schonk koffie in. Het apparaat perste nog het laatste water door de filter, maar ze had niet het geduld om daarop te wachten.

'Maar makkelijk zal het niet worden,' zei Johan. 'Er is veel concurrentie.'

'Dat weet ik.'

'En naam maken is moeilijk.'

'Dat weet ik ook.'

Ze pakte de mokken op, draaide zich om, drukte Johan er een in de hand en liep langs hem naar de woonkamer, waar ze in een stoel kon gaan zitten op veilige afstand van haar ex.

Ze wist niet zeker of ze nu bang was dat hij iets zou doen wat ze niet wilde of voor haar eigen reactie en ze wenste daar verder ook niet over na te denken.

Johan liep achter haar aan en ging tegenover haar zitten. Hij liet de mok in zijn handen draaien terwijl hij haar aankeek.

'Ik wist het van je moeder... die blessure van Lolita. Ik kwam haar gisteren tegen en vroeg hoe het afgelopen zondag was gegaan en toen vertelde ze dat Lolita kreupel was.'

'De jury zag het. Ik niet. Hoewel... ik denk dat ik het wel voelde, maar ik was te nerveus. Er stond veel op het spel en Lolita was moeilijk te hanteren. Maar ik had het eerder moeten zien. Jij noemde het laatst en tijdens het warmrijden zondag had pa ook al het idee dat ze niet helemaal zuiver liep. Maar hij kon het niet met zekerheid zeggen omdat ze iedere keer alle kanten uit vloog. Maar ik had het natuurlijk moeten zien.'

Het leek haar beter om dat maar meteen te bekennen. Voordat Johan erover begon.

'Ik wist het laatst ook niet helemaal zeker. Ik meende het te zien, maar het is gewoon moeilijk om het te beoordelen als het paard zo gestrest is. Dus neem het jezelf niet kwalijk. Je had zoveel aan je hoofd...'

Dat viel dus mee.

'En nu? Wat doe je nu? Ik weet dat je door die selectie wilde komen. Dat je naam wilde maken,' ging Johan verder.

'Misschien heeft ze gewoon iets opgelopen door haar gestres.'

'Misschien wel. Maar jij weet ook wel dat chronisch letsel bij sportpaarden nogal eens voorkomt.'

'Daar ga ik niet van uit.'

'Nee, dat begrijp ik. Maar misschien kan het geen kwaad om evengoed vast verder te denken.'

'Ik kijk wel.' Het gesprek begon haar te irriteren. Ze wilde niet vast verder denken omdat ze niet wist wat ze moest doen als

Lolita werkelijk iets had wat haar ongeschikt maakte voor de sport.

'Je rijdt goed. Je bent goed in het scholen van paarden. Ik neem aan dat je daar evengoed iets mee kunt beginnen. En Lolita blijft hoe dan ook waarschijnlijk geschikt voor de fok. Zelfs als ze letsel blijkt te hebben, dan is het nog een goed dressuurpaard. Zolang het tenminste niet erfelijk is.'

'Welnee. Ze heeft zich gewoon verstapt. Misschien is ze zelfs gevallen. En ja, als het haar werkelijk ongeschikt maakt voor de sport – wat ik mij niet kan voorstellen – dan is ze nog geschikt voor de fok,' zei Jessica. Ze was een beetje verwonderd over het positieve praatje van Johan. Misschien ook een beetje achterdochtig.

'Al is het dan moeilijker om te concurreren,' meende Johan.

Daar kwam dus het addertje onder het gras.

'Ik red mij wel.'

'We zouden kunnen samenwerken,' meende Johan. Jessica keek hem vragend aan.

'Springpaarden en dressuurpaarden. Dat is een goede combinatie.'

'Je wilde je alleen op springpaarden richten. Dat heb je steeds gezegd.'

'Dat klopt. Maar eigenlijk was dat niet helemaal eerlijk. Ik ontnam jou de kans om iets op je eigen gebied op te zetten.'

'Je kwam altijd met ijzersterke argumenten waarom je je alleen met springpaarden wilde bezighouden.'

'Ik was misschien een beetje star. Maar ik heb erover nagedacht en in feite zou het moeten kunnen werken... jij met je dressuurpaarden en ik met springpaarden.'

'Een soort samenwerkingsverband?'

'Zoiets.'

'Ik weet niet...'

'Al zou het wel handiger zijn als we dan weer bij elkaar wonden.'

'We zijn gescheiden. Weet je nog?'

'Dat kan ik onmogelijk vergeten. Eerlijk gezegd dringt het nu pas volledig tot mij door; dat we gescheiden zijn en dat ik waarschijnlijk een van de grootste idioten op deze wereldbol ben omdat ik jou liet lopen.'

Jessica zei daar maar niets op.

Johan staarde in zijn koffiemok.

'Ik weet dat ik fouten heb gemaakt. Grote, onvergeeflijke fouten. Niet alleen vanwege die vrouwen – dat is alleen al schofterig en onvergeeflijk – maar ook omdat ik jou nooit de waardering heb gegeven die je verdiende. Dat ik jou nooit de kans heb gegeven om je eigen bedrijfje op te zetten.'

'Ik schoolde dravers om en ik had Lolita.'

'Je hebt veel meer in je mars dan hobbymatig bezig te zijn met paarden. Dat weet ik nu en dat wist ik toen. Maar ik heb je niet gestimuleerd in je bezigheden. Ik heb het niet gestimuleerd toen je het had over een fokkerij voor dressuurpaarden. En dat was een even grote fout als dat kinderachtige gedoe van mij met die vrouwen. Voor wat het waard is... die vrouwen hebben nooit iets voor mij betekend. Dat deed jij alleen.'

Jessica schraapte haar keel. Ze voelde zich ongemakkelijk. 'De dingen zijn gegaan zoals ze zijn gegaan,' zei ze. 'Het is nu eenmaal zo.'

'Maar het kan toch teruggedraaid worden?' Er lag een smekende toon in Johans stem terwijl hij dat vroeg en haar aankeek. 'We kunnen opnieuw beginnen. Alles anders doen. Ik kan veranderen...'

'Nee, Johan, dat geloof ik niet.'

'Geef mij een kans en ik bewijs het. Jessica... ik kan niet zonder jou. Ik voel mij ellendig, denk elke minuut van de dag aan jou.'

Hij zei niet alleen dat hij zich ellendig voelde, hij klonk zelfs ellendig. Ja, hij zag er zelfs ellendig uit, nu hij daarover begon. Jessica merkte dat ze medelijden met hem kreeg. Maar als ze dacht aan een terugkeer, kreeg ze het benauwd. Ze besefte dat ze niet terug wilde. Niet meer naar de wereld waarin zij en Johan hadden geleefd. En dat het werkelijk anders zou kunnen... daar geloofde ze niet zonder meer in. Al zou ze het wel willen.

'Het spijt me, Johan,' zei ze alleen maar. 'Ik vind het vervelend dat je je zo rot voelt, maar ik kan niet terugkomen naar jou.'

'Denk er op z'n minst over na.'

Jessica gaf geen antwoord. Ze nam haastig wat slokjes koffie.

'Wat is die buurman voor iemand?' wilde Johan toen weten.

'Dat heb ik al gezegd. Het is gewoon iemand die mij helpt met de paarden.'

'Jong? Oud?'

'Onze leeftijd.'

'En hij helpt je zomaar?'

'Het is zijn beroep.'

'Dus je betaalt hem gewoon daarvoor?'

'Ja.' Dat was natuurlijk niet waar, maar het maakte het zoveel eenvoudiger als Johan Pascal gewoon als een zakelijke relatie zag. Niet dat het iets uit mocht maken.

'Wat voor achtergrond heeft hij? Dressuur, springen?'

Jessica besefte dat ze er nooit naar had gevraagd.

'Weet ik niet,' antwoordde ze eerlijk.

'Je weet het niet?' Johan fronste zijn wenkbrauwen.

'Hij heeft zich gespecialiseerd in probleempaarden. Wat maakt het dan uit?'

'Het merendeel van de stallen in de wijde omtrek werkt onder andere met paarden met problemen.'

'Hij hertraint geen paarden. Hij werkt met eigenaar en paard samen om de problemen op te lossen. Volgens hem staat probleemgedrag bij een paard nooit op zich, maar is het een gevolg van miscommunicatie.'

'Hmmm… geen idee wat ik mij daar precies bij moet voorstellen. Eerlijk gezegd denk ik dan aan die recreanten die een paard hebben dat bijt of trapt of niet op de trailer gaat. Dat soort dingen. Niet iets voor jou. Jij weet hoe je een paard moet hanteren.'

'Ik kon niet bij Faith in de buurt komen. Ondanks mijn ervaring.'

'Hij wel?'

'Ja.' Jessica had geen idee of Pascal bij Faith in de buurt kon komen, maar ze had geen behoefte aan een spottende reactie van Johans kant. Ze had geen zin om zichzelf te verdedigen vanwege de keuze die ze had gemaakt.

'Hoever zijn jullie nu met die merrie?'

'Het heeft tijd nodig. Er zit vooruitgang in, maar het gaat beetje bij beetje. Hij is pas twee keer hier geweest.'

'Sommige mensen bereiken veel in twee keer.'

'Niet bij zo'n paard.'

Het leek haar ook al niet verstandig om te melden dat de vooruitgang betekende dat het paard iets dichter bij hen had gestaan en de oren naar voren had gehouden. Ze had het gevoel dat Johan hard zou lachen als ze dat zou vertellen. Net zo goed als dat hij hard zou lachen als hij wist wat de eerste twee oefeningen met de paarden hadden ingehouden.

'Ik ben benieuwd,' mompelde hij. Het was even stil. 'Je bent toch niet verliefd op hem?' vroeg hij toen.

'Doe niet zo raar,' reageerde Jessica meteen. 'Natuurlijk niet.'

Ze negeerde de verwarrende gevoelens diep binnenin en dronk snel haar koffie.

'We kunnen nog samen een likeurtje of wijntje nemen,' stelde Johan voor toen ze de koffie ophadden. 'Ik weet dat je dat graag drinkt en met zijn tweeën is dat gezelliger dan alleen.'

'Je moet nog autorijden.'

'Ja. Maar ik zou hier kunnen slapen. Op de bank natuurlijk.'

'Dat lijkt mij geen goed idee.'

'Ik wil niet terug naar dat grote, lege, kille huis.'

'Johan... ik moet nog het een en ander doen en morgen weer vroeg op mijn werk zijn. Het lijkt mij echt geen goed idee als je blijft.'

Johan speelde met zijn lege mok.

'Zoals je wilt, natuurlijk,' gaf hij toen toe. 'Ik begrijp het wel.'

'Fijn.'

'Maar als je een keer zin hebt in gezelschap, hoef je maar te bellen.'

'Dat weet ik.'

'En je bent altijd welkom bij mij.'

'Dat weet ik ook.'

Johan stond op en liep naar de gang. Jessica liep mee om hem uit te laten, maar ze hield wel een beetje afstand. Bij de deur draaide Johan zich even om.

'Ik houd nog van je Jes. Ik ben nooit gestopt met van je te houden.'

130

Hij wachtte niet op een reactie, maar draaide zich weer om en liep naar buiten.

Jessica bleef een tijdje in de gang staan. Haar hart klopte weer sneller en haar ademhaling was gejaagd. Ze had het wat benauwd.

'Stress,' mompelde ze. 'Gewoon stress.'

Ze draaide zich om en liep terug naar de woonkamer. Ze ruimde de mokken op en pakte haar notities met het ondernemingsplan nog een keer uit de lade van het bureau. Ze ging ermee aan tafel zitten en staarde ernaar. Maar ze deed er niets mee.

Tegen tien uur ging ze al naar bed, maar niet voordat ze eerst een likeurtje had gedronken. Likeur zorgde ervoor dat ze warm werd vanbinnen. Dat was een sensatie die Jessica op dat moment wel kon gebruiken. Ze hoopte dat de alcohol haar ook zou helpen met het inslapen, maar dat gebeurde helaas niet.

Eenmaal in bed voelde ze zich nog steeds opgejaagd en verkrampt. Ze had zelfs het gevoel dat haar hele lichaam een beetje schudde. Ze liet het over zich heen komen, wetend dat het over een halfuur beter zou gaan. Toen dat werkelijk gebeurde, las ze nog een hele tijd in een boek en ging ze daarna slapen. Morgen moest ze met haar paard naar de kliniek. Ze was opgelucht en bezorgd tegelijk.

# HOOFDSTUK 10

Jessica had het allemaal maar net gehaald. Vijf voor vier reed ze de volgende dag de parkeerplaats van de paardenkliniek op.

Ze had natuurlijk weer langer moeten werken en het had behoorlijk wat stress opgeleverd om de aanhanger aan de Jeep te hangen, Lolita uit de wei te halen en haar op te laden. Gelukkig had Lolita zich dit keer vrij goed laten vangen en speelde Jessica's been nauwelijks meer op. Jessica had er maar meteen een emmer brokken tegenaan gegooid en dat was voor haar paard voldoende geweest om toe te geven. Het opladen was nog nooit een probleem geweest, dus had het verder allemaal niet meer tijd gekost dan ze had verwacht. Dat was dan ook de enige reden waarom ze nog net op tijd in de kliniek was. De veearts die bij haar aan huis was geweest, ving haar ook nu op. Hij begeleidde haar en haar paard naar de hal met apparatuur en stallen aan de zijkant. Lolita was voor haar doen vrij rustig en de veearts kon meteen met het onderzoek beginnen.

Hij begon met de anamnese, zoals hij die tijdens het huisbezoek ook al had uitgevoerd, maar ging dit keer wat nauwkeuriger te werk. Hij palpeerde het paard, bekeek het dier in beweging en voerde enkele proeven uit. Pas daarna maakte hij de foto's.

Toen hij klaar was, stelde hij voor dat Jessica haar paard zo lang in een van de boxen onderbracht, zodat hij de foto's kon bekijken.

Jessica was nerveus toen hij haar bij zich riep. Zijn gezicht was zorgelijk. Jessica wist eigenlijk al dat het niet goed was, voordat hij iets had gezegd.

Ze keek naar de foto's die hij aanwees. Hij wees eerst naar de foto's van de voorhoeven, en al voordat hij iets had gezegd, wist Jessica wat er fout was. Ze had het vaker gezien. Hoefkatrolontsteking.

De veearts begon er ook zelf over.

'Hoefkatrolontsteking in beide hoeven, fase drie,' zei hij.

Jessica knikte. Ze had het opeens koud en rilde.

132

De veearts ging verder en wees haar op een foto van de schouder.

'Artrose. Mogelijk is er sprake van meer artrose, maar is dat niet allemaal even goed te zien op de foto's. Net zomin als de mate waarin het actief is. Maar ze heeft in ieder geval artrose in de linkerschouder.'

'Hoe kan het dat mijn paard niet echt kreupel liep? Hooguit onregelmatig.'

'Toen ik bij je kwam, liep ze kreupel. Vooral bij de aanzet naar draf.'

'Ja, toen wel. Maar dat was na haar ontsnapping, waarbij ze flink tekeerging, door draden heen holde en andere gekke dingen deed.'

'Precies. Op dat moment heeft de belasting een duidelijk beeld gegeven van de onderhuidse problemen. Maar voor die tijd liep ze onregelmatig, gaf je zelf al aan. Het is gemakkelijk om daar overheen te kijken, omdat de symptomen zo wisselend zijn,' zei de veearts. 'Ik denk dat je dat zelf wel weet, met jouw ervaring.'

Jessica knikte. Ze wist het. En waren er niet eerder momenten van twijfel geweest?

'Maar ik vind het evengoed raar dat ik het bij haar niet echt heb gezien.'

'Misschien omdat het je eigen paard is, omdat je op de wedstrijden was gefocust en daarom misschien wat minder objectief de gangen van je paard beoordeelde, of kwam het door de onrust in je paard. Als een paard van links naar rechts stuitert, is het moeilijk om een goed beeld te krijgen van de kreupelheid.'

'Misschien heeft het allemaal een rol gespeeld,' antwoordde Jessica triest. 'Ze is eerder dit jaar een paar keer wat kreupel geweest, maar ik had altijd wel een excuus daarvoor. Ik wilde er niet bij stilstaan, denk ik. We waren zo goed op weg...'

'Dergelijke zaken zijn soms moeilijk te accepteren en hoefkatrolontsteking geeft een onduidelijk wisselend beeld omdat beide voorbenen aangetast zijn. Wat de artrose in de schouder betreft... die kan er best al lang zitten, maar dat komt soms pas aan het licht bij een plotselinge overbelasting. Over het alge-

133

meen verdwijnt het dan weer net zo plotseling.'
'En nu?' vroeg Jessica zich af.
'Je kent ongetwijfeld de remedies bij hoefkatrolontsteking. Rechtrichten is een optie, maar ik denk dat je dat allang doet als dressuurruiter. Bovendien kan het niets genezen. Verder kun je nog denken aan voedingssupplementen en ijzers. Al zijn van dat laatste ook weer voor- en tegenstanders. Het is een keuze die je zelf moet maken.'
'Maar ze kan niet meer op hoog niveau trainen,' meende Jessica.
De veearts schudde zijn hoofd. 'Nee, dat kan ze niet. Misschien nog recreatief. Maar dat is niet zeker. Het ligt eraan hoe het zich ontwikkelt.'
Jessica staarde de veearts aan. Ze wist waar hij aan dacht. Ze wist dat men paarden met dit soort problemen nogal eens liet inslapen. Zeker in de wedstrijdsport. Ze wist dat Johan paarden met hoefkatrolontsteking had laten inslapen omdat de karakters te moeilijk waren voor recreanten en in sommige gevallen omdat de klachten te ernstig waren. Ze had er eerder zelf ook aan gedacht.
Maar nu het tot haar doordrong dat Lolita werkelijk niet meer kon meedraaien in de wedstrijdsport, raakte ze in paniek bij de gedachte dat ze het paard misschien moest laten inslapen. Beelden van de mooie momenten in de wedstrijden schoten door haar hoofd. Ze dacht ook weer aan die dinsdagavond, toen ze koffie had gedronken in de wei en Lolita opeens met haar neus door haar haren had gekroeld.
Jessica besefte dat ze het paard niet kwijt wilde.
'Ik zal mij erin verdiepen,' zei ze tegen de veearts. 'Ik zal kijken wat de mogelijkheden zijn. Misschien krijg ik haar nog redelijk aan het lopen.'
'Maar je beseft dat Lolita niet meer op hoog niveau kan trainen?' wilde de veearts zeker weten.
Jessica knikte. 'Ik weet het.'
'Goed. Dat wil ik duidelijk hebben. Ik wil er verder niets aan doen. Praat met een hoefsmid, gebruik een supplement en laat daarna maar een keer weten wat je ermee doet.'
Jessica knikte. De veearts klopte haar bemoedigend op de

schouder. Meer dan dat kon hij niet doen. Hij kon niet zeggen dat het weer goed kwam. Want dat zou niet gebeuren.

Jessica voelde zich ellendig toen ze haar paard weer uit de box haalde, maar ze deed haar best om het niet te laten merken. Ze bedankte de arts nog een keer en leidde toen het paard naar buiten.

Het waaide een beetje, maar af en toe kwam het zonnetje tevoorschijn. Het was een aardige dag. Maar niet voor Jessica. Ze laadde haar paard in de trailer en ging achter het stuur van haar auto zitten. Toen pas kwamen de tranen.

Ze had niet willen huilen. Ze had met opgeheven kin het terrein af willen rijden, richting huis en daar een oplossing zoeken. Maar een definitieve oplossing bestond niet.

Jessica wist niet hoelang ze daar bleef zitten en huilde, maar toen twee andere auto's met trailers de grote parkeerplaats opreden, veegde ze met de mouw van haar trui de tranen weg, startte de auto en reed in een rustig tempo weg. Onderweg begon ze opnieuw te huilen en het kostte haar moeite om haar aandacht bij het autorijden te houden. Maar uiteindelijk bereikte ze de boerderij veilig.

Ze twijfelde nog heel even of ze haar paard in de box of in de wei zou zetten, maar ze koos voor het laatste. Lolita was graag bij Faith. Blijkbaar zag zij iets in de zwarte merrie wat anderen niet zagen.

Faith reageerde enthousiast toen Jessica haar Lolita bracht en heel even leek het alsof de grote zwarte merrie dichter bij haar kwam. Maar uiteindelijk deed ze het niet en holde ze samen met Lolita de wei in, zodra Jessica Lolita had losgemaakt.

Jessica keek hen na.

'Doe in hemelsnaam voorzichtig,' mompelde ze. Ze bleef nog een poosje staan, hoewel ze het eigenlijk koud had. Ze voelde zich leeg en triest vanbinnen. Er was zoveel wat ze nog moest doen, maar ze had nergens zin in.

Toch draaide ze zich op een bepaald moment om en liep terug naar de boerderij. Ze haalde de kittens in gedachten verzonken aan toen ze op haar af renden. Het liefste was ze in bed gekropen en daar gebleven, maar ze kon dat niet doen. Alleen al het feit dat ze dat diep binnenin zou willen, irriteerde haar.

Ze had kunnen weten dat het probleem van haar paard ernstig was. Ze had er zelfs een beetje over nagedacht, hoewel ze het iedere keer weer snel naar de achtergrond had gedwongen. Maar ze had het kunnen weten met de ervaring die ze had.

Ze had kunnen weten dat het niet allemaal zo ging zoals ze zich dat had voorgesteld. Zo ging het nu eenmaal. Zaken namen vaak een onverwachte wending. En wat deed zij? Zij liet meteen alle moed zakken. Zij voelde zich zielig en dompelde zichzelf onder in zelfmedelijden. En dan wilde ze een eigen zaak opzetten?

Haar vader had tegenslagen gekend. Hij had momenten van crisis doorstaan met zijn stalinrichtingsbedrijf. En niet alleen daarbij. Een van zijn beste en duurste dravers was destijds onverwacht gestorven. En wat had haar vader gedaan? Hij had altijd gekeken naar andere mogelijkheden. Naar andere kansen.

Johan had ook zijn tegenslagen gehad. Het paard waarmee hij destijds bijna de top bereikte brak een been en moest hij laten inslapen. Gaf hij toen op? Nee... hij ging verder. En als een wedstrijdpaard van hem om wat voor reden dan ook uitviel, pakte hij de draad op met een ander paard. Hij ging door. Sophie was doorgegaan na haar ontslag bij een groot advocatenkantoor. Ze was haar eigen bedrijf begonnen. En haar broer Erik had ook zijn problemen gehad voordat hij die wereldbaan in de privékliniek kreeg. Hij had nog steeds problemen omdat zijn ex hem kaal probeerde te plukken. Maar Erik gaf niet op. En Pascal? Pascal had zijn vriendin verloren. De vrouw van wie hij hield. Maar ook Pascal had nooit opgegeven.

En wat deed zij? Zij wilde bij de eerste de beste tegenslag in bed kruipen, onder de dekens en er nooit meer uit komen. Ze zag het meteen niet meer zitten.

Als er iemand was zonder ruggengraat, was zij het. Niet Johan. Ze moest zich gewoon niet aanstellen. Kin omhoog, rug recht en vooruitkijken. Zoeken naar oplossingen.

Ze haalde een paar keer diep adem en begon met het opruimen van enkele zaken. Ze zag dat de kozijnen in de kamer inmiddels klaar waren. Ze had de schilders de afgelopen dagen nauwelijks meer gezien, maar ze werkten toch wel door. Ook schilders werkten door. Al wist ze niet of zij ook met tegenslagen te maken hadden gehad. Hoewel... natuurlijk wel. Iedereen had met tegenslagen te maken.

Jessica wierp een haastige blik op de klok en zag dat het al kwart over zes was. Ze had er niet bij stilgestaan dat het al zo laat was en dat Pascal elk moment kon komen. Het liefst had ze de hele sessie afgezegd, maar het was al te laat daarvoor en ze vond dat ze dat niet kon maken. Ze moest gewoon doorgaan. Oplossingen zoeken en doorgaan. Als Lolita uitviel, was het des te belangrijker dat ze iets met Faith gedaan kregen.

Ze at snel een boterham aan het aanrecht en liep naar buiten. Als hij nu maar niet alweer koffie wilde drinken in de wei, dacht ze. Het was leuk geweest voor een keer, maar ze wilde nu werkelijk aan het werk. Vooruitgang boeken.

Toen ze hem bij de stal trof, zag ze echter dat hij dit keer geen rugzak droeg. Hij stond op haar te wachten met zijn handen in zijn zak en keek haar vragend aan.

'En?' vroeg hij, zonder te groeten. 'Wat zei de veearts?'

'Hoefkatrolontsteking. Een drie aan beide voorvoeten. En artrose in de schouder.'

'Het spijt me,' zei Pascal.

'Ja, mij ook. Maar het is niet anders.' Jessica slikte een brok weg en haalde diep adem. Ze voelde dat haar tranen drongen, maar ze wilde het niet toelaten. Hij hoefde niet te weten hoe ze zich voelde. Ze wilde het zelf niet eens weten.

'Zullen we maar aan het werk gaan,' stelde ze voor.

Pascal keek haar even taxerend aan. 'Zeker weten? We kunnen ook een dag vrij nemen van het werk, als je dat wilt. Misschien doet het je goed om de rest van de dag gewoon niets meer te doen.'

Jessica schudde heftig haar hoofd. 'Nee. Ik ben liever bezig.'

'Zoals je wilt. Kom...' Hij liep met haar de stal in, pakte een halstertouw en drukte het haar in de handen.

'Ik weet niet of je het nodig hebt, maar we kijken gewoon hoe het loopt.'

'Geen plan?'

'Een plan is niet per definitie goed. Niet in deze situatie.'

Jessica gaf daar geen antwoord op. Een plan gaf duidelijkheid en vastigheid, vond ze zelf. Maar ze was niet van plan om daarover in discussie te gaan. Ze wilde doen wat ze moest doen en daarna in de stal en in huis aan het werk gaan. De laatste dagen waren al te veel uren verstreken zonder dat ze de dingen had gedaan die ze moest doen en dat irriteerde haar. Het werd tijd om eens stevig aan te pakken. Misschien kon ze eens kijken wat er tegenwoordig nog van dressuurpaarden werd aangeboden. Ze kon zelf geen nieuw paard kopen, maar ze dacht dat ze haar vader wel zover kon krijgen om erin te investeren, zoals hij ook in dravers investeerde. Het paard zou dan in feite van haar vader zijn, maar zij kon het uitbrengen. Als ze daarover nadacht, vond ze het eigenlijk wel een goed idee.

Ze liep haastig met Pascal mee de wei in.

'We concentreren ons vandaag op Faith,' zei Pascal. 'Want daar begon het mee.'

Jessica knikte. Ze keek naar de zwarte merrie en voelde een kleine weerzin om naar haar toe te gaan. Misschien was het ook angst. Maar ze was niet van plan om daaraan toe te geven. 'Wat moet ik doen?'

'Ga naar haar toe. Loop niet in een rechte lijn en doe het rustig. Als ze zich van je afwendt, stop je en wacht je totdat ze weer kijkt. Dan loop je verder.'

'En als ik bij haar sta?'

'Als ze het zover laat komen, strek je je hand naar haar uit en geef haar de kans om je hand aan te raken. Alleen als ze dat doet, raak je haar aan.'

Jessica knikte.

'Als ze op je afkomt met de oren in de nek, gebruik je het touw,' waarschuwde Pascal. 'Laat haar dan niet in je persoonlijke ruimte komen. Dus let op.'

Jessica knikte opnieuw. Ze haalde diep adem en begon naar de merrie te lopen. Ze was blij dat ze eindelijk werkelijk iets kon doen, dat ze het gevoel had iets nuttigs te doen. Maar ze was ook nog wat onzeker. Een gewaarwording die niet gebruikelijk was voor haar, want ze was eigenlijk zelden bang voor paarden. Al had ze de moeilijke paarden toch altijd aan Johan overgelaten. Altijd met een goed excuus, dat wel. Maar te dominante paarden hadden haar nooit bijzonder gelegen. Omdat ze te zacht was, had Johan eens beweerd. Misschien ook omdat ze toch niet dat stuk talent en lef bezat dat ze eigenlijk hoorde te bezitten als ze een eigen bedrijf met paarden wilde opzetten, dacht ze zelf wel eens. Al was dat wel het laatste wat ze nu wilde weten.

Ze wist ook nu niet zeker of ze echt bang was. Maar onzeker... ja, dat in ieder geval.

'Stop,' riep Pascal.

Jessica keek hem verbaasd aan.

'Let op haar.'

Jessica zag dat de merrie haar hoofd half had afgewend en de oren in de nek had gelegd.

'Opletten,' waarschuwde Pascal haar. 'Het is een dier van zeshonderd kilo, waarvan je niet weet hoe ze reageert. Je kunt je niet permitteren om je concentratie te verliezen. Dat weet je.'

Jessica haalde diep adem. Ze had inderdaad niet opgelet. Ze was in gedachten verzonken geweest, zoals zo vaak.

Ze bleef staan. Het paard bleef ook in dezelfde houding staan.

'Draai je om,' zei Pascal. 'Maar blijf alert.'

'Ze valt mij in de rug aan als ik dat doe.'

'Ik ben er ook nog,'

'Je bent niet snel genoeg hier.'

'Zet dan een paar stappen achteruit. Net zo lang totdat haar houding verandert.'

'Dan denkt ze dat ze mij weggejaagd heeft.'

'Nee. Dan denkt ze dat je haar signalen herkent.'

'Maar...'

'Alsjeblieft, Jessica. Doe wat ik zeg. Loop achteruit.'

Jessica vond het nog steeds geen goed idee, maar ze deed wat Pascal vroeg. Ze zette een paar passen achteruit en hield haar blik op het paard gericht.

Het paard leek wat te ontspannen en op een bepaald moment keek het weer naar Jessica, de oren naar voren. Het verbaasde Jessica. Ze had andere scenario's meegemaakt in het verleden.

'Stop,' riep Pascal.

Jessica bleef staan. Het paard zag er nu ontspannen uit, dus liep ze er weer naartoe. Als ze haar maar aan kon raken... de kans kreeg om met haar te werken. Misschien zelfs in te rijden. Het was natuurlijk geen dressuurpaard, maar als ze iets kon laten zien...

'Stilstaan,' gebood Pascal.

Jessica schrok. Ze keek naar de merrie en zag de oren weer in de nek en die afgewende houding. De merrie zwaaide heftig met de staart en de nek leek van beton. Ze was in dubio of ze zou weglopen of aanvallen, begreep Jessica. Ze had de signalen weer gemist. Ze was alweer in gedachten verzonken geweest. Maar eigenlijk wilde ze ook niet achteruit lopen en het paard laten winnen. Dan zou Faith iedere keer die houding aannemen als ze erheen ging, gewoon om haar zin te krijgen en haar weg te jagen. Misschien was haar dat in het verleden al veel te vaak gelukt. Misschien was ze daarom zoals ze was.

'Als ik nu eens gewoon blijf staan,' zei ze.

'Kom hier.'

'Maar...'

'Alsjeblieft?' Het klonk eerder ongeduldig dan vragend en het irriteerde Jessica. Heel even speelde ze met de gedachte toch te blijven staan. Ze wilde het paard niet laten winnen. Ze had haar leven lang te horen gekregen dat je een paard nooit mocht laten winnen. Maar ze besefte dat Pascal hier was om haar te helpen en dat ze hem een kans moest geven. Al twijfelde ze op dat moment aan zijn werkelijke kennis.

Ze zuchtte diep, draaide zich om en liep naar Pascal.

'Je concentreert je niet,' zei Pascal. 'Je loopt naar haar toe zonder op haar te letten.'

'Ik heb al gezegd dat ik concentratieproblemen heb,' bracht Jessica er wat kribbig tegenin.

'Ik verlang geen uren concentratie van je. Maar een paar minuten oplettendheid. Je weet dat je risico's neemt.'

'Nou, dan ben ik daar blijkbaar ook al niet goed in,' reageerde Jessica nog een beetje kribbiger. Het speet haar dat ze Pascal om hulp had gevraagd. Wellicht had ze het alleen beter gekund.

'Maar nu heeft zij gewonnen.'

'Paarden denken niet in die termen.'

'O nee? Waarom dan iedere keer die dominantie? Het werkt toch? Ik ga toch weer weg als ze het doet? Is dat niet winnen?'

Jessica keek Pascal uitdagend aan.

'Het is geen dominantie. Niet in deze situatie. Het is wantrouwen. Angst.'

'Onzin.' Jessica wist dat Pascal gelijk kon hebben. Maar ze wilde het niet weten.

'Geïrriteerd?' vroeg Pascal. Hij keek haar onderzoekend aan.

'Nee,' zei Jessica bits.

Pascal glimlachte en dat maakte Jessica nog kwader.

'Waarom ga jij niet naar haar toe, als je het zo goed weet,' zei ze beledigd.

Pascal haalde zijn schouders op. Hij nam, zonder verder iets te zeggen, het touw van haar over en liep richting Faith. Hij liep op zijn gemak, slenterde eigenlijk vooral. Hij leek totaal niet op het paard te letten, maar Jessica zag dat hij bij de minste reactie van het paard even leek te aarzelen.

Op de een of andere manier bleef Faith interesse in hem houden. Af en toe draaide ze even weg, maar dan keek ze snel genoeg toch weer zijn kant uit.

Toen hij dicht bij haar stond, draaide hij zich om. Het paard leek even te aarzelen en strekte toen haar neus uit naar hem. Hij leek het niet eens te merken.

'Draai je nu om en maak haar vast,' siste Jessica onhoorbaar. Dit was toch het juiste moment om haar te pakken en aan het werk te kunnen gaan. Maar hij deed het niet. Hij liep zelfs weer weg, een paar passen en stopte toen weer. Het paard liep aarzelend een paar passen mee. Daarna stonden ze weer een tijd stil, zonder dat er iets gebeurde.

Op een bepaald moment verloor Faith haar interesse en liep ze weg. Pascal draaide zich om en liep weer haar kant uit. Zodra ze naar hem keek, stopte hij en draaide zich half om. Toen ze wegliep en hem nadrukkelijk negeerde, gooide hij het touw naar haar.

Met een ruk draaide ze zich om. Pascal ontspande en draaide zich van haar af.

Het was een soort spel dat hij met haar speelde, maar Jessica begreep weinig van de regels. Ze begreep niet precies waarom hij naar haar toe liep, bleef staan of juist weer wegliep. Ze begreep niet waarom hij soms opeens een vreemde beweging met het touw maakte en ze begreep nog minder waarom hij af en toe gewoon door de wei liep alsof hij iets was verloren. Iedere keer als ze een lijn dacht te ontdekken in datgene wat hij deed, reageerde hij opeens weer anders dan ze verwachtte. Op bepaalde momenten dacht ze dat er helemaal niets gebeurde en op andere momenten was ze ervan overtuigd dat er op de een of andere manier iets gebeurde tussen hem en het paard. Een soort communicatie, die ze nog niet kon vertalen.

Het duurde lang. De tijd verstreek en Jessica merkte dat ze onrustig werd.

En juist toen ze wilde voorstellen om ermee te stoppen, liep Faith naar hem toe.

Jessica keek verbaasd hoe hij haar aanraakte, zijn hand over haar nek liet glijden en een tijd lang zo bleef staan, met niets anders dan een lichte aanraking.

Ze had zelf in haar leven zoveel paarden aangeraakt, zoveel mensen gezien die paarden aanraakten, en toch was dit iets anders. Ze wist alleen niet waarom. En ze zou het niet kunnen uitleggen.

Opeens liep hij bij het paard weg. Het paard liep een klein stukje mee, maar stopte toen ze Jessica naderden.

'Je had het touw kunnen vastmaken,' merkte Jessica op toen hij weer bij haar stond.

'Waarom zou ik dat willen doen?'

'Om iets met haar te doen. Aan het werk te gaan. Ervoor zorgen dat ze je leert kennen en de verhoudingen vastleggen.'

'Daar heb je geen halstertouw voor nodig,' zei Pascal.

Jessica keek hem aan. Ze wist niet helemaal wat hij bedoelde, maar was niet van plan het te vragen.

'Dan zal ik het nu maar weer doen,' zei ze. Ze zag ertegen op. Ze was moe en in haar lichaam woedde een orkaan. Alsof alles vanbinnen op hol sloeg. Maar ze moest iets doen. Met de merrie werken. Vooruitgang boeken.

Pascal schudde echter zijn hoofd.

'Hoezo nee?'

'Het lijkt mij momenteel geen goed idee.'

'Waarom niet?'

'Omdat het je niet lukt om je te concentreren. Omdat je druk en gespannen bent en dat gevoel breng je over. Ik denk dat je dat wel weet.'

Jessica wist dat paarden gevoelig waren voor de gemoedstoestand van de mens. Ze wist dat paarden reageerden op angst en woede van de mens. Meestal op een manier waarop je niet wilde dat ze reageerden. Dus ja, ze wist het.

'Moet ik dan maar helemaal niets doen?' reageerde ze wat ongeduldig. 'Ik heb het druk en dat zal voorlopig wel zo blijven. Moet ik dan maar gewoon niets doen?'

'Natuurlijk niet.'

Jessica keek hem vragend aan.

'Kom zitten.' Hij wees naar de stoelen in de wei.

'Gaan we weer zitten kijken?' Jessica kon haar teleurstelling, ongeduld en misschien zelfs sarcasme niet onderdrukken.

'Nee. Ga zitten.'

Jessica ging zitten.

'Ontspan.'

'Ik ben ontspannen.'

'Je bent net zo ontspannen als een stijf bevroren haring.'

'Welnee.' Maar Jessica wist dat hij gelijk had.

'Begin met je voeten. Ontspan je voeten.'

'Maar...'

'Eerst je tenen, dan je voet, dan je enkels, je kuiten, bovenbenen...'

Jessica zuchtte diep en probeerde te doen wat Pascal vroeg. Het voelde ongemakkelijk en zinloos en ze vroeg zich af waarom ze hem in hemelsnaam om hulp had gevraagd, maar ze probeerde het toch maar.

'Leg je handen op je buik. Laat je buik uitzetten als je inademt en pers de adem vanuit de buik ook weer naar buiten. Zoek een punt in de verte om naar te kijken, terwijl je verder probeert te ontspannen. Buik, borst, schouders, armen. Ten slotte hals en nek, gezicht, kaak, tong...'

Jessica probeerde op haar ademhaling te letten. Ze vond het moeilijk. Het was alsof ze op deze manier niet genoeg adem kreeg en ze voelde de neiging om te hijgen.

Ze merkte ook dat ze haar tanden strak op elkaar geklemd hield, zodat het gewoon pijn deed in haar kaken. Ze probeerde het los te laten en naar de boomtoppen in de verte te kijken.

Ze moest nog rekeningen betalen vanavond. Op zoek gaan naar een dressuurpaard en praten met haar vader. Haar ondernemingsplan eindelijk afronden. En haar kaak ontspannen. Ze klemde alweer haar tanden op elkaar. En waarom ging de ademhaling zo moeizaam?

'Ontspan,' zei Pascal weer. 'Adem rustig in en uit, kijk naar de boomtoppen en voel de wind op je huid. Hoor de geluiden. De auto's in de verte, stemmen, blaffende honden, wind die door de takken glijdt...'

Jessica probeerde het te voelen. Ze voelde de wind, maar ze voelde het slechts een seconde. Daarna was ze weer afgeleid. Ze probeerde de geluiden om haar heen te horen, maar het lawaai diep in haar overstemde alles. Het was alsof ze gek werd.

En toen opeens raakte Pascal haar schouder aan.

'Voor nu is het genoeg. Probeer dat vanavond en morgen nog een paar keer te herhalen. Je moet leren om te ontspannen en je te concentreren. Want daar zit je probleem.'

'Dat ik niet bij Faith kan komen?'

'Onder andere.'

'Wat bedoel je?'

Pascal gaf geen antwoord.

Jessica liep met hem de wei uit.

'Morgen moet ik de tijd nemen om andere dingen te doen,' zei ze. 'Ik moet aan mijn ondernemingsplan werken en kijken of ik iets met een ander dressuurpaard kan beginnen of alles anders aanpak. Ik heb in huis nog wat werk liggen en in de stal...'

'Geef maar gewoon aan wanneer je weer iets wilt doen.'

'Kun jij niet met haar werken?' Jessica had niet eens over de vraag nagedacht. Het kwam opeens in haar op. Het zou zoveel gemakkelijker zijn als hij het paard zover kreeg dat het zich normaal gedroeg. Natuurlijk zou zij dan ook met haar moeten werken, maar als dat eerste wantrouwen maar eenmaal weg was.

'Natuurlijk kan ik dat,' zei Pascal. 'Ik begrijp alleen niet wat jij daar dan mee opschiet.'

'Als ze zich eenmaal minder agressief opstelt, is alvast de grootste hindernis overwonnen.'

'Voor mij. Niet voor jou.'

'Hoe bedoel je?'

'Laat maar weten wanneer het weer uitkomt.'

Hij draaide zich om en liep weg. Jessica keek hem na toen hij wegliep en vroeg zich af of ze hem niet voor een kop koffie had moeten uitnodigen. Maar meteen daarop besloot ze dat ze daarvoor geen tijd had. Door het hele gedoe met Lolita was ze ver achterop geraakt wat haar planning betrof en dat kon ze zich niet permitteren. Het was hoog tijd dat ze weer in haar normale ritme kwam.

## HOOFDSTUK 11

Terug op de boerderij ruimde ze het een en ander op en zette de computer aan om paarden te bekijken. Natuurlijk kon ze ook gewoon naar een aantal dressuurstallen gaan, eventueel met haar vader, maar ze keek liever eerst of er iets te koop was. Tot ongeveer tien uur bestudeerde ze het aanbod op internet. Het irriteerde haar dat ze daardoor alweer niet aan haar ondernemingsplan had gewerkt, maar een paard hoorde bij haar onderneming. Geen zichtbaar resultaat van je kunnen, geen bedrijf, had Johan eens gezegd. En Johan wist waar het om ging.

Ze dacht weer aan Johans bezoek de vorige avond en voelde zich ongemakkelijk. Meteen schoof ze die gedachten weer terzijde. Ze kon maar beter eerst haar vader bellen. Kijken of hij was geïnteresseerd in een investering in een dressuurpaard. Ze vroeg het hem niet graag, omdat haar dat toch weer in een afhankelijkheidspositie bracht, maar ze hield zichzelf voor dat ze iedere cent zou terugbetalen. En dat ze ervoor zou zorgen dat de investering dubbel en dwars waard bleek. Haar vader investeerde normaal gesproken niet in dressuurpaarden. Net zomin als in springpaarden. Maar ze wist dat hij het wellicht voor haar zou doen.

Ze twijfelde nog even voordat ze hem belde, maar ze vond uiteindelijk dat ze geen keuze had en toetste zijn nummer in.

Haar vader reageerde een beetje verbaasd toen hij haar stem hoorde. Jessica belde normaal gesproken nooit zo laat.

'Pap, je weet dat het niet goed is met Lolita.'

'Dat weet ik.'

'Dat betekent dat ik met haar niet meer op hoog niveau kan meedraaien.'

'Op geen enkel niveau, voor zover ik begrijp.'

'Nee. En je weet ook dat ik dat nodig heb om te tonen wat ik kan. Om mijn gezicht te laten zien in de wedstrijden.'

'Is dat nodig? Kun je niet bekendheid krijgen met het werk dat je verricht? Met het scholen van paarden en misschien een kleinschalige fokkerij? Als je zelf geen paard meer hebt om intensief te trainen, heb je meer tijd. Je hoeft dan niet meer ieder weekend weg.'

'Je weet hoe dat is, pap. Geen zichtbare resultaten, geen bedrijf, zoals Johan altijd zegt. Als ik niet mijn gezicht op concoursen in de hogere klassen laat zien, krijg ik niet de klanten waar ik mij op wil richten. Dan ben ik in feite niet meer dan iedere andere willekeurige africhtingsstal en dan is het moeilijk om er een goed inkomen mee te verwerven, zoals je zelf al zei.'

'Wat wil je dan?'

'Een dressuurpaard kopen.'

'Nu direct? Is dat niet een beetje overhaast? Je hebt net gehoord dat Lolita niet meer geschikt is als sportpaard. Zou je het niet een beetje tijd gunnen?'

'Ik wil voor mijzelf beginnen. Een bedrijf opbouwen. Dat kost veel geld en tijd en daar wil ik niet te lang mee wachten.'

'Het brandt nergens. Je hebt een baan.'

Nee, dat was waar. Het brandde nergens. Maar Jessica wilde haar bedrijf nú beginnen. Ze wilde niet wachten. Al kon ze niet uitleggen waarom dat zo belangrijk voor haar was.

'Dat klopt, maar als ik hier wil blijven wonen, moet er veel gebeuren en dat kan ik van die baan niet betalen. Bovendien wacht ik hier al zo lang op.'

'Ik ben bang dat je te hard loopt, Jes. Maar het is je eigen beslissing.'

'Ja, dat weet ik. Maar er is een probleem...'

Haar vader wachtte af.

'Ik heb een paar goede dressuurpaarden gezien, maar je weet dat ze geld kosten. En dat heb ik niet.'

'Omdat je Johan zijn gang liet gaan. Je had er meer uit kunnen halen.'

'Dat weet ik, maar dat wilde ik niet. Ik wilde gewoon een punt achter alles zetten, zonder ellenlange processen en een heleboel pijn en leed.'

'Je hebt het hem erg gemakkelijk gemaakt.'

'Dat weet ik niet. Het spijt hem dat het zo is gegaan.'

'Het spijt hem altijd. Om mee om te gaan is het een leuke kerel, maar hij heeft je genoeg ellende bezorgd.'

'Ja, dat weet ik. Daarom ga ik ook niet naar hem terug.'
'Heeft hij dat gevraagd?'
'Ja.'
Haar vader zuchtte diep, maar zei er verder niets over.
'Je wilt dus een nieuw paard kopen?'
'Ja, maar ik heb er het geld niet voor. Althans... nog niet. Ik weet dat jij normaal gesproken niet in dressuurpaarden investeert, maar ik wil je eigenlijk vragen of je niet voor één keer daarover wilt nadenken. Als ik het paard in ZZ uitbreng en goede punten haal, kan ik het wellicht verkopen voor de Grand Prix, als het die potentie heeft, of ik kan het gebruiken voor de fok, mits de afstamming goed is. Omdat het dan in feite jouw paard is, neem jij de beslissingen daarover en is de opbrengst ook voor jou. De hele opbrengst. Onkosten zijn dan voor mijn rekening omdat zo'n paard mij kan helpen bij de opzet van het bedrijf.'
'Je wilt dus eigenlijk dat ik een paard voor je koop?'
'Niet dat je het voor mij koopt, maar dat je het koopt als investering. Zoals je dat ook met dravers doet.'
'Bij drafwedstrijden leveren prijzen heel wat meer geld op.'
'Dat weet ik. Maar een goed dressuurpaard brengt ook wat op als het voldoende talent heeft of geschikt is voor de fok.'
'Daarover heb ik mijn eigen mening, maar goed...'
'Als je het liever niet doet...'
'Als ik het doe, doe ik het voor jou. Al vind ik het niet zo'n goed idee.'
'Pap...'
'Wat doe je trouwens met Lolita?'
'Misschien voor de fok...' Jessica was zich bewust van de aarzeling in haar stem.
'Aanleg voor hoefkatrolontsteking is erfelijk.'
'Daar bestaat nog geen waterdicht bewijs voor.'
'Nee, maar het is bekend dat het vaak in een lijn voorkomt. Hengsten worden niet voor niets daarop gekeurd en het zit erin dat ze dezelfde eisen aan merries gaan stellen.'
'Dat weet ik.'
'Als je een goede naam wilt verwerven, kun je daarin dus geen risico nemen.'

'Nee.'

'Daarnaast betekent drachtigheid extra belasting van de gewrichten. Je kunt je afvragen of je dat wilt.'

Jessica zweeg.

'Je zult je dus moeten afvragen wat je met haar wilt doen. Rijden kan niet. Als recreatiepaard is ze misschien nog geschikt, afhankelijk van de ontwikkelingen, maar jij wilt geen recreatiepaard en je kunt haar niet als zodanig verkopen, want ze is niet voor iedereen geschikt.'

'Weet ik,' mompelde Jessica. Natuurlijk was het bij haar opgekomen dat haar aanvankelijke plan om met Lolita te fokken geen optie was. Maar ze had er niet over willen nadenken. Misschien niet omdat de enige andere optie de slacht was.

Johan had daar nooit een punt van gemaakt. 'Het paard weet niet beter,' had hij altijd gezegd.

Niet omdat hij een slecht mens was, maar omdat hij geen paarden in zijn stal kon hebben waar hij niets mee kon doen en omdat hij de betreffende paarden niet kon verkopen als recreatiepaarden. Veel van de paarden die hij in zijn stalling had staan, waren daar eenvoudigweg niet geschikt voor. 'Bovendien ga ik niet het risico nemen dat ze in de handel terechtkomen,' zei hij dan altijd erbij. 'Zeker dit soort paarden loopt dat risico. Ze zijn vaak niet geschikt voor de willekeurige recreatieruiter en worden al snel een soort wisselbeker, die van de ene naar de andere eigenaar gaat. Dat is nooit in het belang van het paard.'

Jessica had dit soort beslissingen altijd afschuwelijk gevonden, maar ook begrepen dat er soms geen andere mogelijkheden waren. En dat Johan zeker een punt had met zijn stelling.

En nu stond ze voor dezelfde keuze, maar dan niet met een van de paarden in de stalling, maar met haar eigen paard, dat haar zo ver had gebracht.

Haar vader doorbrak haar gedachtegang.

'Ik ga dit weekend wel met je mee. We gaan wat paarden bekijken en je probeert ze maar uit. Maar daarna wil ik eerst dat je goed nadenkt voordat je een beslissing neemt.'

'Natuurlijk denk ik er goed over na,' reageerde Jessica wat beledigd, maar ook opgelucht.

'Goed. Zaterdagmorgen ben ik om acht uur bij je.'

'Dankjewel, paps. Ik zal de gegevens van geschikte paarden doorsturen...'

'Hoeft niet. Kijk maar welke paarden je wilt zien en maak de afspraken maar. Ik hoor het wel als ik er ben.'

'Ik zal ervoor zorgen dat je er geen spijt van krijgt.'

'We zullen zien.'

Jessica nam afscheid van haar vader en verbrak de verbinding. Ze had nu heel blij moeten zijn. Moeten juichen. Maar op de een of andere manier bleef die volkomen opluchting en blijdschap uit. Er was eerder sprake van zorgelijkheid. Haar vader vond dat ze te hard van stapel liep. En ergens diep binnenin was ze bang dat hij gelijk had. Maar ze wilde er niet bij stilstaan. Ze wilde verder, haar plannen uitvoeren. Vooral niet meer nadenken.

Ze liep driftig naar het bureau, pakte de papieren met notities voor het ondernemingsplan, staarde een paar tellen naar de cijfers die voor haar ogen leken te bewegen en legde het weer terug.

Ze voelde zich niet erg prettig. Haar hart klopte weer veel te snel en ze had het wat benauwd, alsof ze niet genoeg zuurstof binnenkreeg. Het vervelende drukkende gevoel op haar borst was ook terug en ze was een beetje licht in haar hoofd en duizelig. Misschien was het de vermoeidheid. Misschien kon ze beter naar bed gaan.

Ze merkte dat ze ook misselijk werd. Ze controleerde of haar vijf pleegkindjes voldoende voer en water hadden en liep naar de badkamer om zich te wassen en haar tanden te poetsen.

Ze keek naar haar spiegelbeeld en meende te zien dat ze was afgevallen. Haar ogen leken vermoeid en er ontstonden donkere schaduwen onder haar ogen. Ze zag er niet goed uit, wist ze. Misschien, als ze eens goed zou slapen...

Misschien had ze ook iets onder de leden, bedacht ze zich. Een griepje of een verkoudheid. Of misschien Pfeiffer. Of iets anders. Haar borst voelde verkrampt aan. Misschien was het haar hart.

Ze schudde heftig haar hoofd. Ze haalde zich weer dingen in haar hoofd. Het was niet de eerste keer dat ze dat deed. Vooral de laatste maanden met Johan had ze veel lichamelijke klachten gehad en dat vaak geweten aan ernstige ziektes. Ze had zelfs dagen doorgebracht achter de computer met het opzoeken van de symptomen die ze voelde en het bekijken van de bijbehorende ziektes. Het waren natuurlijk altijd ernstige ziektes geweest en de symptomen waarvan ze zich voor die wetenschap nog niet bewust was geweest, hadden zich steevast daarna geopenbaard.

Ze was vaak naar de dokter geweest in die tijd. En die had iedere keer weer opnieuw geconstateerd dat er geen sprake was van een ziekte. Hij had zelfs een paar keer voorzichtig geopperd dat de situatie thuis wellicht te veel voor haar werd en haar problemen daarmee geweten aan stress. Het had haar kwaad gemaakt, maar ze had achteraf ook vaak begrepen dat hij gelijk had gehad.

Maar nu voelde het echt alsof er iets niet goed was. En werden hartproblemen vaak niet veroorzaakt door stress?

De duizeligheid nam toe en Jessica ging gejaagd verder met het poetsen van haar tanden, zodat ze naar bed kon.

Toen ze eenmaal in bed lag, merkte ze dat haar spieren weer verkrampt waren. Alles deed pijn. Haar lichaam trilde en ze had moeite met haar ademhaling. Alsof ze iedere teug zuurstof bewust naar binnen moest halen omdat het vanzelf niet meer lukte. Haar hoofd leek te zweven en ze voelde een lichte tinteling in vingertoppen en tenen.

Misschien was er iets fout in de bloedcirculatie.

*Onzin. Ik haal weer van alles in mijn hoofd.*

*Maar als ik nu doodga... zou iemand mij dan vinden? Of zou ik hier dagen liggen?*

*Nee, nooit dagen. Papa komt zaterdag. Hij zou mij vinden.*

*Jee, Jes, doe normaal.*

Jessica kneep haar ogen dicht en probeerde te slapen. Haar hart klopte sneller en sneller, alsof het uit haar borstkas wilde springen. Haar ademhaling werd hijgend en haar hoofd begon te bonken en pijn te doen. Ze probeerde hardnekkig te blijven liggen, maar merkte dat ze in paniek raakte. Ze betrapte zichzelf op de gedachte dat er iets mis ging met haar hart of hoofd. Of misschien wel allebei. Dat het elk moment afgelopen kon zijn.

Maar ze wilde niet dat het afgelopen was.

Toen ze het niet meer uithield, stond ze op en liep in haar pyjama de kamer in. Buiten was het donker en een takje tikte ritmisch tegen het raam. Het bezorgde haar de rillingen.

Ze liep naar de keuken en maakte melk warm. Haar handen trilden onophoudelijk en ze had het opeens zo koud. Haar hoofd leek zoveel spanning op te bouwen dat het elk moment uit elkaar kon klappen, en haar hart had een recordtempo bereikt. In haar lichaam woedde een storm, die op geen enkele manier meer te remmen was.

Ze raakte in paniek. Verder en verder.

De straat op, dacht ze. Ik moet de straat op. Als ik dan neerstort, zien ze mij. Dan kunnen ze mij naar het ziekenhuis brengen.

Het was een absurde gedachte en dat wist ze. Maar ze kon het niet helpen. Ze moest weg. Naar een plek waar mensen haar konden vinden. Of ze moest iemand bellen.

Ze pakte de telefoon op en wilde het nummer van haar ouders intoetsen. Maar haar hand trilde en na een paar tellen legde ze de telefoon weer aan de kant.

*Je haalt je dingen in je hoofd. Er is niets aan de hand. Probeer te ontspannen. Rustig te worden.*

*Er is niets aan de hand.*

Jessica ging op een stoel zitten en probeerde de oefening te herhalen die Pascal haar had gegeven. Maar het lukte niet eens om haar tenen te ontspannen. Het was alsof ze elk moment kon ontploffen. Ze kwam weer overeind en liep door de kamer.

*Ik ga dood, ik ga dood.*

*Doe niet zo idioot. Je gaat niet dood. Je bent in paniek.*

*Geen paniek. Er is te veel pijn. Mijn hoofd. Er is zoveel druk in mijn hoofd.*

*Een hersenbloeding. Misschien een hersenbloeding.*

*Of iets met het hart.*

*Als niemand mij vindt...*

Jessica liep rond in een hoog tempo. Ze had het benauwd. Ze kon nauwelijks voldoende lucht binnenkrijgen.

*Koolmonoxide. Ik gebruik de haard elke avond. Maar hij is nooit gecontroleerd.*

*Er komt koolmonoxide vrij. Daarom voelt mijn hoofd zo ake-lig aan.*

*Ik val flauw.*

Jessica bedacht zich geen seconde meer en liep naar buiten, in haar pyjama. Buiten bleef ze een paar tellen staan. Het was koud en het waaide een beetje. Ze rilde. Haar hart ging nog steeds enorm tekeer en de spanning in haar hoofd verdween niet. Ze had het nog steeds benauwd, ondanks het feit dat ze buiten stond.

*Ik ga dood.*

*Ik ga dood.*

*Ik ga dood.*

Jessica keek naar de kleine boerderij van haar buurman. Er brandde nog licht. Zonder het echt te willen, liep ze die kant uit.

Hij verklaart mij voor gek, dacht ze. Tenzij ze natuurlijk bij hem op de stoep ineen zou zakken. Dan zou hij begrijpen dat ze om hulp kwam vragen. Dan zou hij de ambulance kunnen bellen. Ervoor kunnen zorgen dat ze overleefde.

Ergens vaag in haar achterhoofd wist Jessica maar al te goed dat haar gedachtegang niet meer redelijk was. Dat haar fanta-sie een eigen leven was gaan leiden. Maar ze kon het niet regu-leren. De angst was te groot en ze kreeg werkelijk geen lucht meer.

Ze aarzelde dan ook slechts enkele seconden toen ze bij Pascal op de stoep stond. Haar benen trilden en leken te bezwijken.

Jessica belde aan.

Het duurde een paar tellen voordat de deur openging, en in die paar tellen slaagde Jessica erin om zichzelf met verwijten te overladen omdat ze op een dergelijk tijdstip aanbelde bij een man die ze nog niet eens zo goed kende.

Ze overwoog net om te maken dat ze wegkwam, toen de deur openging en Pascal haar verbaasd aankeek.

'Ik... ik... sorry dat ik je lastigval. Het gaat niet goed met me. Maar daar kun jij niets aan doen. En het is al laat...'

Pascal bekeek haar met een vragende uitdrukking op zijn gezicht. Jessica realiseerde zich dat ze haar pyjama aanhad.

'Ik lag in bed en werd niet goed...'

Pascal gaf haar niet de kans om verder te praten. Hij opende de deur verder voor haar, zoals hij dat ook de keer had gedaan toen ze kletsnat en ten einde raad voor zijn deur had gestaan toen de paarden waren losgebroken. 'Kom binnen. Het is te koud om in de deuropening in je pyjama te blijven staan.'

Jessica liep naar binnen. Haar hele lijf trilde en ze voelde zich ellendig. Ze had moeite met haar ademhaling en ze was duizelig.

'Ik voel me niet goed. Ik raakte in paniek...' Ze keek Pascal angstig aan.

'Kom.'

Hij begeleidde haar naar de woonkamer en liet haar plaatsnemen op de bank.

'Wat is er aan de hand?'

'Weet ik niet. Ik heb het zo benauwd en ik krijg geen adem. En mijn hart gaat tekeer en mijn hoofd... mijn hoofd lijkt helemaal vol met lucht of bloed of zo.'

Pascal pakte haar ijskoude handen vast en manoeuvreerde ze als een kommetje op haar eigen mond. 'Probeer rustig adem te halen,' zei hij.'Houd je handen goed dicht en adem rustig in en uit. Je hyperventileert.'

'Ik wat?'

'Rustig ademhalen.'

Jessica deed wat hij van haar vroeg. Haar ademhaling kwam iets meer onder controle en dat akelige lichte gevoel in haar hoofd vloeide een beetje af. Maar ze hield hoofdpijn en haar hart klopte nog steeds te snel. Ze rilde.

Pascal pakte de deken die over de armleuning van de bank lag, vouwde hem open en legde hem over haar schouders. De haard brandde nog een beetje, maar hij gooide er een paar extra houtblokken op, zodat de vlammen weer oplaaiden en warmte verspreidden.

Jessica kroop verder weg in de deken en staarde naar de vlammen. Als ze omviel, kon hij tenminste het ziekenhuis bellen, schoot het door haar heen.

Maar hij had gezegd dat ze hyperventileerde.

Jessica wist wat hyperventilatie was. Ze had een soortgelijke reactie wel eerder meegemaakt, maar niet zo heftig als deze keer. Niet zo beangstigend als deze keer.

Ze schaamde zich, hoewel ze zich nog steeds niet goed voelde en nog steeds ervan overtuigd was dat er meer mis was.

'Blijf hier rustig zitten. Ik maak thee.'

Pascal wachtte niet op een reactie, maar stond op om thee te zetten.

Jessica bleef zitten en keek naar de vlammen. Het rillen werd iets minder en haar ademhaling rustiger. Maar de beklemming in haar borst was nog niet verdwenen en haar hart had zijn rust ook nog niet helemaal gevonden.

Ze hoorde Pascal in de keuken rommelen. Het was prettig om iemand in de keuken te horen rommelen. Om niet alleen te zijn. Slechts enkele minuten later kwam Pascal terug met de thee. Het was niet de thee die Jessica was gewend. Hij rook anders en had zelfs een wat andere kleur.

'Kruidenthee,' maakte Pascal duidelijk, nog voordat ze ernaar kon vragen. 'Rustgevend.'

Jessica knikte alleen maar en nam de mok van hem aan. Ze trok haar benen onder zich en warmde haar handen aan de mok.

De deken en de vlammen deden hun werk. De kou verdween uit haar lichaam en daarmee voelde ze zich alweer een stukje beter. Nog niet goed, maar een klein stukje beter.

'Het spijt me dat ik je op dit uur lastigval,' zei ze verontschuldigend. 'Ik voelde mij opeens zo ellendig en ik had die pijn in mijn borst en in mijn hoofd... Het is nog niet helemaal verdwenen, maar ik geloof dat ik in paniek raakte.'

'Het hoeft je niet te spijten. Ik was nog op en op zo'n moment kun je beter niet alleen zijn.'

'Ik voelde mij echt ellendig. Ik was bang,' bekende Jessica met een klein stemmetje.

'Paniek,' zei Pascal.

Jessica keek hem vragend aan.

'Je raakte in paniek.'

'Misschien is er echt iets mis met me. Mijn borst doet pijn en ik heb het benauwd.'

'Maar het gaat nu beter, nietwaar?'

'Ja. Ja, dat wel.'

'Daarom denk ik dat het paniek was. Hyperventilatie. Paniekaanval, misschien.'

'Ik hoor niet tot de mensen die hyperventilatie of paniekaanvallen krijgen,' mompelde Jessica.

'Iedereen hoort tot de mensen die hyperventilatie of paniekaanvallen kunnen krijgen.'

Jessica nam voorzichtig een slokje thee. Het smaakte een beetje raar, maar kruidenthee smaakte in haar opinie altijd raar. Ze kreeg het ook weleens bij Sophie. Andere kruidenthee, maar toch kruidenthee.

Misschien had Pascal gelijk. Misschien was er werkelijk niets mis met haar, maar had ze gewoon weer zo'n paniekreactie gehad. Ze was er al zo vaak van overtuigd geweest dat ze een of andere afschuwelijke ziekte had en ze had er nog nooit gelijk in gehad. Dit keer was het erger geweest dan alle voorgaande keren. Dit keer had ze het gevoel gehad alle controle te verliezen en dat was beangstigend geweest. Nou ja, het was niet alleen een gevoel van controleverlies geweest. Het was werkelijk controleverlies geweest, anders had ze niet om elf uur 's avonds in pyjama bij de buurman aangebeld. Nu ze daarover nadacht schaamde ze zich diep.

'Je dacht vast dat ik gek geworden was,' zei ze schuchter tegen Pascal. Ze durfde hem nauwelijks aan te kijken. 'Zoals ik hier voor de deur stond op dit tijdstip in pyjama. Of dat er iets heel ernstigs aan de hand was. Brand of zo.'

'Ik dacht eigenlijk niet echt iets. Ik was een beetje verbaasd, maar ik dacht niet echt iets.'

'Ik schaam me. Je hebt waarschijnlijk gelijk. Er is niets aan de hand. Ik raakte gewoon in paniek toen ik last kreeg van mijn borst en hoofd.'

'Je hoeft je niet te schamen.'

'Maar ik val je op een onmogelijk tijdstip lastig. Net als de vorige keer. Nou ja, dat was dan misschien geen onmogelijk tijdstip, maar toen viel ik je lastig terwijl je mij nauwelijks kende. En ik jou.'

'Het wordt een gewoonte,' zei Pascal met een klein lachje.

'Ik schaam me rot.'

'Dat hoeft niet. Ik heb er geen problemen mee om drijfnatte

dames of dames in pyjama op te vangen.'
'Ik schaam me evengoed rot. Ik lijk wel hysterisch.'
'Tja...'
Jessica wierp hem een vertwijfelde blik toe. Hij begon te lachen.
'Je houdt mij voor de gek.'
'Een klein beetje. Dat mag toch wel?' Hij keek haar onderzoekend aan, met een klein lachje op zijn lippen.
'Nee,' zei Jessica. Maar ze voelde zich alweer beter. De pijn in haar borst trok nu ook weg. Ze had het lekker warm en was enigszins ontspannen. Voor zover dat voor haar mogelijk was. Haar hoofd voelde nog een beetje raar aan.
'Ik had geluk dat je nog op was,' zei ze. 'Ik weet niet wat ik had gedaan als ik nergens naartoe had kunnen gaan. Ik had natuurlijk mijn familie kunnen bellen, maar die wonen anderhalf uur rijden hiervandaan. Ik had zelfs Johan kunnen bellen, maar dan zou hij meteen bij me willen blijven. De hele nacht.'
'Johan is toch je ex?'
'Ja.'
'Dan kun je beter hierheen komen. Ik woon dichtbij en ik ben geen ex.'
'Nee. Je bent mijn buurman en je zult weten dat je mij als buur hebt.' Jessica probeerde wat luchtiger te klinken. Het lukte niet helemaal. Ze had het gevoel dat ze een toneelstuk opvoerde.
Het ging werkelijk beter met haar, maar ze kon niet beweren dat het geweldig ging. Dat ze zich echt goed voelde.
Ze nam nog een paar slokken thee en keek naar de vlammen. Ze hadden een hypnotiserende werking, vond ze. De grillige bewegingen en de warme kleuren nodigden uit om ernaar te kijken en je erin te verliezen.
Daarbij keek ze Pascal liever niet aan. Deels omdat ze zich schaamde. En deels omdat hij haar verwarde op een manier waarop ze niet verward wilde zijn.
'Raar,' mompelde ze. 'Raar dat ik zo gemakkelijk in paniek raak. Door iets wat ik voel of denk te voelen. Dat het zomaar opeens gebeurt...'
'Ik weet niet of het zomaar opeens gebeurt,' zei Pascal. Hij speelde met de mok in zijn hand.

Jessica richtte haar blik nu wel naar hem.

'Hoe bedoel je?'

'Als ik het eerlijk mag zeggen, had ik zoiets eigenlijk wel verwacht.'

'Waarom? Zie ik er zo hysterisch uit?'

'Nee. Niet hysterisch. Maar wel als iemand die al heel erg lang veel te veel last op haar nek heeft.'

'Dat valt eigenlijk wel mee. Goed. Ik ben gescheiden, maar alles verliep netjes en zonder onnodige ruzies. Ik kon alleen niet meteen een woning vinden en bleef daarom zo lang bij mijn ex. Geen ideale situatie, maar mijn ex is geen boeman. Niet iemand die ruziemaakt of zelfs gewelddadig wordt. En nu heb ik dus een eigen woning. En daarin is veel werk. Temeer omdat ik een bedrijf wil opzetten.'

'En je paard blijkt kreupel.'

'Ja. Dat is natuurlijk ellendig. Maar ik ga zaterdag met mijn vader naar andere paarden kijken. Ik vind wel iets waarmee ik verder kan gaan en waarmee ik mijn aanvankelijke plannen kan verwezenlijken.'

'Dus je rent gewoon lekker door?'

Jessica keek hem aan. 'Wat bedoel je?'

'Dat je veel te hard rent. Ik ken je nauwelijks, Jessica, maar ik weet dat je doorlopend haast hebt. Je hebt al die plannen die je wilt uitvoeren, liefst gisteren, en je gunt jezelf geen tijd. Nergens voor.'

'Als ik iets op wil zetten, kan ik daar niet te lang mee wachten. Of misschien wil ik dat ook gewoon niet,' zei Jessica. Ze merkte dat ze weer sneller ging ademhalen en nam haastig een slok thee.

'Waarom niet?' wilde Pascal weten.

'Waarom niet? Omdat… omdat ik niet altijd voor een baas wil blijven werken. Omdat ik iets wil opbouwen en dat kost nu eenmaal tijd. En omdat ik nu eenmaal al een heel eind in de dressuur ben gekomen en geen zin heb om opnieuw te beginnen. Omdat ik nu eenmaal mijn gezicht moet laten zien in ZZ om straks klanten te krijgen en niet een van die africhtingsstallen te worden zoals er twaalf in een dozijn gaan en waarmee je nauwelijks iets kunt verdienen.'

'Waarom wil je een eigen bedrijf beginnen?'

'Omdat ik dat graag wil. Omdat ik weet dat ik het kan en omdat ik dat graag doe.'

Pascal knikte.

'Ten koste van alles?' vroeg hij toen.

Jessica keek hem verbaasd aan. 'Wat bedoel je?'

'Ten koste van je gezondheid?'

'Er is niets mis met mijn gezondheid. Je noemde het zelf. Het is paniek.'

'Geeft dat dan niet aan dat er iets niet goed is?'

'Het geeft aan dat ik snel in paniek raak. Dat ik daar misschien iets mee moet doen.'

'Het geeft aan dat je de controle verliest. Controle die je zo krampachtig probeert vast te houden.' Hij nam een slok thee en keek haar aan. 'Je drukt jezelf ver over je eigen grenzen, Jessica. Ik ken je nog niet zo goed, zoals ik al zei, en ik ben geen psycholoog. Maar dat zie ik zelfs.'

Jessica gaf geen antwoord. Ze wist dat hij gelijk had. Ze vond alleen dat ze zich niet moest aanstellen. Natuurlijk had ze op het moment veel hooi op haar vork, maar het was gewoon een kwestie van stevig aanpakken.

'Hoe was je huwelijk?' vroeg Pascal toen.

Ze keek hem verbaasd aan. Een beetje wantrouwend, misschien.

'Goed.'

'Ben je daarom gescheiden?'

'Hij had een ander.'

'Een relatie?'

'Ja. Nee. Nee, geen echte relatie. Een slippertje meer. Ze versierde hem met succes. Sommige vrouwen...'

'Was het niet de eerste keer?'

'Nee. Maar de keren daarvoor hadden we het uitgepraat. Ik dacht dat het over zou gaan. Maar nu...' Ze rolde de mok tussen haar handen en keek weer naar de vlammen.

'Hij ging dus vreemd, meerdere keren.'

'Ja.'

'En daarom zijn jullie gescheiden?'

'Ja.'

'Netjes gescheiden, zoals je beweert. Zonder ruzies en toestanden.'

'Ja. Ik wilde dat allemaal niet. Ik had er geen zin in. Papa vond dat ik een advocaat moest inschakelen om er meer uit te halen, maar dat zag ik niet zitten. Ik begreep ook niet goed dat papa daar steeds over begon, terwijl hij goed met Johan overweg kon.'

'Misschien kon hij goed met Johan overweg, maar jij bent zijn dochter. Natuurlijk wilde hij graag dat je er op z'n minst redelijk uitkwam.'

'Ik had geen zin in die ruzies.'

'Ik begrijp het.'

'Het heeft zo weinig zin, die ruzies.'

'Dat weet ik niet. Misschien had je je stukken beter gevoeld als je flink ruzie had gemaakt. Met dingen had gesmeten en zo. En voor je rechten was opgekomen.'

'Dat kon ik niet maken.'

'Waarom niet?'

'Johan is niet echt een verkeerde jongen...'

'Misschien ben je te aardig.' Hij glimlachte.

'Misschien is een watje een betere benaming,' antwoordde Jessica.

'Misschien wel.'

'Waarom wilde je dat weten? Van het huwelijk en zo.'

'Omdat het duidelijk maakt dat je toen al in een moeilijke situatie zat. Het lijkt mij tenminste bepaald niet gemakkelijk als je partner vreemdgaat.'

'Nee, dat is het niet,' gaf Jessica toe.

'En dat je daarna evengoed nog maanden onder één dak woonde met je ex. Wat ook al niet makkelijk geweest kan zijn.'

'Nee. Ook dat niet.'

'Waarna je je intrek nam in een oude boerderij, geconfronteerd werd met een nieuw probleem in de vorm van Faith en het letsel van je paard en evengoed maar door wilt stomen.'

'Wat moet ik dan doen?'

'De tijd nemen. Je hebt jezelf geen seconde de tijd gegeven om eens rust te nemen. Om de scherven bij elkaar te rapen, om het zo maar eens te zeggen. Je rent en rent maar. Misschien ren je

160

wel weg voor jezelf, wie weet. Maar je kunt niet altijd blijven rennen.'

'Ik kan geen tijd nemen. Ik moet zorgen dat ik die zaak op poten krijg, geld verdien...'

'Je verdient geld met je baan.'

'Niet genoeg. De boerderij en de stallen moeten gerenoveerd worden, de weides opgeknapt, een rijbak moet worden aangelegd... Daarbij wil ik niet altijd een negen-tot-vijfbaan hebben. Ik wil mijn eigen bedrijf opzetten en tot een succes maken.'

'Een aardig streven, maar je weet toch dat je verschrikkelijk sterk in je schoenen moet staan om dat klaar te spelen?'

'Wil je daarmee zeggen dat ik niet sterk genoeg in mijn schoenen sta?' vroeg Jessica. Ze was zich ervan bewust dat weer die kribbige toon in haar stem kwam. Ze wilde het niet, maar het gebeurde vanzelf.

'Op dit moment niet,' zei Pascal. 'Niemand zou sterk genoeg in de schoenen staan op een dergelijk moment.'

Jessica staarde hem aan. 'Het is gewoon een kwestie van aanpakken,' mompelde ze.

Maar Pascal schudde zijn hoofd.

'Het is een kwestie van tijd nemen, rust nemen, alles op een rij zetten en dan, als je weer op krachten bent gekomen, voor jezelf uitmaken wat je precies wilt en hoe je het wilt gaan doen.'

'Ik kan niet wachten. Ik moet alles op orde brengen...'

'Is dat zo? Zijn je kansen op een eigen bedrijf werkelijk verkeken als je de tijd neemt om tot rust te komen en dan je weg uit te stippelen? Uiteindelijk lopen al dingen anders dan verwacht. Zoals de kreupelheid van je paard.'

'Papa vroeg wat ik met haar wilde doen.'

'Wat wil je met haar doen?'

Jessica trok haar schouders op. 'Misschien moet ik haar laten inslapen. Ze loopt echt kreupel.'

'Misschien wel. Hoewel je niet weet of ze zo kreupel blijft lopen.'

'Ze heeft een drie aan allebei de voorbenen.'

'Dat zegt niet altijd alles.'

'Nee, dat weet ik. Maar kun je een paard aanhouden waar je niets aan hebt?'

'Stel je die vraag nu aan mij?'

'Nee. Niet echt.'

'Wat wil je zelf?'

'Weet ik niet.'

'Dan neem je toch nog geen beslissing.'

'Maar als ik zaterdag naar een ander paard ga kijken en tot de koop overga – of mijn vader tot de koop overgaat, beter gezegd – heb ik er drie lopen, waarvan er maar eentje bruikbaar is. Dat is niet bepaald een rendabel begin.'

'Dan kijk je nog niet voor een paard. Paarden zijn altijd te koop. Volgende week, volgende maand, volgend jaar, en nog lang daarna.'

'Maar ik moet weer uitkomen op concours. Mijn gezicht daar laten zien.'

'En als het niet meteen goed blijkt te klikken met het nieuwe paard? Als het niet gaat zoals verwacht?'

'Ik moet zorgen dat ik een goed paard krijg. Dan komt het vanzelf goed.'

'Niet altijd.'

'Wat moet ik dan?' Ze verhoogde haar stem.

'Zoals ik al zei: wachten. Rust nemen, alles verwerken en op een rij zetten. En pas dan kijken hoe je verdergaat.'

'Dat kan ik niet,' mompelde Jessica. Ze dronk haar thee. Ze had het nu warm en haar ademhaling was een stuk rustiger. Maar ze voelde zich nog steeds niet geweldig.

Ze keek naar Pascal. Naar zijn bezorgde uitdrukking. Of dacht ze alleen dat hij bezorgd was?

Ze wist het niet en wilde er niet echt over nadenken.

'Ik moet maar eens gaan,' zei ze.

Pascal knikte. Hij probeerde haar niet tegen te houden, protesteerde niet. Hij knikte alleen maar en begeleidde haar naar de deur.

'Bedankt,' zei ze.

'Denk na over de dingen die ik heb gezegd. Doe het voor jezelf.'

Ze knikte en liep weg. Het was koud buiten en ze rilde weer. Ze wist dat ze niet kon doen wat Pascal had gevraagd. Ze kon geen tijd nemen. Ze kon niet alles opschuiven en tijd nemen. Ze kón het gewoon niet.

Ze ging haar eigen woning binnen en kroop meteen in bed. Maar het duurde lang voordat ze eindelijk in slaap viel.

# HOOFDSTUK 12

Jessica zat aan haar bureau bij Drafbaanbeheer en handelde een van de vele facturen af. Haar ogen waren op het scherm gericht, maar de letters leken te bewegen. Ze kneep een paar keer met haar ogen, maar het hielp niet echt.

Ze merkte dat haar ademhaling weer sneller werd en dat haar hart zijn tempo opvoerde. Een licht gevoel in haar hoofd en de tinteling in vingers en tenen maakten duidelijk dat het niet goed ging. Ze voelde dat ze zenuwachtig werd. Bang. Bang dat er iets fout ging in haar hoofd. Ze probeerde zichzelf voor te houden dat er niets mis was met haar. Dat ze gewoon weer voor niets in paniek dreigde te raken. Maar het hielp niet. Haar angst werd te groot. Angst voor het kapotspringen van een ader in haar hoofd. Angst voor een hartaanval. Angst om in te storten en angst om gek te worden.

Met trillende handen vormde ze een kommetje voor haar mond en ademde in en uit, zoals Pascal haar dat had gewezen. Het hielp een beetje tegen de benauwdheid, maar het nam haar angst niet helemaal weg. Ze trilde over haar hele lijf en opeens begon ze te huilen, zonder dat ze daar een regelrechte oorzaak voor had. Het kwam gewoon over haar heen: angst, tranen, en het gevoel van totaal verlies van controle.

Ze werd er misselijk van. En zo goed had ze zich die dag toch al niet gevoeld.

Een collega van haar kwam haar kantoor binnen.

'Jessica, heb jij die factuur van Hens...' Ze onderbrak zichzelf en keek naar Jessica.

'Wat is er met je aan de hand?'

'Ik voel mij niet goed.'

'Je ziet er ook beroerd uit. Dat vond ik vanmorgen al toen je binnenkwam, maar nu helemaal. Ga maar naar huis. Ik geef het hier wel door.'

'Maar die facturen moeten nog worden verwerkt en ik was aan dat activiteitenschema begonnen...'

'Dat komt wel. Ga nu maar naar huis.'

Jessica knikte, stond op en liep naar buiten. Het was fris, er stond vrij veel wind en het regende een beetje. Maar het deed haar goed om de frisse lucht in te ademen.

Een tijdlang bleef ze zo voor het kantoorgebouw staan. Ze trilde nog steeds en was ook nog steeds misselijk, maar haar ademhaling was weer wat onder controle. Ze was nog steeds bang, maar ze bleef zichzelf voorhouden dat er niets aan de hand was.

Ze liep naar haar auto, stapte in en reed in een langzaam tempo naar Olme. Ze was verward en misschien ook kwaad op zichzelf. Ze kon dit nu niet gebruiken. Ze kon niet ziek worden. Er was zoveel wat ze moest doen.

Haar handen klemden het stuur vast, terwijl ze naar haar boerderij reed.

Ze probeerde zich flink te houden toen ze later op haar eigen erf uitstapte. Ze zwaaide naar een oude man die in overall op zijn fiets voorbijkwam en ze probeerde haar rug recht te houden en haar kin omhoog, zoals ze dat altijd al had gedaan.

Ze probeerde het rillen te onderdrukken, omdat het totaal niet in verhouding stond met de misschien wat koele temperatuur die er heerste. Het was waarschijnlijk ergens rond de zestien graden, maar ze had het gevoel dat het min zestien graden was.

Ze liep haastig haar boerderij binnen, begroette gejaagd de vrolijke kittens en ging meteen naar de woonkamer om de haard aan te maken.

Misschien had ze wel gewoon een griep onder de leden.

De haard brandde echter al en de schilders zaten bij het knapperend vuurtje koffie te drinken en een stuk cake naar binnen te werken.

'Nu al thuis van het werk?' informeerde Leo geïnteresseerd.

Jessica glimlachte. Ze had helemaal niet meer aan de schilders gedacht. Aan de ene kant wilde ze alleen zijn, maar aan de andere kant was het een geruststellende gedachte dat er iemand was die het zou zien als ze werkelijk in zou storten.

'Ik voelde mij niet lekker,' bekende ze.

'Dat is aan je te zien,' zei Leo. Leo had het formele 'u' al laten varen. Hij voelde zich blijkbaar echt goed thuis bij haar.

'Je ziet er beroerd uit. Je werkt ook veel te hard. Altijd rond aan het rennen; altijd haast. Dat is niet goed. Af en toe moet je de tijd nemen voor een kopje koffie en een boterhammetje of een stukje cake. Dat heb je nodig.'

Jessica wilde alleen maar knikken, maar begon opeens weer te huilen. Ze kon er helemaal niets aan doen. Het overkwam haar gewoon en ze schaamde zich rot.

'Overspannen,' concludeerde Ruud.

'Houd je mond eens,' maande Leo hem. Hij stond op, schoof een leunstoel voor de haard, legde zijn hand op Jessica's arm en begeleidde haar voorzichtig naar de leunstoel.

'Ga maar eens lekker zitten, dan krijg je een kop koffie en een stuk cake. Heeft moeder de vrouw gebakken voor me. Lekker.' Hij draaide zich om naar Ruud.

'Pak eens even een kop koffie voor de juffrouw hier. En een stevige plak cake. Ik heb genoeg bij me.'

Jessica liet het maar over zich heen komen. Het voelde eigenlijk wel prettig, als ze eerlijk was. Alsof ze weer gewoon een klein kind was dat werd getroost door een oom.

Ruud bracht haar koffie en cake en ging weer op zijn eigen plekje zitten, waar hij de tijd doorbracht met het staren naar de vlammen.

'Je moet gewoon eens even rustig aan doen,' vond Leo. 'Lekker een paar daagjes thuis doorbrengen, oud kloffie aan, voetjes op de tafel en een borreltje binnen handbereik. Doe ik al jaren van tijd tot tijd en dat bevalt prima.'

Jessica knikte maar. Ze keek naar de cake. Ze had totaal geen honger, maar het leek haar niet netjes om het te weigeren.

'Eet maar. Hij is lekker. Niks geen rommel erin. Alleen maar eerlijke ingrediënten.'

Jessica nam maar een hapje, terwijl Leo gespannen toekeek.

'En?'

'Lekker.'

'Ik wist het wel. Ik zal een extra stukkie voor je hier laten. Misschien wil moeder de vrouw wel een cake voor je bakken in het weekend. We werken niet alle dagen op een prettige plek als deze en de vrouw doet het graag.'

'Het hoeft niet...'

'Jawel. Natuurlijk wel. Zie het ook maar als een bedankje voor

166

de koffie en de gastvrijheid. Volgende week zijn we klaar hier. We vinden het bijna jammer, niet, Ruud?'

Hij keek naar zijn collega. Ruud knikte.

'Zie je wel. Ruud vindt het ook jammer.' Hij klopte Jessica op de arm. 'Maar je moet echt rustig aan doen. Dat rennen is nergens goed voor. Dat is echt iets van vandaag. Alsof iedereen een trein moet halen. En dat terwijl ze allemaal een auto hebben. Nee, dat is niet goed. Op tijd de voetjes op de tafel en een borreltje nemen. Voor je het weet is het allemaal voorbij en wat heb je er dan aan als je zo hard hebt gehold dat je niets hebt gezien?'

Jessica knikte maar weer. De schilder had makkelijk praten. Hij had zijn schaapjes ongetwijfeld op het droge en verder niets aan zijn hoofd. Tegelijkertijd realiseerde ze zich dat zij het ook gemakkelijker kon hebben als ze dat wilde. Als ze dat kón.

Ze had het gevoel dat ze vastzat; in ketenen was geslagen.

Ze dacht aan een reclamespotje dat ze ooit op de televisie had gezien: een span paarden voor een koets in galop. Een paard dat zich lostrok van de rest, waarvan leidsels en tuig knapten en dat de benen nam in een volle galop over de oneindige vlaktes. Het was een oud spotje, maar het had haar destijds al aangetrokken. Het had er toen al voor gezorgd dat ze kippenvel kreeg en een verlangen wat ze niet helemaal kon plaatsen. En dat deed het nog steeds als ze eraan dacht. Zoals nu.

Ze keek naar de vlammen, at haar cake op en dronk haar koffie. Leo was weer op zijn stoel gaan zitten, at zijn cake en dronk zijn koffie. Het was bijna alsof ze op bezoek was in haar eigen huis.

'Blijf maar eens een paar daagjes thuis en doe niets,' adviseerde Leo nog een keer voordat hij weer aan het werk ging. 'Lekker niksen. Misschien wel buiten in een luie stoel. Het wordt lekker weer, dit weekend. Ik voel het aan mijn eksterogen.'

'Ze zeiden het in het nieuws,' meende Ruud.

'Jaja, dat ook,' gromde Leo. Hij stond op en de mannen gingen weer aan het werk.

Jessica bleef zitten. Twee kittens waren op haar schoot geklauterd, en in gedachten verzonken haalde ze de kittens aan. Ze dacht aan haar plannen voor morgen. Aan de paarden die ze met haar vader wilde bekijken. Ze besefte dat het geen goed idee was om dat nu te gaan doen. Misschien over een week of zo, maar niet nu. Ze had er de energie niet voor en ze wist dat ze op dit moment niet in staat was om een paard nuchter te beoordelen.

Ze twijfelde nog even, maar belde toen toch haar vader op zijn kantoor op.

'Paps, met Jes.'

'Jes, vertel...'

Hij klonk wat kortaf en zakelijk, maar zo klonk hij altijd als hij op kantoor zat.

'Over morgen. Ik denk dat ik het liever een poosje uitstel.'

Het was een paar tellen stil aan de andere kant van de lijn.

'Daar ben ik blij om,' zei haar vader toen.

'Twijfel je over een dressuurpaard als investering?'

'Ik twijfel nooit. Ik neem een beslissing en sta daarachter. Maar ik vond het gewoon geen goed idee. Ik vond dat je te hard van stapel liep en ik was bang voor een emotionele aankoop. En dat is op het gebied van paarden nooit een goed idee.'

'Misschien heb je wel gelijk,' gaf Jessica toe. 'Ik wilde gewoon niet te veel tijd verloren laten gaan, maar misschien heb je wel gelijk dat ik te snel ging.'

'Natuurlijk heb ik gelijk. Als je iets goed wilt doen, doe je het vanuit rust en vanuit een gezonde overweging. Zodat je er eerst goed over kunt nadenken.'

'Ik heb er goed over nagedacht, pap. Dat weet je. We hebben het hier een paar keer over gehad.'

'Dat weet ik. En ik heb al een paar keer gezegd dat je alles te snel wilt doen.'

'Ik heb de koop van dat paard al uitgesteld, zoals ik net vertelde.'

'Ja, en daar ben ik blij om. Probeer nu tenminste het weekend eens rust te nemen en de zaken goed op een rij te zetten.' Alsof ze dat nog niet genoeg had gehoord.

'Bel je vanuit je werk?'

'Nee, ik ben thuis. Ik was niet lekker. Misschien een griep onder de leden of zo.'

'Misschien trekt je lichaam aan de bel. Geef eraan toe.'

'Ik zit voor de haard met koffie en cake.'

'Dat is een goed begin.'

'Bedankt, pap.'

'Waarom?'

'Omdat je altijd wilt helpen.'

Haar vader gromde iets onverstaanbaars.

Toen Jessica de verbinding had verbroken, dacht ze nog even na over het gesprek. Haar vader had altijd hard gewerkt, lange dagen gemaakt en nog tijd gestoken in zijn dravers. Was hij wel de juiste persoon om haar duidelijk te maken dat ze rustig aan moest doen?

Maar terwijl ze zich dat afvroeg, realiseerde ze zich dat haar vader altijd zijn gezin achter zich had staan. Met name zijn vrouw. En dat hij nooit iets ondoordachts deed. Iedere beslissing die hij nam was goed overwogen en dat maakte hem succesvol.

Maar ze wist dat ze zelf ook succesvol kon zijn. Ze zou dit weekend de raad van iedereen opvolgen en rustig aan doen. Maar daarna zou ze haar schouders eronder zetten en laten zien wat ze kon.


De schilders waren net naar huis, toen de bel van de voordeur ging. Het was vier uur en Jessica verwachtte niemand. Ze had de dag voor de haard doorgebracht met katten en een boek op schoot. Ze had niets gedaan en zich daar redelijk schuldig over gevoeld. Maar ze was in ieder geval rustiger geworden en de misselijkheid was verdwenen.

Maar het was slechts een oppervlakkige rust, begreep ze, want toen ze opstond om de deur open te maken, werd ze toch weer een beetje duizelig. Ze negeerde het en liep naar de voordeur. Toen ze hem openmaakte, keek ze in het gezicht van Pascal.

'Ik kom alleen even kijken hoe het met je is,' zei hij.

Jessica liet hem binnen.

'Goed. Nou ja, nu gaat het wel. Ik ben vandaag eerder naar huis gegaan. Ik werd opeens zo beroerd op mijn werk.' Ze liep met hem naar de woonkamer. 'En daarna heb ik mijn tijd doorgebracht met een boek bij de haard. Rustig aan gedaan, zoals je had aangeraden. Zoals trouwens ook de schilder had aangeraden.'

'De schilder?'

Jessica glimlachte. 'Dat is weer eens iets anders dan een huisarts, nietwaar.' Ze keek naar Pascals verbaasde uitdrukking. 'Ze zijn hier aan het werk.'

'O ja, natuurlijk. Dat zei je.'

'Ze voelen zich goed thuis hier en zaten aan de koffie toen ik thuiskwam. Leo, de oudste van de twee, vond dat ik er slecht uitzag, duwde mij koffie en cake in de handen en vond dat ik eens rustig aan moest doen.'

'Verstandige man.'

'Pap vond dat ook.'

'Is hij ook hier geweest?'

'Nee, ik heb hem gebeld. Ik heb hem gezegd dat ik de zoektocht naar een dressuurpaard even wil uitstellen. Dat vond hij een goed idee. Hij vond het te snel.'

'Hij heeft gelijk.'

'Ja, iedereen schijnt gelijk te hebben, behalve ik. Koffie?'

'Graag.'

Hij liep met Jessica mee naar de keuken en stond achter haar, terwijl ze koffiezette. Het maakte haar een beetje nerveus.

'Hoe gaat het nu met je?' wilde Pascal weten.

'Redelijk. Geloof ik. Maar ik heb mij voorgenomen om dit weekend rustig aan te doen. Ik denk dat dat erg gaat tegenvallen. Ik ben het niet gewend. Eigenlijk...' Ze draaide zich naar hem om. 'Eigenlijk zou het best wel eens mogelijk zijn dat ik alleen al daardoor gestrest raak. Doordat ik rustig aan wil doen.'

'Rustig aan doen betekent niet dat je niets hoeft te doen.'

'Daar heb je gelijk in. Ik zou een beetje kunnen opruimen, wat in de stallen kunnen modderen of aan mijn ondernemingsplan kunnen werken.'

'Nee.'

'Nee?'

'Nee. Dat moet je niet gaan doen. Niet als je rustig aan wilt doen. Afstand wilt nemen.'

'Wie zegt dat ik afstand wil nemen?'

170

'Niemand. Maar ik denk dat je dat moet doen als je alles op een rij wilt zetten. Anders blijf je in die cirkel ronddraaien.'

'Afstand nemen? Hoe dan? Weggaan of zo?'

'Nee, je hoeft niet weg te gaan. Maar je kunt dingen doen waar je de tijd niet voor neemt. Tijd bij de paarden doorbrengen, gewoon zonder iets te moeten, de bossen in trekken, het dorp verkennen... dat soort dingen.'

Jessica knikte. Ze ging verder met het maken van de koffie. 'Misschien heb je gelijk. Maar het voelt gewoon raar. Omdat ik weet dat er nog zoveel moet gebeuren.'

'Er moet helemaal niets.'

'Nou....'

'Niets.'

Jessica glimlachte en duwde hem een mok koffie in de handen. 'Goed. Er moet niets. Althans... niet dit weekend. Daarna gaan de schouders eronder.'

'Dat is al een verkeerde instelling.'

'Waarom? Omdat ik geen weken in ledigheid wil doorbrengen? Met rondlummelen en niets zinnigs doen? Dat kan ik niet, Pascal. Ik moet verder gaan met mijn plannen. Ik moet zien dat er iets gebeurt.'

'Waarom?'

'Waarom? Omdat... omdat het gewoon moet.'

'Omdat je iets wilt bewijzen?'

Jessica dacht na. 'Misschien ook,' antwoordde ze wat onwillig.

'Tegenover wie?'

'Iedereen. Maar vooral tegenover mijzelf.'

'Waarom?'

'Omdat ik het kan.'

Pascal knikte. Hij liep met haar mee naar de woonkamer en ging daar bij de haard zitten.

'Als dat is wat je denkt te moeten doen...' zei hij toen.

'Ja,' antwoordde Jessica.

'Maar dit weekend neem je rust?'

'Ja.'

'Goed. Mag ik je dan uitnodigen om daar vanavond mee te beginnen en samen met mij uit eten te gaan?'

'Uit eten? Ik weet het niet... Ik voel mij nog niet geweldig, heb

weinig energie en heb nog niet zo'n zin om mij om te kleden.'
'Je hoeft je niet om te kleden. Ik wilde voorstellen om in het cafetaria te gaan eten. Ben je daar al geweest?'
'Ik ben nog nergens geweest.'
'Dan wordt het tijd. Hij heeft heerlijke zelfgebakken frietjes en ander kwaliteitsspul. Je kunt er zelfs een schnitzel of biefstuk eten als je wilt. Maar je hoeft je niet netjes aan te kleden en echt veel energie kost het niet, denk ik. Tenzij je moeite hebt met opera.'
'Opera?' Jessica keek Pascal verbaasd aan.
'Wim houdt van opera en dat zal ook iedereen weten. Hij zingt.'
'Een zingende frietboer?'
'Zoiets, ja.'
Jessica grinnikte. 'Die wil ik zien.'
'Dan accepteer ik dat als een ja.'
Het was even stil.
'Pascal?'
'Ja?'
'Je bedoelt toch niets... ik bedoel... ik wil niet beginnen. Ik heb momenteel genoeg aan mijn hoofd...'
'We eten alleen samen een frietje. Verder niets.'
Jessica haalde opgelucht adem.
'Goed. Dan is het goed.'
Ze gingen te voet naar het cafetaria. Het was niet ver lopen en het regende niet meer. Jessica was steeds via de hoofdstraat het dorp in en uit gereden en was in deze straat slechts één keer geweest, voor het passeren van de koopactie. Nu leek alles anders. De huizen, de tuintjes, zelfs de straten.
Ze vond de wandeling erheen prettig, hoewel ze zich nog steeds niet geweldig voelde. Er waren momenten waarop het goed ging en momenten waarop dat akelige gevoel weer bezit nam van haar hoofd en de duizeligheid plots kwam opdagen, als een duiveltje uit een doosje.
Maar ze slaagde erin om het op z'n minst redelijk te negeren, en nu zat ze tegenover Pascal in het cafetaria. Het voelde een beetje vreemd om hier te zitten met een man die ze nog maar net kende. Al had hij haar wel al in haar zwakste momenten gezien.

172

Ze hadden geen schnitzels of biefstukken besteld, maar eenvoudige kroketten en frietjes. Het was niet druk in het cafetaria en ze had Wim nog niet horen zingen. Maar ze geloofde meteen dat hij een aardig geluid kon produceren. Wim was een stevig gebouwde man met een goed gevulde buik, een rond gezicht met kabouterwangen en een sierlijke snor van betekenis. Hij zag eruit als iemand die op het meest onverwachte moment een indringend stemgeluid kon produceren. Maar hij deed het nog niet. Hij had het druk. Met praten vooral. Het werk werd voor een groot deel uitgevoerd door zijn vrouw, die bij de frituurpannen ogenschijnlijk rustig maar toch in hoog tempo ervoor zorgde dat de bestellingen werden klaargemaakt. Ze had een pittig kort kapsel en wist Wim af en toe met een vrolijke maar duidelijke opmerking weer aan het werk te zetten als hij te veel verloren raakte in zijn gesprekken. Een leuke, pittige vrouw, vond Jessica. Ze zou zelf wel zo willen zijn.

'Twee vleeskroketten, twee frietjes, eentje met satésaus en eentje met curry voor de heer en de dame,' riep Wim op een bepaald moment.

Pascal stond op om het te halen.

'Hé makker. Hoe gaat het met de paardenfluisterbusiness?' informeerde Wim.

Pascal glimlachte. 'Goed. Ik hoef niet meer zoveel te fluisteren. Ze verstaan mij tegenwoordig zo ook wel.'

Wim lachte bulderend. 'Ik heb dat nooit zien zitten, weet je, dat fluisteren.' Toen werd hij weer ernstig. 'Ik had een hond vroeger. Wodan heette hij. Een rakker. Maar daar hoefde je echt niet tegen te fluisteren. Dan veegde hij zijn voeten aan je af. Maar dat is natuurlijk wat anders, hè.'

'Ja, dat is wat anders.'

'Maar ze noemen mensen als jij toch paardenfluisteraars, nietwaar? Je hebt laatst Klaartje van Mien van de Berendonck toch ook nog geholpen met die knol van d'r. Was niets mee aan te vangen. Maar het schijnt nu toch beter te gaan. Zag d'r laatst nog met die knol van d'r richting bos hobbelen. Toen vroeg ik Berendonck nog wat er met die knol was gebeurd. En toen had hij het over jou. Dat je paardenfluisteraar was of zoiets. Hij begreep er ook geen hout van, maar ja... hij is al tachtig, nietwaar. Maar ik vroeg me dat toch af. Fluister je dan echt? Je gaat mij toch niet wijsmaken dat ze daarnaar luisteren?'

'Dat ligt eraan wat je hun toefluistert,' antwoordde Pascal met een lachje.

Wim deinsde in een theatraal gebaar achteruit. 'Je maakt me wat wijs.'

'Ja.'

'Wim... de frikandellen van Koen kunnen dadelijk als ijslolly worden verkocht,' riep zijn vrouw op de achtergrond. 'En als je die arme man nog lang aan een verhoor onderwerpt, zijn zijn kroketten dadelijk ook koud.'

Wim grijnsde. Hij keek naar Jessica. 'Nieuw, hè?'

Jessica knikte.

'Kijk maar uit met deze knaap. Als-ie paarden alles kan laten doen wat hij wil, dan wil ik niet weten wat hij met vrouwen doet.' Hij lachte weer bulderend en gaf Pascal zijn bestelling. En op datzelfde moment gooide hij er meteen maar een aria tegenaan.

Jessica schrok ervan. Wim was niet bescheiden. Zijn stem galmde door het cafetaria en deed de glazen bijna trillen. Maar het duurde gelukkig niet te lang, omdat zijn vrouw hem herinnerde aan de frikandellen van Koen.

'Ik had je gewaarschuwd,' zei Pascal tegen Jessica, terwijl hij ging zitten.

'Ik schrok toch,' gaf Jessica toe. Ze pakte een frietje van haar bord en keek Pascal aan. 'Ben je een paardenfluisteraar?'

Pascal grijnsde. 'Nee. Ik fluister niet.'

'Wat doe je dan?'

'Ik spreek duidelijke taal.'

'Je spreekt duidelijke taal?'

'Communicatie.'

'Hoe?'

Pascal glimlachte weer, maar gaf geen antwoord. Hij begon te eten.

'Ik heb vaker over paardenfluisteraars gehoord,' zei Jessica. 'Ik weet niet wat ik mij erbij moet voorstellen. Ik vond het altijd onzin. Een soort hocus pocus.'

'Misschien is het dat soms ook.'

'Ik neem aan dat veel mensen zich zo noemen. Het is tegenwoordig erg populair: paardenfluisteraars, natural horsemanship, horsereaders en weet ik wat nog meer. Ik heb het altijd een erg commercieel gebeuren gevonden.'

'Is de hele paardenwereld niet erg commercieel?'

Jessica dacht daarover na. Ze dacht aan de dravers van haar vader, de springstal van Johan en aan datgene wat ze zelf wilde bereiken en knikte.

'Ja, dat wel. Maar in de gebruikelijke paardenhouderij is dat wat anders,' bracht ze ertegen in.

'Ja? Waarom?'

'Omdat het over prestaties gaat. Over het bereiken van de top op een simpele, nuchtere manier; op de manier waarop het altijd al is gedaan.'

'Als ik de huidige top in de dressuur bekijk, heb ik soms daarover mijn bedenkingen,' antwoordde Pascal. 'Eerlijk gezegd denk ik dat het verband tussen de huidige dressuur en de klassieke dressuur zoals het oorspronkelijk bedoeld was, vaak ver te zoeken is.'

'Is klassieke dressuur niet overschat?'

'Misschien. Misschien ook niet. Dat is een mening die ieder voor zichzelf moet bepalen.'

Jessica knikte. 'Ik heb mij er wel in willen verdiepen. Ik heb het nog niet gedaan zoals ik het had moeten doen, maar misschien moet ik dat doen. Al geloof ik niet dat ik verkeerd bezig ben. Dan had ik niet bereikt wat ik nu heb bereikt.'

Pascal gaf daar geen antwoord op.

'In ieder geval is de gewone paardenwereld duidelijk. Dat en dat wordt verwacht en prestaties worden beloond. Je kunt zien wie goed is en wie niet. De paarden worden getraind op duidelijke manieren...'

'Altijd?'

Jessica aarzelde. 'Nou ja, misschien niet altijd en overal op prettige manieren. Er zijn natuurlijk altijd trainers die methodes gebruiken die ten koste gaan van het paard. Dat geef ik toe. Maar dat geldt zeker niet alleen voor dressuur. Dat geldt ook voor iedere andere tak van sport en volgens mij toch ook in het alternatieve paardencircuit.'

175

'Dat klopt. Zo zijn er tegenwoordig ook heel wat zogenaamde paardenfluisteraars die er een puinhoop van maken. Het is inderdaad populair en veel mensen willen er een graantje van meepikken. Net als in de sport krijg je dan te maken met mensen die alleen uit zijn op winst. Dat heb je altijd. Maar dat betekent niet dat het oorspronkelijke gedachtegoed verkeerd is. Of nieuw. Verschillende bevolkingsgroepen uit de oudheid wisten het al. Zij wisten al dat je met paarden kon communiceren. Dat er betere manieren waren om samen te werken dan met dwang.'

'Ze verschenen vast nooit op wedstrijden.'

'Ik betwijfel of ze dat zouden willen.'

Jessica glimlachte. 'Ik betwijfel of er toen al wedstrijden waren.'

'Dat ook.'

'Leer het me,' zei Jessica toen. Ze keek Pascal aan. 'Ik heb altijd beweerd dat er niet zoiets bestaat als paardenfluisteren. Dat omgang met paarden simpel en aan regels gebonden is. Regels die ervoor zorgen dat je de controle houdt. Op de manier waarop de hele paardenwereld zoals ik hem ken dat doet. Leer het me, zodat ik weet waar ik het over had.'

'Het is geen fluisteren, het is communicatie.'

'Wat dan ook.'

'Je leert het niet even.'

'Stap voor stap.'

'Je hebt nooit tijd.'

'Laat me er op z'n minst kennis mee maken.'

'Dat heb ik al gedaan.'

'Wanneer?'

Pascal gaf geen antwoord.

'Je bedoelt het zitten in de wei en die manier van benaderen?'

'Het is een begin.'

'Maar we hebben nog niets gedaan.'

'Je hoeft niet altijd meteen iets te doen. Soms is het beter om eerst te luisteren, voordat je van alles zegt.'

'Hmmm… zegt de wijze man.' Ze grijnsde.

'Reken maar.'

'Je bent te jong om wijs te zijn.'

'Sommige mensen worden wijs geboren.'

'Sommige mensen worden verwaand geboren.'

'Je hebt curry op je shirt.'

Jessica keek naar haar shirt en zag de grote rode vlek. 'Ik heb altijd vlekken op mijn kleren,' mompelde ze. 'Ik ben onhandig.'

'Jep.'

'Je had het moeten ontkennen.'

'Waarom?'

'Omdat ik mij dan beter voel.'

'Goed. Je bent niet onhandig.'

'Nu meen je het niet.'

Pascal lachte. Hij had een leuke lach, vond ze. Zijn mond werd dan twee keer zo breed en er verschenen van die kuiltjes in zijn wangen. Hij had ook lichte lachrimpeltjes bij zijn ogen, wat hem een sympathiek aanzien gaf. Ze nam snel een slok cola uit het blikje en keek weer naar buiten.

'Leuk dorp is Olme.'

'We zullen met een omweg teruglopen,' zei Pascal. 'Dan kan ik het een en ander vertellen.'

Jessica knikte en dronk haar cola leeg. Ze voelde zich beter nu. Nog steeds moe, nog steeds een beetje raar in haar hoofd, maar toch beter.

# HOOFDSTUK 13

Toen ze buiten kwamen, liepen ze de andere kant uit dan waar ze vandaan kwamen.

'Ik zal je de belangrijkste bezienswaardigheden laten zien,' beloofde Pascal.

Ze liepen de Stationsstraat op en via de Tramstraat over de Oude Weg terug, waarbij ze een enorme herenboerderij passeerden. Er was een kleine wei met wat dieren bij en uit een van de ramen galmde rockmuziek.

'Hier proberen verslaafden en alcoholisten en dergelijken hun leven weer op de rails te zetten,' vertelde hij.

'Levert dat nooit problemen op in zo'n dorpje?' wilde Jessica weten.

'Zelden. Af en toe wat tumult, maar ach... het houdt de bevolking wakker en ze hebben iets om over te praten. Al heeft een tijd geleden een jonge vrouw die hier zat zelfmoord gepleegd.'

'Ah bah.'

'Schizofreen, zeggen ze. En een rot verleden. Haar zus woont hier in het dorp.'

'Moeilijk.'

'Ja.' Ze volgden de weg tot ze weer op de Hoofdstraat kwamen, bij het kerkhof.

'Laat je mij vandaag de gezellige plekken zien?' vroeg Jessica met een lachje.

'Zoiets ja. Hoewel het best een aardig kerkhof is met die grote lindebomen en oude eikenbomen.'

Jessica zag het. De plek straalde een enorme rust uit. Maar ook leegheid.

'Ik wil hier toch eigenlijk nog niet liggen.'

'Ik ook niet,' zei Pascal.

Jessica bleef staan en keek hem aan. 'Ligt Evelyn hier?'

Pascal schudde zijn hoofd. 'Evelyn is gecremeerd.'

'O. Is dat niet moeilijk? Als je geen graf kunt bezoeken?'

'Nee. Ze is hier.' Hij wees op zijn hart. Het deed Jessica pijn, zonder dat ze precies begreep waarom.

'Is dat een park, dat daarachter ligt?' vroeg ze snel.

'Ja. Een mooi park. Daar gaan we wel een keer kijken, maar dan overdag. Als ik je vanavond meeneem naar het park, roddelt straks het hele dorp en ik heb een naam hoog te houden.' Jessica glimlachte. 'Laten we dat dan maar niet doen.'

'De jeugd maakt er dankbaar gebruik van,' wist Pascal.

'Dat geloof ik meteen.'

Ze liepen langs de kerk. Het was een mooi, statig gebouw en Jessica bleef staan om het te bekijken. Ze huiverde en voelde de neiging om naar binnen te lopen.

'Vind je het erg om even naar binnen te lopen?' vroeg ze. Pascal glimlachte en schudde zijn hoofd.

Jessica liep voorop en trok de grote eiken deur open. Ze keek naar de welvingen van het plafond, de muurschilderingen en de houten banken die als stille soldaten in rijen opgesteld stonden. Ze liep door het gangpad naar voren, haar ogen gericht op het plechtige altaar en op de grote tafels aan weerszijden met brandende kaarsjes. In een van de bankjes rechts van hen zaten twee oudere vrouwtjes. Voorin zat een moeder met twee kleine kinderen.

De kerk rook naar wierook. Jessica haalde diep adem en ging ergens in het midden van de kerk in een van de bankjes zitten.

'Heel even maar,' fluisterde ze.

Pascal kwam naast haar zitten en Jessica inhaleerde de sfeer. Ze kon zich voorstellen dat mensen in tijden van nood naar de kerk gingen, zich daar verscholen en bescherming zochten. Ze bleef een paar minuten zitten, luisterend naar de stilte. Daarna voelde ze haar onrust weer, ze stond op en liep naar buiten, gevolgd door Pascal.

'Vond je het stom dat ik daar naar binnen ging?' vroeg ze wat onzeker.

Pascal schudde zijn hoofd.

'Het doet mij denken aan vroeger, toen ik met mijn vader en moeder naar de kerk ging en toen we daar altijd de rest van de familie troffen. Het was een vast ritueel op zondag, kerkgang en daarna koffie bij een van de tantes. Ik vond het altijd moeilijk om zo lang stil te zitten, maar het zingen was leuk. En de koffie met koekjes daarna nog leuker. Als ik een kerk binnen-

179

loop denk ik daaraan. En dan voelt het gewoon goed.'

Pascal knikte.

'Wat is dat voor een gebouw?' wilde Jessica weten. Ze waren verder gelopen en ze wees op een hoog, wit gebouw.

'Het klooster. Appartementen.'

'Apart.'

'Ja. Misschien wat modern, maar niet storend. Ze schijnen nogal duur te zijn.'

'Daar zien ze ook naar uit.'

Ze liepen via de Brugstraat naar het plein aan de Vaart, met zijn kinderkopjes, imposante eiken, sierlijke lantaarnpalen, houten bankjes met smeedijzeren poten en het prieeltje in het midden.

'Alsof je teruggaat in de tijd,' vond Jessica.

'Het trekt elk jaar de nodige toeristen van een dichtbijgelegen vakantiepark.'

'Grappig. Al die mensen die foto's maken van pleintjes en gebouwen, terwijl soortgelijke gebouwen en pleintjes ook vaak in hun eigen omgeving liggen.'

'Maar dan hebben ze geen tijd om ernaar te kijken,' meende Pascal.

'Gezellig café,' zei Jessica. Ze wees naar de oude kroeg aan het plein.

'De kroeg van Sefke. Hij repareert overigens ook fietsen.'

'Dubbele baan?'

'Ja. Maar hij maakt zich met geen van beide moe. Daar houdt hij niet van.'

'Geen standaard zakenman dus.'

'Nee, eerder een standaard borrelliefhebber.'

'Ben je er wel eens binnen geweest?'

'Meer dan eens. Naar binnen gaan is geen probleem. Weer buiten komen en nog stevig op je voeten staan is moeilijker.'

Jessica lachte.

'Als hij ziet dat ik voorbijloop zonder naar binnen te gaan, krijg ik op mijn donder,' zei Pascal. Even was Jessica bang dat hij zou voorstellen om naar binnen te gaan. Ze wilde dat best een keer, maar niet nu. Ze werd al nerveus bij de gedachte. Maar hij stelde het niet voor.

'Laten we dus maar snel doorlopen,' zei hij. 'Want het is nog te vroeg voor die borrels van hem.'

Ze liepen langs de vaart verder en Jessica keek naar het golvende water en naar de eenden die erop ronddobberden.

'Vroeger ging ik altijd met oma de eendjes voeren,' vertelde ze. 'Volgens mij gaan heel veel kleinkinderen met oma's eendjes voeren.'

'Ja, ik denk het ook. Ik vond het geweldig. Oma was een lief mens. Oma van mijn moeders kant dus. Opa en oma van mijn vaderskant heb ik nooit gekend. Die zijn vroeg gestorven. Net als de vader van mijn moeders kant. Maar haar moeder, mijn oma, was een geweldig lief mens.'

'Leeft ze niet meer?'

Jessica schudde haar hoofd. 'Hartstilstand. Drie jaar geleden.'

Ze liepen verder via de Hoofdstraat richting Oude Pad.

Op de kruising zag Jessica kleine stukjes muur waar het voorjaarsonkruid gebruik van maakte om zijn weg naar boven te ondersteunen. Verderop, bijna verstopt, stond het beeld van een engel.

'Wat is dit?' vroeg Jessica.

'Naar het schijnt is het huis dat hier ooit stond afgebrand. Ik weet niet wat er precies gebeurde, maar ik geloof dat de brand werd aangestoken door het meisje dat er woonde omdat haar vader haar misbruikte. Ze pleegde later zelfmoord en toen is dat beeld geplaatst.'

Jessica huiverde. 'Akelig.'

'Soms lijkt de dood zo zinloos.' Pascal staarde naar het beeldje en Jessica dacht dat ze wel begreep waar hij aan dacht.

De wind was gaan liggen en de zon brak door. Het was prettig om buiten te zijn. Het dorp geurde naar groen en voorjaar, vooral hier, waar zoveel weides lagen en de bossen als buren fungeerden.

Terwijl ze naar de boerderij liepen, zei Jessica dat ze het bijna jammer vond om weer terug te zijn. De gedachte om weer naar binnen te gaan, benauwde haar. De gedachte om weer alleen te zijn zo mogelijk nog meer.

Ze merkte dat ze stil werd toen ze dicht bij de boerderij kwamen.

'Gaat het?' vroeg Pascal.

'Het gaat. Het was fijn om even op stap te gaan. Om in het cafetaria te eten en mensen te zien. Het was fijn om door het dorp te lopen en mij een beetje toerist te voelen en alles te vergeten.

Maar nu ik weer hier ben...'

Ze keek Pascal smekend aan. Ze schaamde zich, maar ze wilde dat hij zei dat het goed kwam. Of iets wat alles gemakkelijker maakte.

'We hoeven nog niet naar binnen te gaan,' zei Pascal. 'Het is een prachtige avond.'

Jessica voelde een kleine opluchting. 'Ja, dat is het.'

'Kom.' Hij pakte haar hand vast. Zijn hand voelde warm en prettig aan. Hij nam haar mee naar de wei achter haar huis en leidde haar de wei in, naar de stoelen die daar nog altijd de wacht hielden.

'Ga hier zitten. Niets doen. Ik kom terug.' Hij liet Jessica alleen achter.

Heel even dacht Jessica dat ze weer in paniek zou raken, zonder dat ze wist waarom. Maar ze dwong zichzelf om rustig adem te halen. Ze keek naar de paarden, die op hun gemak stonden te grazen en zich weinig van haar aantrokken. Ze hadden slechts even opgekeken toen ze de wei in waren gelopen, maar hielden zich nu weer bezig met zaken die voor hen belangrijker waren.

Jessica liet haar blik door de wei glijden en keek naar de verderop gelegen weilanden en bossen. Eindeloos ver leek het landschap zich uit te strekken onder het warme licht van de ondergaande zon.

Jessica huiverde zonder te weten waarom. De paarden keken op, alsof ze het hadden gevoeld. Maar meer dan enkele seconden van hun tijd besteedden ze niet aan hun omgeving. Ze doken het gras weer in en Jessica hoorde Pascal de wei weer binnenkomen.

Ze keek om en zag dat hij twee wijnglazen en een fles rode wijn bij zich had.

'Lust je wijn?' vroeg hij, toen hij ging zitten.

Jessica knikte. 'Ik dronk vroeger regelmatig een glaasje.

Misschien zelfs een beetje meer dan in de laatste weken van mijn tijd met Johan.'

'Soms kan dat nodig zijn,' zei Pascal. Hij ging zitten, gaf haar een glas en schonk de wijn in.

De wijn rook kruidig en had een dieprode kleur. Jessica proefde een slokje.

'Goed?' vroeg Pascal. Jessica knikte. Hij nam zelf ook een slokje en ze staarden een tijdje zwijgend over de weilanden heen. De kleuren die de zon verspreidde gingen van warm geel naar oranjeachtig en verfden de spaarzame wolken oker.

'Kijk, die kleuren,' zei Pascal. Hij wees naar de gouden gloed op de weilanden en de groengele bladeren met oranje ondertoon.

Jessica nam de kleuren in zich op. 'Mooi,' zei ze.

'Een van de mooiste momenten van de dag. Naast de vroege ochtend,' vond Pascal.

'Ik houd van de ochtend,' zei Jessica. 'Als alles en iedereen nog wakker moet worden en de wereld gevuld is met stilte. Toen ik nog het bedrijf met Johan had, stond ik vaak heel vroeg op, voordat het personeel aan het werk was. Dan liep ik over het terrein en keek naar de merries met veulens. Soms ging ik ook rijden. Het was alsof de wereld dan even van mij was. De rest van de dag was het altijd druk in het bedrijf. Maar de ochtenden waren van mij.'

'Ik ga het liefst de bossen in.' Hij staarde voor zich uit, in gedachten verzonken.

'Ik ging eigenlijk nooit de bossen in,' bekende Jessica. 'Lolita was te heftig om alleen de bossen in te gaan. Bovendien waren er in de buurt geen bossen. Maar ik stapte uit op het terrein en dat was heerlijk.'

'Ben je nooit de bossen in gereden?'

'Vroeger als kind. Toen reed ik met vriendinnetjes de bossen in op pony's, vaak zonder zadel en met alleen een stalhalster aan. Liefst in een hoog tempo. We speelden tikkertje in de bossen of verstoppertje. Soms reden we in een snelle galop over een open veld en spreidden onze armen alsof we een vliegtuig waren. Een ultiem gevoel van vrijheid.' Jessica glimlachte bij die gedachte.

'Mis je dat niet?' vroeg Pascal. 'Het gevoel dat je met de pony's had? Toen niets moest?'

Jessica dacht er even over na en knikte. 'Soms wel.'

'Waarom doe je het dan nooit meer?'

Jessica keek hem verbaasd aan.

'Je begint met paardrijden omdat het leuk is. Omdat het een heerlijk gevoel geeft. Maar dan komen de prestaties om de hoek kijken. En voordat je het weet zijn het alleen de prestaties en vergeet je waarmee het begon: gewoon met het hebben van plezier met je paard.'

'Ik weet niet of je kunt stellen dat het alleen nog maar de prestaties zijn,' zei Jessica wat aarzelend. 'Ik vind lessen, training en wedstrijden ook leuk. Ik houd van de uitdaging. Van het leren van nieuwe dingen met mijn paard. Het gevoel samen iets te bereiken.'

'Is dat zo?' Pascal keek haar vragend aan.

Jessica knikte. Maar ze dacht er evengoed over na. Misschien zat er toch iets in de stelling van Pascal. Misschien waren de laatste jaren de prestaties de boventoon gaan voeren. Omdat het van haar werd verwacht. En de laatste maanden omdat ze het nodig vond voor haar toekomst.

'Heb je zelf wedstrijden gereden?' vroeg ze aan Pascal.

Pascal knikte. 'Dressuur, springen, cross. Vooral cross.'

'Ben je ermee gestopt?'

'Ik rijd af en toe endurance.'

'Endurance. Heb ik nooit gedaan.'

'De meeste mensen doen het voor de lol. Niet voor de prestatie. Hoewel het wedstrijdelement er wel degelijk is. Maar het mag nooit ten koste van het paard gaan. Te snel een traject afleggen wordt net zomin beloond als te traag, en de conditie van je paard is hetgeen wat telt. Maar je krijgt er niet echt een bekende naam mee waarmee je een africhtingsstal kunt beginnen.'

Jessica glimlachte. 'Waarom geen cross meer?'

'Ik leerde Evelyn kennen.'

'Zij wilde niet dat je dat deed?'

'Ze leerde mij op een andere manier naar paarden kijken. Destijds was ik best goed in de sport, maar ik had er niet zoveel plezier meer in. Blessures bij de paarden, problemen in de organisatie en trainingen die niet meer goed liepen... Het speelde allemaal een rol. Maar Evelyn speelde de grootste rol.'

'Zij was dus een paardenfluisteraar?'

'Ze had een hekel aan die naam.'

'Maar ze deed toch zoiets?'

'Ze kon erg goed met paarden omgaan. Ze groeide op met een vader die met ieder paard overweg kon op een manier die voor anderen onbegrijpelijk was. Hij wandelde de wei in bij de meest agressieve dieren en liep nooit een schrammetje op. Terwijl hij ogenschijnlijk helemaal niets deed. Hij leerde haar alles over het wezen paard en over de manier waarop ze communiceren.'

'Een talent, dus.'

'Misschien. Maar vooral een manier van opgroeien. Evelyn en daarvoor haar vader, want ook zijn vader had iets met paarden. Met alle dieren eigenlijk.'

'Wauw. Klinkt als bijzondere mensen.'

'Dat waren ze ook. De vader van Evelyn is dat nog steeds. Ik bezoek hem regelmatig. Zijn vrouw, de moeder van Evelyn, is lang geleden gestorven en hij woont alleen in een afgelegen boerderijtje met twee paarden, drie honden en een zwerm katten. Mensen denken dat hij een zonderling is. Een soort kluizenaar. Misschien is dat ook zo, maar ik zie het in ieder geval niet als een negatief iets. Hij heeft gewoon niet meer zoveel met mensen, maar dat wil niet zeggen dat hij aan iedereen een hekel heeft. Hij kan goed overweg met de mensen die er komen, maar hij hoeft er niet zo nodig altijd tussenin te staan.'

Jessica zag een beeld voor zich van een oude man met lang haar en met een stoffige baard, die in een overall in zijn vervallen boerderij rondschuifelde. Ze wist dat het waarschijnlijk een vooroordeel was, maar ze raakte het beeld simpelweg niet meer kwijt.

'Maar wat is het nu precies wat je doet?' vroeg ze. 'Wat Evelyn je heeft geleerd?'

'Moeilijk om zo even uit te leggen. Het gaat om communicatie. Zoals ik al zei.'

'Paarden praten niet.'

'Ze praten niet, maar ze communiceren.'

'Goed. Daar heb je gelijk in. Maar wat moeten wij mensen daarmee? Ik bedoel... ik begrijp goed dat je moet opletten als een paard kwaad wordt, dat je door middel van bit en been je vragen stelt en daarmee in zekere zin communiceert, maar ik betwijfel of dat hetgeen is wat je bedoelt.'

'Kijk naar de paarden. Kijk naar de onderlinge taal; naar de kleine signalen. Leer ze kennen en speel daarop in. Dat is in het kort de communicatie waar ik het over heb. Het begrijpen van de kleine signalen die ze geven en daarmee iets doen. Dat is in ieder geval het begin. Daarna kun je het paard leren om jouw signalen te herkennen en daar iets mee te doen.'

'Goed, je leert een paard luisteren. Te stoppen als je dat wilt, te wijken, te reageren op stem en hulpen... maar dat doe je altijd.'

'Het gaat niet alleen om de duidelijke signalen. Het gaat om de subtiele signalen. En de reactie daarop. Kom.'

Hij zette zijn glas weg en pakte Jessica's hand weer vast. Vertrouwd en warm. Net als de eerste keer.

Hij liep met haar richting Faith.

'Let op haar ogen.'

Jessica keek naar de ogen van het paard. Ze zag dat het dier hen feilloos in de gaten hield.

'De oren.'

Jessica zag een kleine trilling in het oor.

Ze liepen verder. Het paard bleef grazen, maar het oog was duidelijk op hen gericht. Het dier volgde iedere beweging.

Pascals hand voelde prettig aan in de hare. Alsof zijn warmte via haar arm haar lijf binnendrong. Het voelde vertrouwd om hem naast zich te hebben.

Het was een gevoel dat haar beangstigde.

'Je verkrampt,' merkte Pascal op.

Jessica glimlachte toen ze merkte dat ze te hard in Pascals hand kneep en dwong zichzelf tot ontspanning.

Pascal keek haar een tel aan. Er lag een uitdrukking in zijn ogen die ze niet helemaal kon plaatsen. Maar het duurde slechts een tel totdat hij zijn aandacht weer op het paard richtte.

Faith tilde haar hoofd op en keek naar hen, de oren naar voren. Pascal bleef staan en Jessica deed hetzelfde. Een paar tellen was er slechts de stilte.

'Ontspan,' zei Pascal weer.

'Ik ben ontspannen.'

'Nee. Je staat stokstijf rechtop.'

Jessica besefte dat hij gelijk had en probeerde te ontspannen. Daarna kwamen ze weer in beweging.

'Let op de oren en de hoofdhouding,' zei Pascal.

Ze kwamen dichterbij. Faith bewoog haar oren naar achteren en wendde haar hoofd van hen af.

Pascal stopte. 'Achteruit,' zei hij.

'Achteruit?'

Pascal begon achteruit te lopen. 'Let op haar.' Ze liepen samen achteruit en op een bepaald moment keek het paard weer naar hen.

'Nu stop.'

'Waarom?'

'Hier begint haar persoonlijke ruimte. Misschien ken je dat gevoel dat iemand te dichtbij komt waardoor je je ongemakkelijk voelt?'

O ja, Jessica kende dat gevoel. Meer dan eens waren er klanten in het bedrijf van Johan geweest die dat deden. Te familiair, tot op het opdringerige af.

'Dan komt iemand in je persoonlijke ruimte. Hoe groot die ruimte is, is voor iedereen anders. En het hangt af van degene die je ruimte binnenwandelt. Van de een kun je meer hebben dan van de ander.'

Jessica knikte.

'Paarden hebben dat ook. Die hebben ook een persoonlijke ruimte. Het ene paard heeft een piepkleine cirkel om zich heen, terwijl het andere paard een eigen ruimte van meerdere meters heeft. Maar de meeste mensen staan er niet bij stil. Ze denderen de ruimte binnen zonder zich voor te stellen of het paard de kans te geven om zich daarop voor te bereiden, en worden kwaad als het paard daar moeite mee heeft. Dan is het een zuur paard of een rotknol. Wat ze inderdaad op den duur kunnen worden.'

Jessica knikte langzaam. Ze had er nooit bij stilgestaan. Ze wist nog steeds niet goed wat ze ervan moest denken.

Pascal leek het te merken.

'Het is simpel,' zei hij. 'Stel je eens voor dat je mij niet kent. Je ziet mij voor het eerst en je weet absoluut nog niet wat je van mij moet denken. Zo'n beetje als de eerste keer toen je mij sprak.' Hij glimlachte.

Jessica dacht aan haar eigen reactie die keer, toen hij had gezegd dat hij haar niet hielp, en glimlachte ook, een beetje beschaamd misschien.

'Het is belangrijk dat je je inleeft,' waarschuwde Pascal haar. Er lag een kleine speelse ondertoon in zijn stem, wat Jessica een beetje argwanend maakte. Maar ze knikte toch maar.

Pascal liep een stukje bij haar weg, draaide zich naar haar om en keek haar aan.

'Laat je verbeelding werken,' zei hij nog een keer. 'Je kent mij niet, je weet niet wat je van mij moet denken en je staat zo'n beetje je eigen ding te doen.'

Jessica knikte weer.

Pascal liep nu in rechte lijn met stevige stappen op haar af, terwijl hij haar recht bleef aankijken.

Het maakte haar onzeker en ze voelde de neiging opkomen om achteruit te wijken.

Pascal liep door totdat hij bijna tegen haar aanbotste, pakte haar arm vast en trok haar mee.

'Kom.'

Hij zei niets anders, maar trok haar gewoon stevig mee.

Jessica merkte dat ze de rem erop gooide. Ze wist niet wat ze ervan moest denken. Pascal leek opeens iemand anders en ze voelde zich zelfs een beetje bedreigd.

Hij leek het echter niet eens te merken en trok haar min of meer de wei door, naar het hek.

Opeens begon hij te rennen.

Jessica voelde zich ongemakkelijk. Ze wilde niet rennen. Ze zette zich schrap en probeerde af te remmen.

'Schiet op,' gromde Pascal en hij pakte haar arm steviger vast en trok nog wat harder.

'Stop,' riep Jessica.

'Welnee. Niet zeuren.'

'Pascal! Nee.'

Pascal stopte, draaide zich naar haar toe en grijnsde.

'Ik wed dat je er niet eens meer aan heb gedacht om je voor te stellen dat je mij niet kende.'

'Eh, nee.'

'En dat je mijn toenadering evengoed niet prettig vond.'

'Nee.'

'Jij wilde je terugtrekken. Een ander zou een klap hebben gegeven.'

Jessica knikte.

'Maar laten we het eens anders doen. Blijf staan.'

Pascal liep weer een eindje van haar af. Hij draaide zich om en liep rustig, bijna slenterend naar haar toe. Hij keek haar niet aan.

Jessica was nog wat onzeker. Zij keek hem ook niet aan.

Hij bleef staan en nieuwsgierig geworden keek ze naar hem.

Hij liep weer haar kant uit. Hij stopte eerder dan de vorige keer en zijn houding was ontspannen. Hij bleef gewoon even staan, zonder haar recht aan te kijken. Pas toen zij hem vragend aankeek, strekte hij zijn hand uit en pakte haar hand vast op een vriendelijke, zachte manier. Een paar tellen bleef hij staan en toen liep hij de andere kant uit.

Jessica aarzelde nog even en hij wachtte. Pas toen ze vrijwillig meeliep, liep hij rustig verder.

Het voelde prettig en vertrouwd, alsof ze samen een wandeling maakten. Misschien een beetje te vertrouwd.

Toen hij zich naar haar omdraaide, stond hij zo dichtbij dat hij haar bijna raakte. Maar dit keer vond ze het niet vervelend. Verwarrend misschien. Dat wel.

'Prettiger?' vroeg hij.

Jessica knikte. Ze durfde hem niet recht aan te kijken. Ze merkte bij hem ook een kleine aarzeling.

Het was een paar tellen stil. Jessica voelde de warmte van de ondergaande zon en de lichte bries die als een sluier tussen hen zweefde. Ze voelde de warmte van zijn nabijheid en van de hand die nog steeds in de hare rustte.

Opeens liet Pascal haar hand los en zette een paar passen achteruit. Hij schraapte zijn keel en voor het eerst leek hij zelf onzeker.

'Eh... ik wilde dus eigenlijk uitleggen welke impact alleen al benadering heeft. Op mensen. Maar ook op paarden.' Hij schraapte nog een keer zijn keel en liep haastig terug naar de stoelen. Alsof hij iets was vergeten.

Jessica voelde zich verward. Ze liep met hem mee en ging naast hem zitten. Hij schonk de glazen nog een keer vol en overhandigde Jessica haar glas.

'Er is zoveel meer,' zei hij zacht.

Jessica wist niet precies wat hij bedoelde.

'In de omgang met paarden, bedoel ik.'

Het klonk verontschuldigend en versterkte het gevoel dat hij veel meer dan dat bedoelde.

Maar ze stelde geen vragen. Ze knikte alleen en keek voor zich uit, naar de oranje zon en de gouden horizon, die zich tot in het oneindige leek uit te strekken.

Een tijdlang bleven ze zo zitten, naast elkaar nippend aan de wijn, zonder iets te zeggen. Pas toen het schemerig en koud werd, stond Pascal als eerste op.

'Misschien wordt het tijd om naar binnen te gaan,' stelde hij voor.

Jessica knikte. 'Ik weet niet of je nog een kopje koffie wilt?' Ze stelde het aarzelend voor. Ze vond dat ze het hem moest vragen, maar tegelijkertijd besefte ze dat ze behoefte had aan eenzaamheid. Aan rust.

Pascal schudde meteen zijn hoofd. 'Nee, ik moet thuis nog wat dingen doen,' antwoordde hij vaag. 'Maar het was prettig om samen met je te eten, rond te wandelen en wijn te drinken.'

'Ik vond het ook fijn,' gaf Jessica toe. Ze glimlachte naar hem. Pascal glimlachte terug, draaide zich om en liep weg.

Jessica voelde een kleine teleurstelling, die haaks op haar wens stond om alleen te zijn. Vlak voordat hij de tuin uit liep, draaide hij zich echter naar haar om.

'Ben je 's morgens vroeg wakker?'

'Veel te vroeg. Ik slaap beroerd.'

'Zin om morgenvroeg met mij te gaan rijden?'

'Lolita is kreupel.'

'Ik heb drie paarden.'

Jessica glimlachte. Het was lang geleden dat ze werkelijk naar buiten was gereden. Ze knikte.

'Goed. Morgen om zes uur bij mij. Ontbijt nemen we mee.'

Jessica knikte opnieuw. Hij zwaaide bij wijze van groet en liep weg.

Jessica bleef een paar tellen staan, wierp de paarden een korte blik toe en ging toen zelf haar huis binnen. Onwillekeurig verheugde ze zich erop om met Pascal te gaan rijden. Meer dan ze zou willen toegeven. Tegelijkertijd maakte het haar onzeker. Want het was niet alleen het paardrijden dat ze prettig vond. Ze wist dat ze ernaar uitkeek om met Pascal samen te zijn. Maar het was nog te vroeg voor haar.

En Pascal was Evelyn nog lang niet vergeten. Ze had ook zijn onzekerheid en misschien zelfs een stukje gereserveerdheid opgemerkt.

Misschien was het dus geen goed idee. Maar ze kon niet ontkennen dat ze ernaar uitkeek.

# HOOFDSTUK 14

Het was klokslag zes uur toen ze bij Pascal achterom liep. Hij was al buiten en had de zadels en halsters al klaar liggen.

Het waren westernzadels en Jessica had nog nooit op zo'n ding gereden. Maar ze wist dat het gemakkelijk zat volgens de mensen die ze hadden uitgeprobeerd. Ze keek ernaar uit om het ook uit te proberen.

Het was voor het eerst dat ze zijn paarden van dichtbij zag. Ze stonden nu alle drie bij het hek en volgden met belangstelling de verrichtingen van hun baas. Drie verschillende paarden in drie verschillende kleuren. Een van hen had een valkkleur, eentje was donkerbruin met zwarte manen en zwarte staart en eentje was een appaloosa: donkerbruin met zwarte manen en zwarte staart, maar met een witte achterhand met stippels. Ze zagen er vriendelijk uit, vond ze.

Pascal groette haar door zijn hand naar haar op te steken en vriendelijk te lachen. Ze groette aarzelend terug. Zoals ook de voorgaande avond werd ze wat onzeker van hem. En dat terwijl ze zich had voorgenomen om dat niet te worden. Om gewoon voor zichzelf duidelijk voor ogen te houden dat het om een eenvoudige vriendschap ging. Niets meer en niets minder.

'Je mag de bruine hebben. Het is een ruin en hij heet Walli.'

'Walli? Maffe naam.'

'Maf paard.' Pascal grijnsde en duwde een touwhalster in haar handen. 'Je mag hem zelf klaarmaken voor de rit.'

Jessica wilde zonder meer de wei in lopen, dacht aan hetgeen Pascal haar de vorige dag had geleerd en paste de zachte toenadering toe, toen ze Walli ging halen.

Walli bleek het prima te vinden. Hij keek nieuwsgierig toe terwijl Jessica het goed wilde doen en legde zelf al zijn hoofd in het halster toen ze naast hem stond. Ze had een beetje moeite met het knopen ervan, omdat ze hier nog nooit mee had gewerkt, maar met een beetje spontane hulp van Pascal was ze binnen enkele tellen zover dat ze het paard kon meenemen.

Het verbaasde haar dat Pascal zelf de twee andere paarden meenam, maar ze nam aan dat paard nummer drie op stal werd gezet als ze vertrokken.

Pascal borstelde de twee paarden en zadelde de valk, terwijl Jessica haar paard het zadel oplegde en vervolgens na een kort gevecht met de singel toekeek terwijl Pascal haar uitlegde hoe een westernsingel werkte.

Ze volgde zijn verrichtingen terwijl ze dicht bij hem stond, maar merkte dat ze haar hoofd er slecht bij kon houden. Het was maar goed dat ze straks ieder op een eigen paard zaten.

'Heb je ook hoofdstellen?' vroeg ze daarna wat verbaasd. Ze zag nergens een hoofdstel liggen.

'We rijden met touwhalsters,' zei Pascal. Jessica trok vragend haar wenkbrauwen op.

Pascal pakte het lange touw dat aan het halster zat en waarmee ze het paard had vastgebonden, legde het over de hals van het paard en knoopte het vast aan de onderkant van het halster, waar ook de clips van het andere uiteinde van het touw zaten.

'Dat zijn ze gewend,' zei hij.

'Ik niet,' bekende Jessica.

'Je kunt rijden. De rest komt vanzelf.'

Pascal legde de appaloosa een dekje op en gespte een zadeltas met een aparte singel vast. Hij zag Jessica's wat verbaasde blik.

'Ze mag mee als pakpaard,' zei hij met een grijns. 'Ze is niet graag alleen en hoewel we niet zoveel meenemen, geeft haar dat toch het gevoel dat ze iets zinvols doet.'

'Denken paarden zo?' vroeg Jessica.

'Geen idee. Maar het voelt beter voor mij.' Hij grijnsde weer, maakte van zijn eigen halstertouw een teugel en stapte op. Jessica deed hetzelfde.

Het voelde vreemd, zo'n westernzadel, maar ze moest toegeven dat het comfortabel zat. Pascal vertrok als eerste, de appaloosa aan een lang touw naast hem en Jessica volgde hem. Heel even was het vreemd om op Walli te zitten, maar dat was alleen de eerste paar stappen. Ze had vaak genoeg andere paarden gereden. In een binnenbak en met andere optoming, maar vaak genoeg om er snel aan te wennen.

Het paard voelde vertrouwd aan en al snel liet ze de touwteugel losjes doorhangen en genoot van de omgeving. De vroege ochtend voerde de vochtige stilte met zich mee, die ze vaak had beleefd in haar tijd bij de springstal van Johan. Auto's leken eindeloos ver weg en het geluid van ontwakende vogels en de wind in de boomtoppen voerden de boventoon.

De hoeven van de paarden klonken gedempt toen ze hun eerste passen op het zand van de bospaden zetten, en de ochtenddauw steeg door de warmte van de opkomende zon op in de vorm van mistsluiers. Het rook naar aarde en groen. Af en toe brieste een van de paarden ontspannen.

Jessica en Pascal zeiden geen van beiden iets.

Bij een open veld hield Pascal in en wees naar de grote vogel die boven de vlakte leek te zweven. Zijn schreeuw galmde over de grastoppen toen hij opeens omlaag dook en met een prooi in zijn klauwen weer opsteeg. Het had iets magisch, vond Jessica. Maar ze wilde de stilte niet doorbreken en glimlachte slechts.

Eén keer schrok Jessica onderweg, toen het hese, blaffende geluid van een hert opeens vlak naast haar klonk, gevolgd door schuddend struikgewas, en drie herten op slechts een paar meter van haar af de benen namen. Walli schrok ook, maar hij verstarde slechts een paar seconden. Daarna liep hij door. Jessica dacht aan haar eigen paard, dat in een soortgelijke situatie waarschijnlijk in een boom was geklommen. Ze glimlachte en aaide haar rijdier zacht over de hals.

Pas bij een klein ven hield Pascal halt.

'Ontbijt?' vroeg hij. Hij keek haar grijnzend aan.

Jessica knikte. Ze realiseerde zich nu pas dat ze werkelijk honger had.

Ze stapten af en Pascal pakte wat spullen uit een tas, waarna ze de paarden bij het gras losjes vastbonden, zodat ze wat konden grazen.

Pascal had aan alles gedacht, zag Jessica. Hij spreidde een fleece deken uit en stalde een keur aan etenswaren uit, zoals broodjes, boter, vlees, kaas, jam en fruit. Zelfs thee, koffie en sinaasappelsap had hij bij zich. En natuurlijk bordjes, kopjes en bestek.

'Jeetje,' mompelde Jessica. 'Geen wonder dat je een pakpaard meeneemt.'

'Ik kan er moeilijk alleen een paar gesmeerde broodjes op hangen. Ik zou haar beledigen.'

'Denk je?'

Hij lachte. 'Kom.'

Hij ging zitten en maakte een uitnodigend gebaar naar Jessica toe. Jessica nam plaats op de deken en begon, een beetje aarzelend nog, aan haar ontbijt. Maar de aanvankelijke onzekerheid maakte plaats voor ontspanning en gezelligheid.

Hoewel Jessica nog veel momenten had waarbij haar ademhaling dreigde te versnellen en haar hoofd wat licht aanvoelde, hield ze het op dat moment goed onder controle. Ze at meer dan ze de laatste dagen was gewend en genoot van de omgeving, van het eten en van de frisse geuren van de natuur. Ze genoot vooral van Pascals gezelschap en van de manier waarop hij over de natuur kon vertellen.

'Weet je dat je aan een boom kunt voelen dat hij leeft?' vroeg Pascal.

Jessica grinnikte. 'Nee. Nooit aan een boom gevoeld.'

'Kom.' Hij hielp Jessica overeind en liep met haar naar een oude eik.

'Leg je handen op de boom en sluit je ogen,' zei hij.

Jessica deed wat hij van haar vroeg. Haar handen raakten de koude, ruwe bast en ze deed haar ogen dicht.

'Probeer het te voelen. Probeer te voelen hoe de sappen hun weg door het binnenste van de boom zoeken en hoe hij leeft.'

Jessica voelde nog steeds de neiging om te giechelen, maar deed toch haar best om zich te concentreren. Ze voelde alleen harde, koude bast.

'Ik voel niets.'

'Je moet met je hele lichaam voelen,' zei Pascal. Hij kwam achter haar staan en legde zijn hand op de hare. Jessica had het gevoel alsof er een stroomstoot door haar lichaam ging, maar het had meer met Pascals aanraking te maken dan met de boom.

'Ontspan.'

Jessica deed haar best om te ontspannen. Het was moeilijk, met Pascal zo dicht bij haar en met zijn hand op de hare, maar ze deed haar best.

Ze voelde meer dan ze kon omschrijven. Ze voelde warmte en een zacht kloppend gevoel in haar hand. Maar ze wist dat het niet van de boom af kwam. Het kwam door Pascals aanraking, die ze tot diep in haar wezen voelde. Het maakte haar onzeker. Misschien zelfs een beetje bang. En het maakte het onmogelijk om zich op de boom te concentreren.

Ze voelde hoe Pascal dichterbij schoof. Ze voelde de aanraking aan haar haren. Slechts een seconde.

Opeens liet hij los en was het alsof er een koude windvlaag tussen hen door drong. Ze draaide zich naar hem om en zag op zijn gezicht dezelfde verwarring die ze binnenin voelde.

'Het is echt waar,' zei hij alleen maar. Hij draaide zich om en begon met het opruimen van de spullen.

'Wie heeft je dat geleerd?' vroeg Jessica.

Hij twijfelde even voordat hij antwoord gaf. 'Ed,' zei hij toen.

'Ed?' Jessica beet op haar onderlip. 'De vader van Evelyn?'

Pascal knikte.

Evelyn. Jessica voelde een lichte steek van jaloezie. Ze haatte zichzelf daarom. Maar voor één keer... voor één keer zou ze willen dat iemand zoveel van haar hield als Pascal blijkbaar van Evelyn had gehouden.

Een gedachte die ze zelf absurd vond. Want Johan had van haar gehouden. Misschien niet zoveel, maar toch veel. En hij scheen nog steeds van haar te houden. Al leek het soms een wat egoïstisch soort liefde te zijn. En nu bedacht ze zich dat ze zou willen dat iemand meer van haar hield. Alsof ze daar nu plaats voor had in haar leven. Alsof ze dat nu aan zou kunnen.

Ze dwong zichzelf tot een glimlach naar Pascal toe.

'Volgens mij is het een prachtige man.'

Pascal knikte. Hij streelde de appaloosa, duidelijk een paar tellen in gedachten verzonken, en deed de spullen weer in de tassen. Daarna stapte hij op zijn eigen valkkleurige paard.

Jessica volgde zijn verrichtingen. Ze stelde de vraag zonder dat ze dat echt wilde.

'Was de appaloosa van Evelyn?'

Pascal knikte. Hij keek haar niet aan.

Jessica staarde een paar tellen naar het paard en besefte dat Evelyn met hen meereed. Niet zichtbaar, maar ze was er wel.

Ze stapte op haar eigen paard, duwde een opkomende triestheid resoluut weg en volgde Pascal toen hij weer vertrok. Een tijdlang waren ze allebei stil, allebei in eigen gedachten verzonken.

Jessica betrapte zich erop dat ze niet meer zo van haar omgeving genoot als ze zou moeten doen, maar op de een of andere manier leek het alsof ze steeds weer terugkroop in zichzelf. Alsof de gedachten die haar hersens beheersten de overhand namen. Gedachten aan haar tijd met Johan, de scheiding, de paarden...

Pas toen ze op een groot open veld kwamen, wendde Pascal zich weer tot haar. Hij glimlachte. 'Zin om uit te waaien?' vroeg hij.

Ze zag de kleine schittering in zijn ogen en wist wat hij bedoelde. Ze knikte.

Hij spoorde zijn paard aan tot een snelle galop. Jessica hoefde nauwelijks iets te doen. Haar paard wist precies wat er van hem werd verwacht.

Ze galoppeerden zij aan zij en Jessica voelde de wind over haar gezicht en door haar haren gaan. Voor haar strekte de vlakte zich eindeloos uit. Het voelde zalig.

'Spreid je armen,' riep Pascal. 'Zoals je dat vroeger deed.' Hij gaf zelf het voorbeeld.

Jessica aarzelde slechts even en deed het toen ook. Ze strekte haar armen opzij uit en kreeg het gevoel dat ze vloog.

'Sluit je ogen. Een paar seconden maar,' riep Pascal.

Jessica sloot haar ogen. Het gevoel was onbeschrijfelijk. De kracht van het paard dat ze nu zo duidelijk onder zich voelde; de manier waarop het dier met een onbeschrijfelijke zekerheid zijn voeten neerzette; de wind die langs haar gezicht en lijf streek en tranen in haar ogen veroorzaakte, en vooral de vrijheid. Alsof ze het grote niets in galoppeerde. Het was iets wat van haar eindeloos had mogen duren, maar Pascal riep op een bepaald moment dat ze moest opletten. Ze kwamen weer aan de bosrand en het paard remde zelf al af.

Ze keek naar Pascal en lachte. 'Ik was helemaal vergeten hoe het voelde,' zei ze. 'Ik was het gewoon vergeten.'

Pascal lachte ook. 'Daarom wilde ik je eraan herinneren. Hoe

het is om gewoon samen te zijn met je paard. Gewoon weer even kind te zijn en plezier te hebben.'
Jessica keek hem glimlachend aan.
'Bedankt.'

Jessica voelde zich beter dan de afgelopen dagen. Ze waren pas rond twaalf uur teruggekomen van hun buitenrit en haar spieren hadden pijn gedaan. Ze had niet verwacht dat iemand met zoveel rijervaring als zij nog pijn in haar spieren kon krijgen. Nu wist ze wel beter. Maar de spierpijn was geen enkel probleem. In zekere zin voelde het zelfs goed. En het stond niet in verhouding met het prettige gevoel diep binnenin. Zelfs al was er ook nog die verwarring.
Ze had de middag gebruikt om thuis op te ruimen, met haar ouders te bellen en zelfs even met haar zus te kletsen en natuurlijk ook met het zorgen voor de kittens en de paarden. Lolita dan vooral, omdat ze met Faith nog niet zoveel kon.
Ze was nu zover dat ze de wei in kon gaan zonder dat Faith kwaad reageerde, en ze kon zelfs dicht bij het paard komen op de manier waarop Pascal haar dat had geleerd.
Maar het paard raakte haar nog niet aan, dus kon zij het paard niet aanraken als ze zich aan de spelregels wilde houden.
Omdat ze geen enkele behoefte voelde om zich op dat moment weer problemen op de hals te halen, deed ze dat ook niet. Temeer omdat Pascal had gezegd dat Faith in feite helemaal geen moeilijk paard was, maar dat ze mensen – waarschijnlijk met reden – behoorlijk wantrouwde en dat het zaak was om daarin verandering te brengen. En in feite had ze dat wel geweten. Achteraf gezien wist ze ook niet meer precies waar haar heftige angst vandaan was gekomen. Misschien omdat het paard haar in het begin had overbluft. Misschien omdat ze zelf niet goed in haar vel had gezeten. En misschien ook omdat ze niet gewend was aan paarden met zo'n intens wantrouwen in de mens. Maar het was goed dat ze al in de buurt kon komen. Pascal had voorgesteld dat ze die avond samen iets zouden gaan drinken in de dorpskroeg. Ze was akkoord gegaan, toch wel een beetje nieuwsgierig naar de bekende kroeg van het dorp en misschien wilde ze ook gewoon de avond niet alleen

doorbrengen. Pascal had gezegd dat hij haar rond acht uur zou ophalen.

Eerder die dag moest hij naar een meisje dat van haar pony hield, maar waarbij de pony absoluut niet van het meisje hield, had hij verteld, en hij moest nog ergens heen, maar had daar verder geen uitleg bij gegeven. Jessica had het hem ook niet gevraagd. Ze vond het fijn dat hij met haar op stap ging en ze wilde geen verdere vragen stellen of op wat voor manier dan ook aanspraak op hem maken.

Een beetje nerveus was ze wel, alsof ze een puber was die op de jongen wachtte die haar naar het schoolbal zou begeleiden. Een vergelijking die ze zelf totaal niet relevant vond, maar die toch in haar opkwam.

Het was net acht uur geweest toen Pascal haar ophaalde. Hij kwam niet naar binnen, was misschien zelfs iets afstandelijk, maar vriendelijk.

'Weet je zeker dat je vanavond op stap wilt gaan?' informeerde Jessica toch wat onzeker.

Pascal knikte.

'Ik kan je niet het dorp laten zien en Sefke overslaan,' zei hij. 'Hij hoort bij Olme.' Jessica glimlachte en knikte.

Het voelde een beetje vreemd toen ze later met hem over straat richting kroeg liep. Alsof er iets tussen hen was gekomen, zonder dat ze een duidelijke reden had om dat te denken. Pascal was nog steeds erg vriendelijk, maar toch was er dat stukje afstand. Een afstand waarvan ze zelf wilde dat ze het waardeerde. Maar die ze toch moeilijk te accepteren vond. Soms begreep ze zichzelf niet.

Terwijl ze door de straten liepen, vertelde Pascal nog het een en ander over het dorp. Hij vertelde over Jenny Muldijk, die in een atelier op de Beekweg schilderles gaf, onder anderen aan gehandicapten, en over het gemeentehuis, met zijn klassieke inrichting in oud marmer en notenhout en met zijn vele kroonluchters. Hij vertelde over de pastoor van het dorp, een haastige kalende man, die echter door iedereen op handen werd gedragen en niet vies was van een slagroomgebakje of borreltje, en hij vertelde over Elsa van de Super en haar gave om van iedereen alles te weten te komen.

Voor ze het besefte, hadden ze het café Het Dorp bereikt en bleef Pascal bij de deur staan.

'Zeker weten dat je een oudemannenkroeg binnen wilt gaan?'

'Is het echt een oudemannenkroeg?'

'Eigenlijk wel. Al komen er ook genoeg jonge mannen en af en toe zelfs een vrouw.'

'Natuurlijk wil ik het dan zien,' zei Jessica met een lachje. 'Zo vaak ben ik nog niet in een oudemannenkroeg geweest.'

'Je moet het zelf weten,' zei Pascal. Hij zwaaide de deur open en opende daarmee de weg naar een tijd die ver in het verleden lag.

Jessica wandelde de donkere kroeg binnen en zag de ouderwetse tafeltjes met de perzen erop en een bar die ze herkende van plaatjes van oude cafés. Ze keek naar de gebogen ruggen aan de bar en naar de rook die als een dreigende wolk boven de hoofden zweefde. De mannen aan de bar keken om. Zeven vragende gezichten, in verschillende vormen en met wisselend vouwpatroon.

Achter de bar stond een man wiens neus zo rood was dat hij bijna oplichtte in de duisternis van de kroeg. Hij droeg een grijze broek met rode bretels, een wat groezelige blouse en een grijs alpinopetje op zijn wat vettige, grijze haar. Zijn gezicht was rond en vergenoegd toen hij hen binnen zag komen.

'Ah… onze paardenfluisteraar,' zei hij meteen.

De andere gezichten grijnsden. Ze zagen een goed excuus voor nieuwe rondjes en het uitstellen van de weg huiswaarts.

Pascal wist wat er van hem werd verwacht. 'Doe maar een rondje, Sefke. En neem er zelf ook een.'

Sefke grijnsde. 'Paardenmannen zijn de slechtste nog niet,' vond hij, terwijl hij begon te tappen. Maar zijn blik bleef op Jessica gericht.

'En wie is de dame?' wilde hij weten.

'Jessica. Mijn nieuwe buurvrouw. Ze heeft het huis van Lou gekocht.'

'Van die ouwe vrek?'

'Jep.'

'Zal wel wat werk in zijn. Kon nog geen spijker vanaf, als je het mij vraagt. Borreltje nemen deed-ie nog wel, maar eens een rondje geven...' Sefke schudde afkeurend zijn hoofd.

'Wat wil de juffrouw drinken?' informeerde hij. 'Een lekker likeurtje? Ik heb hier nog een likeurtje staan voor als er dames zijn. De kerels hier drinken dat spul niet, maar soms is er een dame bij en dan moet je toch iets in huis hebben, nietwaar?' Hij grinnikte. 'Weet niet meer welke likeur ik heb.' Hij keek haar afwachtend aan. Een beetje vragend. Als een klein kind dat om een snoepje heeft gevraagd en bijna hardop erachteraan vraagt: mag het? mag het?

'Een likeurtje is wel lekker,' zei Jessica. 'Maakt niet uit wat het is.'

Sefke grijnsde weer. Zijn goedkeuring had ze in ieder geval. Sefke hield niet van moeilijke mensen.

'En onze paardenman?'

'Een biertje.'

Sefke knikte en begon te tappen.

'Juffrouw is dus de nieuwe buurvrouw. Zo zo...'

'Echt,' benadrukte Pascal.

'Jaja.'

'Ik maak haar alleen wegwijs in het dorp.'

'Zo zo. Jaja.'

'Echt.'

'Luister eens, cowboy. Mij hoef je niets uit te leggen. Ik loop al te lang mee. Maar misschien moet je jezelf eens wat duidelijk maken.'

'Wat bedoel je?'

Sefke grijnsde alleen. Hij gaf geen antwoord en voorzag iedereen van de nodige drankjes. Jessica genoot van de gesprekken gevoerd door de mannen, die van vee tot politiek gingen en waarbij zelfs vrouwvolk nog even op de korrel werd genomen, terwijl de mannen zich niet lieten storen door haar aanwezigheid.

Zelf nam ze niet echt actief deel aan het gesprek. Ze voelde daar niet de behoefte toe en ze merkte dat ze af en toe afdwaalde in gedachten en daardoor de draad kwijtraakte. Ze merkte overigens ook dat ze misschien net wat te vaak een likeurtje voor haar neus kreeg en besefte dat het lichte gevoel in haar hoofd dit keer niet alleen met spanningen te maken had.

Integendeel. Tegen de tijd dat het buiten donker was en de harde kern tussen een aantal nieuwkomers stilaan het besluit nam dat ze de tocht naar huis niet meer te lang konden uitstellen, voelde Jessica zich meer ontspannen dan ze de afgelopen dagen, misschien wel weken of maanden, was geweest.

Ze giechelde om de verhalen van de mannen en vond eigenlijk dat Sefke een geweldige neus had. Ze dacht er zelfs over om het hem te zeggen, maar zover kwam het niet.

Pascal stond als eerste op – een stuk minder stabiel dan toen hij de kroeg was binnengekomen – en stelde voor om richting huis te gaan, omdat zijn katten bezorgd werden.

Jessica vond giechelend dat hij gelijk had, al begreep ze zelf ook niet helemaal waarom ze dat zo grappig vond, en stond ook op. Het verbaasde haar dat haar benen een beetje wiebelden. Maar ze maakte zich er niet druk over. Ze vond het maar idioot om je overal druk over te maken en ze begreep ook niet dat ze dat ooit eerder had gedaan. Ze giechelde nog maar een keer en volgde Pascal naar buiten.

Er stond een frisse avondwind en Jessica rilde.

'Het wordt winter,' grapte ze.

'Tuurlijk wordt het winter,' was Pascal het met haar eens. 'Er zit sneeuw in de lucht. Ik voel het aan mijn eksterogen.'

'Je lijkt Leo wel.'

'Leo?'

'De schilder. Zijn eksterogen zijn vermomde weermannetjes. Heb je ook zulke eksterogen?'

'Eksterogen, schimmelnagels en korstjes in mijn oren.'

'Je bent walgelijk.'

'Weet ik.' Hij lachte. Jessica lachte mee. Pascal was zo grappig, vond ze.

Ze zwalkten over het plein langs de Vaart richting Hoofdstraat.

'Zullen we gaan zwemmen?' stelde Jessica voor. Ze keek naar het water.

'Ik zou wel willen, maar mijn zwembroek ligt thuis.'

'De mijne ook. En ik heb er niet eens een.' Ze lachte weer. Pascal lachte mee.

'We maken iedereen wakker,' vond Jessica.

'Ik denk het ook. Misschien moeten we zingen.'

'Ik denk het wel,' vond Jessica en ze zette meteen in met een kinderliedje. Pascal zong mee.

'De wielen van de bus, die draaien rond, rond en rond, rond en rond...'

Ze maakten er meteen een dansje bij.

Een oude man die zijn teckel uitliet, keek hen verbaasd aan.

'Zingen we erg vals?' vroeg Jessica hem.

'Ja, ik vrees van wel,' bekende de man.

'O jee.'

'Maar jullie hebben in ieder geval een goed humeur,' vond de man met een grijns.

'Dat is waar,' was Jessica het met hem eens en ze begon weer te zingen.

De man keek hen lachend na.

'Het is nog steeds koud,' vond Jessica, toen ze bijna het Oude Pad in liepen.

'Sneeuw. Ik zei het al,' zei Pascal. Hij keek haar grinnikend aan. 'Kom hier.' Hij sloeg een arm om haar heen en drukte haar tegen zich aan. Het voelde aangenaam aan en Jessica koesterde zich zonder terughoudendheid in zijn warmte.

Ze zongen nog een beetje en zwalkten vrolijk giechelend terug naar huis.

'Ik zou nog even binnen kunnen komen voor een kop koffie,' zei Pascal, toen ze bij Jessica's boerderij waren aangekomen. 'Maar dat is misschien niet zo slim, nu.'

Hij keek haar vragend aan. Alsof hij met de gedachte speelde, maar ergens in zijn benevelde brein besefte dat zoiets verstrekkende gevolgen kon hebben.

'Het zou wel gezellig zijn...' zei Jessica. Ze grinnikte. 'Maar dan gaat iedereen roddelen.'

'Dat kunnen we niet hebben.' Pascal kuste Jessica op haar wang en toen spontaan op haar mond. Daarna vertrok hij, zingend en zwalkend.

Jessica keek hem giechelend na. Maar de kus op haar mond had indruk gemaakt en ze voelde het zelfs nog toen ze daarna haar eigen boerderij binnenging.

Eigenlijk vond ze het jammer dat hij niet mee naar binnen was gegaan. Eigenlijk had ze hem achterna willen gaan en zich in zijn armen willen koesteren. Hem misschien zelfs willen kussen. Of misschien zelfs meer dan dat.

Maar ze had al moeite met het vinden van haar eigen badkamer, struikelend over de katten en haar eigen benen, dus deed ze het niet. Ze poetste haar tanden en ging naar bed.

Toen ze eenmaal in bed lag, begon de kamer om haar heen te draaien, alsof ze in een carrousel zat.

'Ik heb te veel gedronken,' mompelde ze. 'Veel te veel.' En heel even kwam de paniek weer. De angst dat ze er iets aan overhield. Dat ze uit haar bed kon vallen en misschien ongelukkig terechtkwam. Of dat er iets anders fout ging. Maar haar angst kreeg niet de kans om door te zetten. De slaap won het pleit en Jessica zakte weg in een vreemde droom waarbij ze bloot in een groot gezelschap rondliep, naarstig op zoek naar kleding.

# HOOFDSTUK 15

Toen Jessica de volgende ochtend wakker werd, voelde ze zich aanmerkelijk minder fit en vrolijk. Zodra ze een paar kittens aan de kant duwde en kreunend overeind kwam, voelde ze haar hoofd bonken. Ze was ook een beetje misselijk.

Ze zag dat het al tien uur was. Ze dacht aan de vorige avond en kreunde nog veel harder. Ze kon zich herinneren dat ze met Pascal had gezongen en dat hij haar vast had gehouden. Ze herinnerde zich zijn kus en voelde zelfs nu, nu ze alleen in haar bed zat, dat ze alsnog kleurde. Ze wilde dat ze het zich niet meer kon herinneren. Maar hoe meer ze zich dat wenste, hoe duidelijker haar herinnering daaraan werd.

Ze stond op en strompelde naar de badkamer, waar een verkreukelde dame met vermoeide ogen haar vanuit de spiegel aanstaarde.

'Idioot,' mompelde ze. Ze ging onder de douche en liet de temperatuur van het water zo hoog mogelijk oplopen. Het voelde heerlijk om het hete water over haar huid te laten glijden, totdat ze rood kleurde. Het wegwassen van de zonde, dacht ze met een licht sarcasme.

Eigenlijk was ze liever de grond in gezakt. Of voor altijd verdwenen. Goddank was er niet meer gebeurd. Ze moest er niet aan denken dat Pascal mee naar binnen was gegaan.

Ze droogde zich stevig af totdat haar huid gloeide en trok een oude jeans en een ruim sweatshirt aan. Het leek haar verstandig om wat werk te verzetten, al was het zondag. In geen geval wilde ze stilzitten en piekeren. Of nadenken over de vorige avond.

Zodra ze de badkamer uit kwam, rook ze koffie. Het verbijsterde haar. Hoe kon het in hemelsnaam naar koffie ruiken? Even dacht ze aan de schilders, maar ze realiseerde zich meteen dat het zondag was en schilders kwamen niet op zondag.

Had ze de vorige avond koffiegezet? Ze kon het zich niet herinneren, maar ze sloot het net zomin uit. Misschien had ze werkelijk koffiegezet en was ze vergeten het apparaat uit te zetten.

Haastig liep ze naar de keuken en zag daar Pascal aan het aanrecht staan. Hij keek haar aan en zij stokte in haar beweging en beantwoordde zijn blik verbijsterd.

'Ik dacht dat je misschien wel koffie kon gebruiken,' zei hij. 'Na gisteravond.'

Jessica kleurde opnieuw.

'Ik hoop dat je het niet erg vindt dat ik gewoon binnen ben gekomen,' ging hij verder, op een wat verontschuldigende wijze. 'Ik wilde alleen even kijken hoe het met je was en de achterdeur stond open.'

'Heb ik de deur open laten staan? De hele nacht?'

'Ik denk van wel. Aangezien je net pas uit bed komt. Maar volgens mij is er niet ingebroken. Behalve dan door mij.'

'Jeetje.'

'Koffie?'

'Graag.'

'Je vindt het toch niet erg?' Weer even die onzekerheid in zijn stem. Jessica schudde haar hoofd.

'Goed. Misschien kunnen we dan samen een sloot koffie drinken. Ik kan ook wel wat gebruiken na gisteravond. En ik heb wat broodjes meegenomen.'

Jessica zag nu pas dat hij de tafel had gedekt. In het midden stond een mand met broodjes.

'Ik voelde mij een beetje schuldig omdat ik je gisteravond had meegenomen naar de kroeg en je niet eerder thuis heb gebracht, voordat we te veel hadden gedronken.'

'Dat is niet jouw schuld,' zei Jessica meteen. 'Ik stond zelf ook niet meteen te springen om naar huis te gaan.'

'Er zijn maar weinig mensen die springen om naar huis te gaan als de eerste hoeveelheid alcohol achter de kiezen is,' zei Pascal met een klein lachje. 'Maar ik was voor jou verantwoordelijk.'

'Ik ben een grote meid. Ik ben voor mijzelf verantwoordelijk.'

'O. Goed. In dat geval... ik vond het gezellig.'

'Ik ook.' Ze dacht weer aan zijn aanraking. Aan zijn warmte toen hij haar had vastgehouden, en aan zijn kus.

Hij keek haar wat taxerend aan, alsof hij wist waaraan ze dacht. Maar hij zei niets daarover.

'Ga zitten,' zei hij alleen maar.

Jessica nam wat onwennig plaats en keek toe terwijl hij koffie inschonk. Het voelde zo vreemd. Aan de ene kant zo prettig en aan de andere kant zo verschrikkelijk verkeerd.

Een tijdlang zei geen van beiden iets. Ze dronken koffie en aten broodjes. Totdat Pascal haar aankeek.

'Jessica... ik weet niet hoe ik het moet zeggen...' Hij twijfelde even. Jessica keek hem vragend aan.

'Ik vind je erg aardig.' Hij haalde diep adem. 'Misschien meer dan dat.'

Jessica voelde een lichte paniek opkomen.

'Pascal, ik weet niet of... ik ben net pas van Johan af en...'

'Dat weet ik. En eerlijk gezegd... eerlijk gezegd voelt het nog niet goed. Het ligt niet aan jou. Maar het is alsof ik Evelyn bedrieg. Ik weet niet hoe ik het anders moet zeggen. Eerlijk gezegd had ik niet verwacht dat ik ooit nog voor iemand dit zou voelen en het brengt me in de war.'

'Ik weet wat je bedoelt. Ik heb hetzelfde probleem. Ik mag je erg graag, Pascal. Maar ik ben nog maar net van Johan af. Ik ben natuurlijk al langer gescheiden, maar ik ben net pas bij hem weg. Het voelt gewoon raar.'

Pascal knikte. Het was een paar tellen stil.

'Ik weet dat je nog veel aan haar denkt,' zei Jessica toen.

Pascal knikte weer.

'Ik denk dat ze speciaal was.'

'Ja.'

'Het spijt me dat ze zo jong stierf.'

'Mij ook.' Hij staarde voor zich uit. 'Ze zeggen dat het leven verdergaat. Dat is maar ten dele waar.'

Jessica knikte.

'Denk je dat we gewoon vrienden kunnen zijn?' vroeg ze toen. Ze was verbaasd over haar eigen vraag. 'Vrienden zonder verplichtingen?'

Pascal knikte. 'Ik denk dat we dat wel kunnen.'

Hij glimlachte. Zij glimlachte ook.

'Bovendien heb ik je hulp nodig,' zei ze toen. 'Met Faith.' Ze probeerde luchtig, een beetje plagend te klinken. Ze wist niet zeker of het ook zo overkwam.

Pascal glimlachte weer. 'Natuurlijk help ik je met haar. En als er weer eens iets is…' Hij keek haar op die typische manier aan. Een mengeling van vraagstelling, pijn, hoop en twijfel.

'Hoe gaat het met je katten?' vroeg Jessica, in een wanhopige poging de gespreksstof eenvoudiger te maken.

Pascal ging er meteen op in, zichtbaar opgelucht. Hij vertelde over zijn katten en ongemerkt ging het gesprek uiteindelijk weer over paarden. Een onderwerp waar ze beiden eindeloos over konden praten en waarbij de tijd voorbijgleed alsof er niets anders was.

Jessica merkte niet eens dat er iemand het huis binnenliep, totdat hij opeens in de deuropening verscheen: Johan. Ze zag zijn gezichtsuitdrukking van ongeloof en ongetwijfeld ergernis, toen hij Pascal zag zitten. Maar zoals altijd had Johan zijn emoties onder controle. Hij dwong zichzelf tot een lach en strekte zijn hand uit naar Pascal.

'Wij hebben elkaar nog niet ontmoet. De buurman, neem ik aan? Ik ben Johan, de ex van Jessica.'

Pascal gaf hem een hand. Hij keek onderzoekend naar Johan en een moment lang heerste er een wat ongemakkelijke stilte.

'Wat kom je doen, Johan?' vroeg Jessica toen.

'Kijken hoe het met je is. En met je paard, natuurlijk.'

'O.'

'Gewoon interesse. Ik weet dat ik onverwacht kom, maar ik was in de buurt. In verband met diezelfde hengsten afgelopen week. Ik wilde ze nog een keer zien. Zodoende. En toen leek het mij een goed idee om te kijken hoe het met je was. Ik wist niet dat je al bezoek had.'

Hij wierp Pascal een wat verontschuldigende blik toe.

'Het spijt me dat ik stoor. Ik weet niet of ik misschien nog een kop koffie kan krijgen?'

Jessica stond meteen op. 'Natuurlijk.'

Eigenlijk vond ze het helemaal niet prettig dat hij er was, maar ze vond ook dat ze het niet kon maken om hem zonder meer weg te sturen. Hij toonde alleen maar interesse. Misschien een beetje meer dan dat, maar het was in ieder geval niet verkeerd bedoeld.

'Dat is lief van je,' zei Johan. Hij ging aan tafel zitten en wendde zich tot Pascal.

'Ze is werkelijk veel te goed,' zei hij. 'Ik ben een grote kluns dat ik haar liet gaan. Eigen schuld. Stomme dingen uitgehaald. Als ik het kon terugdraaien...' Hij keek naar Jessica, die koffie inschonk aan het aanrecht en deed alsof ze het niet hoorde. Direct daarna wendde hij zich weer tot Pascal. 'Jij werkt ook met paarden, begreep ik?'

Pascal knikte.

'Probleempaarden?'

'Eigenlijk meer met mensen die problemen hebben met hun paard.'

'Is het niet meestal zo? Dat het probleem bij de mensen ligt? Goed, de zwarte merrie van Jessica is wellicht een uitzondering. Die heeft ze in de schoenen geschoven gekregen, waarschijnlijk omdat de eigenaar haar niet eens uit de box durfde te halen. Jessica is normaal gesproken goed met paarden.'

Pascal knikte alleen maar en stond op.

'Het spijt me, maar ik moet echt gaan. Ik heb dadelijk een afspraak; een meisje dat ik met haar paard help.'

'Hetzelfde meisje als gisteren?' vroeg Jessica. Ze had zich omgedraaid en zette koffie bij Johan neer.

Pascal knikte. Hij groette haar en Johan en liep weg. Johan keek hem na. Toen hij de deur hoorde dichtslaan richtte hij zijn aandacht weer op Jessica, die nu ook weer aan tafel zat.

'Heeft hij vannacht hier geslapen?' vroeg hij. 'Ik heb er natuurlijk niets mee te maken, maar ik vroeg het mij af.'

'Nee, hij heeft hier niet geslapen.'

'Omdat hij hier aan het ontbijt zat...'

'Hij kwam kijken hoe het met mij was en had broodjes gehaald. We zijn gisteren samen in de dorpskroeg geweest en hadden een beetje te veel gedronken.'

'Oei. Ja, ik kan mij voorstellen dat zoiets snel gebeurt in een dorpskroeg.' Hij was even stil en leek met een vraag te worstelen, die hij kort daarna toch maar stelde.

'Je hebt toch geen gekke dingen gedaan gisteren? Omdat je te veel had gedronken?'

'Het ligt eraan wat je onder gekke dingen verstaat.'

Ze zag dat Johan een beetje bleek werd.

'Nou...'

'Als je zingen en giechelen op straat onder gekke dingen rekent, dan heb ik inderdaad gekke dingen gedaan,' zei ze. 'Maar als je wilt weten of er iets is gebeurd tussen Pascal en mij, dan kan ik vertellen dat dat niet zo is.'

Behalve dan die kus, dacht ze. Maar het leek haar niet nodig om dat hardop te zeggen. Het was tenslotte maar een kus in een dronken bui geweest. Niets van betekenis. Al kon ze het niet vergeten.

Johan haalde opgelucht adem. 'Zingen in de straat is niet alleen een beetje gek, maar misschien ook een beetje een shock voor de buurtbewoners, met jouw stemgeluid, maar het is niet datgene waar ik bang voor was. En daar ben ik blij om. Ik heb er natuurlijk niets mee te maken, zoals ik al zei, maar ik zou het jammer vinden als je dingen doet waar je spijt van krijgt.'

'Ik denk niet dat dat erin zit,' zei Jessica. Ze speelde met het lepeltje in de koffie en vroeg zich af wat er was gebeurd als Pascal met haar naar binnen was gegaan.

'Nee, ik denk het ook niet, jou kennende,' gaf Johan toe. Hij glimlachte. 'Maar zo gek is het niet dat ik dat dacht. Die Pascal is zo'n type waar vrouwen gemakkelijk op vallen, volgens mij. Meer een soort cowboy.' Hij glimlachte weer. 'Bovendien lijkt hij best aardig en werkt hij met paarden. Dat maakt hem toch een geduchte concurrent.'

Jessica trok haar wenkbrauwen op. 'Concurrent?'

Johan lachte. 'Sorry. Zo bedoel ik het natuurlijk niet. We zijn tenslotte uit elkaar, nietwaar. Maar het voelt gewoon nog erg vreemd om jou met een andere kerel te zien.'

'We ontbeten alleen maar.'

'Ja, dat is waar. Ik ben bang dat ik mijzelf momenteel een beetje belachelijk maak.' Hij keek er zo beschaamd bij dat Jessica de neiging kreeg om hem een knuffel te geven. Gewoon om hem te laten voelen dat het goed was. Ze deed het natuurlijk niet.

'Valt wel mee,' zei ze alleen maar. 'We moeten allebei nog aan de situatie wennen.'

Johan knikte. 'Al weet ik niet of ik er ooit echt aan wen.'

'Natuurlijk.'

Johan nam kleine slokjes koffie.

'En een kerel als Pascal kan natuurlijk iedere meid krijgen...'
ging hij verder.
Jessica keek hem vragend aan.
'Omdat hij er aardig uitziet en vrouwen met paarden helpt.'
'Ik geloof niet dat hij alleen vrouwen helpt.'
'Dat zal wel niet, maar vrouwen roepen nu eenmaal eerder
hulp in van een paardenman. Wij mannen zijn daar vaak te
eigenwijs voor.' Hij glimlachte weer.
'Dat klopt,' gaf Jessica toe. 'Vrouwen vragen eerder hulp aan
een paardenman. Daar weet jij uiteindelijk ook alles vanaf.'
'Dat was een steek onder water.'
'Ja, misschien wel. Sorry.'
'Maar je hebt gelijk en ik heb het verdiend.'
'Ja. Maar het heeft geen zin om dat weer naar boven te ha-
len.'
'Nee, dat niet. Ik ben mij maar al te goed bewust van de stom-
miteiten die ik heb begaan.'
'Dat is goed. Dan bega je ze misschien niet meer.'
'Nee.'
Weer was het stil.
'Hoe gaat het met je paard?'
'Hetzelfde. Ze loopt nog steeds niet helemaal goed.'
'Ze kan niet meer de dressuur in.'
'Nee.'
'Hoe moet het dan met je plannen?'
'Papa wil eventueel in een dressuurpaard investeren.'
'Jouw vader? Ik dacht dat hij alleen in dravers geïnteresseerd
was, als investering. Hij noemde spring- en dressuurpaarden
altijd een te groot risico wat investeringen betrof.'
'Dat klopt. Zo denkt hij er nog steeds over. Maar voor mij wil
hij een uitzondering maken. Omdat ik zijn dochter ben.' Ze
glimlachte.
'Natuurlijk. Ik geloof dat die man alles voor je doet. En zo
moet dat ook. Heb je al iets op het oog?'
'Ik heb een lijst gemaakt van goede dressuurpaarden die te
koop staan. Ik had er gisteren naar willen gaan kijken, maar ik
voelde mij niet goed. Daarom hebben we het uitgesteld.'
'Ik begrijp het. Met een dergelijke aankoop moet je in staat zijn

211

om het paard goed te bekijken en nuchter na te denken. Het gaat meestal om veel geld.'

'Ja.'

'Was je ziek?'

'Ja.'

'Wat had je dan?'

'Griepachtig.' Jessica had geen zin om het uit te leggen.

'Kon je dan evengoed 's avonds op stap?'

'Gisteravond ging het beter.'

'Misschien had je gewoon te veel omhanden.' Hij kwam er zelf dus ook wel op. 'De scheiding, alleen hier in een oude boerderij zitten met een enorme berg werk, een baan, een bedrijf op willen bouwen en dan de problemen met je paard...'

Jessica knikte maar. Het had geen zin om het te ontkennen.

'Het is ook gewoon te veel,' vond Johan.

'Het is gewoon zoals het is. Ik red mij wel.'

Johan knikte. 'Wat doe je met Lolita?'

'Weet ik niet.'

'Je weet dat je haar beter niet voor de fok kunt gebruiken, zoals je aanvankelijk van plan was?'

'Dat weet ik. Ik had het daar met papa over. Hij wees mij op de risico's. Ik kende ze eigenlijk wel, maar ik stond er niet bij stil.'

'En voor de dressuur kun je haar ook niet gebruiken.'

'Nee.'

'Maar ze kost wel geld. Als je voor jezelf wilt beginnen, is dat een probleem. Je zult iedere cent en ieder beetje energie nodig hebben om het bedrijf op te bouwen. Dat zal naar een goed paard moeten gaan, waarmee je wedstrijden kunt rijden en dat je kunt inzetten voor de fok. Ik twijfel er zelfs aan of het aanhouden van die Black Faith een goed plan is. Ze heeft een goede lijn, maar je weet niet of ze geschikt is als fokmerrie, gezien haar karakter.'

'Karakter is niet zo belangrijk bij een goede draver. Zolang de wil om te werken en te winnen er maar is.'

'Daar heb je gelijk in. Maar Lolita...'

'Jij vindt dat ik haar moet laten inslapen?'

'Laat ik het zo zeggen... je wilt een bedrijf beginnen en je wilt het groot maken. Dat heb je vaak genoeg gezegd. Dat betekent dat je een zakelijke visie moet ontwikkelen. Dat betekent dat je geen geld en energie kunt steken in iets wat niets oplevert. Dat weet je ook.'

Ja, Jessica wist het. Johan was daar altijd erg nuchter in geweest en dat was een van de dingen die hem groot hadden gemaakt.

'Bovendien heeft ze pijn,' zei Johan. 'Wat heeft dat paard nog als ze alleen op de wei kan rondstrompelen en niet meer de aandacht krijgt die ze gewend is? Lolita is een heel actief paard. Ze vond het prettig om te werken, om beziggehouden te worden. Wat heeft dat dier nog als het in de wei staat te verstoffen?'

Jessica knikte. Ze wist dat Johan ergens gelijk had. Maar haar gevoel werkte niet mee.

'Ik weet niet of ik het kan,' zei ze. 'Ik houd van dat paard. Ik weet niet of ik het over mijn hart kan verkrijgen om haar te laten inslapen nu ze haar werk niet meer kan doen. Het voelt alsof ik haar dan afdank na alles wat ze voor mij heeft gedaan.'

'Jij hebt ook altijd alles voor haar gedaan,' vond Johan.

Jessica haalde haar schouders op.

'Paarden zijn geen mensen. Paarden zijn bewegingsdieren en de dood is voor een paard een natuurlijk iets.'

Het klonk allemaal logisch, maar voor Jessica voelde het gewoon niet goed. Ze wilde er eigenlijk niet eens aan denken.

'Hoe gaat het bij jou?' vroeg ze, om van onderwerp te veranderen.

'Goed. Gudrun en Hannibal worden elke dag beter en zelfs Rigoras schijnt meer plezier in het werk te krijgen. Momenteel ben ik op zoek naar een paar goede hengsten om de fokmerries te dekken en ik moet zeggen dat Stal Riesser, hier net over de grens, een paar veelbelovende dekhengsten heeft staan. Mooie bewegingen, mooie uitstraling...'

Johan vertelde nog een tijd over zijn paarden en Jessica deed haar best om te luisteren en geïnteresseerd te blijven. Maar het kostte haar enorm veel moeite om het te blijven volgen en af en toe betrapte ze zichzelf erop dat ze de draad van het verhaal kwijt was. Ze was blij dat Johan het niet merkte.

Het voelde vreemd en vertrouwd tegelijk om bij hem aan tafel te zitten en te luisteren naar zijn verhalen. En toen hij uiteindelijk vertrok, wist ze niet of ze dat prettig vond, of juist niet.

Ze bleef bij het raam staan toen hij wegreed en bleef ook nog lang daarna op diezelfde plek staan. In haar lichaam voerde een snelweg van emoties de boventoon. Maar haar ademhaling en hartslag bleef onder controle. En dat was meer dan ze durfde te hopen.

Ergens in de loop van de zondagmiddag vond Jessica dat ze lang genoeg in haar woning had geijsbeerd en ze liep naar buiten. Het was niet zo heel erg warm, rond de zeventien graden en slechts af en toe een klein beetje zon. Maar ze had behoefte aan buitenlucht.

Het was vreemd dat ze geen stallen hoefde te doen en geen paarden hoefde te voeren. Maar in de wei stond meer dan genoeg gras en Jessica had besloten de brokken achterwege te laten na de ontsnapping van Lolita. Vooral omdat ze wilde dat het paard zich zo rustig mogelijk hield met haar lichamelijke beperkingen.

Het was net alsof ze nu gaten in de dagen had op de momenten waarop ze normaal gesproken in de stal aan het werk zou zijn. Dat ze ook niet trainde, maakte de gaten alleen nog maar groter en versterkte haar algemeen aanwezige gevoel van nutteloosheid.

En stom genoeg had ze zich de hele dag er ook niet toe kunnen brengen om in huis dingen te doen of om aan haar ondernemingsplan te werken. Ze had gewoon niets anders gedaan dan op en neer gelopen in huis, dingen opgepakt en weer teruggezet, een paar keer aan haar bureau gezeten en een blik op haar notities voor het ondernemingsplan geworpen zonder dat het doordrong.

Daarom was ze nu naar buiten gelopen, de frisse lucht in. Het rook lekker buiten. Een zwakke geur van paarden kwam haar tegemoet.

Ze keek naar de paarden die verderop in de wei stonden te grazen. Haar blik bleef vooral een tijd op Lolita gericht. Ze besefte dat ze werkelijk van het paard hield, al had ze er misschien nooit echt bij stilgestaan. Ze had het altijd zo druk gehad met de trainingen, het werken aan prestaties en de verzorging die nodig werd gevonden, dat ze nooit echt bij haar gevoelens had stilgestaan. Maar nu ze haar paard rustig grazend, met een tevreden uitstraling, op de wei zag rondlopen, vroeg ze zich af of ze haar paard niet tekort had gedaan. Natuurlijk had ze het dier wel vaker in de wei gelaten, maar nooit echt erg veel of lang, bang voor blessures. Natuurlijk had ze het paard een goede verzorging gegeven in de vorm van een dik strobed, de beste brokken, poetsbeurten en al die andere dingen die normaal werden gevonden. Maar hoe vaak had Lolita gewoon de kans gekregen om paard te zijn? Om de dingen te doen die paarden doen?

In een impuls liep ze de wei in, naar haar paard. Ze deed het op de manier waarop Pascal het haar had geleerd, zonder er verder bij na te denken.

Lolita scheen het prima te vinden. Ze keek Jessica nieuwsgierig aan, met de oren naar voren en hinnikte zelfs zacht toen ze bij haar was. Jessica liet haar hand zacht over de gladde, glanzende vacht glijden en speelde met de manen. Lolita snuffelde aan haar kleding en drukte haar neus een paar keer tegen haar aan. Een lichte bries ging door haar eigen haren en de manen van het paard. Ze ademde de vochtige lucht in die haar omringde en nam de geur van haar paard in zich op. Haar vingers volgden de contouren van het paard en kroelden in de manen. Lolita brieste zacht. Jessica legde haar gezicht tegen de zachte hals. De manen kriebelden in haar neus.

Ze dacht aan een tijd, eindeloos lang geleden, waarbij ze dit zo vaak had gedaan. Waarin ze eeuwig bij de paarden in de wei kon rondhangen, de dieren strelend, kriebelend en spelend met de manen. Waarbij ze haar gezicht verstopte in de lange manen van de wollige pony's en spelletjes speelde. Tijden waarin ze zonder zadel op de pony's klauterde en alleen met halster door de wei galoppeerde, tussen de andere pony's door. Ze dacht aan het gevoel aan vrijheid dat ze toen vaak had gehad.

Een echt paardenmeisje. Dat was ze geweest. En ze had zich gelukkig gevoeld.

Ze vroeg zich af wanneer het precies was veranderd. Wanneer

het paardrijden iets was geworden waar je prestaties moest laten zien en waarbij je moest bewijzen wat je kon. Was het erin geslopen bij de eerste clubwedstrijdjes waar ze als kind aan meedeed en waarmee ze vaak prijzen behaalde, of pas na de aankoop van haar eerste echte dressuurtalent? Ze wist het niet meer. Misschien was het altijd al ergens aanwezig geweest.

Ze had plezier beleefd aan de wedstrijden. Ze had een uitdaging gezien in de trainingen en in het behalen van prestaties. Maar was dat niet uiteindelijk een eigen leven gaan leiden?

Jessica dacht erover na terwijl ze uitademde in de zachte vacht van haar paard, dat in de verte stond te staren en een beetje mee droomde.

Ze had plezier gehad in de trainingen en in de wedstrijden. Maar ergens was het behalen van prijzen belangrijker geworden dan het plezier, geloofde ze. Ergens in de loop van haar leven, toen de wollige buitenpony's waren veranderd in veelbelovende wedstrijdpony's en paarden die op stal werden gehouden omdat het zo hoorde.

En nu was haar wedstrijdcarrière met Lolita afgelopen. Lolita's benen konden het niet meer aan en zij zou verder moeten met een ander paard. Ze vroeg zich af hoe het zou zijn als ze geen wedstrijden meer reed. Ze geloofde dat ze het zou missen; de trainingen, het ergens naartoe werken en de spanning. Ze geloofde ook niet dat ze haar eigen trainingsstal zou kunnen opbouwen zonder dat. De trainingen hielden haar alert, zorgden ervoor dat ze bleef leren.

Maar voor Lolita was het eindstation gekomen.

Jessica begon te huilen. Het kwam onverwacht. Ze wilde niet huilen, maar het gebeurde gewoon. Tranen stroomden over haar wangen en doordrenkten de vacht van haar paard. Ze voelde de zachte ademhaling van het dier, ze voelde de warmte en de zachtheid van de huid, terwijl een aarzelende wind hen omringde alsof er niets anders meer bestond.

'Sorry,' huilde Jessica. 'Sorry dat het zover moest komen.'

Ze dacht aan het einde, dat zo verschrikkelijk dichtbij lag. Aan de pijn onder de oppervlakte. Ze besefte dat Lolita voor haar niet zomaar een paard was. Ze hield van het dier. Ze had er nooit bij stilgestaan op de manier waarop ze dat nu deed. Ze had nooit meer de tijd genomen om het paard eenvoudigweg te strelen, te spelen met de manen en haar gezicht te begraven in haar hals, zoals ze dat vroeger zo vaak met de pony's had gedaan.

Ze wist dat Lolita voor haar niet zomaar een paard was, zoals Johans paarden gewoon stuk voor stuk slechts een van de paarden waren. Veelbelovend of juist niet. Maar gewoon een van de vele.

Ze huiverde en vroeg zich af of ze het zou kunnen. Of ze afscheid kon nemen.

Johan had gelijk gehad. Natuurlijk had hij gelijk gehad. Maar Johan was een kerel en een zakenman. Zij was eigenlijk niet meer dan een simpel paardenmeisje, meegesleurd in datgene wat er altijd van haar werd verwacht.

Jessica wist niet hoe lang ze bij haar paard stond. Ze wist alleen dat Lolita weer begon te grazen, zich schijnbaar niet bewust van Jessica's verdriet en zorgen en zich nog veel minder bewust van datgene wat als een dreigende wolk boven haar zweefde. Paarden dachten niet aan morgen.

Jessica besefte ook opeens dat Faith vlak bij haar stond. Faith graasde bij haar voeten, alsof het de gewoonste zaak van de wereld was. Jessica draaide zich langzaam om en strekte haar hand uit naar de zwarte merrie. De merrie keek op, snuffelde aan haar hand, liet toe dat Jessica haar hand even over haar hoofd liet glijden en ging weer verder met eten.

Jessica had zich op dat moment gelukkig kunnen voelen, als het niet zo was geweest dat ze vanbinnen werd verscheurd door ellende. Ze keek naar het huis van haar buurman en zag dat hij net wegreed met zijn paarden. Misschien was hij niet naar dat meisje gegaan en was het slechts een excuus geweest. Misschien was hij ook alweer terug. Maar nu zat hij op zijn valkkleurige paard en nam de andere twee aan de hand mee.

Hij keek niet om, hij zag haar niet. Maar Jessica zag hoe hij wegreed en in gedachten zag ze op de appaloosa een meisje zitten met lang blond haar: Evelyn. En een seconde lang durfde ze te zweren dat ze haar echt zag,

Jessica boog haar hoofd en bleef nog een hele tijd in de wei rondhangen. Totdat ze het door en door koud kreeg en naar binnen moest gaan. Maar zelfs toen ze de haard had aangemaakt en het knapperende hout een behaaglijke warmte verspreidde, bleef de kou in haar lichaam aanwezig.

## HOOFDSTUK 16

Het was dinsdagmiddag en Jessica was voor het eerst weer samen met Pascal. Hij was naar haar toe gekomen om met Faith te werken. Vooral omdat ze hem dat had gevraagd. Op de een of andere manier had ze het gevoel gehad dat hij er niet zoveel zin in had, maar hij had haar beloofd om te helpen.

Jessica voelde zich niet erg op haar gemak. Ze had het gevoel dat ze zich te veel aan hem had opgedrongen en ze hield er niet van om dat te doen. Ze voelde een kleine afstand tussen haar en Pascal, wat aanvoelde als een koude wig tussen hen.

Maar ze deed haar best om het niet te laten merken. Ze had alleen toegekeken toen Pascal schijnbaar nonchalant naar Faith toe was gelopen, haar het halster had omgedaan en haar mee had genomen, waarbij Faith hem was gevolgd alsof ze nooit anders had gedaan.

Pascal had Faith naar de zandbak in de stal gebracht en wees Jessica nu op het belang van lichaamstaal. Hij liet haar zien hoe het paard reageerde op iedere beweging die hij maakte. Het zag eruit alsof hij een dans met het paard uitvoerde. Vloeiend en vanzelfsprekend. Maar toen Jessica het probeerde ging niets zoals ze wilde. Faith leek zich niet bewust van haar signalen. Integendeel. Op de een of andere manier leek ze het paard enorm op de zenuwen te werken en dat maakte haar weer doodnerveus. Wat was er fout met haar? Jarenlang had ze tussen de paarden doorgebracht en nu slaagde ze er niet eens in om een simpele opdracht uit te voeren en het paard te laten doen wat ze wilde. Goed... ze was gewend om met longe te werken en alles volgens vaste instructies te doen, en dit was wat anders. Maar ze had vroeger wel degelijk met pony's gespeeld. Wel degelijk lichaamstaal gebruikt. Maar niets leek nu te werken. Niet naar het paard toe en niet naar Pascal toe.

Jessica voelde zich ellendig. Ze voelde zich stuntelig en stom, maar bovenal verschrikkelijk ellendig. Ze deed haar best, probeerde het commentaar dat ze kreeg te verwerken, maar op de een of andere manier werkten zelfs haar hoofd en lichaam niet samen. Het werd een puinhoop, waarbij Faith op een bepaald moment door de bak begon te racen en op zoek naar een uitweg leek en zelfs een keer trapte richting Jessica. Pascal riep dingen die ze niet meer opnam en Jessica zakte op een bepaald moment in het midden van de bak neer en begon te huilen.

In het begin veegde ze nog nerveus en geïrriteerd de tranen weg en probeerde weer overeind te komen, kin omhoog, rug recht. Maar niets in haar lichaam gehoorzaamde en uiteindelijk zat ze alleen nog maar als een wanhopig hoopje in het midden van de bak met lange uithalen te huilen, terwijl het paard in een hoek ging staan, oren naar achteren en met de kont naar haar toe.

Pascal kwam onmiddellijk naar haar toe.

'Wat is er?' Wat onzeker stond hij om haar heen te draaien. Hij zuchtte diep, zakte naast haar neer in het zand en pakte haar vast om haar tegen zich aan te drukken terwijl hij iets onverstaanbaars mompelde.

'Ik kan er niets meer van,' huilde Jessica. 'Ik kon goed met paarden omgaan. Echt waar. Maar nu kan ik er helemaal niets meer van. Ik ben alleen maar stommer geworden en ik doe alles fout en mijn paarden haten mij. Ik kan nooit meer een wedstrijd doen want ik ben er te stom voor en ik kan niet meer met paarden omgaan en Lolita is kreupel en die kan dat ook niet meer en dan moet ik haar laten inslapen. En ik kan dat niet en ik haat mijzelf.'

Pascal zei helemaal niets. Hij hield haar alleen maar tegen zich aan en wachtte tot ze rustiger werd.

Het duurde een tijd. Misschien een kwartier, misschien een halfuur. Jessica wist het niet meer, maar op een bepaald moment werd ze rustiger en zat ze te rillen van de kou. Ze schaamde zich.

'Sorry... ik weet niet wat mij mankeert.'

'Het is gewoon te veel.'

'Wat is te veel? Ik ben niet eens meer naar mijn werk gegaan. Ik had maandag weer willen beginnen, maar ik voelde mij beroerd. Ik voel mij alleen nog maar beroerd, alsof er nooit een einde aan komt. Dus heb ik niet gewerkt en ik heb niets meer in huis gedaan. Alleen maar rondgehangen, onzinnige dingen op de computer gedaan en films bekeken waarbij ik moest huilen. Hoe kan dat in hemelsnaam te veel zijn?'

'Alles wat eraan vooraf is gegaan is te veel geweest. Het heeft tijd nodig.'

'Ik heb geen tijd.'

'Je hebt alle tijd van de wereld.'

'Nee. Dat heb ik niet. Ik heb mijn baan, mijn verplichtingen... ik wil een bedrijf beginnen, maar ik kom niet eens door het ondernemingsplan geworsteld en ik heb geen paard om mee te beginnen. Lolita is kreupel en Faith haat mij. En straks is Lolita er niet meer omdat ik haar moet laten inslapen en dat kan ik niet omdat ik te onnozel ben en omdat ik geen zakenvrouw ben en te stom om een eigen zaak te beginnen. Mij lukt nooit iets. Ik ben gewoon overal te stom voor.' Ze begon weer te huilen. Pascal wachtte even.

'Je hoeft Lolita niet te laten inslapen,' stelde hij.

'Natuurlijk moet ik dat. Ik kan geen wedstrijden rijden met haar en ik kan haar niet voor de fok gebruiken en ze heeft pijn. Ik kan het haar niet aandoen om de rest van haar leven op de wei rond te strompelen zonder aandacht en zonder werk.'

Jessica wist dat ze Johan herhaalde, maar ze kon er niets aan doen.

'Ik heb daarstraks naar haar gekeken. Ze loopt nauwelijks meer kreupel.'

'Maar hoefkatrolontsteking gaat niet over. Dat weet je. Zodra ik met haar begin...'

'Misschien kun je inderdaad niet meer met haar beginnen. En misschien ook wel. Geen zware wedstrijden misschien, maar licht werk en buitenritten... misschien dat wel.'

'Ze is gewend om te werken.'

'Ze kan vast wennen aan minder werk en meer tijd in de wei met andere paarden, gewoon lekker grazen en af en toe wat aandacht.'

'Maar ze heeft pijn...'

'Als ze niet echt kreupel loopt, kan dat meevallen.'

'En ze kost veel geld.'

'Ze loopt aan huis. Ze kost hooi en misschien bijvoer in de winter.'

Jessica maakte zich los en keek Pascal aan.

'Dus je vindt dat ik haar niet hoef in te laten slapen?'
'Ik vind dat je dat alleen moet doen als het niet anders kan. Maar dat is mijn mening. Ik vind in ieder geval dat je er goed over moet nadenken. Je hoeft die beslissing niet nu te nemen. Zelfs niet over een paar maanden.'
'Maar ik weet niet of ik er dan nog een paard bij kan houden. Ik heb een paard nodig om mee uit te komen op de wedstrijden. Om te laten zien wat ik kan. En om het bedrijf mee te beginnen.'
'Dat is een keuze die je zelf moet maken. Maar ook daarvoor moet je de tijd nemen. Je wilt alles te snel doen. Dat kan niet. Dan denk je niet na.'
'Maar…' Jessica ging niet verder. Ergens wist ze wel dat Pascal gelijk had. Het was niet de eerste keer dat hij dat zei en hij was bepaald niet de enige. Maar ze bleef het gevoel houden dat het een nu-of-nooitsituatie was. Al kon ze niet precies melden waarom ze dat zo voelde.
'Faith haat mij,' zei ze daarom maar.
'Faith haat onduidelijkheid. En ze heeft genoeg aan zichzelf. Ze kan jouw emoties er niet bij gebruiken.'
'Ik doe toch niets…'
'Jawel. Maar je doet de dingen die je doet onbewust. Je staat niet stil bij de bewegingen die je maakt, bij de signalen die je afgeeft. Je staat niet stil bij datgene wat je doet.' Hij hielp haar overeind. 'Het moet van hieruit komen,' zei hij. Hij legde zijn hand op haar buik.
Het voelde vreemd en verwarrend, maar ze probeerde zich te concentreren op de warmte die daar ontstond.
'Voel het, vanuit je binnenste. Voel de energie. Voel wanneer je hem opvoert, door je lichaam en via je handen naar buiten, richting paard. En voel wanneer je ontspant, tot diep binnenin. Probeer bewust te blijven van alles wat je doet, iedere beweging die je maakt. Voor het paard is er niets wat niets betekent. Ieder gebaar, iedere beweging en iedere verandering van energie in je lijf is een signaal voor haar. En als er te veel tegelijk op haar afkomen, raakt ze in de war. Alsof er tien radio's naast elkaar staan, stuk voor stuk afgestemd op een andere zender.'
Jessica knikte. Ze probeerde het te begrijpen, maar het drong

nog niet helemaal door. Niets drong tegenwoordig helemaal door.

Maar Pascal begon met het wijzen op een klein signaal. Hij stond vlak achter haar, pakte haar hand vast en gaf een klein signaal. 'En nu energie opbouwen vanuit je buik. Je moet het gevoel hebben dat het vanuit de grond via je benen omhoog stroomt en via je handen richting paard gaat.' Zijn aanraking was prettig en ze voelde hoe ze werd meegenomen in haar beweging.

Opeens reageerde Faith. Ze draaide zich half om en keek hen aan.

Jessica veranderde onder begeleiding van Pascal van houding en Faith zette een drafje in om hen heen, de oren en ogen alert, dit keer zonder de paniek.

'Ze doet het,' fluisterde Jessica opgewonden. Het was alsof er een stroom door haar lijf ging van opwinding.

'Ssttt... blijf energie geven.'

Jessica was nu alert. Ze was zich honderd procent bewust van haar beweging.

'En nu ontspannen en een paar stappen achteruit.'

Het lukte niet meteen, maar met zijn hand op haar arm en de andere hand in haar nek, wist hij ervoor te zorgen dat ze losliet. Hij begeleidde haar achteruit.

Het paard stopte en keek naar hen.

'Ontspannen. Loslaten,' benadrukte Pascal. 'Denk maar aan de kittens of zoiets. Niet aan het paard.'

Jessica dacht aan de kittens. Aan de manier waarop ze een uur geleden achter elkaar aan hadden geheld en waardoor ze had moeten lachen, ondanks het feit dat ze zich niet prettig had gevoeld.

Faith bleef een paar tellen staan en liep toen langzaam naar hen toe.

Jessica voelde opnieuw opwinding.

'Ontspan,' beval Pascal.

Jessica dwong zichzelf om haar spieren los te laten.

Faith liep naar hen toe en bleef vlak voor hen staan.

'Nu mag je haar aanraken. Leg je hart in je hand en raak haar aan.'

Jessica deed haar best om al haar gevoel in die ene aanraking te leggen. Het paard boog haar hoofd en zag er ontspannen uit. Jessica had haar nog niet zo gezien. Het was bijna magie, vond ze.

Enkele tellen later liep Faith weer weg en was het mooie moment voorbij.

Jessica stond nog in het midden met Pascal, die nog steeds een hand op haar arm en eentje op haar schouder liet rusten. Ze durfde zich nauwelijks te bewegen. Ze wist niet goed wat ze moest doen. Maar Pascal liet haar los. Ze keek naar hem om en hij keek naar haar. Een paar tellen. Toen haalde hij diep adem en kondigde aan dat het voor vandaag genoeg was geweest.

Jessica knikte en liet hem het paard terugbrengen naar de wei, terwijl ze toekeek.

'Bedankt,' zei ze toen hij klaar was.

Hij knikte alleen.

Ze vroeg hem niet om mee naar binnen te komen en hij maakte geen aanstalten om het uit zichzelf te doen. 'Ik moet mijn eigen paarden gaan verzorgen,' zei hij alleen maar.

Jessica knikte. Ze keek hem na toen hij vertrok. Hij keek niet meer om. Hij leek opeens kleiner en eenzaam en ze vroeg zich af hoe hij zich voelde.

Hij was er steeds voor haar geweest als het slecht met haar ging, maar hij liet zelf niets over zichzelf los. Terwijl ze wist dat hij vanbinnen leed. Nog steeds. Vanwege de vrouw die hij had verloren. Lang geleden, maar de wonden waren nog niet geheeld. En die zouden misschien ook niet helen.

Ze boog haar hoofd en liep terug naar de boerderij.

Een moment lang was ze gelukkig geweest. Volmaakt gelukkig. Toen ze in het midden van die bak had gestaan en het paard naar haar toe was gekomen. En toen Pascal zo dicht bij haar had gestaan en zijn aanraking haar had gesteund. Een moment van kostbaar geluk.

Jessica reed het terrein op waar ze lange tijd had geleefd. En waar ze zeker een bepaalde tijd gelukkig was geweest. Het was vreemd de stallen en weides weer te zien, terwijl ze hier niet meer thuishoorde. Het voelde raar om het woonhuis te zien opdoemen en te weten dat het niet meer haar huis was.

Ze was op weg naar haar ouders, maar Johan had haar gevraagd om eerst bij hem aan te komen. Er was iets waarover hij haar dringend moest spreken, had hij gezegd. Maar hij had niet uitgelegd waarover hij haar wilde spreken.

Jessica merkte dat ze nerveus was. Ze parkeerde de auto voor haar voormalige huisdeur en stapte aarzelend uit.

Johan had haar blijkbaar al aan zien komen en opende meteen de voordeur voor haar. Hij glimlachte blij toen hij haar zag en strekte zijn armen naar haar uit om haar te omhelzen.

Jessica liet het toe, maar voelde zich er ongemakkelijk bij. Vreemd eigenlijk, hoe je je ongemakkelijk kon voelen in de omhelzing van een man met wie je ooit het bed had gedeeld.

'Waarover wilde je mij spreken?' vroeg ze meteen.

'Wil je niet eerst binnenkomen? Een kop koffie drinken misschien en vertellen hoe het met je gaat?'

'Ik ben op weg naar mijn ouders. Ik drink daar koffie. En je weet dat ik hyper word van te veel koffie.'

Hij glimlachte. 'Ja, dat weet ik.'

'Waarover wilde je met mij praten?'

'Kom.'

'Waar gaan we naartoe?'

'Naar de stallen. Ik heb advies nodig.'

'Van mij?'

'Ja.'

'Moest je mij daarover dringend spreken? Over het advies over een paard? Je weet er zelf meer vanaf dan ik en je hebt kundig personeel in dienst.'

'Dit is een speciale situatie en daar wil ik echt jouw mening over horen.'

Jessica keek hem verwonderd aan, maar hij leek het niet eens te merken en liep voor haar uit naar de stallen.

'Ik hoop dat je het niet vervelend vond dat ik je vroeg om eerst hierheen te komen.'

'Nee. Geen probleem.' Ze had het wel vervelend gevonden, maar was niet van plan om dat te zeggen. Ze vond het kinderachtig van zichzelf.

'Het is echt belangrijk,' zei Johan. Hij liep voor haar uit de stallen binnen. Het contrast met haar eigen oude stal met zelfmaakboxen viel Jessica nu meer dan ooit op. Deze stallen waren keurig onderhouden, van het beste materiaal gemaakt en zagen eruit alsof ze uit een showroom kwamen. Het gangpad was schoongeveegd en alle spullen lagen per paard in een tas, die aan iedere boxwand was gehaakt.

Een meisje plaatste een bezwete schimmel onder een solarium. Ze groette Jessica vluchtig. Jessica kende haar. Ze liep stage in het bedrijf en was begonnen vlak voordat Jessica was vertrokken. Jessica groette terug. Ze wierp een vluchtige blik in de grote binnenbak, voorzien van spiegels en voelde een pijnlijke steek toen ze dacht aan de uren die ze met Lolita hier had getraind en andere paarden had gereden. Ze richtte haar aandacht weer op de boxen en liet haar ogen over de goed ogende, gespierde paarden glijden.

Bij een van de boxen stopte Johan. Hij wees op het donkere paard dat in de stal stond. Het had iets bekends, wist Jessica, maar ze wist niet meteen waarom.

'Wat vind je van haar?' vroeg Johan.

Jessica opende de deur en bekeek het paard nauwkeurig. Ze bekeek het mooie lijf en de prachtige bespiering, de expressieve kop en de alerte uitdrukking.

'Ze is prachtig. Maar ze is niet helemaal het type springpaard...' begon Jessica voorzichtig.

Johan glimlachte en duwde haar een papier in handen met de afstamming. Jessica bekeek het papier minstens drie keer en keek weer verbijsterd naar het paard.

'Ramona. Ik wist dat ik haar kende. Haar afstamming is zo ongeveer het beste wat je kunt hebben,' zei ze. 'Voor een dressuurpaard dan. Waarom staat ze hier?'

'Ik heb haar gekocht.'

Jessica keek haar ex verbijsterd aan. 'Waarom? Het is een dressuurpaard. Waarom heb je haar gekocht?'

'Omdat ze uit de beste lijn van deze tijd komt en omdat ik haar kon kopen. Het leek mij onverstandig om een dergelijke mogelijkheid tussen mijn vingers door te laten glippen.'

'Dat is het ook. Maar je rijdt zelf geen dressuur.'

226

'Nee. Daarom wil ik jou vragen om haar te rijden.'

Jessica staarde hem aan.

'Ik wil graag dat jij haar rijdt en uitbrengt.'

'Maar ik kan hier toch niet dagelijks naartoe rijden. Ik heb mijn huis, mijn paarden thuis en mijn werk...'

'Dat begrijp ik. Daarom wil ik graag dat je weer hier komt wonen. Het huis is veel te groot voor mij alleen. Je kunt een deel ervan gebruiken om te beginnen. Je kunt dan gewoon dit paard rijden en meehelpen in het bedrijf en hebt verder geen baan nodig. Je kunt van hieruit dit paard uitbrengen op concoursen en selectiewedstrijden rijden. Met dit dier moet dat lukken. Ze heeft Grand Prix potentiaal. Dat weet je. Je kunt van hieruit andere paarden scholen en lesgeven. Eventueel een kleine fokkerij beginnen. We kunnen stallen bijbouwen voor dat doel. Er is genoeg plaats.'

'Johan, ik weet niet...' Jessica aarzelde.

'Denk erover na, Jessica,' zei Johan. 'Je hoeft nu geen beslissing te nemen, maar denk erover na. Je kunt alles waarvan je droomt hier waarmaken. Je eigen bedrijf, je eigen topper... En wat mij betreft neem je Lolita en desnoods die zwarte mee hierheen. Als je haar niet wilt laten inslapen, dan doe je dat niet. Dan zet je haar hier in de wei en laat je haar de jonge paarden opvoeden. Je kunt met Faith voor de hobby fokken, als je tenminste al bij haar in de buurt kunt komen.'

'Ik heb met haar getraind.'

'Ik wist wel dat je het zou redden.'

Nee, dacht Jessica. Dat wist je niet. Maar ze zei ook dat niet hardop.

'Denk erover na. Meer vraag ik niet van je.' Hij keek haar aan. 'Ik geef nog om je, Jessica, maar ik verlang verder niets van je. Je kunt gewoon een deel van het huis in gebruik nemen en ik laat je met rust. Ik zou het alleen geweldig vinden om je weer in de buurt te hebben en samen met jou het bedrijf te runnen. Ik had je veel eerder de kans moeten geven om een eigen aandeel in het bedrijf te nemen, maar het is nooit te laat, zeggen ze wel eens. Dus denk er gewoon eens goed over na.'

Jessica knikte alleen maar. Ze was verward.

Johan had gelijk. Ze kon hier al haar dromen waarmaken en

het paard in die box had een fabelachtige afstamming. Het was een geweldig dier. Faith en Lolita zouden hier ook een kans krijgen. Ja, Johan had gelijk. Maar het was vooral verwarrend. En misschien een beetje beangstigend.

Toen ze vertrok was ze minstens zo zenuwachtig als toen ze de auto voor de voordeur had geparkeerd. Ze wist dat Johan haar nakeek toen ze wegreed. Maar ze keek niet om. Ze reed meteen door, rechtstreeks naar haar ouders, op ongeveer een kwartier rijafstand van Johan.

Ze begon er pas over toen ze in de woonkamer zaten, met koffie en gebak. Ze prikte een beetje met haar vork in het gebak en vertelde over haar bezoek aan Johan. Haar ouders luisterden. Haar moeder trok een bezorgd gezicht, maar zei niet meteen iets. Haar vader schudde zijn hoofd.

'Is het niet een manier van hem om je weer daar te krijgen?' vroeg hij. 'Ik betwijfel of de kans om dat paard te kopen zich werkelijk zo gemakkelijk heeft aangediend. Dergelijke paarden dienen zich niet aan. Daar ga je naar op zoek. Is het niet zo dat hij speciaal dat paard heeft gekocht om jou daar te krijgen?'

'Een dergelijk duur paard?'

'Hij kan het zich permitteren en een dergelijk paard is voor hem niet meer dan een investering.'

'Misschien niet. En hij heeft ook aangegeven dat hij nog om mij geeft.'

'Ik weet dat hij nog om je geeft. Persoonlijk vind ik dat hij zich dat eerder had moeten bedenken, maar goed... Begrijp mij goed. Ik mag Johan. Ik heb hem altijd graag gemogen en ik heb bewondering voor datgene wat hij heeft bereikt. Maar ik weet niet of ik hem nog graag als schoonzoon wil zien. Ik denk het niet, eerlijk gezegd.'

'Misschien is hij veranderd,' zei haar moeder aarzelend. 'Nu hij voelt hoe het is zonder onze Jessica, beseft hij wellicht wat hij heeft verspeeld. Hij houdt nog van haar.'

'Natuurlijk houdt hij van haar. Maar ik geloof niet zo in veranderingen. Mensen veranderen niet.'

'Soms wel,' meende haar moeder.

'Welnee,' antwoordde haar vader stellig. 'Hij is zoals hij is. Een goed paardenkenner en zakenman en een zeer verdienstelijk ruiter, maar eentje met een groot zwak voor vrouwen. Dat verandert niet.'

'Ik hoef niets met hem te beginnen. Ik kan gewoon in huis wonen en mijn eigen bedrijfje beginnen,' vertelde Jessica.

'Hoe stel je je dat voor?' vroeg haar vader. 'Je weet dat hij nog gek op je is, dus hij zal zeker zijn best doen om je weer voor hem te winnen en ik betwijfel of je daartegen bestand bent. Hij kan charmant zijn, die knaap. Je kunt geen afstand van hem nemen en je kunt geen nieuw leven beginnen. Niet als je daar met hem woont.'

Jessica wist dat hij gelijk had. Maar Johans aanbod was aantrekkelijk.

Alsof haar vader haar gedachten kon raden, begon hij ook daarover.

'Ik kan mij voorstellen dat het een moeilijke keuze voor je is. Hij kan je alles bieden wat je je wensen kunt. Dat weet hij en daar maakt hij gebruik van. Als je besluit om erop in te gaan, heb ik alle begrip daarvoor en je moeder ook. Maar ik raad het niet aan.'

'En als het dan voor mij de enige kans is om iets te bereiken?' vroeg Jessica. 'Want dat kan ik bij hem. Daar kan ik bereiken wat ik wil. Daar kan ik een eigen stal opzetten en misschien zelfs groot genoeg worden om op een bepaald moment elders verder te gaan, als de klanten eenmaal binnen zijn.'

'In dat geval zou je hem gebruiken en dat doe je niet. Dat zit niet in je aard.'

'Nee,' gaf Jessica toe. 'Waarschijnlijk niet.'

'Waarom is het zo belangrijk voor je om die stal te beginnen?' vroeg haar vader.

'Omdat het werken met paarden mijn leven is. Omdat ik dat altijd al heb willen doen.'

Haar vader knikte bedachtzaam. 'Goed, daar kan ik in komen. Maar waarom zo snel? En waarom stel je zulke hoge eisen aan jezelf?'

'Omdat ik het kan.'

'Of omdat je jezelf wilt bewijzen?'

Jessica gaf geen antwoord.

'Je moet de keuze zelf maken, Jes,' zei haar vader. 'Maar denk er goed over na.'

Jessica knikte.

Er werd daarna niet meer over gepraat. Niemand scheen die behoefte nog te hebben. Ze dronken koffie en wisselden nieuwigheidjes uit. Maar over Johan en zijn voorstel werd geen woord meer gerept.

Toen Jessica later weer op weg naar huis was, dacht ze er wel weer aan. Ze dacht aan dat wat ze had gevoeld in de stallen van Johan. Ze dacht aan de prachtige accommodatie en aan het paard dat hij aan haar had voorgesteld. Ze dacht aan de mogelijkheden die ze daar had en ze zag zichzelf een fractie van een seconde voor zich, als eigenaresse van een grote dressuurstal, met prachtige paarden ter beschikking en haar naam in gouden letters.

Meteen daarna zag ze zichzelf weer in haar eigen oude zandbak staan, die als binnenbak dienstdeed. Samen met Pascal, zich concentrerend op Faith. Ze voelde zijn aanraking. En ze zag zichzelf tijdens de buitenrit, met haar armen gespreid op het paard. En zingend op straat. En ze zag Pascal weer wegrijden met zijn drie paarden, Evelyn bijna zichtbaar aanwezig op de appaloosa.

Jessica raakte van streek. Haar ademhaling werd sneller en haar hoofd licht. Ze wist dat ze weer in paniek dreigde te raken. Ze stopte de auto ergens aan de kant van de weg en sloeg hard op het stuur. Haar hand deed pijn en de tranen sprongen in haar ogen. Maar haar ademhaling werd weer wat rustiger. Waarom was het leven niet gewoon simpel?

Ze bleef een paar tellen zitten, trok toen op en voegde zich weer in het verkeer. Ze was rustig toen ze verder reed.

Of was verdoofd een beter woord?

# HOOFDSTUK 17

Op donderdag stond Pascal reeds om negen uur bij de stal. Hij had rond die tijd afgesproken met haar omdat hij nog wat afspraken had staan, maar zich aan de belofte wilde houden haar te helpen met haar paard.

Terwijl Jessica naar de stal liep, vroeg ze zich af of het wel een goed idee was om hiermee door te gaan. Het samenzijn met Pascal zorgde bij haar voor verwarring en gevoelens die ze niet goed kon plaatsen. Ze was misschien beter af als ze dat zou vermijden.

Maar ze had nu met hem afgesproken en ze zou nu met hem werken. Ze wist niet wat hij vandaag van plan was, maar ergens hoopte ze dat het iets zou inhouden waarbij meer afstand van toepassing was.

Toen ze hem zag staan, nam haar verwarring toe. Ze slikte een brok weg en liep recht naar hem toe, kin omhoog, rug recht, zoals duizend keer eerder.

Hij glimlachte naar haar. Het leek een wat plichtmatige lach, maar misschien haalde ze zich dat slechts in haar hoofd. Ze dwong zichzelf om terug te lachen en probeerde zelfs een stuk luchtigheid aan haar stem te geven.

'Wat staat vandaag op de planning?' wilde ze weten.

'Ik dacht een stuk te wandelen.'

Jessica keek Pascal verbaasd aan. Ze werd ook nerveus. 'We zouden toch met de paarden werken?'

'Wandelen met de paarden. Meestal vinden ze het wel leuk om een keer de wei uit te komen en het is goed om elkaar te leren kennen.'

'O. O, natuurlijk. Met de paarden wandelen...'

'Lolita loopt weer redelijk, zag ik. Een wandeling kan dus geen kwaad. Misschien kun jij haar in het begin meenemen en ik Faith en dan wisselen we later om.'

'Als Faith dat goedvindt,' mompelde Jessica. Pascal grijnsde alleen. Hij pakte alvast halsters en touwen van de haken en liep voorop de wei in.

Jessica liep hem achterna. Ze deed erg haar best om Lolita te benaderen op de manier waarop Pascal haar dat had gewezen, maar het lukte deze keer niet echt goed. Ze kreeg het paard uiteindelijk wel te pakken, maar pas nadat Lolita drie keer was weggelopen.

Jessica wist dat het haar eigen gedrag was wat die reactie uitlokte. Ze was zo gespannen als een veer als ze naar Lolita toe liep. Gespannen en gestrest. Het was logisch dat haar paard daarop reageerde. Maar het irriteerde haar evengoed een beetje.

Pascal had natuurlijk zonder problemen Faith het halster omgedaan en ze liepen samen de wei uit.

In eerste instantie waren beide paarden wat gespannen toen ze de weg op liepen, maar gaandeweg vloeide de spanning af en bleef er slechts alertheid over.

Jessica merkte dat haar eigen spanning ook verminderde tijdens het lopen. Ze wist niet precies wat daarvan de oorzaak was, maar ze nam aan dat de beweging en de buitenlucht haar goeddeed. Of misschien was het ook gewoon de omgang met de paarden. Ze wilde er verder niet over nadenken en probeerde van de omgeving te genieten.

Pascal liep voorop met Faith en ging het bos in. Jessica volgde. Het zand was nog een beetje vochtig van de ochtenddauw en plakte onder haar voeten. Vogels waren drukdoende met het bouwen van nesten en het instuderen van hun zomerliedjes en de eerste insecten lieten zich zoemend gelden. Het was aangenaam buiten. Niet koud en niet warm. Gewoon aangenaam met een kwieke voorjaarszon en vrijwel windstil.

Jessica legde haar hand tegen de nek van haar paard terwijl ze verder liep. De nek voelde warm en vertrouwd aan. Bijna alsof ze hand in hand liepen. Af en toe keek ze naar Pascal, die voor haar uit liep. Faith liep naast hem, af en toe gespannen, maar gehoorzaam.

Faith zag er prachtig uit.

Pascal ook, schoot het door haar heen.

Bijna moest ze giechelen bij die gedachte. Maar ze nam het zich meteen kwalijk. Ze kon dergelijke gedachten niet meer hebben. Het maakte alles veel te gecompliceerd.

232

Toen ze op een breder pad kwamen, hield Pascal wat in, zodat ze naast elkaar gingen lopen.

'Gaat het?' informeerde hij.

Jessica knikte. 'Ze loopt heel aardig nu. En ik zie dat Faith braaf is.'

'Een beetje gespannen nog. Maar ze doet haar best.'

'Ik had dit niet verwacht toen ik voor het eerst kennis met haar maakte.'

'Ze vertrouwde geen mensen.'

'Neem het haar maar eens kwalijk.'

'Ze is er nog niet. Dat ze nu braaf meeloopt, wil niet zeggen dat alles achter de rug is. Veel meer dan een klein begin is het niet.'

'Veel meer verwacht ik ook niet.'

Pascal knikte. Ze liepen een poosje zwijgend naast elkaar.

'Heb je nog met iemand iets gehad na Evelyn?' vroeg Jessica toen. 'Een relatie, bedoel ik?'

Pascal schudde zijn hoofd.

'Is het omdat je niemand anders meer wilt?' vroeg ze.

Ze struikelde een beetje over haar woorden. Ze wist niet zeker of ze dit soort vragen wel wilde stellen. Ze wilde het begrijpen, maar ze wist niet of ze dat zelfs na een uitleg nog kon.

'Weet ik niet,' zei Pascal. 'Ik ben niemand meer tegengekomen na Evelyn die mij zo diep raakte als zij, denk ik. Misschien omdat ik het ook niet meer zocht.'

'Of omdat je bang was?'

Pascal glimlachte. 'Dat ook. Ik hield van Evelyn, meer dan ik kan vertellen. En toen ze stierf...' Hij zuchtte en staarde in de verte. 'Het was alsof de wereld ophield met bestaan. Alsof alles zinloos werd.'

'Maar je kwam erdoorheen.'

'Ja?' Hij keek haar recht aan. 'Is dat zo?'

'Is dat niet zo?'

'Ik ging verder. Als dat hetgeen is wat je daarmee bedoelt, dan is het antwoord ja. Ik ging verder. Maar of ik er werkelijk doorheen kwam... En soms...' Hij ging niet verder.

'Ik weet dat je haar nog mist,' zei Jessica. 'Als ik eerlijk moet zijn, lijkt het vaak alsof ze met ons meeloopt. Ik heb haar natuurlijk nooit gekend, maar op de een of andere manier lijkt ze steeds aanwezig.'

'Het spijt me,' mompelde Pascal.

'Waarom?'

'Dat je het zo voelt.'

'Het hoeft je niet te spijten.'

Hij keek haar vragend aan.

'Ik heb haar nooit gekend, maar ik weet dat ze speciaal was. Ik weet dat je veel van haar hield. Liefde gaat nooit echt dood.'

'Nee. Liefde gaat niet dood.'

'Gaan mensen echt dood?' vroeg Jessica zich hardop af. Ze keek Pascal aan. 'Ik bedoel... dood in de zin van: verdwenen voor altijd? Opgelost in een groot niets?'

Pascal bleef staan. 'Ik denk het niet,' zei hij.

'Geloof je in een leven na de dood?'

'Ik weet niet of je het zo kunt noemen. Maar ik geloof niet in een definitief einde.'

'Wat gebeurt er dan, denk je? Als je doodgaat?'

'Ik weet het niet. Ik denk dat slechts je lichaam sterft, maar dat je ziel vrijkomt, en misschien zelfs meer vrijheid geniet dan wanneer hij wordt vastgehouden door de beperkingen van je lichaam.'

Jessica glimlachte onzeker. 'Dat klinkt alsof het beter is dan leven. Een soort verlossing.'

'Misschien is dat ook zo.'

'Dat beangstigt mij een beetje.'

'Waarom?'

'Omdat iemand die zo denkt de stap naar de andere kant kan maken, om het zomaar eens te zeggen.'

Pascal glimlachte weer en schudde zijn hoofd. 'Nee. Althans ik niet. Want het leven is ook een gave. Iets wat je moet koesteren. Iets waar je in kunt groeien.' Hij zweeg even. 'Alleen vergeet ik dat soms.' Hij glimlachte weer verontschuldigend. 'Maar ik geloof niet in een definitief einde. Misschien geloof ik wel in engelen.'

'Engelen? Van die kleine mollige figuurtjes met vleugels? Of engelen in de vorm van mensen die gestorven zijn en waken over de levenden?'

'Dan kies ik eerder voor het tweede.' Hij glimlachte weer, maar er lag iets pijnlijks in zijn ogen. 'Soms denk ik werkelijk dat Evelyn hier is. Dat ik haar voetstappen hoor en haar aanraking voel.'

'Dat moet als een troost voelen.'

'Ja. Maar niet alleen dat.'

'Wat bedoel je?'

'Moeilijk uit te leggen.'

Het was weer een paar tellen stil en ze liepen door.

'Het is prettig om ergens in te geloven,' zei Jessica daarna. 'Ik ging vroeger altijd met mijn ouders naar de kerk en ik ken natuurlijk de verhalen uit de Bijbel en zo. Maar dan word je ouder, leert over de evolutie en over de wetenschap en trekt zaken in twijfel... En voordat je het weet ben je alle houvast kwijt.'

'Evolutie en wetenschap verklaren ook niet alles,' meende Pascal.

Jessica keek hem vragend aan.

'Je kunt een mens of dier in elkaar zetten met alle onderdelen die er nodig zijn. Alle organen, aders, zenuwen, spieren, zintuigen en huid. Je kunt een mens of dier perfect in elkaar zetten als een soort Frankenstein. Maar daarmee kun je het geen leven geven.'

Jessica dacht daarover na. 'Daar zit wat in,' gaf ze toe.

'Kijk om je heen,' zei Pascal. 'Kijk naar de bomen, de struiken, het gras en de planten. Kijk naar de insecten, de dieren en de mensen om je heen. Kijk naar het leven. Er is niemand in de wetenschap die dat kan maken. Niemand die precies weet wat het is en waarom het er is. Het is er gewoon en het is overal in aanwezig. Het maakt dat eenieder onderdeel is van een groter geheel. Niets meer en niets minder dan dat.'

Jessica knikte. Ze voelde de frisse lucht op haar huid, rook de bomen en de bladeren en hoorde het aanhoudende gezoem van insecten die onzichtbaar waren. Ze hoorde de ademhaling van het paard naast haar, voelde de zachte huid en de bewegingen van de spieren in haar hals en ze hoorde hoe haar hoeven de zachte grond raakten. Een moment lang was ze zich intens bewust van haar omgeving en meende ze een glimp op te vangen van datgene wat Pascal bedoelde.

Meteen vroeg ze zich af waarom hij dan evengoed gevangen was. Want zo voelde ze het. Ze stelde er echter geen vragen over, maar liep door.

'Ik ben gisteren bij Johan geweest,' zei ze toen.

Hij keek haar aan, maar stelde geen vraag.

'Ik ging naar mijn ouders en dat wist hij. Hij vroeg of ik bij hem aan kon komen omdat hij iets wilde bespreken. Ik dacht dat het betrekking had op de scheiding.'

'Maar dat was niet zo?'

Jessica schudde haar hoofd. 'Hij liet mij een paard zien. Een prachtig dressuurpaard met een droomafstamming. Ramona. Hij vroeg of ik het paard voor hem wilde rijden.'

'Daar?'

Jessica knikte. 'In feite was het een inleiding om mij te vragen mijn intrek te nemen in het huis. In een eigen deel van het huis, eventueel, en dan binnen zijn bedrijf mijn dressuurstal op te zetten. Ik zou dan het paard kunnen gebruiken om weer deel te nemen aan de wedstrijden en ik kon gebruikmaken van zijn accommodatie om mijn eigen africhtings- en lesstal op te zetten. Hij was zelfs bereid om een uitbreiding van stallen te realiseren zodat ik mijn doel kon bereiken.'

'Dat is nogal een aanbod.'

'En ik kon Faith en Lolita meenemen.'

Pascal knikte afwachtend.

'Ik zou dan alles voorhanden hebben om mijn doel te verwezenlijken,' benadrukte ze nog een keer. Ze wist niet precies waarom ze het wilde benadrukken. Alleen dat het zo was.

'Ga je dat doen?'

'Ik denk erover.'

'Houdt hij nog van je?'

'Ja. Althans... ja, ik denk het wel.'

'En jij? Houd jij nog van hem?'

Pascal bleef staan en keek Jessica aan. Jessica beantwoordde zijn blik niet. Ze staarde een paar tellen voor zich uit. Hield ze nog van Johan?

Ze schudde langzaam haar hoofd.

'Lijkt het je dan de beste oplossing?' vroeg Pascal.

Ze keek hem ongelukkig aan. 'Ik weet geen andere.'

'Nee?'

Jessica gaf geen antwoord, maar begon weer te lopen. Pascal liep een poosje met haar mee.

'Wil je Faith een keer leiden?' vroeg hij op een bepaald moment.

'Haat ze mij niet?'

'Paarden houden zich niet bezig met dat soort vraagstukken. Ze reageert gewoon op jou.'

'Ik weet niet of ik daar gelukkig mee moet zijn,' mompelde ze. Maar ze nam Faith van Pascal over en gaf Lolita uit handen. Faith tilde meteen haar hoofd op, deed haar oren wat naar achteren en bekeek Jessica wantrouwend.

'Gewoon gaan lopen,' adviseerde Pascal.

Jessica deed wat hij van haar vroeg en het paard volgde als vanzelfsprekend. Maar niet op de manier zoals ze Pascal had gevolgd. Ze bleef gespannen en onzeker.

'Waarom veranderde ze toen ik haar overnam?' vroeg Jessica toen ze later de paarden weer in de wei zetten.

'Paarden zijn de spiegels van je ziel, zeggen ze weleens,' zei Pascal.

'Wat bedoel je daar nu mee?'

'Dat paarden reageren op datgene wat binnen in je gebeurt. Ze nemen het over, versterken het en confronteren je ermee. Daarom raken mensen vaak zo gefrustreerd in de omgang met paarden. Een paard is als geen ander in staat de zwakste punten van de mens naar boven te halen.'

Jessica gromde iets wat op een antwoord moest lijken. Ze wist niet goed wat ze erop moest zeggen, dus koos ze voor iets wat in ieder wenselijk antwoord vertaald kon worden. Pascal glimlachte naar haar, maar ze herkende de triestheid erin. Hij draaide zich om en liep weg.

Jessica keek hem na.

Hij had gelijk, wist ze. Ze was zelf onzeker en gespannen. Vol wantrouwen. Misschien nog veel meer dan het paard dat aan de andere kant van het lijntje naast haar had gelopen.

Ze boog haar hoofd en ging naar binnen.

Het was vrijdagochtend en de schilders waren er weer om de laatste klusjes af te werken. Ze had hen een paar dagen niet meer gezien, maar wist dat ze vandaag de laatste hand aan hun werk zouden leggen. Er was nog meer werk aan het huis dan datgene wat ze hadden gedaan, maar niets wat onmiddellijk moest gebeuren.

'Je bent thuis?' merkte Leo verrast op toen hij door de achterdeur binnenkwam en Jessica in de keuken zag zitten.

Jessica knikte. 'Nog steeds in de ziektewet.'

'Slim bekeken,' vond Leo. 'Al dat geren is nergens goed voor. Dat gaat op de zenuwen werken. Dan word je niet oud.'

Ruud was ergens in de kamer blijven hangen, maar Leo ging aan de tafel bij Jessica zitten en schoof haar een plastic doos toe.

'Cake. Heeft moeder de vrouw voor je gemaakt.'

Jessica glimlachte. 'Dank je.'

'Ze doet het graag. Het is een best mens, hoor, mijn vrouw. Een goed mens. Niet meer de knappe strakke meid van dertig jaar geleden, maar ze mag er wezen, hoor. We worden allemaal een dagje ouder.'

'Ja, dat is zo,' gaf Jessica toe. Al waren er de laatste dagen momenten waarop ze dacht dat ze niet heel erg oud meer zou worden.

'En dan weet je wel het een en ander, als je een dagje ouder wordt,' ging Leo verder.

Jessica glimlachte.

'Dan weet je dat rennen niet helpt.'

'Je hebt gelijk. Misschien wordt het tijd dat ik daarmee stop.'

Leo knikte, maar bleef zijn blik vragend op haar gericht houden.

'Ik kan mijn bedrijf beginnen in de stallen van mijn ex,' vertelde Jessica. Ze wist zelf niet precies waarom ze tegenover de schilder daarover begon. Misschien moest ze het gewoon kwijt.

'In de stallen van je ex? Probeert hij je terug te lokken?'

'Nee hoor. Het is gewoon een aanbod, zodat zijn stallen een breder publiek trekken. En hij doet het om mij te helpen. Hij heeft een dressuurpaard staan dat ik kan rijden.'

'Heeft hij die knol al lang?'

'Nou ja, knol is wel een wat pijnlijke uitdrukking voor een paard met die afstamming en zoveel waarde.'

Leo gaf daar geen antwoord op en bleef haar vragend aankijken.

'Hij heeft hem pas gekocht.'

'Hij probeert je dus terug te lokken. Of terug te kopen.'

'Zo moet je het niet zien. Hij weet dat ik een dressuurstal wil beginnen en dat ik daar de ruimte niet voor heb. Niet nu Lolita hoefkatrolontsteking blijkt te hebben. Hij wil gewoon helpen en het komt ook ten goede van hemzelf. Het paard is gewoon een investering. Hij kon haar voor een goede prijs kopen.'

Leo zuchtte diep. 'Zou je nog wat koffie kunnen missen?' Hij keek naar het koffiezetapparaat dat nog aanstond.

'Natuurlijk.'

Jessica wilde opstaan om koffie in te schenken, maar hij hield haar met een wuivend gebaar van zijn hand tegen. 'Ik doe het zelf wel.' Hij stond op en schonk voor zichzelf een mok koffie in.

'Misschien wil Ruud ook koffie,' zei Jessica.

'Welnee. Die knaap werkt eerst maar een beetje. Ik heb mijn sporen inmiddels wel verdiend en mag rustig aan doen. Hij moet eerst maar eens zijn pensioenrecht opbouwen.'

'Een bedrijf in zijn stal... Het is een kans om mijn droom waar te maken,' benadrukte Jessica.

'Hoe oud ben je?'

'Dertig,' antwoordde Jessica wat verbaasd.

'En dan ken je de kerels nog niet?'

Jessica keek hem vragend aan.

'Dan weet je nog steeds niet dat kerels zich in de gekste bochten wringen om de vrouw te krijgen die ze willen hebben?'

'Hij heeft dat paard heus niet voor mij gekocht,' zei Jessica meteen.

'Je hebt dus wel stilgestaan bij die vraag?'

'Nee. Nou ja, misschien een beetje. Maar hij koopt echt niet zo'n paard voor mij. Om mij over te halen. Of om me te kopen.'

Leo grijnsde.

Jessica schudde meteen haar hoofd. 'Het is geen omkopen.'

239

'Jessica, ik ken je niet zo heel goed, maar volgens mij ben je gewoon te braaf en te naïef.'

'Dat valt wel mee,' mompelde Jessica.

'Is het dat werkelijk waard? Die stal die je wilt hebben? Ik heb niet zoveel verstand van die knollen, maar ik begrijp dat je een belangrijke stal wilt hebben waar nog belangrijker mensen komen?'

'Een dressuurstal waar paarden worden afgericht voor eigenaars en waar ik les kan geven. Een kleinschalige fokkerij en handel op kleine schaal; voornamelijk omgeschoolde dravers.'

'Schud het maar in mijn mutske. Maar goed... wat ik bedoel... dan heb je dadelijk een deftige stal met dure paarden en belangrijke klanten die een heleboel willen, veel noten op hun zang en altijd iets te zeuren hebben.'

'Nou, zo is het natuurlijk niet altijd.'

Jessica wist dat Leo gedeeltelijk gelijk had. Ze kende de klanten van Johan en ze wist wat voor soort mensen het waren. Een paar klanten waren aardig, maar een groot deel bestond uit mensen met wie ze minder goed overweg kon, al had ze dat nooit laten merken. De klant was uiteindelijk koning. En natuurlijk waren er klanten die achteraf zoveel zeurden. Niet dat Johan het zich ooit had aangetrokken. En dan had je de grootdoeners. Mensen die van alles kochten en later niet aan de financiële verplichtingen konden voldoen. Mensen waar Johan zonder scrupules de deurwaarder op afstuurde. En die altijd met excuses kwamen. Excuses waar zij heel wat sneller intrapte dan Johan.

'Niet altijd. Maar vaak,' ging Leo verder. 'Zeker in die knollenwereld van je. Maar goed... je wilt daar dus een prachtige stal beginnen met dure knollen en belangrijke mensen en je woont dan bij je ex. En dan?'

'Hoe bedoel je 'en dan'?'

'Ben je dan gelukkig?'

'Dan heb ik bereikt wat ik wil bereiken: een eigen bedrijf, zelfstandigheid...'

'En een heleboel sores aan je kop.'

Jessica gaf geen antwoord.

'En een ex op je lip. Reken maar dat-ie graag terugbetaald ziet.'

'Zo is Johan niet.'

'Denk je dat hij helemaal niets meer van je verwacht?'

'Niet als ik dat niet wil.'

'En je wilt niet?'

'Nee.'

'Hoelang gaat dat dan goed?'

Jessica gaf geen antwoord en Leo slurpte aan zijn koffie.

'Niet aan beginnen,' zei Leo. 'Dan kun je beter met die knaap van hiernaast aanpappen. Hij is gek op je en ik heb wel gezien hoe je naar hem kijkt als jullie daarbuiten bezig zijn.'

'Je hebt ons bezig gezien?'

'Schilders zien alles.' Hij grijnsde.

'Niet alles. Pascal helpt mij met de paarden. Misschien kun je stellen dat we bevriend zijn. Verder niets.'

'Onzin.'

'Het is gewoon zo. Pascal heeft van maar één vrouw gehouden en die is gestorven. Ik geloof niet dat er ooit een ander voor hem zal zijn.'

'Evelyn.'

'Je kende haar?'

'Niet persoonlijk, maar we wonen hier in een dorp. Dan weet je alles.'

'Evelyn, ja.'

'Evelyn is dood. Dat weet die knaap ook.'

'Maar hij kan haar niet vergeten.'

'Misschien moet je hem daarmee helpen.'

'Nee, dat kan ik niet.'

'Zelf weten,' zei Leo. 'Maar die knaap past bij jou.'

Hij dronk zijn mok leeg en stond op. 'En nu gaat deze jongen aan het werk, want ik moet dadelijk nog naar een ander project.'

Jessica zag nu pas Ruud in de deuropening staan. Blijkbaar kwam hij kijken waar Leo bleef.

En blijkbaar had hij een deel van het gesprek opgevangen.

'Niks waard, wonen bij een ex,' merkte hij op. Hij draaide zich om en liep weer de kamer in. Hij had alweer genoeg gesproken, vond hij.

Leo haalde zijn schouders op en liep achter zijn jonge collega aan.

'Maar hij heeft wel gelijk,' mompelde hij.

Jessica bleef aan de keukentafel zitten en keek toe hoe een van de kittens op de tafel klauterde en de koffiemelk dronk.

'Waarom win ik niet gewoon tien miljoen zodat ik alles kan doen wat ik zelf wil,' mompelde ze tegen de kat.

Maar tien miljoen zou ze niet winnen. Ze had niet eens een lot.

# HOOFDSTUK 18

Het was zaterdag en Jessica probeerde het werk weer wat op te pakken. Ze was moe, want ze had de laatste dagen nauwelijks meer geslapen. Het aanbod van Johan had doorlopend in haar hoofd rondgespookt en meer dan eens had ze zich afgevraagd of ze niet toch nog een beetje van haar ex hield. Hij had haar bedrogen en dat nam ze hem zeker kwalijk, maar ze vroeg zich evengoed af of ze diep binnenin toch nog gevoelens voor hem had omdat ze simpelweg niet kwaad kon worden op hem.

Het antwoord daarop wist ze eigenlijk wel, maar ze kon het gewoon nog niet helemaal in haar hoofd krijgen. Bovendien maakte dat de situatie alleen nog maar moeilijker.

Ze dacht ook meer dan eens aan Pascal. Ook al probeerde ze dat te voorkomen.

Ze dacht zelfs aan Evelyn. Evelyn, die ze niet eens kende, maar die als een geest rondwaarde. Of als een engel.

Jessica schoof haar gepieker aan de kant en ruimde wat op. Ze realiseerde zich dat ze in ieder geval niet meer in paniek was geraakt. Ze had het niet meer benauwd gehad en ze was niet meer overvallen door hartkloppingen. Ze zou dus kunnen proberen om zichzelf wijs te maken dat het beter ging.

Maar dat was niet zo. Want het uitblijven van de paniek leek eerder een gevolg van de leegheid en de uitputting die ze voelde dan van een eventueel opknappen. Maar ook daar wilde ze niet bij stilstaan.

Net zomin als bij het feit dat Johan de vorige avond had gebeld en dat ze niet had opgenomen, omdat ze nog niet klaar was voor een gesprek met hem. Omdat ze logisch gezien vond dat ze moest ingaan op zijn aanbod, maar diep binnenin die verschrikkelijke twijfel aan haar vrat.

Ze had Pascal eigenlijk verwacht. Hij had aanvankelijk met haar afgesproken dat hij in de ochtenduren zou komen, maar hij had zijn gezicht nog niet laten zien.

In feite was het beter zo. Meer complicaties kon ze momenteel niet gebruiken. En Pascal stond garant voor complicaties omdat hij haar verwarde.

Ze raapte wat vaatwas bij elkaar en dumpte het in een teiltje op het aanrecht. De kittens volgden iedere beweging die ze maakte en renden vrolijk achter haar aan.

Pascal stond opeens achter haar. Ze had hem niet binnen horen komen en schrok toen hij opeens achter haar stond.

'Sorry, ik wilde je niet laten schrikken,' zei hij meteen. 'Ik heb geklopt, maar je hoorde het niet. Ik wist niet eens zeker of je thuis was.'

'Ik heb echt niets gehoord. Ik dacht dat je niet meer kwam.'

'Ik kreeg onverwacht bezoek.'

'Maakt niet uit. Ik heb geen haast. Eerlijk gezegd voel ik mij vandaag niet zo lekker. Misschien is het beter om vandaag niets te doen.'

'Ik heb mijn bezoek mee hierheen genomen. Hij wilde graag de paarden zien.'

'O?' Jessica keek Pascal verbaasd aan. 'Ken ik hem?'

Pascal schudde zijn hoofd.

'Waarom is hij niet met je naar binnen gekomen?'

'Hij wachtte liever buiten.'

'O. Ik kom.' Jessica kon het niet helpen dat er nog steeds verwondering in haar stem hoorbaar was.

Pascal legde verder niets uit. Hij knikte alleen maar en liep alvast naar buiten.

Jessica veegde haastig haar handen af, trok een warme trui over haar shirt aan en volgde hem.

Ze was nerveus, merkte ze.

Toen ze de man op haar erf zag staan, werd ze nog zenuwachtiger. Vrijwel onmiddellijk meende ze te weten wie hij was, maar ze hield zichzelf voor dat ze zich dingen in haar hoofd haalde. Dat er geen enkele reden was waarom uitgerekend die man bij haar kwam kijken. Hoewel...

Ze bekeek de man oplettend. Hij was ergens rond de zestig, meende ze, en had een ruw, verweerd gezicht met baard en snor en met heldere blauwe ogen die bijna door haar heen leken te kijken. Zijn lichaam was lang, mager en pezig en zijn haar askleurig en dik. Misschien iets aan de lange kant. Hij was gekleed in een soort werkbroek en een dikke rode kabeltrui die de man een warme uitstraling gaf.

Jessica liep meteen naar hem toe en strekte haar hand naar hem uit. Hij beantwoordde de handdruk stevig, met een taxerende blik in zijn ogen.

'Ed de Rooy.'

De naam zei Jessica wel iets en door haar hoofd spookte nog steeds dezelfde gedachte. Ze meende te weten wie het was, al probeerde ze zichzelf duidelijk te maken dat ze zich dingen in haar hoofd haalde.

'Jessica Doornhof.'

'Ik heb al het een en ander van je gehoord.'

'O?' Ze keek vragend naar Pascal, maar geen van de mannen ging erop in.

'Wilt u niet binnenkomen voor een kop koffie?' vroeg Jessica wat aarzelend.

Maar Ed schudde zijn hoofd. 'Misschien later. Ik wil nu graag de paarden zien. Ik heb gehoord over je dressuurpaard met hoefkatrolontsteking en over de merrie die je in de stal hebt aangetroffen toen je hier in dit huis trok.'

Jessica knikte. 'Kom maar mee.' Ze nam de mannen mee naar achteren, naar de wei. De paarden tilden nieuwsgierig hun hoofden op.

Ed zei niets en vroeg niets. Hij ging de wei binnen en liep heel rustig eerst naar Lolita, streelde de hals van het paard en liep toen door naar Faith. Tot Jessica's verbazing liet het paard zich gemakkelijk door de vreemdeling benaderen. Het strekte zelfs nieuwsgierig haar neus naar hem uit. Hij liet haar aan zich ruiken en streelde zacht haar hoofd. Faith onderging het ontspannen.

'Het is de vader van Evelyn, nietwaar?' zei Jessica tegen Pascal. Het was de eerste gedachte geweest die bij haar was opgekomen toen ze hem had gezien en die ze zo hardnekkig naar de achtergrond had geduwd. Maar nu ze hem bij de paarden zag, wist ze het vrijwel zeker.

Pascal knikte.

'Hij kwam onverwacht op bezoek vanmorgen. Dat doet hij normaal gesproken nooit. Hij gaat zelden ergens heen. Maar hij stond opeens op de stoep, net toen ik naar jou wilde komen.'

'Maar je had niet hierheen hoeven te komen. Niet als je bezoek had.'

'Hij wilde hierheen komen. Ik had hem over jou en je paarden verteld en blijkbaar had hij besloten dat hij jou en de paarden wilde zien.'

'O.' Jessica voelde de spanning weer in haar lijf. Zag de man haar als een bedreiging? Als iemand die Evelyns plaats wilde innemen, al was dat niet zo?

Ed kwam weer naar hen toe. Zijn gezicht was ontspannen, maar zijn ogen hadden nog dezelfde pittige blik als voorheen.

'Gingen jullie niet met de paarden werken?'

'Dat kan een andere keer,' zei Jessica meteen. 'Het heeft absoluut geen haast.'

'Maar ik wil het graag zien,' zei Ed. 'Daarom ben ik hierheen gekomen.'

Jessica keek hem verbaasd aan. 'Om ons met de paarden te zien werken?'

'Ik heb een enorme interesse in paarden. En Pascal hier, ken ik al lange tijd. Ik weet hoe hij is met paarden en ik zie hem graag aan het werk. Met jou, natuurlijk.'

Jessica wilde vragen waarom hij dat wilde zien, maar ze deed het niet. Ze wist niet eens zeker of ze het antwoord wel wilde horen.

Pascal zuchtte bijna onhoorbaar. Jessica merkte dat hij ook wat gespannen was. Dat was ze niet van hem gewend. Maar ze kon het zich wel voorstellen onder deze omstandigheden.

'Zullen we dan maar?' stelde Pascal voor.

Jessica knikte onzeker. 'Faith?'

'In de binnenbak. Vrij werken.'

Jessica knikte.

Pascal drukte haar een halstertouw in de handen. 'Ga jij haar halen.'

Jessica deed het liever niet, maar ze knikte en nam het touw aan.

Ze deed haar best om het dier op de juiste manier te benaderen. Het werd een bijna oneindig spel van toenadering zoeken, stoppen, stapjes achteruit en weer richting paard. Jessica had het gevoel dat ze enorm klungelig overkwam. Een paar keer realiseerde ze zich dat de zenuwen de overhand namen. Dan stopte ze en dwong ze zichzelf rustig adem te halen. Nervositeit maakte het nu niet gemakkelijker. Niet bij een paard als Faith. Uiteindelijk lukte het haar het paard een halster aan te doen. Het ging niet geweldig en Faith toonde nog de nodige tekenen van wantrouwen, maar het ging. Jessica begeleidde het dier de wei uit, richting provisorische binnenbak, liet het los en ging met de hulp van Pascal aan het werk.

Eenmaal in de bak was Pascal geconcentreerd. De vader van Evelyn leek buiten beeld te verdwijnen en Pascal was alleen nog met het paard bezig en met het geven van aanwijzingen aan Jessica.

In eerste instantie bewaarde hij afstand, maar toen ze eenmaal een tijd met het paard bezig waren, hielp hij haar door haar arm in de juiste houding te brengen, door haar schouders vast te pakken en tot ontspanning te brengen en maakte hij haar met lichte aanrakingen attent op haar energie.

Het ging vanzelf en in eerste instantie stond Jessica er niet eens bij stil. Het voelde natuurlijk en prettig. Totdat de sessie werd afgesloten en ze zich weer bewust was van de aanwezigheid van Ed. Toen schaamde ze zich over de intense manier van omgang met Pascal. Ze merkte zelfs bij Pascal plots een stuk gereserveerdheid op meteen na de training.

Automatisch zochten haar ogen die van Ed op toen ze haar paard de bak uit leidde. Zijn ogen lichtten op en zijn mond vormde een warme glimlach.

Jessica voelde een deel van de spanning afvloeien en bracht het paard naar de wei.

'Wilt u niet toch een kop koffie drinken?' vroeg ze daarna.

Ed knikte. 'Nu wel.' Zijn glimlach werd breder.

Jessica liep met de mannen haar woning binnen, struikelend over vijf enthousiaste kittens.

'Gekregen van boeren uit de buurt,' zei ze. 'Ik had mij laten ontvallen dat ik last had van muizen.'

'Ja, ik had al begrepen dat het hier zo gaat,' zei Ed. Hij haalde de kittens een voor een aan en grinnikte. Pascal stond er wat onbeholpen bij, alsof hij niet precies wist wat te doen. Misschien was dat ook zo.

Jessica liep meteen door naar de keuken en zette koffie.

'Het is wat rommelig. Ik heb de laatste dagen niet zo veel gedaan in huis...' begon ze verontschuldigend.

'Het is gezellig hier,' vond Ed echter. Hij nam met een vergenoegde uitdrukking plaats in de woonkamer, waarbij meteen twee kittens op zijn schoot klauterden. Hij scheen er geen problemen mee te hebben.

Jessica zocht in haar keuken een paar redelijke mokken uit en spitte haar kasten uit op zoek naar iets lekkers voor erbij. Veel meer dan wat koekjes met chocolade en een grote zak chocokaramels die ze had gekregen kon ze niet vinden. Ze besloot het allemaal maar op tafel te zetten, al was het allebei nauwelijks de moeite waard. In ieder geval niet voor bezoek. Zelf hield ze wel van koekjes met chocolade en chocokaramels. Maar voor gasten leek cake of luxekoekjes meer passend.

'Ik heb niet veel bijzonders in huis,' zei ze toen ze alles op de tafel in de woonkamer zette, maar Ed keek naar de chocokaramels en grijnsde breed.

'Ben ik gek op,' zei hij.

'Neem er zoveel u wilt,' reageerde Jessica opgelucht.

Ze keek naar de man, die gretig een karamel pakte, het papiertje eraf deed en hem in zijn mond stopte, waarbij zijn wangen dusdanig opbolden dat hij een beetje het uiterlijk van een hollebolle gijs kreeg, in plaats van de pezige man die hij was. Het zag er grappig uit en Jessica moest moeite doen om niet te grinniken.

In eerste instantie zei niemand iets. Ed had het druk met zijn karamel en Pascal was duidelijk niet zo op zijn gemak.

'Ik begreep dat u de vader bent van Evelyn?' vroeg Jessica hem. Ed knikte.

'Ik heb begrepen dat ze heel speciaal was.'

'Ja, dat was ze.'

'Het spijt me dat ze zo jong is gestorven.'

'Ja.' Hij knikte. 'Mij ook.' Hij keek Jessica taxerend aan. 'Ik denk dat je haar had gemogen,' zei hij toen. 'En zij jou ook.'

248

Jessica wist niet zo goed wat ze daarop moest zeggen. Ze knikte maar.

'Mooie paarden heb je.'

En daarmee kwam het gesprek op een onderwerp waarover ze gemakkelijk uren kon praten. En dat deed ze dan ook. Pascal nam slechts beperkt deel aan het gesprek. Hij leek erg afwezig. Jessica nam aan dat hij zich nog wat ongemakkelijk voelde omdat hij in gezelschap van Ed hier was, maar helemaal zeker wist ze het niet. Ze voelde een stuk spanning die ze niet kon thuisbrengen. Maar ze kreeg niet echt de kans om daarover na te denken. Ed bleek een man die een gesprek goed gaande kon houden als hij dat wilde en die veel moois te vertellen had. Hij leek niet op de man die ze in gedachten had gehad toen Pascal over hem had verteld. Misschien omdat ze toch aan een soort kluizenaar had gedacht, ondanks dat Pascal had gezegd dat het niet zo'n type was.

Jessica besloot dat ze de man mocht. En dat ze zijn dochter waarschijnlijk ook had gemogen als ze ooit de kans had gehad om haar te leren kennen.

Toen ze rond de middag vertrokken, waren de chocokaramels bijna op en bleef een leegte achter die Jessica bedrukte. Maar ze stond zichzelf niet toe om dat tot zich door te laten dringen. Ze ruimde meteen de kopjes op en ging aan het werk.

Ze besefte dat het misschien beter was om op het aanbod van Johan in te gaan. Johan kon haar dat bieden wat ze zocht en Johan woonde ver af van Pascal.

En misschien had ze dat wel het meeste nodig: afstand nemen van de verwarring die Pascal met zich mee voerde. Niet alleen voor zichzelf, maar zeker ook voor Pascal. En misschien zelfs voor Ed.

Ze overwoog zelfs om Johan te bellen, zodat ze de knoop eindelijk kon doorhakken en de twijfel achter zich kon laten, toen de voordeurbel ging. Wat verbaasd liep ze naar de deur en herkende meteen de twee kinderen op haar stoep. Het waren de kinderen die haar Lindsey hadden gebracht. Het jongetje had een grote plastic zak bij zich.

Hij strekte meteen zijn hand met de zak naar Jessica uit. 'Voor Lindsey,' zei hij.

Jessica nam de zak verbaasd aan en wierp er een voorzichtige blik in. Twee dode vissenogen keken haar recht aan. Het manneke had een forel meegenomen. Voor de kat.

'Eh, dank je,' stamelde Jessica.

'Vindt Lindsey lekker,' zei de jongen. 'En de andere kittens ook. Mogen we haar even zien?'

'Natuurlijk. Kom binnen.' Jessica opende de deur wat verder om de kinderen binnen te laten. Broer en zus liepen meteen door naar de woonkamer en lieten zich daar op de grond zakken om enthousiast met de kittens te spelen.

Jessica liep met haar vis naar de keuken, zich afvragend wat ze daarmee moest aanvangen. Bakken kwam het eerst in haar op, maar de vis paste niet in een pan en ze voelde er niet zoveel voor om het dier schoon te maken. Ze had nog nooit in haar leven een vis schoongemaakt en wist niet eens hoe het moest. Rauw geven was natuurlijk ook een optie, want het was tenslotte voor de katten en die lustten vast en zeker rauwe vis. Maar een grote dode vis op de kamervloer of buiten op het stoepje, die enthousiast uit elkaar werd gehaald door een vijftal kittens en misschien wel bacteriën of iets dergelijks met zich meedroeg, vond ze ook geen prettig idee. Daarom besloot ze het ding te koken in een oude grote pan die nog in de kast stond.

Met een vies gezicht liet ze de gladde vis met kop, vinnen en staart in de pan vallen, goot er water bij en zette hem op het vuur. Terwijl ze het water aan de kook bracht, speelden de kinderen nog een poosje met de kittens en besloten na een kwartiertje dat ze weer dringend naar huis moesten.

Ze hoefden niets te drinken, maar namen wel nog een karamel aan voordat ze zich uit de voeten maakten. Jessica bleef alleen achter met haar pan met vis.

Toen het water eindelijk aan de kook kwam, verspreidde zich een dikke wolk met een afgrijselijke lucht in de woning, die haar bijna misselijk maakte. De kittens dachten er echter anders over. Ze verzamelden zich gehaast in de keuken bij het fornuis en maakten het bijna onmogelijk voor Jessica om rond te lopen zonder haar nek te breken.

Maar dit keer hoorde ze het kloppen op de achterdeur wel.

Terwijl ze tussen de kittens door manoeuvreerde en met een vies gezicht even in de pruttelende pan met vis keek, riep ze 'binnen'. Ze hoorde de deur open- en dichtgaan en de voetstappen in de hal. Enkele seconden later verscheen Pascal in de deuropening.

'Autobanden aan het koken?' vroeg hij met een vies gezicht.

'Vis.'

'Ik ben blij dat je mij niet hebt uitgenodigd voor een etentje.'

'Voor de katten.'

'Voor de katten?'

'Forel.'

'Forel voor de katten?' vroeg Pascal verbijsterd. 'Je kunt met forel in de keuken prachtige dingen doen. Dan ga je hem toch niet mishandelen voor de katten?'

'De kinderen die Lindsey brachten, kwamen daarnet een forel voor hun lieveling brengen. Dan kan ik hem toch moeilijk voor mijzelf gaan bereiden?'

'Nou...'

'Het is voor de katten, dus krijgen de katten het.'

'Maar waarom koken?'

'Omdat ik het geen prettig idee vind om een rauwe vis hier op de grond neer te gooien.'

'Mishandelde vis wel?'

'Nee, ook niet, maar dat is toch weer anders.'

'De geur ook.'

Hij glimlachte, maar er lag iets zorgelijks achter die lach terwijl hij haar aankeek.

'Sorry dat ik onverwacht met bezoek kwam. Het was niet mijn bedoeling...'

'Het maakt niet uit. Ed de Rooy is een prettige man. Ik vond het leuk om hem te leren kennen.'

'Dat was dan wederzijds. Maar hij heeft wel alle karamels opgegeten.'

'Niet allemaal en ze zijn om op te eten.'

'Hij is gek op snoep. Altijd al geweest.'

Jessica glimlachte en vroeg zich af waarom Pascal was gekomen. Op de een of andere manier had ze er geen goed gevoel bij. Misschien was het gewoon iets wat ze zichzelf in haar

251

hoofd haalde en misschien kwam het ook omdat ze nog steeds die zorgelijke trek zag.

Ze had hem kunnen vragen wat hij kwam doen, maar ze had het idee dat een dergelijke vraag al snel negatief overkwam.

'Wil je iets drinken?' vroeg ze daarom. 'Als je tenminste denkt dat je het in deze lucht kunt volhouden?' Ze probeerde luchtig, een beetje lacherig, over te komen, maar bleef in een wat wanhopige poging steken.

Pascal schudde zijn hoofd. 'Ik kom eigenlijk alleen vertellen dat ik een paar dagen wegga.'

Jessica draaide zich om en keek hem verbaasd aan. 'Weg?'

'Een paar dagen.'

'Vakantie?' vroeg ze, wat aarzelend.

Pascal twijfelde. 'Zoiets,' zei hij toen.

'Heb je iemand nodig die voor de paarden en de katten zorgt? Ik kan dat wel doen, als je wilt.'

Maar Pascal schudde zijn hoofd. 'Nee, niet nodig. De katten hebben een enorme berg brokken staan en sloten water en ze kunnen via het luik zelf naar binnen en naar buiten. De paarden neem ik mee.'

Jessica keek hem vragend aan.

'Ik ga te paard weg. Ik neem de andere twee als handpaard mee.'

'O.'

'Gewoon even weg. Wat tijd nemen.'

'O.' Jessica vond het een vervelend idee dat hij wegging, al wist ze niet precies waarom. Misschien was het gewoon niet prettig om een leeg huis als buur te hebben, al was het slechts voor een paar dagen. Maar ze vond het eigenlijk wat kinderachtig van zichzelf. Pascal ging gewoon een paar dagen weg. En wat dan nog?

Ze knikte.

'Zeker weten dat je niet eerst iets wilt drinken?' vroeg ze nog wat onzeker.

Pascal schudde zijn hoofd. 'Ik vertrek zo meteen.'

'O. Tja… prettige reis dan. Of vakantie. Of tocht. Of zo…'

Pascal glimlachte, met die wat trieste ondertoon. Hij knikte kort.

'Bedankt.' Hij hief zijn hand op in een korte groet, draaide zich om en vertrok.

Jessica bleef doodstil in de keuken staan. Ze had het opeens koud. Alsof een vervelend voorgevoel over haar heen kwam. Misschien gebeurt er iets met hem, dacht ze.

Onzin, dacht ze meteen erachteraan. Ik heb bepaald geen voorspellende gave. Alleen te veel fantasie.

Ze dwong zichzelf om zich weer op de dode, kokende, stinkende vis te concentreren terwijl twee kittens via haar broekspijp omhoogklauterden, zodat ze een betere blik konden werpen op het maaltje dat speciaal voor hen werd bereid.

Jessica liet hen hun gang gaan. Ze was opeens verschrikkelijk moe en voelde zich niet geroepen om het grut op dat moment op te voeden.

Ze zette het vuur uit en plaatste de pan verderop, zodat de vis kon afkoelen. Zelf ging ze naar de woonkamer en kroop in een hoekje van de bank, met haar voeten onder zich gevouwen. Ze keek door het raam naar buiten, naar de bewolking en naar de bomen die zachtjes door de wind op en neer werden bewogen. Ze had het nog steeds koud, en de katjes die ongeduldig op haar schoot klommen, konden daar niets aan veranderen.

# HOOFDSTUK 19

De zondag ging langzaam voorbij. Jessica zorgde voor de katten en de paarden en probeerde huis en stallen op orde te brengen, terwijl de kou nog steeds niet uit haar lijf wilde verdwijnen. Af en toe wierp ze een blik in de richting van Pascals huis. Het zag er donker en kaal uit, alsof hij voor altijd was vertrokken. Zelfs de wei maakte een verlaten indruk nu de paarden weg waren.

Natuurlijk overdreef ze. Haar buurman was slechts voor een paar dagen weg en bovendien was het slechts haar buurman. Nou ja, een beetje meer misschien. In feite was het ook een vriend. Maar niet meer dan dat. Niet meer dan een vriend, die ergens in zijn leven een zwaar verlies had geleden dat nog steeds zijn leven bepaalde.

Ze wist dat ze Johan moest bellen. Ze had het een dag eerder al willen doen, maar het was er niet van gekomen. Maar uiteindelijk kon ze het niet uitstellen. De twijfel vrat aan haar als een enge ziekte. Het maakte haar kapot.

Steeds opnieuw dacht ze aan de mogelijkheden die ze bij Johan had. Steeds opnieuw probeerde ze zichzelf voor te houden dat het hier om een unieke kans ging en dat ze Johan niets schuldig was als ze daar gebruik van maakte. Uiteindelijk had hij haar zelf het aanbod gedaan. Uiteindelijk was hij er zelf schuld aan dat hun huwelijk in eerste instantie op de klippen was gelopen en was dit misschien wel het minste wat hij voor haar kon doen. Nee, ze was hem niets verplicht.

Misschien, als bleek dat hij werkelijk veranderd was – op het gebied van vrouwen – kon ze hem weer met andere ogen bekijken. Misschien was er dan toch nog een kans voor hen. Dat zou alles zoveel gemakkelijker maken. Er waren wel meer stellen die elkaar na een scheiding hervonden. Een nicht van haar was dat overkomen. Die was gescheiden, woonde een tijd op zichzelf, maar werd weer verliefd op haar ex en dat was wederzijds geweest. Nu woonden ze weer samen. Dus het kon wel.

Uiteindelijk had Jessica absoluut geen hekel aan Johan. Ze nam hem zijn avontuurtjes kwalijk. Ze nam hem zijn bedrog ten opzichte van haar kwalijk. Maar ze had geen hekel aan hem. Johan had beslist ook zijn goede kanten.

Maar ze had hem nog niet gebeld.

Hij is bezig, dacht ze. Hij is in de stallen, rijdt zijn paarden. Vanavond bel ik hem, nam ze zich voor. Maar de kou verdween evengoed niet.

Het was tegen de avond toen Jessica nog een keer naar de paarden liep. Het was de hele dag bewolkt geweest, maar nu trokken de wolken weg en kreeg de blauwe hemel de overhand.

De zon maakte zich op voor de avond en was aan haar weg naar beneden begonnen. De wind was gaan liggen en het was doodstil buiten, op een paar vogels na, die druk aan de voorbereidingen voor een toekomst met kleintjes werkten.

Faith stond te grazen en Lolita staarde een beetje voor zich uit. Haar hoofd iets lager, alsof ze stond te dutten. Misschien voelt ze zich werkelijk een dagje ouder, dacht Jessica. Want die middag had ze ook al zoveel staan slapen.

Jessica liep de wei in om de paarden te controleren, zoals ze tegenwoordig regelmatig deed. Ze was niet meer bang voor Faith. Ze kon de merrie nog niet altijd even goed benaderen, maar ze vloog tenminste niet meer op Jessica af. Integendeel. Ze accepteerde de aanwezigheid van haar nieuwe eigenaresse zonder problemen en sporadisch kwam ze zelfs naar Jessica toe. Pascal had gelijk gehad. Zo moeilijk was Faith niet.

Jessica liep eerst naar Lolita.

'Aan het dutten?' zei ze, toen ze bij haar paard kwam en haar hand uitstrekte om het dier te strelen.

Ze bleef echter hangen in haar beweging en keek goed naar haar paard.

Ze besefte vrijwel meteen dat er iets mis was. Iets in de uitdrukking van het paard zei haar dat het dier niet gewoon wat stond te dutten, maar ziek was. Doodziek. Ze zag nu pas de rimpels boven de vermoeide ogen, de gespannen trek om de mond en het zweet in hals en liezen.

Jessica voelde een stroomstoot door haar lijf gaan, terwijl haar handen nerveus over het dier gleden. Ze herkende de snelle oppervlakkige ademhaling die typisch was bij koorts. Haar ogen gleden gejaagd over het paardenlijf en ze zag nu pas de zwelling van het rechterachterbeen. Het hele been was wanstaltig opgezwollen van koot tot lies en het dier leunde er niet op. Hoe had ze dat kunnen missen?

Jessica liet haar handen naar achteren glijden en betastte angstig het been. Het voelde heet aan. Ze wist wat dat betekende. Haar paard had bloedvergiftiging: *einschuss*. Ze kende de symptomen. Ze had het eerder gezien. Ze draaide zich om en rende meteen terug naar de boerderij. Met trillende vingers belde ze de veearts.

Ze werd doorverwezen naar een mobiel nummer en na een paar pogingen, waarbij ze steeds de verkeerde toetsen indrukte, wist ze zichzelf met een paar diepe ademteugen voldoende onder controle te brengen om het juiste nummer in te toetsen. Ze was blij dat Tobias Wouters dienst had. Hem kende ze. Haastig legde ze uit dat haar paard een bloedvergiftiging had opgelopen. Dat ze geen flauw idee had waar het vandaan kwam, maar dat alle symptomen er waren en dat het niet goed ging.

'Loop met haar, kijk of je de wond kunt vinden en desinfecteer die alvast of spoel het been met koud water als je niets ziet,' adviseerde de veearts haar. 'Ik ben momenteel bij een ander spoedgeval, maar ik kom zo snel mogelijk.'

'Graag.'

Jessica verbrak de verbinding, greep een thermometer uit de kast, rende naar de stal om een halster en een touw te halen en maakte dat ze weer in de wei bij haar paard kwam.

Lolita zag er ellendig uit. Waarom had ze het niet eerder gezien? Ze had eerder die middag al een blik in de wei geworpen en had gezien dat Lolita stond te suffen. Waarom was ze er toen van uitgegaan dat het paard stond te slapen en had ze het niet gecontroleerd?

Ze wist eigenlijk wel waarom. Ze had het gewoon te druk met zichzelf gehad.

Jessica voelde zich ellendig en wenste meer dan eens dat ze nu niet alleen was. Dat ze Pascal kon roepen. Of dat Johan haar bij kon staan. Johan was ook altijd rustig in een dergelijke situatie.

Ze had behoefte aan iemand die rustig was.

Ze deed Lolita met trillende handen het halster om en trok het dier mee voor een korte wandeling, richting kraan en tuinslang, aan de achterkant van haar huis. Lolita wilde eigenlijk niet lopen en het kostte Jessica heel wat overtuigingskracht om het dier in beweging te krijgen. Uiteindelijk strompelde het paard achter haar aan, de wei uit.

Lolita liep hopeloos kreupel en het deed Jessica pijn om haar zo te zien. Ze begeleidde het paard naar de wasplaats en controleerde daar het been. Ze kon geen wond ontdekken. Ze wist vrijwel zeker dat die er ergens moest zijn, maar soms werd de ziekte veroorzaakt door een wondje niet groter dan een naaldenprik.

Omdat ze toch iets moest doen, koelde ze het been van het paard een kwartier met koud water.

Pas daarna nam ze de temperatuur van het dier op. Ze schrok toen ze zag dat de rode lijn voorbij de veertig graden ging. Lolita had hoge koorts.

Ze probeerde nog wat met het paard te lopen om de circulatie op gang te houden, maar het ging slechts moeizaam.

Onophoudelijk wierp ze blikken richting erf. Als de veearts maar eens kwam. Ze merkte dat er tranen in haar ogen kwamen, terwijl ze Lolita met zich meetrok. Ze wist dat bloedvergiftiging meestal wel te verhelpen was als er snel werd ingegrepen, maar had ze wel snel genoeg ingegrepen en was de koorts niet te hoog?

Ze was opeens zo bang haar paard te verliezen. Onwillekeurig dacht ze aan de beste momenten uit de wedstrijden, aan het moment waarop ze in de wei had gestaan met haar wang tegen haar zachte nek en aan de wandeling die ze laatst hadden gemaakt.

Ze wilde Lolita niet kwijt.

Toen ze eindelijk een auto het erf op hoorde rijden, maakte haar hart een sprongetje. Ze zag meteen dat het de veearts was. Haar hele lichaam spande zich. Hij moest haar helpen. Het moest.

Ze zwaaide naar de auto. Ze wilde de arts eruit trekken en naar de wei sleuren, maar ze bleef bij haar paard.

De veearts stapte uit, pakte zijn koffer en liep richting wei.

Voor Jessica duurde het allemaal te lang. Ze wilde dat hij sneller zijn spullen pakte, sneller liep. Ongeduldig keek ze zijn kant uit.

Lolita duwde haar neus in Jessica's rug.

'Hij komt. Hij gaat je helpen,' zei Jessica. Ze merkte dat de tranen in haar ogen prikten. Onwillekeurig wierp ze een blik in de richting van het huis van haar buurman. Maar haar buurman was er niet.

Ze had zich zelden zo alleen gevoeld.

Tobias groette haar toen hij zich bij haar voegde. Alles in zijn houding drukte rust uit.

'Vertel maar precies wat je hebt gezien,' zei hij, terwijl hij zijn onderzoek begon. Jessica vertelde dat ze eerder had gezien dat Lolita erg rustig was, maar dat ze toen dacht dat ze stond te slapen, en ze vertelde over het moment dat ze had begrepen dat er iets niet goed was met haar paard en over het opnemen van de temperatuur en het lopen met het paard.

'Je hebt er goed aan gedaan met haar te lopen,' verzekerde de veearts haar. 'Het is belangrijk dat de circulatie op gang blijft. Het ziet er inderdaad als een lymfangitis uit. *Einschuss* dus. Een flinke. De koorts is wel heel erg hoog en ze ziet er slecht uit.'

'Hoe kan dat nu?' reageerde Jessica paniekerig. 'Ik kan geen wond ontdekken. Er is helemaal niets gebeurd.'

'De wond kan zo klein zijn dat je hem niet ziet. Ik denk dat je dat wel weet. Het zegt niets over de ernst van de bloedvergiftiging.'

'Ik weet het. Maar ik had het niet verwacht. Ik bedoel... ik snap het niet. Ik ben gewoon bang.'

Nu had de veearts met een geruststelling moeten komen. Nu had hij moeten zeggen dat het niet zo ernstig was als het eruitzag en dat het snel weer allemaal goed kwam. Maar het gezicht van Tobias Wouters was ernstig.

'Het is een flinke infectie,' zei hij. 'Ik heb het eigenlijk nog niet in deze mate gezien. Geen idee wat de oorzaak precies is, maar mogelijk is haar weerstand minder en grijpt het daarom zo agressief om zich heen.'

Jessica staarde hem verbijsterd aan. 'Moet ze naar de kliniek?'
'Daar kunnen ze op dit moment niet meer doen dan ik: een antibiotica en NSAID toedienen om de ontsteking tegen te gaan, de koorts te verlagen en de pijn te verminderen en dan kijken hoe ze daarop reageert. Ik zal ook een middel toedienen dat de zwelling tegengaat, gezien de ernst ervan.'
'En als ze er niet op reageert?'
'Dat is iets waar we niet van uit moeten gaan.' Hij haalde een flesje uit zijn tas en maakte een injectie gereed. Het toedienen was geen probleem. Hoewel Lolita normaal gesproken nog wel eens een drama wilde maken van een spuit, was ze daar nu te ziek voor.
'Nu kunnen we alleen afwachten,' zei de arts. 'Probeer zo vaak mogelijk met haar te lopen, spoel af en toe haar been af met koud water en houd haar in de gaten. Ik heb oproepdienst tot twaalf uur vannacht. Ik kom vlak voor die tijd nog even naar haar kijken, als ik daartoe de mogelijkheid heb. Als het ernstiger wordt, moet je mij bellen.'
Jessica knikte. 'Laat me niet alleen,' had ze willen smeken. Maar ze deed het natuurlijk niet.
Ze keek toe hoe de arts zijn spullen verzamelde en weer vertrok.
Lolita zag er nog steeds beroerd uit. Misschien zelfs nog zieker dan voorheen. Jessica ging opnieuw met haar lopen. Ze liep nog maar een keer richting tuinslang, om het gezwollen been weer af te koelen. Veel meer dan dat en afwachten kon ze tenslotte niet doen.
Het werd koud die avond en Jessica liet met tegenzin Lolita even alleen om warmere kleding te halen. Ze dacht erover om thee te maken voor zichzelf, maar besloot uiteindelijk om het niet te doen. Ze wilde het paard geen minuut langer alleen laten dan absoluut noodzakelijk.
Heel even had het eruitgezien dat het beter ging met Lolita, ongeveer een uurtje nadat de veearts was geweest, maar nu het weer later op de avond werd, leek ze weer doodziek.
Jessica wist zich geen raad. Ze liep keer op keer opnieuw rond met haar paard en spoelde steeds opnieuw het pijnlijke been met koud water. Ze wilde dat ze meer kon doen, maar er zat

niets meer op dan afwachten.

Haar benen deden pijn en zelfs de warmste trui en jas konden de kou niet meer weghouden van haar lijf. Hoewel ze wist dat het nog altijd ergens rond de vijftien graden was, had ze het gevoel dat het vroor. Ze rilde onophoudelijk en haar hele lijf deed pijn.

Beelden van haar en Lolita doemden doorlopend uit het niets op in haar hoofd. Beelden uit wedstrijden en trainingen op momenten van succes, maar ook beelden van frustraties en zelfs af en toe boosheid omdat iets niet lukte. Dat waren de momenten waarop ze wilde huilen. Van ellende. Van spijt. En dan waren er weer beelden van de laatste dagen. Beelden van Lolita en Faith samen hollend in de wei, samen grazend. Beelden van een tevreden paard, ondanks de last van haar voeten. Beelden van een neus door haar haren en van haar wang tegen de hals van het paard. En ook dan wilde ze huilen.

Ze wilde niet dat het afgelopen was. Ze wilde nog wat tijd met Lolita. Ze hoefde niet met haar te rijden. Ze hoefde niets anders dan haar aanwezigheid; nog een keer de kans krijgen om naar haar te kijken, haar aan te raken, haar gezicht in haar manen te begraven.

Ze voelde het bekende lichte gevoel in haar hoofd weer opkomen. De gejaagdheid van haar ademhaling en de haast in het ritme van haar hart. Ze werd bang. Doembeelden doken voor haar op waarbij ze in elkaar stortte, naast haar paard. Ze raakte in paniek, wist ze.

Ze wierp opnieuw een blik in de richting van het huis van Pascal. Alles was donker. Waarom was hij er uitgerekend nu niet?

Haar lijf trilde. Ze kon dit niet aan. Niet alleen.

Ze kon haar ouders bellen, maar ze kon niet van hen verwachten dat ze naar haar toe kwamen. Al zou haar vader dat misschien wel voor haar willen doen.

Met klamme, beverige handen drukte ze het nummer in op de gsm dat ze het allerbeste kende. Het duurde slechts een paar tellen totdat er werd opgenomen en de kalme, iets verbaasde stem van Johan in haar oren klonk.

'Johan, met Jessica...' Ze wilde rustig klinken. Beheerst overkomen. Maar haar stem werkte niet mee.

'Wat is er gebeurd, Jessica?' Johan klonk bezorgd. Ze hoefde hem niet te vertellen dat er iets aan de hand was. Hij hoorde het aan haar.

'Lolita is ernstig ziek. Ik weet niet of ze het haalt,' wist ze eruit te brengen. Ze wist niet precies wat ze van hem verwachtte. Een geruststelling misschien. Of meer.

'Ik kom,' zei hij.

'Johan, dat hoef je niet te doen. Het is anderhalf uur rijden en ik weet hoe druk je het hebt...'

'Ik ben onderweg. Als je me nodig hebt, bel je op mijn gsm.'

'Johan, ik...'

Maar Johan verbrak de verbinding.

Jessica wist dat hij onmiddellijk in zijn auto zou springen en naar haar toe zou komen. Want dat was Johan ook. Hij was iemand met een ernstig zwak voor vrouwen en niet altijd even redelijk, maar hij was ook iemand die klaarstond om te helpen als het echt nodig was. En iemand die om haar gaf, fluisterde een klein stemmetje in haar hoofd.

Ze voelde zich schuldig omdat ze hem had gebeld, maar tegelijkertijd was ze ook blij dat hij kwam. Nog anderhalf uur en dan was ze niet meer alleen. Ze liep opnieuw met Lolita een rondje en wierp al na een kwartier ongeduldige blikken richting erf. Natuurlijk kwam Johan nog niet. Het was een eind rijden.

Johan verscheen rond halfelf. Hij parkeerde zijn auto op het erf en liep meteen naar de wei. Hij had zijn goede kleding aan, zag Jessica en dat zorgde ervoor dat ze zich nog schuldiger voelde.

'Johan... ik wilde je nu niet lastigvallen en je had niet het hele stuk hierheen hoeven rijden...' begon ze met een haperende stem. Ze kon de zin niet eens afmaken, want ze begon te huilen en rilde onophoudelijk.

Johan bedacht zich geen seconde. Hij liep naar haar toe, pakte haar vast en drukte haar tegen zich aan.

'Rustig maar, rustig maar,' suste hij met kalmerende stem. Hij streelde haar haren en wreef over haar rug. 'Rustig ademhalen.'

Het trillen werd uiteindelijk minder en Jessica voelde hoe haar lichaam slap werd. Haar spieren en gewrichten deden nu pijn door de spanning die erop had gestaan, maar pijn kon ze ver-dragen. Dat was beter dan dat akelige, onbestemde gevoel dat door haar lijf stormde en haar het gevoel gaf dat ze niets meer onder controle had.

Pas toen ze weer rustiger was en alleen het zware gevoel nog overbleef, liet Johan haar los en keek hij haar aan.

'Het komt wel goed,' beloofde hij haar. Hoe kon hij zoiets belo-ven, vroeg ze zich af. Maar ze knikte. Ze wilde dat het goed kwam.

'Ik ga binnen dekens halen en een kan thee zetten. Je voelt door en door koud aan, maar ik neem aan dat ik je toch niet kan overhalen om even naar binnen te gaan, dus doen we het zo.'

Jessica knikte. Ze was blij dat hij er was. Ze had tegen hem gezegd dat hij niet had hoeven te komen, maar nu hij er was, was ze alleen maar blij.

Terwijl Johan de boerderij in liep, ging zij weer met Lolita lopen. Lolita volgde met tegenzin. Het paard was zo verschrik-kelijk moe. Zo doodmoe. Het was alsof de moeheid zich als een golf verspreidde en Jessica erin meenam.

Maar Jessica wilde vechten. Voor haar en voor haar paard. Ze sprak bemoedigende woorden, dwong het dier om te lopen. Vooral te lopen.

Johan kwam na ongeveer twintig minuten bij haar terug met boterhammen, thee, dekens en kussens.

'Kom even zitten,' beval hij. Hij wees op een bankje dat tegen de stalwand leunde.

Jessica nam Lolita mee naar het bankje, nam plaats en liet zich thee en brood in de handen drukken. Ze had geen honger, maar ze wist dat Johan van haar zou eisen dat ze at. Omdat hij vond dat ze de energie nu nodig had. Dus knabbelde ze langzaam aan het brood.

Johan zat tegen haar aan en had een deken over de schouders van hen beiden gedrapeerd. Ze zeiden niets, maar staarden naar de wei. Jessica zag Faith bij de draad staan. De merrie was onrustig. Ze wist dat er iets aan de hand was, maar begreep het niet.

Jessica wilde haar geruststellen. Maar hoe wilde ze dat doen als het haar niet eens lukte om zichzelf gerust te stellen?

Ongeveer twintig minuten kon ze het opbrengen om te blijven zitten. Daarna ging ze weer lopen met haar paard, de deken over haar schouders geslagen. Johan liep zwijgend met haar mee.

De veearts kwam tegen twaalf uur. Hij onderzocht Lolita opnieuw met een zorgelijk gezicht en diende nog een keer medicijnen toe.

'Ik kom morgenvroeg nog een keer,' zei hij. 'Rond acht uur.'

Jessica knikte alleen maar. Ze wilde de vraag eigenlijk niet stellen, maar kon het uiteindelijk niet laten.

'Denk je dat ze het redt?' vroeg ze.

'Normaal gesproken overleeft een paard *einschuss* en houden ze er in de ernstigste gevallen een dik been als complicatie aan over. Maar Lolita is ernstig ziek en ik weet niet zeker of er nog een virus een rol speelt, aangezien de andere benen ook een tendens vertonen om op te zwellen.' Hij wees op het vocht dat zich ophoopte in de andere kootholtes. 'Het enige wat we kunnen doen is afwachten. Als ze de nacht maar eenmaal door is.'

Jessica knikte. Het was niet het antwoord dat ze had willen horen, maar ze had ook geweten dat hij had gelogen als hij iets anders had gezegd.

Toen hij vertrok was de kou weer terug.

'Ik ben bang,' zei ze tegen Johan.

Johan knikte. 'Ik begrijp het.'

'Ja?' Jessica keek hem aan. Johan was altijd zoveel nuchterder geweest met zijn paarden.

'Het feit dat ik zelf minder emotioneel ben in dat opzicht, wil niet zeggen dat ik je niet begrijp,' zei hij. 'Ik weet hoe je bent en ik weet hoeveel het paard voor je betekent.'

Jessica knikte.

Het was een paar tellen stil en Jessica begon weer met haar paard te lopen, met Johan naast zich.

'Maakt me dat wel geschikt voor een bedrijf?' vroeg ze zich hardop af.

Johan haalde zijn schouders op. 'Het feit dat je van je eigen paard zoveel houdt hoeft je niet ongeschikt te maken voor een bedrijf met paarden. Je eigen paard mag speciaal zijn.'

Jessica dacht opeens aan de schimmel die Johan had gehad toen ze hem pas had leren kennen. Het was eigenlijk het paard geweest dat Johan de eerste zet richting top had gegeven en het was al redelijk op leeftijd geweest toen ze hem voor het eerst zag. Johan had toen veel redenen opgegeven waarom het paard bleef, hoewel het te oud werd voor het wedstrijdrijden. En ze herinnerde zich de dagen van zwijgzaamheid toen het paard kort daarna toch overleed.

'Het was zijn tijd,' had Johan eenvoudigweg gezegd. Hij had niet gehuild. Maar hij had gezwegen. Dagen achter elkaar.

Johan had van dat paard gehouden.

Maar Jessica wist dat ze daar zelf verder in ging.

Ze wierp Faith een blik toe en vroeg zich af hoe ze zou reageren als de zwarte merrie zo ziek zou worden. Ze hoefde het zich eigenlijk niet af te vragen. Ze wist ook zo dat de merrie, zonder dat Jessica erbij had stilgestaan, bijzonder voor haar was geworden. En wellicht zou ieder volgend paard dat ook worden. Niet in die mate als Lolita en misschien zelfs niet in de mate waarin Faith in korte tijd zoveel voor haar was gaan betekenen, maar genoeg. Meer dan genoeg.

'Ik weet het niet,' mompelde Jessica.

'Misschien is dit niet het goede moment om erover na te denken,' zei Johan.

Jessica schudde haar hoofd. 'Nee, misschien niet.'

Ze liepen nog een tijd en Jessica spoelde het been van haar paard nog een keer af. Al die tijd bleef Johan dicht bij haar. Zijn aanwezigheid was vertrouwd. Af en toe, als ze rilde, pakte hij haar vast en drukte haar tegen zich aan. Soms haalde hij thee voor haar of drukte een boterham in haar handen. Hij zei niet veel, maar hij was er gewoon.

En Jessica was blij dat hij er was.

'Het wordt dag,' zei Johan. Hij wees naar de horizon, waar de beginnende dag als een oplichtende streep aan de horizon zichtbaar werd.

Jessica keek naar het licht aan de horizon en knikte. Ze was doodmoe en haar lichaam was zwaar en pijnlijk. Maar Lolita was niet verder achteruitgegaan. Het leek zelfs alsof het paard iets williger meeliep als Jessica weer met haar over het erf haar rondjes draaide, maar ze wist het niet zeker. Ze durfde het nauwelijks te hopen.

'Moet je niet eigenlijk thuis zijn?' vroeg Jessica aan Johan.

Johan haalde zijn schouders op. 'Ik heb genoeg personeel. Ze kunnen het wel aan zonder mij. Ik moet alleen dadelijk even bellen zodat ze weten wat er aan de hand is.'

Jessica knikte. Ze keek weer naar de oplichtende streep, ver weg.

'Ik vind het geweldig van je dat je hierheen kwam en bij me bleef,' zei ze eerlijk. 'Ik had niet geweten wat ik had moeten doen als je er niet was geweest.'

Johan haalde weer zijn schouders op. 'Dat is het minste wat ik voor je kan doen.'

'Ik denk dat niet veel exen een dergelijke mening zouden delen,' zei Jessica met een kleine glimlach.

'Alleen omdat ze jou niet kennen.'

Jessica bloosde.

Johan wierp een blik in de richting van de boerderij van de buurman.

'Hoe komt het dat je hem niet hebt gevraagd?'

Jessica twijfelde. Ze wist niet zeker of ze al of niet verbaasd was over het feit dat hij wist dat ze dat had kunnen doen. Dat ze dat misschien ook had gedaan als ze die mogelijkheid had gehad. Ze schaamde zich daar een beetje voor. Het voelde als ontrouw zijn. Hoewel ze met Johan niet meer was getrouwd. Maar toch… was het werkelijk zo dat hij alleen mocht opdraven als ze geen andere mogelijkheid had? Dat ze hem gebruikte?

Ze overwoog om aan te geven dat ze hem liever in de buurt had, maar besloot uiteindelijk dat ze beter niet kon liegen. Temeer omdat ze daar nooit iets van terechtbracht.

'Hij is er niet,' zei ze eerlijk. 'Hij is gisteren voor een paar dagen vertrokken.'

Johan staarde voor zich uit. Hij glimlachte uiteindelijk een beetje triest.

'Ik dacht al dat het zoiets was.'

'Het was logischer geweest,' zei Jessica haastig. 'Hij woont naast mij. Jij moet anderhalf uur rijden.'

'Is het werkelijk alleen dat?' vroeg Johan haar. Hij keek haar nu aan.

Jessica beantwoordde de blik niet rechtstreeks. 'Ik heb niets met hem,' zei ze alleen maar.

'Nog niet?'

Jessica schudde haar hoofd. 'Het gebeurt ook niet.'

Johan stelde geen vragen. Jessica was weer gaan lopen met haar paard en hij liep zwijgend naast haar.

'Ik had je gisteren willen bellen,' zei Jessica toen. 'Voordat Lolita ziek was.'

Johan keek haar vragend aan.

'Over je aanbod.'

Johan knikte. Hij wachtte af.

'Je hebt nogal een aanbod gedaan,' zei Jessica. 'Een geweldig paard om te rijden, de kans om mijn bedrijf op te starten en een thuis voor mijn Lolita en Faith.'

'Dat weet ik,' zei Johan. 'Ik vind dat je recht hebt op een kans.'

Jessica bleef staan en keek hem aan.

'Is het alleen dat?' vroeg ze.

Johan leek even na te denken en schudde toen zijn hoofd.

'Ik wilde je die kans geven. Maar ik wilde je ook in de buurt hebben.'

Jessica beet op haar onderlip en knikte.

'Dat paard… dat je hebt gekocht…'

Johan wachtte af, een beetje onrustig.

'Was het werkelijk toeval? Een aanbod waar je tegenaan liep? Of kocht je het paard voor mij?' Haar stem trilde een beetje. 'Kocht je het omdat je wilde dat ik terugkwam?'

'Als omkoopmiddel, bedoel je?' vroeg Johan.

'Zo wil ik het niet noemen. Ik weet ook wel dat je niet aan omkoping doet en dat je het niet zo bedoelt.'

'Ja,' onderbrak hij haar.

Jessica bleef staan en keek hem verbijsterd aan.

'De kans om dat paard te kopen deed zich niet toevallig voor. Ik ging ernaar op zoek.'

'Waarom?'

'Is dat zo moeilijk te begrijpen? Ik wil dat je terugkomt.'

'Maar toch niet op die manier? Ik bedoel… als je wilt dat ik bij je terugkom, moet het toch om jou gaan? Toch niet vanwege een paard of een kans op een eigen bedrijf die je mij geeft?'

'Eerlijk gezegd was het mij op dat moment om het even. Toen ik je in de keuken zag zitten met die vent van hiernaast, begreep ik dat ik niet veel tijd meer had.'

'Ik heb niets met Pascal. Hij helpt mij met de paarden en we zijn bevriend geraakt. Maar ik heb niets met hem.'

'Nog niet.'

'Dat gaat ook niet gebeuren.'

Johan glimlachte bitter. 'Ik zag de manier waarop hij naar je keek. En jij naar hem.'

'Misschien zag je dingen die er helemaal niet waren.'

'Is dat zo?' Hij keek haar onderzoekend aan en schudde zijn hoofd.

'Pascal heeft vier jaar geleden de enige vrouw verloren van wie hij hield,' zei Jessica. 'Er is bij hem geen plaats voor iemand anders.'

'En bij jou?' vroeg Johan.

Jessica wendde haar blik van hem af. 'Hij verwart me,' zei ze eerlijk. 'Maar ik weet dat er geen plaats is in zijn leven voor iemand anders. En ik denk ook niet dat ik dat zou willen. Er is te veel gebeurd...'

'Jes... ik denk dat je jezelf voor de gek houdt. Ik denk dat je meer voor die vent voelt dan je voor jezelf wilt toegeven, maar dat je bang bent om opnieuw gekwetst te worden.'

Jessica gaf geen antwoord.

'En geloof me... hij heeft wel degelijk gevoelens voor je. En misschien heeft hij wel gewoon dezelfde angst als jij.'

Jessica staarde voor zich uit. Ze vroeg zich af of Johan daar gelijk in kon hebben.

'Ik lijk verdorie wel een therapeut,' zei Johan. 'En dat terwijl ik gewoon wil dat je als een blok voor me valt, mij om de nek vliegt en verzekert dat je bij mij terugkomt.'

'Wie zegt dat ik dat niet doe?' zei Jessica. 'Je was er vannacht voor mij. Je hebt geen idee hoeveel dat voor mij betekent, dat je er voor mij was en dat je mij alle kansen wilt geven.'

'Jes... ik houd van je, maar ik ben ook een beetje een egoïstische rotzak. Ik heb dat paard gekocht en bied je die kans omdat ik je terug wil hebben. Omdat ik die andere vent jou niet gun en omdat ik nu eenmaal niet graag verlies. Je weet hoe ik ben. In zekere zin ben ik daarom ook meteen naar je toe gekomen. Natuurlijk zou ik je toch niet in de steek hebben gelaten in een dergelijke situatie, maar ik moet eerlijk erbij zeggen dat ik ook hoopte, en misschien nog wel steeds hoop, dat ik je daarmee weer terugwin.'

Jessica glimlachte. 'Goed, je bent wel eens een klein beetje egoïstisch, maar ik vind het toch lief van je dat je bent gekomen en misschien... misschien zit er diep binnenin toch nog dat gevoel voor je...' Ze klopte op haar borstkas. 'Misschien wil ik diep binnenin toch naar je terugkomen.'

Johan glimlachte. 'Kijk eens naar je paard.'

Jessica wierp een verbaasde blik op Lolita, die half achter haar stond. Ze stond plukjes gras los te trekken.

'Ze eet!' riep Jessica uit.

Johan knikte.

'Haar been ziet er zelfs minder dik uit. Of lijkt dat alleen maar zo? Is het echt minder dik?'

'Volgens mij ziet het er beter uit.'

'Ik moet haar temperatuur opnemen. Ik moet weten hoe het met haar koorts is,' zei Jessica gejaagd. Haar hart maakte kleine sprongetjes en de kou verdween opeens uit haar lijf.

'Niet te snel blij zijn,' sommeerde ze zichzelf. 'Rustig blijven.'

Maar ze kon niet rustig blijven. Ze duwde Johan het halstertouw in de handen en rende naar het bankje waar de thermometer lag.

Ze nam opnieuw de temperatuur op en zag dat de koorts was gedaald naar 38,5.

'De koorts zakt,' riep ze. Ze rende naar Johan, omhelsde hem en kuste hem op de wangen.

'De koorts zakt.'

Johan grijnsde breed. 'Van mij mag hij nog verder zakken,' zei hij.

Met hernieuwde energie ging Jessica weer met haar paard lopen en spoelde ze het been af. Johan ging naar binnen en maakte een ontbijt voor hen beiden klaar. Dit keer had Jessica wel honger.

Toen hij met het ontbijt naar buiten kwam, durfde Jessica het zelfs aan om haar paard weer bij Faith in de wei te zetten. Faith reageerde verheugd, alsof ze ook opgelucht was. Alsof ze het begreep.

Jessica en Johan gebruikten hun ontbijt op het bankje, terwijl ze naar de paarden in de wei keken. De nieuwe dag bracht een warme voorjaarszon met zich mee, die ondanks de ochtendkou toch al een belofte van de zomer in zich hield.

'Denk je dat je het verder alleen redt?' vroeg Johan.

Jessica knikte. 'Ik denk dat het ergste voorbij is.'

'Ja, ik denk het ook. Ik denk dat je mij hier niet meer nodig hebt.'

'Dat klinkt meteen zo...'

'Ik bedoel er niets mee.'

'Ik ben je dankbaar. Ik vond het geweldig dat je er was. Je hebt geen idee hoeveel het voor mij betekent.'

Johan glimlachte.

'Johan, over het bij je intrekken... Misschien moet ik dat toch maar doen. Het een nieuwe kans geven,' zei ze aarzelend.

Johan keek haar aan. 'Ik vind het geweldig dat je dat wilt doen,' zei hij. 'Maar ik wil liever dat je er eerst goed over nadenkt.' Hij rolde met zijn ogen. 'Ik geloof zelf niet eens dat ik dit nu zeg.'

'Maar Johan...'

Hij legde zijn vinger op haar lippen. 'Ik weet dat ik dat paard kocht om je te lokken. Dat ik je een geweldig aanbod deed en dat ik meteen kwam opdraven toen je mij nodig had. Maar ik weet ook dat het niet de manier is om je terug te krijgen. Dat het geen enkele kans van slagen heeft als je alleen daarom terugkomt. Want laat ik eerlijk zijn... Hoewel ik je aanbood om gewoon een deel van het huis in beslag te nemen, weten we allebei dat het op den duur niet voldoende zou zijn. In ieder geval niet voor mij. Ik wil meer. En misschien is het beter om dat rechtuit te zeggen.'

'Wie zegt dat het alleen vanwege dat paard en...'

Hij liet haar alweer niet uitspreken. 'Ik heb er vannacht over nagedacht. Ik wil dat je alleen terugkomt als je werkelijk nog van mij houdt en werkelijk met mij verder wilt. Niet vanwege het paard of de kansen en al helemaal niet omdat je je verplicht voelt omdat ik vannacht bij je ben gebleven. Ik wil alleen dat je terugkomt om de goede reden.'

Jessica knikte.

Johan stond op. 'Tijd om te gaan.' Hij rekte zich uit. 'Het was fijn om de nacht met je door te brengen,' zei hij. 'Al had ik het liever op een andere manier gedaan.' Weer die kleine typische scheve grijns van hem. Alsof hij weer een beetje meer zichzelf werd.

'De ellende met dit soort nachten is het gevoel dat je dan krijgt dat je eerlijk moet zijn.' Hij grijnsde opnieuw. 'Met het risico dat je je eigen ruiten ingooit.'

'Ik ben blij dat je zo eerlijk bent,' zei Jessica.

'Raak er maar niet te veel aan gewend. Je weet hoe ik ben,' zei hij.

Jessica lachte. Eerlijkheid was niet Johans sterkste kant. Hoewel hij ook niet echt loog, had hij haar in de loop van het huwelijk lang niet altijd de waarheid overal over verteld. In ieder geval niet met betrekking tot de andere vrouwen. Maar misschien was hij veranderd.

Jessica omhelsde hem nog een keer en kuste hem op zijn wang. 'Ik zal er eerlijk over nadenken,' beloofde ze hem. 'Maar ik ben je werkelijk dankbaar voor vannacht.'

Johan streelde nog een keer door haar haren en vertrok toen. Jessica keek hem na. Zo vertrouwd en zo vreemd. En opnieuw was er die verwarring. Ze duwde iedere gedachte daaraan naar de achtergrond en vestigde haar aandacht weer op de paarden. Lolita stond nu te grazen. Ze at nog niet veel, maar knabbelde af en toe een beetje aan een graspolletje. Maar er was een stukje leven terug in haar ogen dat de avond tevoren weg was geweest. Jessica kreeg er weer vertrouwen in dat het goed kwam.

Ze schonk zichzelf nog een kopje koffie in uit de thermoskan die Johan daar had neergezet en nam kleine slokjes, terwijl ze keek hoe de zon zijn gouden licht over de pelzen van de paarden wierp en okerkleurige contouren tekende.

De veearts was er een uurtje later. Jessica had tegen die tijd nog een keer met haar paard gelopen en zat op dat moment weer

270

op het bankje. De veearts keek naar de paarden en toen naar Jessica. Hij glimlachte. 'Volgens mij hebben we het ergste gehad.'

Jessica knikte. Tobias haalde opgelucht adem en keek naar de thermoskan.

'Dan lust ik nu wel een kop koffie. Ik heb een late avonddienst gedraaid en kan wel wat gebruiken.'

Jessica glimlachte en schonk koffie voor hem in de nog ongebruikte dop, die als kopje kon dienen.

De veearts genoot van de koffie en de zon, alvorens hij Lolita nog een keer onderzocht en kon bevestigen dat ze er beter aan toe was.

'Het komt wel goed met haar,' verzekerde hij Jessica. 'Dankzij de goede zorgen van zijn bazinnetje.'

'Dat ben ik haar wel verschuldigd, na alles wat ze voor mij heeft gedaan,' vond Jessica.

'Jammer dat niet iedereen zo denkt,' zei de veearts. 'Je zult nog regelmatig met haar moeten wandelen en het been moeten afspoelen om te voorkomen dat het dik blijft,' ging hij verder. 'Maar neem ook zelf rust.'

Jessica knikte. 'Bedankt,' zei ze. 'Bedankt voor je goede zorgen. Veeartsen als jij zouden er ook meer moeten zijn.'

Tobias glimlachte. Hij streelde Lolita over haar hals, maakte een klein groetend gebaar met zijn hand en verdween.

Jessica bleef alleen met de paarden achter. Ze was moe, maar ze wilde niet naar bed. Voorlopig zou ze toch niet kunnen slapen.

# HOOFDSTUK 20

Jessica zweefde op een wolk. Het was aangenaam warm en er was zoveel licht dat het haar bijna verblindde. Een zachte bries streelde haar huid en kriebelde haar neus.

In de verte hoorde ze haar naam. Ze wilde antwoord geven, maar kon het niet meteen opbrengen. Het was alsof haar lichaam nergens op reageerde en alsof haar stem niet werkte.

De stem die haar naam riep kwam dichterbij. Hij leek ergens om haar heen te zweven.

Het volgende dat Jessica opmerkte was een felle pijn in haar rug en schouder. Ze sperde haar ogen open en keek een paar tellen verbijsterd om zich heen. Boven haar was een blauwe lucht zichtbaar met enkele wolkjes. Ze lag nog half op de deken die ze in de wei had uitgespreid en waar ze op was gaan liggen. Gras kriebelde in haar gezicht. Ze keek wat verbaasd om zich heen en zag vier paardenbenen. Lolita stond dicht bij haar, het hoofd boven haar, alsof ze over haar bazin waakte. Dicht bij haar voeten lag Faith van de zon te genieten, alsof ze Jessica als een van hen accepteerde.

Maar het waren niet de paarden die haar hadden geroepen.

Ze wendde haar blik van de paarden af en zag haar vader aan de andere kant naast haar staan.

'Vind je dat verstandig, om hier in de wei te slapen?' vroeg hij zich hardop af. Ze hoorde een lichte afkeuring in zijn stem.

Jessica kwam half overeind. 'Het was niet mijn bedoeling om te slapen,' mompelde ze.

'Dan nog... liggen in een wei met paarden is gevaarlijk. Dat weet je. Ze hoeven niet eens kwaad te willen om toch per ongeluk je te bezeren. Je stelt je nu wel erg kwetsbaar op. Zeker met die zwarte in de buurt.'

Faith lag nu met opgetild hoofd en de oren iets naar achteren. Ze was op haar hoede, met Jessica's vader in de buurt.

'Ik wilde niet slapen,' zei Jessica nog een keer. 'Ik kan me alleen herinneren dat ik hier ging zitten...' Ze stokte. 'Nou ja, misschien wilde ik heel even gaan liggen.'

'Dan had je naar bed moeten gaan.'

Hij hielp Jessica ongevraagd overeind.

'Dat durfde ik niet. Lolita is ziek.'

'Dat weet ik. Johan belde.'

'Johan? Belde hij jou?'

'Het leek hem beter als ik op de hoogte was. Zodat ik nog een kijkje kon nemen. Hij had het zelf wel willen doen, maar hij had geen tijd. Zoiets zei hij tenminste. Ik had het idee dat er nog iets anders speelde, maar goed...'

'O.' Jessica wreef vermoeid door haar ogen.

'Als ik het goed heb begrepen heb je vannacht niet geslapen?'

'Nee. Het ging heel slecht met Lolita. Ik durfde niet.'

'Maar vanmorgen ging het beter. Waarom ben je toen niet naar bed gegaan?'

'Het ging beter, maar het was nog niet over. Nog steeds niet.'

'Je hebt rust nodig.'

Jessica klopte haar kleding af en pakte de deken op om hem uit te kloppen. Faith was ook opgestaan en stond nu verderop te grazen, terwijl ze hen goed in de gaten hield.

'Ze lag vlak bij mijn voeten,' zei Jessica, nog steeds wat verbaasd.

'Ja. Ze had op je voeten kunnen gaan staan als ze opeens overeind was gekomen.'

'Maar snap je het dan niet? Ze begint me te vertrouwen.'

Haar vader gromde iets wat ze niet kon verstaan.

'En Lolita stond te waken.'

'Volgens mij stond ze te slapen.'

Jessica ging er maar niet op door. Ze verwachtte niet dat haar vader het op dezelfde manier zou bekijken als zij.

'Moeder is er ook,' zei haar vader met een hoofdknikje naar de poort van de wei. Jessica keek die kant uit en zag haar moeder staan. Haar moeder zwaaide en Jessica zwaaide terug.

'Ze wilde per se mee,' gromde haar vader.

Jessica glimlachte. 'Misschien kan mama koffiezetten. Ik wil nog even lopen met Lolita en haar benen afsproeien.'

'Je kunt nauwelijks op je benen staan.'

'Het gaat wel weer,' beweerde Jessica en ze deed erg haar best om niet te laten merken hoe wankel ze op haar benen stond.

'Nou...'

Jessica deed dat wat ze altijd had gedaan; ze negeerde de pijn in rug, heup en schouder, strekte haar rug, tilde haar kin op en keek haar vader aan. 'Het gaat wel weer.'

Ze liep naar haar moeder. 'Mams...'

'Hoe is het, schat?'

'Goed. Nu is het goed. Het gaat beter met Lolita en ze komt er wel doorheen.'

'Ik ben blij voor je, lieverd. Maar is het niet erg gevaarlijk om in de wei te gaan liggen?'

'Nee. Paarden kijken echt wel uit waar ze hun voeten neerzetten.'

'Paarden schrikken snel.'

'Dan nog.'

'Ik hoorde dat je paard vannacht zo ziek was en dat je de hele nacht op was.'

'Ja. Ik was bang dat ze doodging.' Heel even zakte de kaarsrechte rug van Jessica in en moest ze slikken. Ze haalde diep adem en vermande zich. 'Maar ze is erdoorheen gekomen.'

'Ik hoorde het van Johan. Hij vertelde dat je hem had gebeld.'

'Ik wist me geen raad.' Weer dreigde haar zelfverzekerde houding verloren te gaan. Ze vocht om die te handhaven.

'Natuurlijk wist je je geen raad. Het is goed dat je belde en het is goed dat hij meteen naar je toe kwam. Dat hij zijn goede kant weer eens liet zien.'

Jessica knikte.

'Mams... zou je koffie willen zetten voor ons? Dan loop ik nog even met Lolita. Vandaag moet dat nog regelmatig, net als het afspoelen van de benen om de circulatie goed op gang te houden. Anders kan ze er iets aan overhouden.'

'Je kunt ook aan je vader vragen om met Lolita te lopen en haar benen te spoelen. Hij heeft vaak genoeg paarden in handen en kan dat ook. Dan kun je even uitrusten.'

'Ik doe het liever zelf.'

Het leek erop dat haar moeder nog wilde protesteren, maar ze bedacht zich.

'Goed. Ik zet wel koffie. Misschien kunnen we buiten zitten. Het is heerlijk weer en dan kun je je paard in de gaten houden.

Anders heb je toch geen rust.'

'Graag.' Jessica liep terug naar Lolita en maakte het halster-touw weer vast aan het halster. Haar vader stond het been te bekijken.

'Het is nog dik.'

'Weet ik. Daarom moet ze nog lopen en moet ik het met koud water afspoelen. Maar het is niet meer zo dik als gisteren.'

Hij knikte. 'Is moeder koffiezetten?'

'Ja.'

'Goed. Ik kan wel een kop koffie gebruiken. Het is een ellendig eind rijden naar dit gehucht en ik heb al een lange dag achter de rug. Nu al.'

'Ik vind het lief dat jullie komen kijken hoe het gaat.'

Haar vader gromde maar weer iets.

Jessica ging met haar paard lopen en haar vader liep als van-zelfsprekend mee.

'Ik begreep dat Johan de hele nacht hier is geweest?'

Jessica knikte.

'Nou ja, dat is het minste wat hij voor je kon doen.'

'Hij had het niet hoeven doen.'

'Nee?' Haar vader trok zijn wenkbrauwen op. 'Na alles wat hij je heeft aangedaan?'

'Nou...' reageerde Jessica wat bagatelliserend.

'Me dunkt. Vreemdgaan vind ik niet direct een kleinigheid. Al helemaal niet als het vaker gebeurt en jij dan ook nog zo gek bent om bij je vertrek bijna alles bij hem achter te laten.'

'Dat was mijn eigen keuze.'

'Geen verstandige keuze.'

'Dat weet ik onderhand wel,' reageerde Jessica wat gepikeerd. Ze had geen zin in alweer een discussie daarover.

'Je bent te goed.'

'Misschien wel. Maar ik vond het toch prettig dat Johan meteen kwam toen ik hem belde en de hele nacht hier bleef. Ik had hem nodig, pap.'

'Je had iemand nodig.'

'Weet ik niet. Misschien had ik werkelijk hem nodig.'

Haar vader schudde zijn hoofd.

'Het is geen verkeerde kerel,' zei Jessica. Ze vroeg zich heel even af of ze werkelijk alleen haar vader wilde overtuigen.

'Dat weet ik,' zei haar vader. 'Als vriend en zelfs in zaken is het geen verkeerde kerel. Maar als echtgenoot...'

'Hij heeft er spijt van.'

'Natuurlijk. Dat had hij de eerste keer dat hij vreemdging ook.'

'Hij meent het.'

'Ongetwijfeld.'

'Hij wil dat ik bij hem terugkom.'

'Dat weet ik. Anders had hij dat paard niet gekocht. Ongeacht wat hij jou wijs probeert te maken.'

'Hij zei dat hij het paard had gekocht om mij terug te krijgen.'

Haar vader keek haar verbaasd vragend aan.

'Afgelopen nacht zei hij dat. Dat hij het paard had gekocht om mij terug te krijgen. Dat hij daarom ook met zijn voorstel was gekomen.'

'Dan is hij in ieder geval eerlijk.'

Jessica knikte. Een paar tellen liepen ze zwijgend naast elkaar, de wei uit, richting waterslang.

'Ga je erop in?' wilde haar vader toen weten.

Jessica aarzelde. 'Weet ik niet,' zei ze eerlijk. 'Vannacht, toen hij bij me was, voelde het prettig, vertrouwd. Ik zei hem toen dat ik het eigenlijk wel weer wilde proberen, maar hij vond dat ik er goed over moest nadenken. Hij wilde niet dat het alleen om het paard en het bedrijf handelde.'

'Dan gebruikt hij eindelijk zijn verstand.'

Jessica knikte.

'Is er een ander?' vroeg haar vader toen. Hij keek Jessica onderzoekend aan. Jessica beantwoordde de blik niet rechtstreeks.

'Nee.'

'Niet?'

'Nee.'

Haar vader ging er niet op door.

Jessica spoelde de benen van haar paard af en bracht haar weer terug naar de wei. Inmiddels was haar moeder naar buiten gekomen met koffie en koekjes. Ze zette het dienblad bij het bankje neer en ging zelf vast zitten. Jessica kwam de wei weer uit en ging naast haar zitten.

'Fijn dat je er bent, mams.' Ze meende het. De aanwezigheid

van haar moeder gaf haar altijd een warm en veilig gevoel.

'Dat vind ik ook,' zei haar moeder. 'Ik moest gewoon zien hoe het met je was. Vader wilde alleen gaan, maar ik heb gewoon gezegd dat ik absoluut meewilde.'

Jessica legde haar hand op de hand van haar moeder en kneep er zacht in. Ze voelde nog steeds zoveel verwarring, maar het had niets met haar moeder te maken.

'Je ziet er moe uit,' vond haar moeder.

'Ik ben ook moe,' gaf Jessica toe.

'Misschien moet je straks toch maar eens gaan slapen. Als het toch beter gaat met je paard...'

Jessica knikte.

Haar vader kwam ook naast haar zitten en pakte een van de mokken koffie. Hij keek voor zich uit, naar de paarden in de wei.

'Is het werkelijk zo belangrijk voor je, dat eigen bedrijf?' vroeg hij.

'Dat weet je,' zei Jessica.

'Ja, eigenlijk wel. Ik vraag mij alleen af...' Hij draaide zich half naar haar om. 'Waarom?'

'Dat weet je ook.'

'Ik weet alleen wat je gezegd hebt... maar ik vraag mij af...'

'Wat?'

'Is het dat waard?'

'Wat?'

'Dat je teruggaat naar Johan daarvoor.'

'Ik weet nog niet of ik terugga naar Johan.'

'Nee. Maar ik denk dat die kans er is. Als ik je hoor praten over hem...'

'Johan is geen verkeerde man,' vond haar moeder wat aarzelend.

'Hij heeft je dochter besodemieterd.'

'Dat klopt. Maar misschien is hij veranderd.'

Jessica's vader zuchtte diep. 'Typisch vrouwen. Romantische ideeën over mannen en het feit dat ze die kunnen veranderen.'

'Is dat dan niet zo, denk je?' vroeg zijn vrouw.

'Natuurlijk niet. Een vos verliest zijn haren, niet zijn streken.

Dat gezegde is uitgevonden door een kerel en is van toepassing op kerels.'

'Je bent zelf een kerel,' bracht Jessica hem in herinnering.

'Weet ik. Daarom weet ik hoe het werkt.' Hij snoof. Een paar tellen zaten ze stilletjes naast elkaar.

'Hij heeft eerlijk gezegd dat hij het paard kocht en dat aanbod deed om mij te lokken,' zei Jessica nog maar een keer.

'Hij zal heus wel hebben begrepen dat je dat zelf ook wel kon bedenken en hij weet ongetwijfeld dat vrouwen een zwak hebben voor mannen die zich kwetsbaar opstellen. Hij weet toch wel wat goed werkt bij vrouwen.'

'Nu schilder je hem af als een versierder zonder moraal.'

'Nou ja, zo negatief bedoel ik het niet. Maar in zekere zin is het wel zo.'

'Ik geloof niet dat hij deed wat hij deed, alleen om zijn zin te krijgen,' zei Jessica.

'Nee, natuurlijk niet. Hij is echt gek op je. Daarom zal hij alles doen om je terug te krijgen.'

Jessica knikte. Ze staarde een paar tellen voor zich uit.

'Ik heb me altijd dommer gevoeld dan Sophie en Erik,' zei ze toen. 'Ik kon niet zo goed leren als zij.'

'Jessica toch...' begon haar moeder meteen. 'Zo moet je dat niet zien.'

'Je was een dromer,' zei haar vader. 'En dat ben je nog steeds.'

'Misschien omdat ik ervan droom om ook iets te bereiken. Toen ik met Johan was getrouwd, leek het erop dat ik op hetzelfde niveau kwam te zitten...'

'Een groot huis en druk bedrijf zegt niets over niveau,' vond haar vader. 'En een opleiding ook niet.'

'Sophie en Erik hebben behoorlijk wat bereikt met hun opleiding.'

'En daarom wil je hoe dan ook dat bedrijf van je beginnen?' vroeg haar vader. Hij keek haar recht aan met gefronste wenkbrauwen.

'Ik wil laten zien dat ik ergens voor sta.'

'Jezelf bewijzen dus.'

'Zo bedoel ik het niet.'

'Maar zo is het wel.'

'Nee, ik...'

'Luister eens, Jessica. Met alle geweld een bedrijf beginnen, alleen om te laten zien dat je iets kunt, werkt niet. Nooit.'

'Ik wil niet mijn leven lang voor een baas werken, facturen in een computer zetten en dat soort flauwekul. Ik wil met paarden werken en ik weet dat ik dat kan.'

'Natuurlijk kun je dat, maar je moet jezelf afvragen wat je precies wilt en waarom.'

'Ik weet wat ik wil. Ik wil een dressuurstal. Paarden omscholen, kleinschalig fokken en lesgeven.'

'Je weet dat handel bij een dergelijke stal een belangrijke plaats inneemt.'

'Nou en?'

'Je hebt nu een dressuurpaard dat niet geschikt is om te rijden op niveau, niet voor de fok en dus geen meerwaarde heeft voor een bedrijf. Integendeel. Het kost geld. En je hebt een merrie die je voor de fok kunt gebruiken uit een goede lijn, die echter totaal niets met dressuur te maken heeft. Lijkt me geen geweldig begin voor die dressuurstal van je.'

'Wil je daarmee soms zeggen dat ik Lolita maar moet laten afmaken en Faith verkopen?'

'Heb je dat ervoor over?'

'Nee, ik...'

'Misschien moet je dan nog eens goed nadenken over hetgeen je wilt.'

'Ik weet wat ik wil. Johan heeft een prachtig paard staan en alle mogelijkheden...'

'Ja, dat klopt. Je kunt naar hem teruggaan en daar je bedrijf beginnen. Maar is dat wat je werkelijk wilt?'

'Als je daarmee op Johan doelt...'

'Ik doel op het geheel. Je wilt een bedrijf beginnen en laten zien dat je het kunt. Jezelf bewijzen.'

'Ja, ik...'

'Doe het dan helemaal zelf. Kies niet datgene wat het meest voor de hand ligt, maar kijk naar je persoonlijkheid en naar datgene wat bij je past. Misschien kom je wel tot een verrassende ontdekking. Een bedrijf beginnen en daarmee beslissingen nemen die niet bij je persoonlijkheid passen, is gedoemd om te mislukken. Je moet verder kijken dan dat.'

'Ik kijk verder. Ik wil niet meer dat dromertje zijn dat niets bereikt.'

'Als je geen dromer meer wilt zijn, moet je je persoonlijkheid veranderen. Ik kan je verzekeren dat dat niet werkt. Doe liever iets met de eigenschappen die je bezit, in plaats van iemand te willen zijn die je niet bent.'

'En je bent zeker niet dommer dan je broer en zus,' voegde haar moeder eraan toe. 'Je bent anders.'

'Helaas wel,' mompelde Jessica.

'Zolang je probeert iemand te zijn die je niet bent en zolang je probeert dat te doen wat logisch lijkt, alleen omdat het logisch lijkt, zul je niet ver komen,' zei haar vader.

'Fijn vooruitzicht.'

'Logica.'

'Jessica...' begon haar moeder aarzelend. 'Hebben wij je het idee gegeven dat je minder was dan je broer en zus?'

'Jullie waren altijd zo trots op hen. Op hun prestaties.'

'Wij waren ook trots op jou. We waren trots toen je bloemetje was tijdens de balletvoorstelling, toen je de eerste behendigheidswedstrijd won met je shetlander, toen je een prijs won in de talentenjacht...'

'O, dat liedje. Dat was verschrikkelijk,' riep Jessica uit. Ze werd nog rood als ze eraan dacht.

Haar moeder lachte. 'Het was aandoenlijk.'

'Goed. Misschien was ik aandoenlijk. Maar ik presteerde nooit iets.'

'Je haalde geen hoge cijfers, ging niet naar de universiteit. Maar op jouw gebied presteerde je genoeg.'

Jessica haalde haar schouders op. 'Pap zegt zelf dat ik een dromer ben.'

'Dat is ook zo,' zei haar vader. 'En als je verstandig bent, doe je daar iets mee.'

'Ik geloof niet dat je met dromen geld kunt verdienen.'

'Nee?'

Jessica keek haar vader aan. Maakte hij een grap? Ze probeerde te grinniken, maar haar vader was bloedserieus.

'Bekende schrijvers?'

'Die schrijven.'

'Begint dat niet met wegdromen?'

'Geen idee...'

'Bekende regisseurs?'

'Die regisseren.'

'Nadat ze van een bepaald soort film dromen, van bepaalde beelden, bepaalde scènes...'

'Goed... in de creatieve beroepen kan het misschien helpen,' gaf Jessica toe. 'Maar ik zie niet hoe het mij moet helpen?'

'Dromers zijn meestal creatieve mensen. En creatieve mensen slagen er soms in de meest fantastische bedrijven uit de grond te stampen, omdat hun ideeën niet voor de hand liggen. Niet alleen op het gebied van kunst, maar ook op zakelijk niveau.'

'Dus mijn dromerigheid moet tot een geniaal bedrijf leiden?' Jessica kon het niet helpen dat ze een beetje spottend klonk.

'Nee. Ik geef alleen aan dat het mogelijk is. Niet dat het per definitie zo moet zijn. Ik maak duidelijk dat dromerigheid geen negatieve eigenschap hoeft te zijn, maar gewoon een eigenschap is die je kunt gebruiken. En of het dan is om een geweldig bedrijf uit de grond te stampen of gewoon om iets te beginnen waar je lol in hebt, dat doet er niet toe. Zolang het maar je eigen route is die je volgt. Niet de route die je denkt te moeten volgen of waarvan je denkt dat het van je wordt verwacht.'

Jessica dacht een tijd na over dat wat haar vader had gezegd.

'Maar ik zal toch de kost moeten verdienen...' begon ze nog.

'Er zijn miljoenen manieren waarop je dat kunt doen. Je kunt ervoor kiezen om toch gewoon voor een baas te werken en de vrijheid te genieten die je daardoor krijgt en je kunt ervoor kiezen om zelf iets op te zetten. Maar dan vanuit je eigen oogpunt.'

Jessica knikte. 'En ik neem aan dat een dressuurstal bij Johan daar niet onder valt.'

'Dat weet ik niet. Dat weet niemand, behalve jij.'

Jessica staarde voor zich uit.

'Het is de gemakkelijkste weg,' zei ze.

'Ja, dat is het. En als het de juiste weg voor je is, dan is het zo. Maar je moet erover nadenken, vind ik. Je bent iemand die een idee in haar hoofd krijgt en het gisteren wil uitvoeren. Altijd al geweest.'

'Ik kan het niet helpen. Dan word ik enthousiast en heb ik het gevoel dat de wereld instort als ik het niet onmiddellijk ten uitvoer breng.'

'Dat heeft wat nadelen...'

'Vertel mij wat...'

'Wat ik maar wil zeggen... denk na over wat je werkelijk wilt. Ga niet naar Johan omdat je met alle geweld dat bedrijf wilt beginnen. Als je naar hem teruggaat, moet dat met de goede reden gebeuren. En je weet wel wat ik daarmee bedoel.'

Jessica knikte. 'Zo noemde Johan het zelf ook: terugkomen om de goede reden.'

'En je bent echt niet minder dan je broer en zus,' benadrukte haar moeder nog een keer bezorgd. 'We zijn altijd trots op je geweest, gewoon om wie je was. Je vader ook, maar hij drukt zich niet altijd zo tactisch uit.'

'Ik zeg gewoon zoals het is,' meende haar vader. Hij nam een slok koffie. 'En deze koffie is dus te slap.'

'Precies goed,' meende zijn vrouw. 'Je bent al opgedraaid genoeg van jezelf.'

Jessica's vader zuchtte diep, maar gaf geen commentaar.

Toen ze een uurtje later vertrokken, bleef Jessica alleen op het bankje in de zon achter. Ze staarde naar de paarden en naar het bos in de verte. In haar hoofd dwarrelden de woorden van haar vader nog rond, maar het was nog niet mogelijk voor haar om alles goed te plaatsen. Het was alsof ze de woorden vastgreep en op de goede volgorde wilde leggen, maar dat ze haar steeds weer ontglipten zonder dat ze er een zinnig geheel van kon maken.

# HOOFDSTUK 21

Het was dinsdag en Jessica was nog niet naar haar werk. Aanvankelijk was het haar bedoeling geweest om zo snel mogelijk weer aan de slag te gaan, maar na de situatie met Lolita had ze besloten dat ze nog een paar dagen thuis zou blijven. En dat deed ze niet alleen voor Lolita.

Met Lolita ging het weer goed en Jessica liep nu, net als zo vaak, de wei in om de paarden nog een keer te bekijken. Ze had weinig geslapen afgelopen nacht. Ze had het geprobeerd, maar ze was twee keer opgestaan en had in de woonkamer rondgelopen, vuurtje gestookt, liters melk met honing gedronken, geprobeerd om te lezen en nog een beetje meer rondgelopen, maar niets had geholpen. Ze had de nacht doorgebracht met woelen en piekeren en met af en toe een vluchtig hazenslaapje tussendoor. Ze voelde zich gebroken.

Op de trage wijze die haar vandaag eigen was, ging ze naar Lolita, controleerde het dier routinematig en streelde haar hals en rug.

'Fijn is dat,' mompelde ze. 'Dan heb je een beslissing genomen en dan komt iedereen opeens met zogenaamde eerlijke meningen op de proppen, waardoor je aan alles gaat twijfelen. Vooral aan jezelf. En aan alles waar je voor staat. En dat noemen ze dan helpen. Of eerlijk zijn.' Ze blies wat lucht uit en krabbelde het dier in de nek. Lolita tilde haar kop op en spitste haar lip, genietend van de aandacht. 'Nog even en dan weet ik helemaal niet meer wie ik ben of wat ik moet doen. Gek word ik daarvan.' Ze wierp een korte blik in de richting van de boerderij van haar buurman. Het zag er verlaten uit.

Jessica streelde nog eens haar paard en liep rustig en behoedzaam naar Faith, die op een afstandje had staan kijken.

'Ook een beetje aandacht?' vroeg ze.

Het paard keek haar wat vragend en onzeker aan, niet zeker wetend of het de oren nu naar voren of naar achteren zou doen. Jessica strekte haar hand naar haar uit en de merrie snuffelde eraan. Jessica zette een stapje dichterbij en streelde en krabbelde het dier. De eerste minuten leek Faith het prettig te vinden, maar vrij plotseling werden haar ogen weer star en gingen haar oren wat naar achteren.

Jessica zag het en liet glimlachend haar hand zakken.

'Je weet nog niet zo goed wat je met aandacht aan moet, nietwaar?'

Ze keek naar de merrie. De merrie had haar hoofd een beetje van Jessica af gedraaid en de oren iets naar achteren.

'Je bent een rare,' vond Jessica. 'En dat zul je altijd wel een beetje blijven. Maakt niet uit. Ik ben ook raar.' Ze glimlachte nog een keer. 'Uiteindelijk is het allemaal jouw schuld,' zei ze. 'Nou ja, misschien niet alles, maar toch... Maakt verder niet uit. Je kunt er niets aan doen.'

Ze liep weg en zag net hoe haar buurman terugkwam met zijn paarden. Hij zag haar ook en zwaaide. Jessica zwaaide terug.

Haar blik bleef een paar tellen hangen op de lege appaloosa. In een flits kon ze zweren dat er een blonde vrouw op zat. Evelyn was dood, maar niet verdwenen.

Ze zwaaide nog een keer, draaide zich abrupt om en ging met grote passen terug naar huis. Ze kon zo niet doorgaan. Er waren dingen die ze moest doen.

Ze gaf de kittens wat te eten, pakte de autosleutels en vertrok. Anderhalf uur later parkeerde ze de auto op de parkeerplaats waar de auto jarenlang zijn eigen plek had gehad.

Ze zag dat Johans auto er stond, dus was hij thuis. Johan was meestal thuis, wist ze. De Volkswagen en de Opel kende ze. Die waren van Gerda en Rick, die in de stallen werkten. De andere auto's die er stonden kende ze niet. Mogelijk ook van personeel of van klanten. De zwarte Mercedes was waarschijnlijk ook van een klant.

Jessica stapte uit en bleef een paar tellen naast haar Jeep staan. Ze keek om zich heen en haalde diep adem. Het rook naar zand, leer en paarden. Haar blik gleed over de weides en over de stalgebouwen. Ze keek naar het springterrein en zag Johan staan. Hij zag haar niet. Hij stond naast een blonde dame op een grote vos en legde iets uit. Blijkbaar gaf hij les.

Jessica liep niet naar hem toe. Ze ging eerst naar de woning en liep naar de achterkant, naar het terras. Ze nam plaats in de schommelbank en keek zacht wiegend naar de tuin en naar de wei aan de achterkant, waar twee merries met veulens liepen.

Ze snoof de lucht diep in en haalde herinneringen op aan de vele avonden die ze hier met Johan had doorgebracht. Ze wist dat de achterdeur van het huis niet op slot was, maar ze ging niet naar binnen. Ze wierp alleen een blik naar binnen, maar meer dan dat vond ze niet nodig.

Toen ze lang genoeg had geschommeld, stond ze op en liep om het huis richting stallen. Ze ving nog een glimp van het spring-terrein op en zag dat de blonde dame nu een dubbelsprong nam. Johan gaf instructies. Hij deed de bewegingen voor, alsof hij zelf op een paard zat. Het zag er wel grappig uit. Dat had ze altijd al gevonden.

Ze liep naar de stallen en de binnenbak en nam alles goed in zich op toen ze daar naar binnen liep. Jarenlang was ze hier een paar keer per dag naar binnen gewandeld. Lolita had hier veel tijd doorgebracht, net als de paarden van Johan en natuurlijk de dravers die ze had omgeschoold.

Ze hoorde de paarden onrustig in hun boxen bewegen en hier en daar licht snorkelen. Ze vond het nog steeds een mooie bak. Opgetrokken uit hout, met een mooi gewelfd dak en voorzien van vele spiegels. De bodem was precies zoals hij moest zijn: niet te zwaar, niet te hard. Een stagiaire longeerde een schim-mel in de bak. Het dier uitte zijn overdosis energie door een paar keer bokkend weg te springen en een sprintje te trekken, maar het meisje hield het goed in de hand, totdat het dier braaf zijn rondjes liep.

Jessica liep door naar de stal waar Johan zijn nieuwe aanwinst had gewezen. Het paard stond er nog. Een prachtig gespierd dier. Met haar afstamming een kapitaal waard. Ze was negen jaar en had nog zo enorm veel te geven. In de sport en als fok-merrie.

Jessica opende de deur van de box en zocht contact met het paard. Het besnuffelde haar hand en liet zich strelen. Het was vrij rustig.

Jessica schoof de boxdeur weer stilletjes dicht en bleef in de gang staan om alles goed in zich op te nemen. Voor ieder ander leek ze rustig, maar vanbinnen vochten de puzzelstukjes naar de juiste plek.

Gerda kwam voorbij met een kruiwagen en keek Jessica verbaasd aan.

'Jessica?'

Jessica glimlachte. 'Ik wilde nog een keer rondkijken.'

'Natuurlijk. Johan is op het springterrein.'

'Ja, dat weet ik. Ik heb hem gezien.'

'Weet hij dat je hier bent?'

'Nog niet.'

'Ik kan het hem wel zeggen... hij geeft net les aan Liselotte van Grevenbrecht. Ze heeft zich vorige week aangemeld en hoopt haar prijzenkast met hulp van Johan te vullen. Maar eerlijk gezegd betwijfel ik of ze daar het talent voor heeft. Haar paard is goed, maar zij...' Gerda rolde met haar ogen. 'Niet zeggen dat ik dat heb gezegd.'

'Johan zal dat zelf dan ook wel zien.'

'Johan wel.'

'Ik zeg niets.'

Gerda glimlachte. Ze wilde doorlopen, maar bedacht zich.

'Kom je hier terug?' vroeg ze rechtuit. Gerda was nooit iemand geweest die ergens omheen draaide. 'Aangezien Johan dat dressuurpaard heeft gekocht... En hij heeft zoiets laten vallen.'

'Weet ik niet,' zei Jessica. Maar in haar hoofd had zich reeds een eerste beeld genesteld; een eerste mening.

'Het zou wel leuk zijn,' vond Gerda.

'Lief van je, om dat te zeggen.'

'Het is gewoon zo.'

Gerda liep verder en Jessica liep naar het eind van de stallen, waar de schuifdeur naar buiten op een kier stond. Ze liep naar buiten en keek naar het springterrein. Johan had het druk met zijn les. Hij stond weer naast Liselotte en haar paard en legde weer iets uit. Hij zag Jessica niet.

Jessica liep naar de omheining van het springterrein en keek naar Johan en Liselotte. Liselotte was een knappe vrouw, zag ze, en ze hing bij Johan aan de lippen. Jessica glimlachte er onwillekeurig bij. Liselotte was een van de vele vrouwen die meer dan één reden had om bij Johan te lessen.

Ze bleef rustig bij de omheining staan en keek hoe Johan de vrouw weer wegstuurde om daarna over een oxer te springen. Liselotte werkte voor de hindernis haar paard tegen en verloor bijna haar evenwicht in de sprong. Johan bleef er onbeweeglijk onder en ging opnieuw over tot uitleg.

Jessica's gedachten dwaalden af. Hoeveel soortgelijke lessen had ze inmiddels gezien? Ze wist het niet meer, maar het waren er veel geweest. Ze herinnerde zich de lessen met de fanatieke ruiters en de lessen met ruiters als Liselotte, die bij Johan les nam omdat ze dacht dat het talent daarmee vanzelf zou komen of gewoon omdat Johan een leuke vent was. Misschien zelfs om tegen haar vriendinnen te kunnen zeggen dat ze bij dé Johan leste.

Johan had nooit moeite gehad met dit soort situaties. Hij deed wat er van hem werd verwacht en in zekere zin vond hij het nog leuk ook. Vooral vanwege het financiële plaatje dat eraan hing. Johan was een goede zakenman. Hij werkte efficiënt, gebruikte zijn nuchtere verstand en behandelde zijn klanten als koningen en koninginnen. Misschien ging hij daarin zelfs af en toe iets te ver. Maar Johan runde zijn bedrijf zoals dat van hem werd verwacht en daarom had hij een goed bedrijf. Hij had wat nodig was daarvoor. Jessica wist dat zij dat niet had. Ze zou er het geduld niet voor hebben. En het nuchtere verstand nog veel minder.

'Jessica?'

Johan had haar gezien en keek haar verbaasd aan. Liselotte keek ook, eerder geïrriteerd dan verbaasd.

Johan liep haar richting uit.

'Maak de les maar eerst af,' zei Jessica.

'Vijf minuten.'

'Neem je tijd. Ik heb geen haast.'

'Dat is nieuw.'

Jessica lachte. Johan lachte wat aarzelend terug en hervatte zijn les. Liselotte keek af en toe wat gepikeerd naar Jessica. Blijkbaar beviel het haar niet dat Jessica er was. Misschien had ze graag nog wat bijles van Johan genomen, bedacht Jessica zich en ze gniffelde bij dat idee. Stiekem vond ze het leuk om mensen als Liselotte een beetje dwars te zitten.

Heel even nog was ze nerveus, maar naargelang de tijd vorderde en ze lekker in het zonnetje op het hek leunde en naar Johan keek, voelde ze de rust die zich in haar lichaam verspreidde. Het voelde goed.

Johan rondde zijn les netjes af en kwam naar Jessica toen Liselotte haar paard uitstapte.

'Ik wilde je niet storen…' begon Jessica.

'Je stoort me niet.'

'Je gaf les.'

'Ik geef meestal les.'

'Ja, dat is zo.'

Ze was zich bewust van de afwachtende blik in Johans ogen.

'Ik heb nagedacht, Johan…' begon Jessica.

'Op de een of andere manier klinkt het niet geruststellend.'

'Ik vond het geweldig van je dat je meteen naar mij toe kwam toen Lolita zo ziek was en dat je bij mij bleef, koffiezette, boterhammen maakte… kortom, alles deed wat je kon doen.'

'Ik ben nog steeds niet gerustgesteld.'

'Je zei toen ook dat ik goed moest nadenken over je voorstel. Dat ik alleen erop in moest gaan als ik werkelijk weer met jou samen wilde zijn. Mijn vader zei gisteren ongeveer hetzelfde, toen ik het er met hem over had.'

'Ik hoor alarmbellen.'

Jessica haalde diep adem. Het was moeilijker dan ze had verwacht, maar ze moest nu doorzetten.

'Ik heb erover nagedacht, Johan, en het lijkt mij geen goed idee om hier weer terug te komen. Ik weet dat je het meent als je zegt dat je wilt veranderen en dat je werkelijk om mij geeft. Maar ik weet ook dat het voor mij gewoon niet meer goed voelt. Niet na alles wat er is gebeurd.'

'Heeft het met die kerel, die Pascal, te maken?'

'Nee.'

'Echt niet?' Johan keek haar onderzoekend aan.

'Nee,' antwoordde ze nu met meer overtuiging. Pascal was niet de reden.

'Je weet toch dat die andere vrouwen niets voor mij betekenden?'

'Dat weet ik.'

'En dat ik echt zal proberen om het nooit meer zover te laten komen?'

'Dat weet ik. Maar ik weet niet of het je lukt en eerlijk gezegd is het vertrouwen bij mij weg. Zeker na de laatste maanden die we bij elkaar woonden.'

'Toen heb ik mij als een hufter gedragen.'

'Ja.'

'Het spijt me.'

'Ja, dat weet ik.'

Johan haalde diep adem en keek om zich heen,

'Ik zou het geprobeerd hebben, weet je... te veranderen.'

'Dat weet ik. Maar je bent wie je bent, Johan.'

Johans mond vormde een kleine glimlach. 'Een charmante kerel?'

'Misschien af en toe een beetje te charmant.'

'Mag ik je nog een keer omhelzen?'

Jessica knikte. Ze accepteerde zijn omhelzing en het voelde niet eens zo vreemd.

'Het spijt me,' zei ze zachtjes.

Johan week achteruit en keek haar aan.

'Mij ook, maar het is mijn eigen schuld. Ik heb het zelf verknoeid. En je hebt gelijk. Ik kan geen garanties geven.' Onwillekeurig wierp hij een korte blik in de richting van Liselotte.

Jessica grinnikte. 'Volgens mij red je je prima zonder mij.'

'Ik zal het wel overleven. Maar spijt heb ik toch.'

'Tja... Wat doe je nu met dat paard?'

'Kopen?'

'Te duur.'

'Op afbetaling?'

Jessica schudde haar hoofd. 'Liever niet.'

'Als je haar nodig hebt voor je bedrijf...'

'Nee.'

Ze kuste hem op de wang, draaide zich om en liep weg.

Johan redde zich wel, wist ze. En het paard... hij zou Johan niet zijn als hij daar geen winst op kon maken.

Ze glimlachte, liep naar haar auto en stapte in.

Eenmaal terug op haar boerderij was Jessica rusteloos. Ze had gehoopt dat ze iets van opluchting zou voelen. Een stuk rust omdat ze in ieder geval in één opzicht al een beslissing had genomen, maar dat gevoel bleef uit. Ze was gespannen en voelde een lichte hoofdpijn opkomen. Had ze de verkeerde beslissing genomen?

Ze schudde heftig haar hoofd. Ze wist dat ze dat niet had gedaan. Johan was Johan. Hij zou niet veranderen, al zou hij het nog zo hard proberen. En zij zou nooit meer in staat zijn om de relatie weer te maken tot wat het ooit was.

Ze liep gespannen door het huis, ging een paar tellen aan haar bureau zitten, bekeek de notities die ze had gemaakt voor haar ondernemingsplan, vormde ze tot een prop en wierp ze in de prullenbak. Ze stond weer op, haalde diep adem en liep naar buiten, richting buurman. De paarden stonden weer buiten in de wei en ze wist dat hij aanwezig was. Ze zag hem alleen niet. Toch wat nerveus belde ze bij hem aan. Het duurde een paar minuten totdat hij de deur openmaakte, en het eerste wat haar opviel was de vermoeidheid die hij uitstraalde.

Hij keek haar wat afwachtend aan. Hij opende de deur niet verder om haar binnen te laten en toonde geen enthousiasme. Hij keek haar alleen maar aan.

'Heb je het naar je zin gehad?' vroeg Jessica, omdat ze ergens toch het gevoel had dat ze een inleiding nodig had. En omdat ze op z'n minst een gewoon gesprek op gang wilde brengen dat het ongemakkelijke moment kon verdrijven.

Pascal knikte.

'Je ziet er moe uit.'

'Ja.'

Geen uitleg, geen uitnodiging.

'Pascal, ik wil je wat vragen...'

'Ja?'

'Zou je mij les willen geven? Je helpt mij met Faith, maar ik wil eigenlijk meer dan dat. Ik wil alles leren wat er te leren valt op het gebied van paarden. En dan bedoel ik geen algemene verzorging of dressuur of wat dan ook, maar over het wezen van de paarden. Over de dingen die je mij hebt verteld.'

Pascal keek haar een paar tellen aan. Het voelde nog steeds ongemakkelijk. Toen schudde hij zijn hoofd.

Jessica staarde hem aan. Heel even vroeg ze zich af of ze moest giechelen, of het een grap was. Maar ze wist eigenlijk wel beter.

'Nee?'

'Nee.'

'Waarom niet?'

'Ik kan het niet.'

'Wat bedoel je? Ik kan het niet?'

'Precies wat ik zeg. Ik kan het je niet leren.'

'Denk je dat ik te stom ben om het te leren? Te veel vastgeroest ben in oude patronen?' Jessica voelde dat ze geïrriteerd raakte.

'Dat is het niet. Daar heeft het niets mee te maken.'

'Waar dan wel mee?'

'Met jou. Ik kan je geen les meer geven. Ook niet met Faith.'

'Waarom niet? Je geeft zoveel mensen lessen. Waarom kun je mij geen les geven?'

'Omdat jij het bent, Jessica. Het spijt me.'

'Heb ik iets verkeerd gedaan? Iets gezegd?'

'Nee. Het heeft te maken met hetgeen ik voor je voel. En met het feit dat ik daar niets mee kan doen.'

Jessica staarde hem aan.

'Het is beter als je gaat,' zei Pascal.

'Maar...'

Pascal sloot zacht de deur, recht voor haar neus.

Jessica staarde een paar tellen naar de deur en werd kwaad. Dit was zo oneerlijk! Ze sloeg met een vuist op de deur. Hij had niets uitgelegd, nergens over gepraat. Hij had gewoon een beslissing genomen. Haar geen kans gegeven...

Ze sloeg nog een keer woedend op de deur en liep toen met grote passen weg, terug naar haar eigen woning.

Ze kreeg het weer koud. Ze wilde het niet koud hebben, ze wilde zich niet ellendig voelen. En ze wilde het zich niet aantrekken.

Maar dat deed ze toch.

Ze liep naar de keuken, struikelend over de kittens, en maakte voor zichzelf een mok koffie.

'Ik kan beter een mok whisky drinken,' mompelde ze. 'Als ik dat tenminste zou lusten.'

Ze ging met de mok in de woonkamer zitten, stond weer op,

ging ergens anders zitten, stond weer op, liep een poos rond, ging in de keuken zitten, stond alweer op en ging bij het raam staan en keek naar de paarden.

Ze rilde een paar keer. De kou had haar toch te pakken genomen.

Ze vroeg zich af waarom ze zo van streek was. Had het werkelijk alleen ermee te maken dat Pascal haar plannen in de war stuurde? Want plannen had ze gehad. Ze had zich voorgenomen het hele idee van de dressuurstal in ieder geval voor nu van de baan te schuiven en alles over horsemanship te leren wat ze erover kon leren en te bekijken of ze daarin iets kon doen. Of ze het wellicht kon gebruiken bij omscholing van paarden of op een andere manier. Ze wist dat horsemanship aan populariteit won. En ze wist dat ze er zelf over wilde leren. En Pascal was daar natuurlijk de aangewezen man voor geweest. Maar er waren meer mensen bekwaam op dit gebied. Er waren meer mogelijkheden. Maar aan die mogelijkheden wilde ze niet eens denken. Ze wilde Pascal als leraar en diep binnenin wist ze waarom, al probeerde ze dat voor zichzelf te ontkennen en al probeerde ze in alle nuchterheid zichzelf duidelijk te maken dat datgene wat in haar hart speelde geen optie was.

Ze schudde heftig haar hoofd. Onzin. Het ging om de lessen en om hetgeen Pascal haar als geen ander kon leren, hield ze zich voor. Het ging erom dat ze hem nodig had om haar plannen te verwezenlijken en als ze ergens niet tegen kon, dan waren dat wel plannen die niet uitgevoerd konden worden.

Pascals reactie was belachelijk geweest.

Ze wist ook wel dat hij niets met haar kon beginnen en dat had ze bepaald ook niet van hem gevraagd. Zij had zelf zeker haar zwakke punten en kronkels, maar hij had er minstens zo veel en aangezien ze naast hem woonde, moest hij zich daar maar overheen zetten. Moest hij eindelijk maar begrijpen dat ze niets van hem verlangde.

Ze zette haar mok met een klap neer en liep de deur weer uit. Ze aarzelde slechts even, en toen paste ze dat toe wat altijd hielp: rug recht, kin omhoog, diep ademhalen en actie ondernemen.

Ze liep dit keer bij Pascal achterom. De achterdeur was niet gesloten, zoals ze al had verwacht. Twee katten schoten verschrikt weg toen ze met zelfverzekerde, misschien iets te zware passen, via de bijkeuken de keuken binnenliep.

Ze trof Pascal bij het aanrecht aan, waar hij met zijn koffiezetapparaat in de weer was. Hij keek geschrokken en verbijsterd op toen ze binnenkwam.

'Waarom wil je mij niet helpen? Geen les geven?' Ze stond bij hem, met haar handen in haar zij, en keek hem recht aan.

'Je komt achterom en...'

'Nou en? Ik wil een behoorlijk antwoord op mijn vraag. Geen slappe, ontwijkende excuses.'

'Goed. Geen slappe, ontwijkende excuses.' Hij klonk nu ook geïrriteerd en keek haar fel aan.

'Ik ben gek op je geworden. Ik probeerde het nog te ontkennen, maar het is eenvoudigweg zo. Dat verwarde me, omdat ik dacht dat ik nooit meer zoveel voor iemand kon voelen als ik ooit voor Evelyn heb gevoeld en het bezorgde mij een schuldgevoel. Daarom ging ik een paar dagen weg. Ik had tijd nodig.'

Jessica staarde hem aan. Hij had gevoelens voor haar ontwikkeld. Gevoelens die hem verwarden...

'Pascal, ik...'

Maar Pascal maakte een afwerend gebaar. 'Ik wilde er met je over praten, maar je ging weg toen ik thuiskwam en ik hoorde het een en ander. Waar ging je naartoe? Naar Johan?'

'Wat?'

'Ging je naar Johan? Je ex?'

'Wat doet het ertoe?'

'Ja, dus.'

'Ik moest iets bespreken. We zijn pas uit elkaar. Dan moet je af en toe wat bespreken.'

'Zoals in de nacht van zaterdag op zondag, toen hij de hele nacht bij je was?'

'Hoe weet je dat?'

'Olme is een dorp. Iedereen weet altijd alles.'

'Wisten ze dan ook dat Lolita ernstig ziek was?'

'Ze wisten dat de veearts was geweest.'

'Lolita was doodziek. Ze had een bloedvergiftiging opgelopen en werd daar extreem ziek van. De veearts wist ook niet waarom, maar het was niet duidelijk of ze de nacht kon doorkomen. Als je thuis was geweest, had ik jouw hulp gevraagd, maar je was er niet en ik kon en wilde niet alleen zijn. Dus belde ik Johan, die onmiddellijk kwam, bij me bleef, mij van dekens, eten en koffie voorzag. En en passant ook nog vertelde dat hij nog gek op mij was.'

'Natuurlijk was hij nog gek op je. Dacht je dat ik dat niet zag, die keer dat hij de keuken binnenliep.'

'Iedereen schijnt altijd alles te zien,' mompelde Jessica. 'Maar dat doet er niet toe. Ja, hij is die hele nacht bij me geweest, buiten in de wei, en ja, ik ben er vandaag naartoe gegaan om daar nog een keer rond te lopen en voor mijzelf duidelijk te krijgen welke beslissing ik moest nemen. Is dat een misdrijf? Ik geloof niet dat wij een verhouding hebben en dat je dan kunt spreken van ontrouw. Nog afgezien van het feit dat ik alleen met Johan heb gepráát. Dat jij het allemaal als een beschuldiging brengt, gaat me te ver. En het geeft aan hoe je met jezelf in de knoop ligt. Want je zoekt gewoon een excuus voor je eigen verwardheid. Een excuus om niets met de gevoelens die je voor mij voelt te doen.

Omdat je dat niet kunt.

Omdat Evelyn nog steeds in je huis ronddwaalt, in je bed slaapt en samen met jou de bossen in rijdt. Omdat Evelyn nog in alles aanwezig is en omdat je haar eenvoudigweg niet kunt vergeten. En weet je… dat heb ik allang geaccepteerd. Ik heb allang geaccepteerd dat Evelyn voor jou de enige vrouw is en dat je met gevoelens voor mij, als die er werkelijk zijn, niets kunt doen. Ik vroeg je dan ook niet om een relatie te beginnen en de rest van je leven met mij door te brengen. Ik vroeg je om hulp met de paarden. Ik vroeg je mij alles te leren wat je weet. Over paarden. Niet over jezelf. Maar blijkbaar ben je zelfs niet in staat om je over je eigen verwardheid heen te zetten. Met al je prachtige woorden over het leven en de dood, over levende wezens en alles om ons heen, ben je niet in staat om je eigen emoties te accepteren en te plaatsen.'

Jessica draaide zich met een ruk om en wilde weglopen. Bij de deur naar de bijkeuken bleef ze echter staan en draaide zich weer naar hem om.

'En voor alle duidelijkheid... Ik heb Johan gezegd dat ik niet meer naar hem terugga, omdat ik weet dat het niets meer tussen ons kan worden. Ik vind nog steeds dat hij zijn sympathieke en charmante kanten heeft, maar ik houd niet meer van hem.'

Daarna draaide ze zich weer om en liep het huis uit.

Ze had het warm en koud tegelijk en diep binnen in haar lijf leek het bloed te borrelen. Ze was kwaad, emotioneel en verdrietig tegelijk. Ze wist eigenlijk niet eens meer precies wat ze voelde. Ze merkte dat tranen hun weg naar buiten vochten en ze begreep niet waarom. Of ze wilde het niet begrijpen.

Ze liep haar woning binnen, bleef een paar tellen besluiteloos staan, pakte een glazen schaaltje op, wilde het tegen de muur gooien, bedacht zich, ruilde het in tegen een kussen en gooide dat tegen de muur.

Twee kittens die dichtbij zaten, renden verschrikt weg.

'Zelfs iets kapotgooien kan ik niet,' mompelde Jessica. 'Sukkel.' Ze liep naar de kelderkast, pakte een fles goedkope wijn met schroefdraad eruit, nam een glas uit de kast en liep naar buiten, de wei in.

Ze ging niet naar de paarden toe, die verderop stonden te grazen. Als paarden werkelijk zo gemakkelijk emoties overnamen als Pascal had beweerd, zou ze de arme dieren alleen maar overspannen maken.

Ze ging op een van de stoelen zitten, gebruikte de andere stoel als tafeltje en schonk zichzelf een glas wijn in. Haar hand trilde toen ze een slokje nam. Het smaakte niet eens op dit tijdstip van de dag. Maar nood brak wetten. Ze nam nog een slokje en begon toen toch te huilen.

En ze wilde niet eens huilen.

# HOOFDSTUK 22

Ze wist niet hoe lang ze in de wei zat, toen ze voetstappen achter zich hoorde. Ze wist alleen dat ze het weer zo koud had, ondanks de vriendelijke voorjaarszon. Ze wist dat haar lichaam pijn deed en haar hoofd bonkte. Maar ze wist niet hoe lang ze daar had gezeten toen hij naar haar toe kwam.

Want ook zonder om te kijken, wist ze wie het was.

Pascal pakte de fles van de stoel. Hij had zelf een glas in zijn handen en schonk zonder iets te vragen of te zeggen voor zichzelf een glas in. De fles zette hij tussen de stoelen in en hij ging zitten.

Jessica weigerde om hem aan te kijken. Ze probeerde kwaad op hem te zijn, maar ze was vooral verward.

Hij keek ook niet naar haar. Hij keek naar de paarden.

'Een beetje vroeg voor wijn, nietwaar?' begon hij.

'Aangezien je zonder iets te vragen jezelf op mijn wijn trakteert, zal het wel meevallen,' reageerde Jessica wat kribbig.

'Ze zeggen dat het kopiëren van gedrag de beste manier is om sociaal contact te maken.'

'Dat slaat nergens op.'

'We hebben toch contact.'

'Het is maar net wat je wilt.'

Pascal proefde een klein slokje.

'Beetje wrang.'

'Dan koop je zelf toch betere wijn?'

'Wrange wijn past wel bij de situatie.'

'Of bij jou,' gromde Jessica.

Ze keek niet naar hem, maar ze wist dat hij glimlachte.

'Misschien wel,' zei hij toen.

'Natuurlijk.'

'Het ging me niet aan.'

'Wat?'

'Johan. Dat hij hier was en dat je naar hem toe ging.'

'Nee, dat klopt. Maar aangezien je toch conclusies trok, had je beter even kunnen vragen wat er nu aan de hand was.'

Het was een paar tellen stil en ze nipten aan de wijn, terwijl hun blik gericht bleef op de paarden.

'Ze ziet er nu weer goed uit.'

'Ja. Maar zaterdag was ze doodziek. Ik dacht dat ze doodging.' Jessica slikte moeizaam bij die herinnering.

'Het spijt me dat je daardoorheen moest.'

'Mij ook. Hoewel ik daardoor wel wat zaken op een rij heb kunnen zetten. Uiteindelijk.'

'Dingen gebeuren altijd met een reden.'

'Dat betwijfel ik.'

Ze speelde met haar glas. 'Als mensen doodgaan, bijvoorbeeld...'

'Ja. Dan kun je daaraan twijfelen.'

Jessica knikte.

'Je had gelijk,' zei hij toen.

'Dat weet ik. Maar vertel toch maar met welk deel van mijn hele verhaal jij het eens bent.'

'Evelyn.'

'Dat ze nog steeds bij je aanwezig is?'

Hij knikte. 'Ik hield van haar. Meer dan ik kan vertellen. Toen ze stierf, ging er iets in mij kapot... alsof een deel samen met haar stierf. Er ontstond een soort zwart gat, zeg maar. Ik ging verder, maar ik kwam er niet overheen.'

'Ik neem aan dat zoiets nauwelijks te verwerken is,' gaf Jessica toe. 'Ik heb het zelf nooit meegemaakt, maar ik heb erover gehoord. Over mensen die de dood van iemand waar ze van houden niet kunnen verwerken. Of dan zelf doodgaan.'

'Ik had altijd het gevoel dat ze er evengoed nog was. In zekere zin heb ik dat nog steeds.' Hij glimlachte.

'Misschien is dat ook zo,' zei Jessica.

'Misschien wel. En misschien raakte ik daardoor in de war, voelde ik mij schuldig.'

'Waarover?'

'Dat ik gevoelens voor jou kreeg.'

Jessica wendde zich naar hem toe en keek hem aan.

'Ik had niet verwacht dat ik ooit nog zoiets zou voelen,' bekende Pascal.

Jessica wist niet zo goed wat ze daarop moest zeggen. Het leven zat vol onverwachte wendingen, wist ze nu. Maar ze wist niet eens of ze daar zelf mee kon omgaan.

Ze keek naar zijn gezicht. Naar de kwetsbaarheid in zijn ogen. Hij haalde zijn schouders op. 'Precies als je denkt dat het goed gaat zoals het gaat. Dat je niet meer nodig hebt dan datgene wat je hebt...'

'Ging je daarom weg?' vroeg Jessica. Haar stem klonk een beetje hees.

Pascal knikte.

'De vader van Evelyn...'

'Hij stond die dag ervoor onverwacht bij mij voor de deur. Ik bezocht hem nog steeds regelmatig en we praatten altijd over paarden en over Evelyn. Ik liet jouw naam ook vallen, maar ik vermeed het om te veel te zeggen, bang dat hij het zou merken. Maar hij merkte het natuurlijk toch. Daarom kwam hij. Hij wilde je zien.'

'Ik merkte dat je gespannen was toen hij er was.'

'Ja.'

'Heeft hij daarna nog iets gezegd?'

'Ja. Dat hij je een geweldige meid vond en dat het tijd werd dat ik eens wat zaken op een rij zette. Toen ik vertrok, ging ik om een trektocht te maken, maar ik heb ook een dag met hem doorgebracht. Hij hield enorm veel van Evelyn en hij wist dat ik altijd van haar heb gehouden, maar hij vond dat het tijd werd dat ik verderging. Werkelijk verderging.'

Jessica knikte.

'Hij had gelijk.'

Jessica keek hem aan.

'Ik ben om je gaan geven, Jessica.'

'Maar...'

'Toen ik terugkwam, was ik van plan om dat tegen je te zeggen. Ik wist, en weet nog steeds niet, hoe je daarover dacht, maar ik wist dat ik niet gewoon door kon gaan alsof er niets aan de hand was. Dat ik gewoon verder kon gaan met de trainingen, naast je kon staan, je vast kon houden, zonder meer te willen. Ik was van plan het tegen je te zeggen.'

'En toen hoorde je dat Johan een nacht met mij had doorgebracht terwijl je weg was.'

Pascal knikte. Hij richtte zijn blik weer op de paarden.

'Idioot eigenlijk. Ik wist niet hoe je zou reageren en ik had mij voorgenomen om het in ieder geval te accepteren. Maar toen ik hoorde dat Johan de hele nacht bij je was geweest, voelde ik mij besodemieterd. Ja, ik was kwaad op je. Belachelijk, maar toch... Maar het meest van al was ik kwaad op mijzelf. Omdat ik meer voor je was gaan voelen...'

'Je had het mij gewoon kunnen vragen.'

'Het ging mij in feite niet aan.'

'Nee. Maar omdat je er toch kwaad over werd...'

Hij knikte.

'En omdat je botweg weigerde om mij te helpen, mij les te geven.'

'Hoe kon ik lesgeven aan iemand waar ik verliefd op werd en waarvan ik wist dat het nooit wat kon worden?'

Jessica speelde met haar glas. Ze keek naar Pascal. Ze keek naar de contouren van zijn gezicht, naar zijn warrige haar, zijn heldere ogen die op de paarden waren gericht en naar zijn handen die met het glas speelden.

'Je had het moeten zeggen...'

'Ik zeg het nu.' Hij keek haar aan. 'Ik geef om je, Jessica. En ik word steeds gekker op je, iedere keer dat we elkaar zien, als ik je met de paarden aan het werk zie, als ik je aanraak en als ik je zie klungelen met dode vissen.'

Jessica lachte om dat laatste en keek hem aan.

'En Evelyn?'

'Evelyn zou het begrijpen. Ze zou je mogen als ze nog had geleefd en ze zou het begrijpen. Natuurlijk niet als ze nog in leven was geweest, maar nu...'

'Dan begrijpt ze meer dan ik,' mompelde Jessica. 'Ik had mij absoluut voorgenomen om het verder alleen te doen. Ik wist zo zeker dat ik er sterk genoeg voor was. Maar toen kwamen de problemen met Faith en toen kwam jij... En bijna ging ik in op het voorstel van Johan om bij hem terug te komen. Hij bood mij alles wat ik wilde: een dressuurpaard dat hij speciaal voor mij had gekocht en de mogelijkheid om mijn begeerde bedrijf op te zetten.'

'Hij ging ver om je weer terug te winnen.'

'Heel ver. En het lukte hem bijna. Ik stond op het punt om eraan toe te geven, totdat ik begreep dat ik dan niet terugging omdat ik nog van hem hield, want dat was niet zo, maar omdat ik de complicaties hier wilde ontvluchten.'

'Complicaties hier? Of gewoon mij?'

'Jou. Met name jou. Er waren meer problemen, maar ik kan wel zeggen dat jij het grootste probleem was.'

'Ik heb mijzelf nooit als een probleem gezien.'

'Je bent een enorm probleem. Maar goed... gesprekken met Johan, die de beruchte nacht eens eerlijk was, en met mijn vader lieten mij inzien dat ik alleen wilde vluchten. Omdat er nog steeds die twijfel was, ging ik naar hem toe. Kijken hoe het voelde om weer daar te zijn, herinneringen ophalen en mijzelf te dwingen eerlijk te zijn. Toen ik daar had rondgelopen, op het terras had gezeten, door de stallen had gewandeld en Johan aan het werk zag, wist ik dat ik gewoon niet meer van hem hield. Dat er geen toekomst meer was voor hem en mij. Ik verwachtte met jou net zomin een toekomst, omdat ik wist hoezeer Evelyn nog in je leven aanwezig was, maar ik nam mij voor dat ik van je wilde leren. Al zou het moeilijk zijn om je in de buurt te hebben en te weten dat het nooit iets kon worden. Ik wist dat ik in ieder geval een andere weg wilde gaan met de paarden dan ik tot nu toe had gedaan en dat jij de aangewezen persoon was om mij dat te leren. Dat en misschien nog wat andere dingen.'

Pascal keek naar haar. Zij keek naar hem. Hij zette zijn glas op de grond en strekte zijn hand naar haar uit.

Jessica huiverde. Zijn hand gleed zacht over haar haren en over haar wang.

Jessica keek hem afwachtend aan.

Hij legde zijn hand aan de achterkant van haar hoofd en boog zich naar haar toe. Zijn lippen raakten zacht de hare toen hij haar kuste. Eerst aarzelend en voorzichtig, maar later innig en hartstochtelijk.

De kou in Jessica verdween en ze koesterde zich in zijn warmte. Ze wist dat dit hetgeen was wat ze steeds had willen ontwijken. En had willen laten gebeuren.

Op de achtergrond brieste een van de paarden.

Het was een jaar later en Jessica en Pascal stonden op de veranda van hun huis.

Ze keken uit over de weilanden, de paddocks en de open stallen.

De meeste mensen die rondliepen over het terrein en de accommodatie en de paarden bekeken, kenden ze. Een deel van hen woonde in hun eigen dorp, in Olme. Een deel bestond uit klanten van Pascal en oude relaties van Jessica.

Op het bankje onder de oude eik zaten Jessica's ouders en Ed. Ze waren in een geanimeerd gesprek verwikkeld.

Sophie, Remon en de kinderen stonden bij de pony's en Erik zat op het gras en keek hoe zijn dochter Rianne een groot glas limonade door een rietje naar binnen zoog. Ze zat ook in het gras en haar dure merkkleding zou ongetwijfeld straks de nodige groene plekken vertonen. Jessica wist dat Erik daarvan genoot, alleen al omdat zijn ex niet tegen vlekken in kleding kon.

Haar collega's waren er ook. Ex-collega's eigenlijk, want ze had haar baan inmiddels opgezegd. Maar het contact met de collega's was gebleven.

Elsa van de Super klampte mensen aan en maakte van de gelegenheid gebruik om het archief in haar hoofd over dorpsgebeurtenissen aan te vullen. Haar man sjokte braaf achter haar aan.

Zelfs Johan was er. Hij had een vriendin bij zich, een te jonge meid met een wat onnozele uitdrukking op haar gezicht, maar met een geweldig lijf. Jessica wist dat het niet om een serieuze relatie ging en ze wist ook dat het hem nog steeds speet dat hij en Jessica uit elkaar waren, maar hij ging er bepaald niet aan ten onder.

'Hoe voelt het nu?' vroeg Pascal. 'Nu je droom over een eigen bedrijf is verwezenlijkt. Het is natuurlijk geen dressuurstal...'

Jessica grijnsde. 'Het voelt goed. Het voelt nog beter dat ik het samen met jou doe. Nou ja, eigenlijk meer dat ik jouw werk heb omgezet in een wat meer rendabel bedrijf.'

'Je doet zelf ook genoeg.'

'Ik heb de benodigde kennis nog lang niet. Niet in die mate als jij en ik betwijfel of het ooit zover zal komen. Maar ik vind het prettig om te leren.'

'Je hebt veel geleerd.'

'Ja, dat wel. En het begon allemaal met een geschenk van Lou: Black Faith.'

'Ik betwijfel of hij erop uit was om je een plezier te doen.'

'Absoluut niet. Maar dat onmogelijke paard wist mij duidelijk te maken dat ik lang niet zoveel wist als ik dacht dat ik wist. Niet over paarden en nog minder over mijzelf. Ze dwong mij om te leren. En jouw hulp te zoeken. Dat was best confronterend.'

Ze glimlachte even naar Pascal.

'Gelukkig wel,' meende Pascal met een grijns.

'Ja. En nu sta ik hier, met jou, met een toekomstdroom. En het begon met Faith. Dus uiteindelijk was ze toch een geschenk. Ongeacht de bedoeling van Lou.'

Jessica keek een paar tellen voor zich uit, naar de mensen en naar de paarden.

'Eigenlijk is de open dag afgelopen,' zei ze.

'Eigenlijk wel. Maar de drank en het gebak is nog niet op en zie de mensen dan maar eens kwijt te raken,' verzuchtte Pascal, half lachend.

'Maar wij hebben vrij.'

Pascal keek haar aan. Ze glimlachte en wierp een blik in de richting van de paarden. 'Zullen we?'

'Nu? Met al het bezoek?'

'Met al die drukte...'

Pascal grijnsde. Hij knikte.

Als twee kinderen repten ze zich zo onopvallend mogelijk, maar evengoed giechelend, naar de schuur, pakten twee touwen en maakten dat ze bij de paarden kwamen.

Mensen spraken hen aan onderweg, maar ze antwoordden slechts kort en een beetje gehaast. Niet onvriendelijk, maar ook niet meer woorden bestedend dan nodig.

Ze liepen naar de paarden, nog steeds grinnikend, en legden de touwen om de nekken van Pascals paard, de appaloosa, en Faith.

De paarden hinnikten zacht. Lolita keek toe en ging weer verder met grazen.

'Ssstttttt,' gebaarde Jessica naar hen met een vinger tegen haar

302

lippen. Zij en Pascal keken haastig om zich heen. Een paar dorpsgenoten keken hun kant uit. Ze zwaaiden en deden of ze gewoon met elkaar stonden te praten.

De dorpsgenoten stortten zich op de toastjes.

'Nu,' zei Pascal.

Bijna sluipend brachten ze de paarden naar de uitgang.

'Gaan jullie nog een demonstratie geven?' vroeg een meisje met een springerige staart aan hen. Ze had een stel giechelende vriendinnen bij zich.

'Nee, we brengen de paarden naar stal,' zei Jessica. Ze klauterde op haar paard en Pascal deed hetzelfde, zij het iets soepeler dan zij.

Het meisje knikte. 'O.'

Jessica en Pascal draaiden de paarden om en reden weg.

'Maar jullie hebben de schuilstallen toch in de wei?' herinnerde het meisje zich opeens.

'Weet ik,' zei Jessica. Ze drukte haar benen aan en Faith zette vaart, onmiddellijk gevolgd door Pascal met zijn paard en natuurlijk de appaloosa.

Jessica keek om en zag de verbaasde blikken van het bezoek. Ze lachte.

In een pittig tempo reden zij en Pascal naar het dichtstbijzijnde pad dat het bos in leidde. Ze galoppeerden in een hoog tempo over het droge zand. Het lege paard rende als vanzelfsprekend mee. Ze voelde hoe haar paard onder haar bewoog, kracht zette en genoot op dezelfde manier waarop zij genoot. Ze hield haar hand op het touw dat om de hals was gebonden, tussen de wapperende manen.

Ze minderden vaart en gingen over in een rustig staptempo. Ze keken elkaar aan en lachten.

'Heel onbeleefd,' vond Pascal.

'Een grof schandaal,' was Jessica het met hem eens.

Ze lachten opnieuw. Toen werd Jessica weer ernstig. Ze streelde haar paard over de manen en de hals.

'Hoelang denk je dat het goed met Lolita blijft gaan?' vroeg ze Pascal.

Pascal werd ook ernstig. 'Dat weet ik niet. Voor een paard met die diagnose loopt ze niet slecht. Zolang de training gedoseerd

blijft... Maar het blijft een kwestie van wikken en wegen.'
'Ja. Het gaat op en af. Ze heeft absoluut haar slechte dagen. Onvoorspelbaar en meestal is het van korte duur, maar toch...'
'Dat weet ik. En dat zullen we moeten accepteren. Niemand kan zeggen hoe het er in de toekomst uitziet. Hoelang ze nog van haar goede periodes mag genieten. En het heeft geen zin om daarover te piekeren. Het gaat zoals het gaat.'
Jessica knikte. 'Ja. Het gaat zoals het gaat.'
Ze streelde Faith over haar hals. 'Een jaar geleden kon ik niet eens bij haar in de buurt komen. En moet je ons nu eens zien...'
'Jullie hebben allebei veel geleerd.'
Jessica glimlachte. 'Ja, dat hebben we.'
Ze keek voor zich uit, waar een open veld zich uitstrekte. De zon was al op weg naar zijn plek naar die onzichtbare kant van de aardbol en kleurde oker. Het licht dat zij verspreidde was warm en uitnodigend.
'Kom,' zei Jessica. Ze wachtte niet op een reactie, maar legde haar benen weer aan en voelde hoe haar paard zich afzette en al haar kracht in een snelle galop gooide.
Pascal ging er onmiddellijk achteraan. De appaloosa galoppeerde tussen hen in.
Jessica kon zweren dat er iemand op zat: een tengere blonde vrouw, wier haren als een vlag achter haar aan wapperden en wier mond gevormd was in een tevreden lach.
Ze lachte ook, strekte haar armen zijwaarts uit en sloot haar ogen.
Ze was weer het kind dat simpelweg genoot.